NARRATORI ITALIANI

MILENA PALMINTERI

COME L'ARANCIO AMARO

ROMANZO
BOMPIANI

Giunti Editore si impegna per uno sviluppo sostenibile
con l'utilizzo di carta certificata FSC® proveniente
da fonti gestite in maniera responsabile.

www.giunti.it
www.bompiani.it

Realizzazione editoriale: Studio editoriale Littera, Rescaldina (MI)

Via Bolognese 165 – 50139 Firenze – Italia
Via G.B. Pirelli 30 – 20124 Milano – Italia

Prima edizione: giugno 2024

Ai miei figli Alberto e Riccardo.
E ad Antonella Cilento,
senza la quale questo romanzo
non avrebbe mai visto la luce.

PARTE I

Sarraca, 1960
Senza famiglia

"Vengo, vengo!" Cursidda corre verso il telefono. "Pronta sono! Chi è che parla?"

"Sono io, Carlotta."

"Ciao, gioia mia, come stai? È assai che non ti facevi sentire, io e tuo zio preoccupati eravamo, ma sapendo che all'ufficio sei indaffarata... insomma pure noi ci priviamo di chiamarti! Che fai, vieni?"

Cursidda come sempre parla a raffica e fermarla è un'impresa che riesce solo, e ogni tanto, alla voce tonante dello zù Pippino. Ma lo strano silenzio al di là della cornetta la distoglie dalla rapida delle sue stesse parole: "Che fu? Non stai bene? Ti successe qualcosa? Eccolo lo zio toi, subito te lo passo!".

Mentre l'avvocato le sottrae il ricevitore, Cursidda gli avvicina la poltrona di vimini precisa precisa a misura di lui.

"Carlotta! Ma perché mi fai sempre spasimare tue notizie?"

Apprensivo da sempre, in vecchiaia i pensieri gli si agitano per un nonnulla.

"Ma... piangi?"

Un sospiro sfugge, impedito, poi la voce di Carlotta torna a essere quella della direttrice dell'Archivio notarile di Agrigento, quella cui tutti i suoi impiegati obbediscono: "No, no, no! Lo sai... la polvere delle carte, gli occhi lacrimano, il naso pizzica, non ti allarmare, ti chiamai perché ho qualcosa da chiederti".

"Dici."

"Qui in ufficio ho trovato un documento. Riguarda mia madre… e riguarda me," di nuovo un tremito nella voce. "Ma non voglio parlarne per telefono."

L'avvocato trae un sospiro: "E quando, Carlotta? Mi vuoi lasciare così, appeso a niente?".

"Ti chiedo di aspettare solo per poco. Domani è sabato, prendo la corriera di mezzogiorno e sono a Sarraca alle due del pomeriggio."

Cursidda, dotata d'intuito femminile ancor più che di parole, ha già compreso. Si affaccia sulla porta della cucina, le mani sui fianchi, scuote la testa guardando l'avvocato Peppino Calascibetta.

Gli occhi persi nella penombra del corridoio, allo zù Pippino scorrono nella memoria tutti i suoi giorni. Conosce già la domanda che gli farà Carlotta, è croce e senso della sua stessa vita. La cornetta, muta, pende dal filo.

La notte trascorre agitata, il sonno leggero chiama al risveglio.

Fu incubo, presagio, sogno o malosignu? L'avvocato Calascibetta non lo sa ancora.

Il suo letto si è tramutato in un mare in tempesta, una ciurma di tonni lo schiuma a colpi di coda. Nella corsa all'impossibile salvezza si dibattono, si contorcono, si feriscono. Il mare è colore del sangue. Una mattanza violenta aspetta quei pesci dal nome rotondo e dalla pelle d'argento, li intrappola in un labirinto di reti sommerse.

Peppino è uno di loro, la faccia è la sua, il corpo è di tonno braccato. Nella stranezza un'altra stramberia è disturbante, altre facce in corpi di pesce gli fanno corteo, e sono femmine e maschi, i capelli acconciati o tagliati all'Umberta, ma anche scapigliati, e sono bruni, biondi o imbiancati, portano cappellini e collanine, baffi o barbe. Lo zù Pippino i loro nomi tutti conosce. I tonnarioti muniti di arpione uccidono a caso. Ma quando sembra perduto e la morte sicura, in un sussulto si sveglia, il lenzuolo è un sudario e lui respira come un mantice: l'enigma notturno gli pare un messaggio.

È vecchio l'avvocato oltre ogni sua attesa, a fatica riesce a mettere i piedi a terra, la testa gira, il letto ondeggia, vede gli scaffali e le carte che dal muro gli si lanciano contro come uno stormo, lo specchio dell'armadio è una giostra e Peppino a ogni giro si riconosce, la faccia ridotta a uno straccio.

Di nuovo gli sembra l'ora estrema. Ricade sul letto: "Oi, Cursidda! Muoio!".

La domestica aggrappandosi sul corrimano scala i pochi gradini che dal soggiorno conducono alla stanza.

"A voi manco la lupara v'ammazza!"

Per l'avvocato, Cursidda è una quasi perpetua e a volte, quando la noia di vivere gli annebbia la mente, la crede sua moglie. E lei di una consorte ha pregi e difetti, lo spia, lo sorveglia, lo conforta e nel caso pure lo strapazza. Si beccano e si fulminano, ma uno non può stare senza l'altra.

"Passaste una mala nottata? Vi porto la pìnnola della prissione e l'acqua. Il caffè no, non è cosa! Che vi faccio per mangiare?"

"Ma santa fimmina, rifletti per una volta! Sto male! Non vedi? Mi parli di mangiare e io sono già al camposanto!"

"Iiih! Voi pure a me sotterrate!"

Cursidda ha già ridisceso la scala.

Peppino, cercando appoggi, provvede alle necessità mattutine. Lo specchio del bagno gira anch'esso, questa mattina niente barba.

Quando Cursidda risale, nel vassoio ci sono pìnnole, acqua e un orzo lento lento. Peppino è seduto su una vecchia bergère smollata dalla sua stazza.

"Ma che è? Niente barba?" lei stuzzica.

"Niente!"

"Proprio stamattina che deve venire vostra nipote?"

Peppino, presa una delle pianelle che porta ai piedi, la tira verso Cursidda che però, lesta, è già al piano terreno:

"Mizzica, nervoso è!"

Ha ragione. E ha ragione anche il suo incubo notturno. È turbato dalla telefonata che la sera precedente gli è giunta da sua nipote Carlotta Cangialosi.

La bocca amara, lo zù Pippino ingoia le pìnnole di ordinanza e scende di sotto bestemmiando.

Lì c'è il regno di Cursidda, la cucina e una cammaredda per dormire. Mentre traffica, mescola o impasta, la donna butta l'occhio anche nel soggiorno o nello studio, sorveglia l'avvocato che dimora nell'uno o nell'altro a seconda della posizione dei raggi del sole: d'inverno cerca il caldo e viceversa d'estate. Sulla scrivania, sulla libreria, sulle sedie e su mensole bianche di polvere, carte impilate si alzano in bilico: un colpo di vento e volano tutte. Fascicoli, appunti, sentenze, ordinanze e decreti, sono così tanti che Peppino ha tentato anche a forza di stiparli dentro le pentole della cucina, ma Cursidda ha difeso il suo territorio bruciandoli nel focolare. Femmina e ignorante, quella non sa che le carte hanno più valore dei soldi.

Stanco, inquieto, l'avvocato Calascibetta si è lasciato andare sulla poltrona dietro la scrivania. Aspetta Carlotta. Lei lo chiama zio per affetto e per rispetto: non è sua nipote, ma lui le vuole bene ancora di più che se veramente lo fosse.

A Sarraca, un paesuzzo marinaro che dalla Sicilia spia l'Africa, il rispetto e l'affetto si manifestano pure così, inventandosi parentele che non esistono ma uniscono.

Carlotta vive ad Agrigento dove dirige l'Archivio notarile, una sorta di ricovero che conserva gli atti quando i notai smettono di essere tali.

Fu proprio lo zù Pippino che la mandò a Roma a fare il concorso per quel posto. Un impiego statale sicuro, diceva lui; un ripiego, pensava lei. La laurea in Giurisprudenza a pieni voti Carlotta l'aveva conseguita con il desiderio di fare l'avvocato, ma i tempi erano ancora ostili alle donne che certe professioni se le sentivano in animo.

Per tanto tempo, quando lo studio dello zù Pippino occupava alcune stanze del grande palazzo dove lei cresceva, Carlotta aveva respirato l'aria satura di testi, citazioni, notifiche e via processando. Le piaceva quell'andare e venire di clienti ricchi e di poveri cristi che all'avvocato guardavano come al riparo di mali caduti loro addosso come piogge gelate. E lo zù Pippino troppo in paese godeva di fama e di stima per non sentirsene dentro l'ambizione di emularlo. La legge, poi, aveva espressamente stabilito già prima che lei nascesse che le donne potessero esercitare la professione.

Ma fu l'avvocato Calascibetta stesso, dispiaciuto ma deciso, a sconsigliarla da quella strada. Era il millenovecentoquarantasette, e nei tribunali siciliani colleghi avvocati e magistrati ancora pendevano dall'ottocentesca sentenza della Corte di Appello di Torino che così si esprimeva sulle donne avvocato: "L'avvocheria è un ufficio esercitabile solo dai maschi e nel quale non devono immischiarsi le femmine". Che bisogno aveva Carlotta di mettersi da sola in cattiva luce, di apparire presuntuosa?

Di fronte a quella strada erta e difficile, e spinta dal desiderio di lavorare al più presto e di respirare un'aria che fosse diversa da quella di Sarraca, Carlotta desistette.

Ma arretrare davanti i maschi le pesò come una condanna. Senza gara, senza demerito non ci fu nemmeno il sapore amaro di una sconfitta.

Che non fosse stata una gran fortuna nascere femmina lo aveva capito presto, quando parlando di suo padre, Carlo Cangialosi, morto in circostanze oscure nel medesimo giorno in cui lei era nata, Carlotta aveva chiesto a sua madre Nar-

dina se lui almeno avesse avuto il tempo di dirsi felice di una fimminedda primogenita. In un mondo che privilegiava gli uomini, a Carlotta era molesto il sospetto che la sua identità lo avesse deluso. Sapere che non era stato così l'avrebbe pacificata.

Un giorno aveva tentato di incontrarlo, quel padre che mai le avrebbe parlato. Si era convinta che entrando nel suo studio, toccando le sue cose, pensando a lui intensamente, come a Gesù per una piccola grazia, Carlo l'avrebbe raggiunta dal regno dei morti. Si sedette alla sua scrivania e davvero le sembrò di vederlo, il viso brunastro, quello della fotografia sull'étagère. Carlotta gli rivolse un sorriso stirato. Lui, le braccia conserte, scosse la testa, si agitò muto, le gambe celate da un fumo denso e scuro. Un grido le salì alla gola e intanto lui svaniva inghiottito dal buio dove lei stessa lo aveva conservato, sconosciuto e severo.

Nell'aria era rimasta, tangibile e terribile, la disapprovazione del padre nella quale Carlotta riconosceva tutte insieme le sue colpe: il suo stato di femmina, il sapere fischiare e sputare lontano noccioli di olive e, la più grave, fare pipì in giardino accosciandosi senza pudore, come la sua bambinaia Sabedda le aveva mostrato. Era una figlia riuscita assai male.

Da quella vergogna era nata in lei una distanza, un ostacolo insuperabile a raggiungere quel padre sconosciuto e ogni altro uomo, e ancor più pesante le fu sempre il suo stato di orfana.

Alla domanda di Carlotta, mamma Nardina, spento il sorriso, tentò di divagare ma gli occhi della piccola la inchiodarono a una risposta. Poi, illuminata da un motteggio siculo, Nardina sparò un compromesso: "Se bona razza vuoi fare, da fimmina devi accominciare".

"Maledizione!" era stato il commento della picciuttedda, "ero appena nata e già parlavate di rimettervi all'opera. Se ero maschio invece..."

"Ma che ne sai tu di tuo padre?" Nardina aveva ripreso la figlia. "Da che mondo è mondo, il maschio è il capo della famiglia, lui che dà e toglie, che fa e sfa, che ordina e comanda, inutile tentare di cambiare le sorti, battaglia persa è! Tuo padre ragionava come tutti... però non ho mai conosciuto uno più di lui rispettoso delle donne! Sono stata fortunata io, non so quanto lo sarai tu."

Carlotta si era accigliata. Lei aveva inteso scherzare, aveva dato voce a una facezia lieve come una piuma, ma la madre l'aveva trasformata in zavorra insopportabile. Il sospetto che il padre non si fosse rallegrato della sua nascita le divenne un disturbo perenne, e i rapporti con l'altro sesso non fecero che intorbidarsi.

In seguito, a coltivare la sua diffidenza nei confronti dei maschi provvidero con grande efficacia i suoi colleghi che spediti procedevano in carriera mentre lei rimaneva al palo, esclusa dalle camarille di corridoio che si consumavano al Ministero in ordine a promozioni e sgambetti. Inutile lagnarsene, da chiunque le giungeva la risposta consolatoria che carina com'era presto avrebbe abbandonato tutto per figli e marito.

Invece Carlotta si ostinava a soffocare la sua bellezza in severi completi scuri e maschili, chiusa dall'alba al tramonto nel suo piccolo ufficio, dove l'aria fresca delle stagioni entrava di rado. Il suo tempo dondolava tra il lavoro burocratico e abitudini composte e precise da zitella.

Ma succede sovente che giornate banali o futili incidenti aprano senza preavviso pagine cruciali della vita...

Il giorno in cui telefona allo zio, Carlotta è in ufficio. Due ore prima è scesa nelle sale di conservazione dei volumi, umidi scantinati dove la ricerca dei vecchi atti notarili è compito di Anselmo Dioguardi, un usciere che è un vero topo d'archivio ma quel giorno latita per suoi improrogabili affari personali.

D'altronde neanche gli altri due impiegati, Concettina Calvaruso, dattilografa e nostalgica fascista, e Marx Liotta, contabile comunista, brillano per spirito di servizio. Per questo Carlotta, con il piglio responsabile di un capo, si è dedicata personalmente alla richiesta di un utente che cerca un atto stipulato all'inizio del secolo, di vitale importanza per l'esito di una causa.

Se potesse Carlotta li prenderebbe a calci, quei due impiegati. Le hanno sempre reso il lavoro un inferno, l'hanno osteggiata perché ancora nel millenovecentosessanta al sud del sud un capo al femminile è contro natura.

Avanti e indietro ha percorso i corridoi tra gli scaffali e, alla fine, vittoriosa e con in braccio un volume di dieci chili, sta risalendo la perversa scala acchiocciolata che dagli archivi riporta agli uffici. Un tacco impigliato in un gradino, una discesa a precipizio e senza appigli: un volo d'angelo.

"Aiuto! Aiuto!"

Immobile, ventre a terra, il dolore le consente solo un filo di voce, ma quegli infedeli acquattati in attesa della sua sconfitta non hanno potuto ignorarla e si sono precipitati.

"Dove ci fa mali? E cà? E cà?" Concettina, tastando ossa e palpando muscoli, cerca fratture ed ecchimosi. Un veloce segno di croce e un ringraziamento a san Gerlando concludono l'indagine, mentre Marx, guardando la scena dall'alto in basso, ostenta l'ateismo di partito: "Sì, sì, san Gerlando e gli amici suoi! Dottorè, la fortuna è che siete secca come una sarda!".

È un supplizio lasciarsi prendere in braccio dal comunista per ritornare nel suo ufficio. Carlotta si agita, cerca di ricomporre la gonna che nel movimento si è sollevata, le dita di lui stringono le cosce mentre sottovoce le dice che non sono proprio da sarda. Ma il colpo più duro il suo orgoglio lo subisce più tardi.

Con le mani dolenti, le braccia escoriate e le ginocchia in fiamme, Carlotta cerca l'atto richiesto e inizia a sfogliare il tomo, che reca la classica intestazione:

Notaio Santaninfa Raimondo
con sede in Sarraca – anno millenovecentoventisei

Potrebbe dire all'utente di cercarselo da solo, quel maledetto atto. È il numero 367 di quelli conservati a raccolta nel volume, non sarebbe difficile. Ma poi i fogli assai vecchi, la rilegatura in cartapecora infragilita: niente, non si fida di lasciarglielo tra le mani, vuole farlo lei. Sfoglia piano il volume, troppo la carta si sbriciola! Legge attenta la numerazione... raccolta n. 362, 363, 364. Poi un nome e un cognome, come calamite, e un titolo che non si può ignorare:

Verbale d'inventario di eredità
del barone Carlo Cangialosi
deceduto a Sarraca, provincia di Girgenti,
in data ventitré dicembre millenovecentoventiquattro

La data in cui lui è morto. La data in cui lei è nata. Lo stomaco di Carlotta va in frantumi per l'emozione, i battiti fuggono dal cuore, il sangue alle tempie pulsa, le sembra che suo padre sia tornato a cercarla.

La lettura del verbale è immediata e sconvolgente, una verità sconosciuta le brucia gli occhi. Si ferma, prova a ritrovare la calma. Ma ha bisogno di capire, e quella verità è così lontana nel tempo che solo una persona ormai può sapere, spiegare, asserire o negare quello che lì dentro è scritto: lo zio Peppino. Ormai della sua famiglia nessuno è sopravvissuto se non lui, lo zio d'adozione, l'unico uomo a cui abbia mai consentito di occuparsi e preoccuparsi per lei.

Le due del pomeriggio ormai sono passate da un pezzo e lo zù Pippino la sta ancora aspettando.

Ha rimandato indietro la pastina con il brodo vegetale che Cursidda gli ha preparato, la sola vista gli rivolta lo stomaco e poi… che fame e fame! Nel naso, persistente più che mai, ha odore di tonno.

Finalmente il campanello di casa trilla a oltranza. È Carlotta.

Bacia veloce Cursidda che subito vuol metterle un piatto in mano: "Tieni, almeno due melenzanuzze imbuttunate, santa picciotta, senza mangiare fino a quest'ora!".

Carlotta ringrazia, rimanda a dopo il suo pranzo e si dirige decisa verso lo zio: "Non ho parole! Giuro, non ho parole!". Il tono è ostile.

La mente di zù Pippino traballa: "Che vuoi dire? Ieri al telefono ti squagliavi in lacrime e oggi sei in guerra?".

"Ieri ero confusa, oggi voglio la verità."

Intanto una copia del verbale d'inventario dell'eredità del barone Carlo Cangialosi raggiunge in un volo la scrivania dello zio.

Lui guarda il documento, non lo tocca nemmeno, non ha bisogno di leggere quelle pagine perché della nipote del cuore sa tutto. C'è sempre stato lo zù Pippino, da quando Carlotta arrivò a palazzo Cangialosi, sospirata unica erede del barone Carlo e di Nardina Aricò.

"Che c'è? Non leggi? Certo, non ne hai bisogno, lo sai già!"

"Io di questa carta nenti sacciu, ma il codice civile lo conosco meglio di te e il verbale d'inventario è obbligatorio quando chi muore lascia un figlio minore. I minori vanno protetti e se risulta che l'eredità ha più debiti che patrimonio, è l'unica arma per consentire loro, raggiunta la maggiore età, la rinunzia all'eredità stessa."

"Oh, che bella lezione! Ma ti dimentichi che pure io sono laureata in Codici e affini? E va bene, faccio finta di

credere che non sai nulla e ti spiego. Qui il notaio Santaninfa ha fatto una premessa all'inventario dell'eredità di mio padre. Dice che l'obbligo alla redazione del verbale gli viene non solo dalla legge ma anche dall'espressa richiesta del pubblico ministero, sul cui tavolo è giunta una grave denunzia a carico di mia madre, Nardina Aricò, e della madre di lei, Sebastiana detta Bastiana Aricò: la nonna! Si afferma in queste carte che entrambe organizzarono un raggiro a carico di mio padre, facendogli credere che io fossi sua figlia, ma così non era."

Ecco, è riuscita a dirlo. Ora la rabbia si è mutata in lacrime, Carlotta in bocca ne avverte il sale: "E quel che è peggio," prosegue singhiozzando, "la denunzia fu presentata da donna Rosetta Damelio vedova Cangialosi. Ti rendi conto? Dall'altra mia nonna, che tu ben conosci per essere da sempre stato il suo legale e il curatore del suo patrimonio. Capisci ora? Io non sono più io!"

Lo zù Pippino è ridotto al silenzio, la faccia schifiata come se gli fosse stato messo un sorcio in bocca, sempre al sapore di tonno. Si dimena sulla poltrona: "Letta così, sulla carta, pare una storia tragica, ma non lo fu. Furono curtigghi, gioia mia, male femmine che istigarono alle sciarre. Tua nonna paterna era una nobile, quella materna una popolana, c'è posto per invidie e gelosie! La verità quella vera ognuno di noi un pizzuddu ne sa, tutta solo Dio la conosce. Se Iddu esiste. Io ti dico che tu sei stata concepita nelle famiglie dove hai sempre vissuto, mi credi?".

Carlotta incrocia le braccia e, la voce arruffata dalla rabbia, gli occhi stretti a fessura, sbummica: "No, io voglio sapere che cosa veramente successe! Che poi, se mio padre non è mio padre, mia madre, che 'per l'occhio di la genti' non si metteva neanche il rossetto, allora è buttana?".

Nell'aria rimane il suono scabro dell'ultima parola, mentre i pugni di lei martellano il tavolo. Zù Pippino è seduto da così tanto tempo che la poltrona è ormai un'appendice del suo corpo. Ma la respinge, si alza di furia e, con rabbia uguale e contraria a quella della nipote impinge spigoli e ingombri, libri e giornali in pila per terra. Perentorio invita Carlotta a seguirlo: "Forza, saliamo! Allo specchio ti devi guardare!". Lei smette di piangere, ora è curiosa e lo segue.

Sorreggendosi alla spalla della nipote, lo zio s'inerpica sugli scalini che conducono alla sua camera da letto. La spinge davanti l'armadio: "A chi somigli?".

I capelli ricci e neri, gli occhi colore di miele bruciato e su di essi sopracciglia dritte e folte che le regalano un'aria innocente, il viso di Carlotta è minuto e antico e sorride a labbra frenate. Il corpo è leggero, non magro; una stoffa sottile, stampata a piccoli fiori, esalta forme rotonde dentro il vestito. Si scruta nello specchio e vede un po' dei Damelio e quasi nulla dei Cangialosi, le due famiglie della sua razza paterna. Degli Aricò, il ceppo materno, su di lei non vi è traccia. Infine sbotta: "Somiglio a nessuno mischiato con niente!".

Zù Pippino fa un respiro profondo, la prende per mano e la porta alla finestra spalancata: il mare a perdita d'occhio, nell'aria odore di salsedine e di sarde arrostite.

Costruito su un declivio leggero, il quartiere marinaro si distende fin sulla sabbia. Le case più vecchie quasi lambiscono l'acqua, le porte sempre aperte in attesa delle barche di ritorno dal mare. Le costruzioni moderne, affamate di spazio, risalendo il pendio si aggrappano l'una all'altra, celle bianche di un favo di api. Tutte si affollano attorno a quella dello zù Pippino, una torretta aggraziata che a giro guarda il quartiere.

La finestra come cornice di un quadro, lo zio perentorio chiama i vicini: "Nunzia, Saridda, Agatina, don Liborio, mastru Ciccu!".

Gioca. Di nuovo picciliddu suona il tamburo, una vuciata a raccolta.

Nei cortili, dalle porte, sui lastrichi, il vicinato si affaccia, si raccoglie, le orecchie si fanno curiose: "Che fu? Che successe, don Peppino?".

"La viriti questa picciotta? È la figlia del barone Carlo Cangialosi buonanima e di sua moglie baronessa Nardina! Nevvero?"

La gente lo guarda sbalordita.

"Don Peppì, e sono tant'anni che la canuscemo! Qual è la novità?"

"Nenti, nenti, mi venne a trovare e volevo fare sapere a tutti quanto la picciotta m'è affezionata! Contento sono!"

Un applauso fragoroso e poi: "Brava Caruledda, brava Caruledda!", ma le facce dicono che quella di lui è testa ormai smarrita.

Cursidda intanto li ha raggiunti e si affretta a chiudere la finestra: "Ma che è pazzu? Macari a mare lo sentirono! Nonsi, ancora nun sta bonu! Da stamattina, la prissione... la prissione!".

La controra è passata da un pezzo quando zio, nipote e fantesca si mettono a tavola. Sono silenziosi, Cursidda magnifica la sua pasta ammuddicata, aglio, olio e mollica grattugiata e soffritta, buona pure a corrompere un diavolo inappetente.

L'ira di Carlotta sembra acquietata. Che tutto sia stato una brutta storia di ostilità familiari è possibile... eppure. La denuncia presuppone un fumus, una verosimile occasione che ha scatenato conclusioni a pioggia. Non nascono dal nulla un padre che padre non è e una figlia che non può appartenergli.

Adesso ha voglia di tornare nella sua vecchia casa, a palazzo Cangialosi. Ripensa a un gioco che sembra una magia della mente e che le è riuscito sempre e solo tra quelle mura: uccidere i pensieri, mutilare la parte di cervello che li genera. La testa vuota è una stanza pulita, si riprende a vivere. Spera succeda di nuovo.

Saluta lo zio, fa un salto in cucina per un abbraccio a Cursidda che dura assai: "Domani qua non ci sto! Torno ad Agrigento, vado a scavare in archivio... vedrà iddu se non ne vengo a capo da sola di questo mistero!".

"Ma che tormenti inutili! Picciuttedda mia, ma giusto di domenica te ne vuoi tornare? Urgenza non ce n'è... perciò non ti amareggiare!"

"Tu non sai niente, vero, Cursidda?"

"Nonsi, ce lo giuro sull'anima dei miei morti!" ma gli occhi di lei frugano a terra.

Zù Pippino respira di sollievo quando sente il rumore della porta di casa che la nipote chiude dietro di sé.

Ma non è ancora tempo di pace, Cursidda lo assedia: "Perché non ce lo diceste? Perché accovare? Bugie e silenzio? Ancora? Vigliacco, per questo non parlate: perché siete vigliacco e la pace vostra vale più della sua".

Lui è ancora seduto a tavola, tiene gli occhi chiusi, non risponde. Il passato gli ritorna, è un'onda di marea, sommerge presente e futuro ed è dispettosamente limpido, chiaro e completo.

Scricchiola la sedia mentre lui si alza, i passi stentati, le mani pronte ad afferrare sostegni per un troppo instabile equilibrio. Sei scalini prima di raggiungere la sua stanza ma sembrano sedici, poi il letto accoglie un corpo tutto stanco mentre la mente è vivida, lavora di lena e va indietro negli anni incurante delle richieste di pace che lo zù Pippino le rivolge. L'anno millenovecentoventiquattro sembra appartenere a un altro secolo, la stagione è la stessa. Anche il caldo è quello di allora, un'afa stagnante che imperla la fronte, bagna camicie e corsetti, asciuga le lingue e brucia i piedi di uomini e donne che con lui percorrono a piedi la tormentata strada che da Girgenti conduce a Sarraca.

Sarraca, 1924
La storia quella vera

1

Sotto i raggi cocenti del mese di luglio dell'anno millenovecentoventiquattro, l'avvocato Calascibetta, l'ombrello aperto a mo' di parasole, alla testa di un drappello di viaggiatori in cammino, tuonò: "Indietro tornammo! Ve lo dico io che indietro tornammo!".

Per la terza volta dall'inizio del viaggio sulla sbalestrata corriera che da Girgenti conduceva a Sarraca, i passeggeri erano stati costretti a scendere per alleggerire il trabiccolo del loro carico. Avanzavano adesso a piedi, sconfortati, su una strada sterrata ferita di buche e gonfia di dossi, e approvavano sbuffando le lamentazioni di Peppino Calascibetta.

Avvocato di peso anche nella figura, uomo maturo ma ancora prestante, del Pippineddu di anni otto gli era rimasta la vociata arruffapopolo di quando, al collo la cinghia e in mano le bacchette bianche e rosse, mazzoliava con forza un tamburo di latta. Ora dietro la corriera, lento pede come a un funerale, con fervore accusatorio Calascibetta lamentava una Sicilia morta, incapace di autonomia e che dopo i Borboni non aveva più conosciuto progresso. Mai ci fosse entrata nel Regno d'Italia, ché ci si era squagliata dentro come lo zucchero nel caffè.

"E pure i Borboni ladri e sanguisughe! E come a loro tutti: inglesi, spagnoli, aragonesi, francesi." *Il Giornale di*

Sicilia arrotolato e usato a mo' di fucile in una esecuzione era puntato verso invisibili usurpatori. "Concorso di persone nel medesimo reato, questo fu! Tutti vennero, mangiarono e s'ingrassarono." Poi, smessa la posa da tribunale, scrosciò la rabbia dell'isolano tradito e abbandonato: "Ci abbiamo dato più soldi noi siciliani che tutti gli altri stati a quei piemontesi polentoni! Per fare che cosa? Nientemeno che IL REGNO D'ITALIA! E ora vediamo che sapi fare questo signor Benito che è italiano sì, ma della Sicilia non ne sa una minchia!".

La minchia siciliana ignorata da Mussolini, da anni per Calascibetta e non solo era invece un chiodo fisso: "autonomia" il suo nome scientifico, "la Sicilia ai Siciliani" la vulgata. Applausi, dissensi, consensi, fumo di sigari e colpi di tosse e intanto una nube di polvere si levava da quel gregge in cammino. Due suore alleggerivano la fatica del passo pregando il rosario. Le signore, i ricci sfatti dal sudore, sventolandosi camminavano in muto sodalizio, attratte l'una all'altra come gocce d'olio nell'acqua, le schiene piegate, i seni come giberne appese al collo.

Gli uomini invece andavano in ordine sparso aggruppandosi solo se si conoscevano per mestiere o per quartiere, che alla fine era la medesima cosa. A Sarraca marinari, calafatari, purpiaturi, nassaroli e salinari brulicavano tutti alla Marina: il mare per mestiere, il mare depredato di così tanti pesci da riempire la barca quasi affondandola, il mare esattore che inghiottiva uomini con onde alte come mura d'acqua. Se non era il mare, era la campagna che dava di che campare: a nobili e borghesi, a coloni, campieri e massari. Ed erano vendemmie e raccolte di olive e grano e tutto un paesaggio di carretti e di jornatari sulle trazzere. Cingevano il paese latifondi macchiati di giallo e marrone che se ne salivano aridi e bruciati verso monte San Calogero dove pennellate di pecore e capre ruminavano restucce di grano e d'avena, tratteggiando un paesaggio bucolico.

Finalmente, dopo una salitedda affrontata e vinta, la strada riprese un aspetto carrabile e la corriera, porte aperte e motore acceso, ingoiò per la quarta volta il popolo scontento dei viaggiatori.

Che poi, nella sua scontentezza quel popolo ci sguazzava dentro, essendo assai più facile lagnarsi degli altri piuttosto che fustigare sé stessi. Come nei tanti paesi di Sicilia, a Sarraca uomini e donne procedevano nella vita a fatica, la testa sempre volta all'indietro che "è megghio lu cattivo canusciutu che lu bonu a canùsciri".

L'avvocato Peppino Calascibetta guardò indulgente il suo giovane vicino, Stefano Damelio, detto 'u baruneddu perché figlio del barone don Rosario, colendissimo rappresentante della nobiltà sarracese. Il picciotto dall'inizio del viaggio non si era mai mosso: un sonno profondo lo aveva reso assente al mondo intero, non era sceso nemmeno quando l'autista l'aveva ordinato con voce stentorea.

Gli venne voglia di svegliarlo solleticandogli l'aristocratico naso con il fazzoletto completo di iniziali e stemma baronale che presuntuoso gli si affacciava dal taschino, ma desistette dal proposito. Lo tuppuliò sulla spalla e, quando Stefano aprì gli occhi e finalmente scrollò i folti ricci neri, gli alitò in faccia una risatella beffarda: "E certo! Il popolo a piedi e i baroni in carrozza, vero?".

Stefano, che tornava a Sarraca fresco di diploma al Regio convitto di Girgenti, contrariato per l'inopportuno risveglio ma beneducato come si conveniva al suo rango, ammise la sua distrazione: "Avvocato, fu sonno arretrato di studente esaurito!".

L'avvocato smaliziato aggiunse: "Eh, don Stefano! La verità è che a voi niente ve ne fotte! Chi piange e chi mangia, chi nuota e chi affonda, abbasta che voi state sempre a galla!".

Stefano Damelio abbozzò un sorriso di convenienza e fece finta di riaddormentarsi, ma ormai intorno a lui era tutto un ciuciulìo di voci e risate.

Eppure si assopì davvero, complice il rollio della corriera in movimento, e tornò a suonargli nelle orecchie la nenia ammiccante cantata da Sabedda, una giovine di campagna che aveva acceso la sua acerba passione. Le vacanze di Pasqua, la masseria di famiglia a San Marco, i preparativi per la festa, l'invito alla caserma abbandonata... Sabedda si lascia baciare, fa la ritrosa ma poi si lascia toccare, i seni duri, le cosce calde. Sì, lei lo vuole, si agita, dice di no e intanto smania, il sospiro tradisce il piacere. Prenderla è un attimo, poi lei si quieta piangendo. Le femmine piangono sempre.

Piccola, bruna, puntuta, ancora a Stefano gli spirtusava la memoria lo sguardo di lei, spillo nero e lucente, i seni dritti come cime di giovani monti, i fianchi morbidi dopo la vita stretta. Ma nel sogno un fastidio, una presenza turbava il godimento, lo sollecitava a svegliarsi per porre fine a una sensazione angosciante: una figura cavalcava avvolta in uno scuro tabarro, un lugubre cavaliere dell'apocalisse.

Ancora una volta lo aiutò nel risveglio Calascibetta che sparava parole come palle di cannone: fascismo, censure, terre ai contadini sì, terre ai contadini no e via politicando.

La verità era che il fascismo degli inizi, guardato dai siciliani a distanza di mare e con il sospettoso animo di eterni sottomessi, non aveva avuto per gli isolani forza fascinatoria, ma dopo la vittoria delle elezioni di aprile sul carro sembrava volessero salirci un po' tutti, aggrappandosi alla giacchetta di quelli, pochi, che da subito avevano fiutato l'aria che tirava.

Intanto la corriera gonfia di chiacchiere giungeva a Ribera, ultima fermata a pochi chilometri da Sarraca. Il conducente, desideroso di arrivare al più presto ché ormai si era fatta l'ora del desinare, sollecitava lo sbarco e l'imbarco di viaggiatori. Il paese vuoto e silenzioso boccheggiava nelle foglie polverose degli oleandri, nella fontanella di ghisa con la bocca asciutta, nei balconi spalancati a respirare.

Scesero le due suore, le labbra ancora in bisbiglìo di orazioni.

Stefano, perso nel ricordo della sua Sabedda, si stropicciò gli occhi e diede in smanie vedendo salire sulla corriera proprio il padre della giovane che stava sognando: Bartolo Messina, la faccia scura e affilata, la barba ispida, i pantaloni e la camicia come di cartone per tutto il sudore che gli si era asciugato addosso. Con il braccio appesantito da una sporta di arance, percorreva il corridoio in cerca di un posto. Quando fu all'altezza di Stefano e di Calascibetta, sollevandosi appena la coppola, Bartolo ossequiò 'u baruneddu. Stefano cercò rifugio dietro le spalle dell'avvocato e biascicò un saluto, neanche fosse stato sorpreso proprio nel momento in cui, sfrenato dal desiderio, vinceva le resistenze di sua figlia Sabedda.

L'avvocato sogghignò a tutti quei movimenti scomposti: "Barunè, che fu? Vi ammaraggiaste?".

"Nonsi, avvocato, il sole gli occhi mi sta bruciando."

"Gli occhi ti devono bruciare per una bella fimmina, no per tanticchia di sole!"

Tutti risero, anche nel fondo della corriera da sempre reparto riservato alle signore.

Bartolo Messina, invece, sembrava non aver voglia di babbiare. Andata a ritorno sulla corriera dieci lire gli erano costati e chissà se i baroni Damelio gliele rimborsavano. Vedovo da tempo, in qualità di massaro abitava con

Sabedda nel casale del podere di San Marco, proprietà e residenza estiva del barone Rosario e della di lui sorella donna Rosetta. Un comune destino aveva lasciato vedovi entrambi, l'uno padre incapace di Stefano e Silvia, l'altra madre distratta dell'unico Carlo.

Bartolo da solo faceva quel che poteva in quei dieci ettari di terra ma a tempo di vendemmia, di grano da falciare e mandorle da viscugliare doveva chiamare in aiuto gli jornatari: a Ribera era andato per questo e, dopo aver patteggiato con una decina di uomini, se ne tornava ora con l'amichevole omaggio della sporta di arance tardive.

Un tornante e il veicolo pericolosamente inclinato sospesero il fiato a tutti i passeggeri mentre l'autista, manovrando il volante come fosse un pennello, superava brillantemente la prova. Meno abile, la sporta di Bartolo si lasciò sfuggire il carico di arance che presero a rincorrersi per tutta la corriera.

Vedendo quella gara l'avvocato Calascibetta, di nuovo bambino con il tamburo, ne diede bando con tono concitato: "Gésu Gésu! Acchiappàtili, acchiappàtili! Di cumpà Bartolo sunnu! Sinni stannu fuiennu!".

Furono subito tutti pronti a recuperarle, ma al massaro ne ritornarono appena la metà: ognuno ne aveva tratto profitto e ora l'aria era satura dello spirito degli agrumi. Le donne ne beneficiarono in maggiore misura per via della strada che, arrampicando, aveva ammassato i frutti in fondo alla corriera, e quel diversivo aveva reso tutte loquaci e golose.

"Ottime sunnu 'ste arance, Bartolo, ma della baronessa sono?"

Bartolo Messina sobbalzò: aveva riconosciuto la voce della gna Bastiana, consuocera della sua padrona donna Rosetta, e la cosa non gli faceva piacere. Lui li odiava tutti, padroni e parenti dei padroni. Travaglio assai e soldi niente, tutti uguali. Per cortesia rispose che le arance gli erano state regalate da amici.

L'avvocato Calascibetta, *Il Giornale di Sicilia* divenuto ventaglio, annotò: "Cumpà Bartolo, 'sti amici non si possono perdere, mi raccomando, teneteveli stretti".

Intanto nel reparto femminile della corriera la gna Bastiana, un bel foglio di giornale usato a protezione del petto ridondante come l'architettura di un balcone barocco, apriva un frutto sfogliando gli spicchi come petali di un fiore. Il corpo pieno e morbido che ricordava tabbarè ricolmi di cassatedde e minne di vergini, i bei fianchi gonfi come vele intrappolati in un pretenzioso abito di taffetà, Bastiana Aricò intesa come "la currera" era guardata con sospettosa invidia dalle donne sarracesi che con lei viaggiavano.

Certo il mestiere nel quale tutti la identificavano lasciava spazio a equivoci e allusioni. Ma più di tutto si era fatto un gran parlare dell'improvviso colpo di fortuna che l'aveva fatta salire di classe: la figlia Nardina era di fatto e di diritto baronessa, avendo sposato il figlio di donna Rosetta, Carlo Cangialosi, barone anch'esso per eredità paterna.

Ma la storia di Bastiana era oggetto di chiacchiere e sfottò da molto tempo prima di quel fortunato matrimonio. Quando era già sulla trentina si era scelta come marito un giovane di Burgio che di mestiere faceva il rabdomante: ma poiché l'acqua che si rivelava dal suolo profondo, richiamata da una forcella nelle sue mani, faceva di lui uomo di occulti poteri, troppi per rispetto reverenziale non lo pagavano. Bastiana, stanca di falsi misteri e pochi denari, aveva dunque messo il marito a condurre il piccolo negozio di merceria di cui era padrona. Lui era bello e gentile e poiché la putìa la conduceva assai bene, Bastiana, che cercava soldi come aria da respirare, prese a fare la "currera", girando per paesi e città della Sicilia a sbrigar faccende di ogni genere per i sarracesi. Lei sapeva che la vaghezza dei servizi offerti lasciava spazio alla fantasia dei compaesani, ma delle malelingue non se ne curava preferendo seminare chilometri e raccogliere pìccioli.

"Questo speciale è, gna Bastiana! L'assaggiasse!" Vermiglio del tipo sanguinello, uno spicchio di arancia gocciolava sugoso nella mano di Maruzza Gulino. Bastiana non disse di no.

Di mestiere fornara, intesa "commare Giuggiulena" per via dei semi di sesamo che neri punteggiavano le bianche muffolette cotte nel forno, nella bottega di Maruzza si chiosavano tutte le notizie di cronaca paesana.

"Bastiana, ancora la currera faciti? Non vi stancàstivo di andare girando come una strummula per spicciare servizi alla gente?"

Bastiana, avvolto a palla il giornale e asciugata la bocca fresca e dolce del sugo di arancia, fece mostra di non gradire la familiarità di linguaggio mostrata dalla commare Giuggiulena.

"Cummà, il mio mestiere delicato è, io farina non ne impasto. La gente m'affida carte e denari per fare quello che a Sarraca non può essere fatto. Gente importante conosco io! Professionisti, nobili e proprietari, altro che pescatori, putìari e cammarere!"

"Certo, certo, altrimenti come la potevate sposare a Nardina con il figlio di donna Rosetta Damelio? 'U baruneddu Carlo partito d'oro è! E pure che vostra figlia è bedda... la dote pure bedda doveva essere!"

La voce delle due donne si era alzata di tono e ormai la sentivano anche quelli della prima fila.

L'avvocato con contegno se la rideva immaginando le tiritere che donna Rosetta Damelio e la gna Bastiana avevano dovuto fare per disputarsi ogni rigo del contratto matrimoniale dei rispettivi figli Carlo e Nardina.

"Cummà Giuggiulena, se non ci facevo una bella dote lo stesso se la maritava, senza che ne dubitate!" Bastiana non demordeva.

L'avvocato punse il suo compagno di viaggio: "Barunè, sentite come tira di fioretto la vostra parente!". Stefano, sulle spine per la gna Bastiana, recente e imbarazzante acquisto della famiglia Damelio, aveva preso ad arrotolare il cravattino che per il gran caldo aveva dovuto togliersi.

Bartolo dietro di lui, la sporta afflosciata sulle gambe, se la carezzava come fosse un gatto e invidiava alle femmine la lingua di cui il Signore le aveva dotate, perché con quella ci si poteva passare il mare.

Intanto commare Giuggiulena, alla quale lo sproloquio di Bastiana non era affatto piaciuto, con il medesimo stucchevole tono di voce della currera rincarò la dose: "Ma ormai fosse meglio che faceste solo la signora, che si vede che la sapiti fare bene," e poi concluse, perfida: "E picciliddi? Ne ha avuti picciliddi, Nardina?".

Bastiana cominciò ad allargare con il dito indice il suo bel girocollo d'oro che all'improvviso era diventato soffocante.

"Nonsi," ammise, "ma sono due anni che si sposò. C'è tempo, e poi lei è picciuttedda, avi vent'anni."

Giuggiulena voleva stravincere e pontificò: "A noi femmine l'anni di più assai ci contano! Pure vossia lu sapi che i figli le donne li devono fare da giovani, i maschi no, pure vecchi sempre boni sono!".

Ormai sulla corriera era tutta una risata e un dare di gomito. L'avvocato già si vedeva al casino sociale a rappresentare, per diletto degli amici, il teatrino messo in piedi da Bastiana e Giuggiulena. Le dita che gli tamburellavano sulle gambe, il tono da basso a mezza voce, prese a canticchiare: “La calunnia è un venticello, un’auretta assai gentile…”.

Stefano si sentì raggelare il sangue al pensiero che anche i fatti suoi potessero un giorno essere di pubblico dominio come quelli del cugino Carlo, sposo di Nardina. Lui! ’U baruneddu Damelio! Se avesse seguito le sue fantasie con la giovane Sabedda si sarebbe ritrovato genero di quel Bartolo che gli sedeva dietro! La nobiltà della sua famiglia, la ricchezza sconfinata quanto le sue terre, i cavalli, la caccia, le feste… Tutto gettato in una vampa di fuoco per una villanella che di allettante aveva carni sode e ambrate e l’eccitante inclinazione a guerreggiare. No, no… una fimmina non vale una vita senza pensieri e molti piaceri! Morto sì, ma diseredato e in bocca a tutti no.

Di Sabedda, nello stesso momento, si preoccupava anche il padre Bartolo che, udite le parole delle due commari, si chiedeva chi mai si sarebbe sposato sua figlia. Senza dote e selvatica com’era, sullo stomaco di sicuro gli sarebbe rimasta. Intanto contava le arance che nella sporta erano ahimè assai meno di prima.

Alla gna Bastiana quella conversazione ormai pungeva come fosse seduta su una corona di spine e, rimestando nella sua grande borsa, ne trasse fuori un paio di occhialini muniti di un manico di madreperla, belli che pure la nobile consuocera donna Rosetta quando li guardava si disturbava. Li inforcò e con l’impegno di un ufficiale delle poste prese a dividere dentro la borsa le carte che vi si affollavano.

Nella corriera ormai era tutto un bisbigliare sull’argomento: figli non attesi, gravidanze insperate di donne quarantine, figli a sorpresa di padri vecchi ma non saggi.

Finito di rimestare, per distrarsi Bastiana si mise a guardare fuori il finestrino: nella corsa lenta della corriera, l’estate mostrava la sua fertilità: grano alto e maturo, albicocche, prugne, pesche, mandorle che senza pudore apparivano dal mallo già secco e spaccato, tutto sembrava fosse in grado di procreare tranne sua figlia.

Pure lei, in verità, per qualche anno dopo il matrimonio aveva sofferto la condizione di sposa senza prole: non le mancava niente, quella 'ngiuria della "currera" affibiatale dai suoi paesani era stata il suo nome d'arte e la sua fortuna, Beniamino era bello e bravo che badava alla putìa e macari alla casa, le mancava solo un figlio per fare tombola ma non ne venivano proprio. Provvidenziale era stato il "Giro in bicicletta della Sicilia" che passò da Sarraca un tiepido mattino d'aprile. Una foratura costrinse un bel toso veneto a fermarsi appena una curva prima che si arrivasse al paese. Gna Bastiana, che lì si trovava per i suoi affari, non seppe resistere agli occhi cerulei del ciclista e al suo parlare tischi toschi. Un complimento di lui, un finto imbarazzo di lei, un opportuno oliveto fitto e frondoso, quel che ne accadde costrinse Nardina a scendere dal cielo. Il caro Beniamino non tornò dalla Grande guerra, e Bastiana e la piccola Nardina rimasero sole.

Nella mente di Bastiana, ormai corda di arco tesa allo spasimo, scoccò proprio allora un'idea come freccia al bersaglio. Nella fretta di zittire quella stracchiola antipatica della consuocera e i sarracesi che se la ridevano di lei, cominciò a disegnarsi nella testa della currera un piano che qualunque persona di buon senso avrebbe definito criminale.

Non un orfanello da adottare avrebbe procurato a sua figlia Nardina ma un figlio, un figlio vero davanti a Dio e agli uomini, con tanto di gravidanza e parto da scimunire pure il genero Carlo Cangialosi facendogli credere fosse suo.

Ma come? Si poteva mai andare in giro a chiedere picciliddi? Il suo progetto avrebbe tollerato complici? Gna Bastiana cominciò a percorrere con la mente le strade più varie.

Intanto si era alle porte di Sarraca. Al baruneddu Stefano quel viaggio era sembrato interminabile. Il latte bevuto a colazione ora proprio non ce la faceva più a rimanere dentro.

L'avvocato Peppino Calascibetta, al contrario, tirò fuori dalla sua cartella un involto di carta marrone fiorito di unto e, aggrappato un tovagliolo al collo della camicia, cominciò a mordere un panino con la mortadella.

"Baruneddu, mi deve scusare ma diabetico sono! Poco e spesso devo mangiare. Volete favorire?"

Stefano non fece a tempo a rispondere: affacciato al finestrino concesse al latte una via d'uscita.

"Per carità," rispose con garbo e un pallido sorriso tornando a sedersi, "non mi voglio guastare l'appetito."

Bastiana, eccitata e combattuta per la diabolica fulminazione, si asciugava il sudore che scorreva nella piega dei seni, ormai anch'essi al profumo d'arancia, attendendo seduta che la corriera fosse ferma e soprattutto che Giuggiulena la precedesse nella discesa.

La fornara, in piedi in mezzo al corridoio, all'apertura della porta si precipitò fuori, impaziente di arrivare al forno a sciorinare le sue prodezze di cronachista.

Stefano Damelio, che da Bartolo voleva segnare ogni distanza, prese tempo a raccogliere il suo bagaglio e quando il massaro fu sceso, la coppola a mezz'aria a saluto per lui e l'avvocato, lo seguì ben discosto.

L'avvocato, cui nulla sfuggiva, sentenziò: "Ognuno al suo posto!".

2

Per Bartolo però, che aveva da proseguire a dorso di mulo, mancavano ancora un paio di ore alla fine del viaggio.

Quietato dalla solitudine, se ne andò a recuperare la sua bestia legata alla boccola di un concio di pietra della chiesa del Collegio e mentre quella zoccoliava allegra, Bartolo tornava col pensiero a sua figlia e alla sua stessa vita. Niente era stato capace di cambiare, né l'una né l'altra.

Se Sabedda fosse stata più docile! Macari già maritata poteva essere, ché una moglie obbediente e rispettosa vale più di una dote e lui, finalmente libero, avrebbe potuto salutare spernacchiandoli don Rosario e donna Rosetta Damelio e cercarsi un posto tutto per sé. Pure una cosa modesta, una terra quanto una pozzanghera, una casa come una scatola di prosperi e chissà, forse anche una vedova come a lui.

Intanto, il sole ancora alto, il caldo guerreggiava vincendo ogni ombra. Passando per la strada sopra il quartiere della Marina, al massaro tornò la spiacevole memoria del colloquio di qualche giorno prima con tale don Calogero Licata, che di mestiere era campiere e molto di più: sorvegliava terre, coloni, massari e mezzadri per conto di nobili e borghesi. Nella sua giurisdizione ricadevano tutte le proprietà di don Rosario e donna Rosetta, ivi compresi la masseria di San Marco e Bartolo Messina.

Don Calogero era ancora giovane e d'aspetto prestante, mostrava la sua disponibilità verso tutti, mezzadri puvirazzi o padroni ricchi che fossero, e garantiva gli uni da abusi e angherie, gli altri da estorsioni e vendette. Che poi in questa funzione poliziesca usasse suoi sistemi e ne ricavasse profitto era conseguenza necessaria di cui nessuno si scandalizzava.

Tante volte don Calogero aveva detto al massaro di sentirsi libero di disporre di lui quando se ne fosse presentato bisogno e Bartolo ogni volta nella sua mente rispondeva "Dio ni scansi e liberi". Lui lo conosceva bene il campiere: si muoveva allo scuro, smuoveva pietre, fermava fiumi, spostava limiti e capovolgeva sorti, ma come facesse era sempre leggenda. Al suono del suo nome le voci si facevano zitte zitte e della parola "mafioso" nessuno ammetteva di conoscere il significato.

E davvero se avessero dovuto spiegarla, quella parola, a Sarraca e nella Sicilia tutta, nessuno ne sarebbe stato capace. Non un mestiere, una ingiuria o un difetto. Semmai un atteggiamento, una sicurezza nei modi, un'aura di uomo miracoloso. Era così innocente quella parola che se c'era da fare un complimento a una ragazza la si appellava proprio "maffiosa" facendo onore alla sua bellezza e a un tempo al suo carattere volitivo e insofferente.

Così Bartolo, stretto tra la perfidia di donna Rosetta e l'arroganza di don Rosario Damelio, logorato dalla sua stessa ambizione di diventare proprietario, in uno dei tanti giorni di disperazione ché il barone lo aveva apostrofato "bestia!" accompagnando le parole con un calcio, si era deciso a profittare dell'aiuto più volte offertogli da don Calogero, pur sapendo che per quella via avrebbe dovuto pagare pedaggio.

Il campiere non si lasciò sfuggire l'occasione perché la disperazione altrui era l'interesse suo, e lo invitò a raggiungerlo alle Grotte del Caricatore al quartiere marinaro, dove ogni giorno "allo scurare" lui stava a disposizione di chi avesse bisogno dei suoi favori. E Bartolo era andato.

Lì sotto, le case bianche come il sale si aggrappavano l'un l'altra, le reti da pesca stese ad asciugare sui muri erano grandi ragni neri. Nel silenzio della sera orfana di luna, lo scalpiccio dei ferri del suo mulo sui gradoni levigati e umidi che dalla piazza scendevano alla Marina gli assordava i pensieri. La bestia avanzava insicura sul percorso sdrucciolоso, carica anch'essa delle ansie del padrone per quell'appuntamento.

Sulla strada, confusa tra roba abbandonata di ogni genere, la porta che conduceva alle grotte.

Antiche sepolture nella notte dei tempi, ricovero dei cereali all'epoca degli arabi, andati via stranieri e conquistatori le grotte erano state abbandonate e del tutto dimenticate. Rifugio perfetto di fatti e persone, tutti in paese sapevano della loro esistenza e della nuova destinazione d'uso ma, se c'era da indicarle a un forestiero le braccia si allargavano, la faccia si fingeva ignorante e infine si imponeva il sigillo verbale: "Beddamatri! Mi aviti a credere, nenti sacciu".

Davanti la porta, l'impedimento di un picciotto, grosso e scuro come un albero di carrubo: uno dei manutengoli di don Calogero. All'entrata Bartolo, acceso uno zolfanello, si era lasciato scivolare in uno scuro cannolo di pietra levigata dall'uso e dagli anni che conduceva sottoterra. Lì le grotte si aprivano a ombrello.

Il massaro si scoraggiò quando si accorse che c'erano altre persone, poi si fece animo e aspettò il suo turno. Intanto sgranava gli occhi nella penombra e attisava le orecchie per capire se quelli in attesa erano tutti poveri disgraziati come lui.

Pochi di quegli uomini e quelle donne in attesa di udienza sapevano quale prezzo sarebbe stato chiesto dal campiere in cambio della grazia cercata, e i più uscivano dalle grotte senza avere avuto da lui richiesta alcuna. Era questa la procedura adottata dalla razza mafiosa quando, benevola e opportuna, offriva la risoluzione di problemi che per altre strade, soprattutto quelle lecite, sembravano irrisolvibili. In verità la contropartita era una cambiale in bianco: si chiamava "sottomissione", era a tempo indeterminato e non richiedeva firma.

I beneficati però venivano tenuti d'occhio aggiornandosi sulle loro attività, i profitti e le perdite, sui loro amici e nemici, sui parenti stretti e larghi, amati e odiati. Sarebbero stati questi, al momento opportuno, argomenti utili e convincenti per ricondurre alle stalle ogni recalcitrante sottomesso.

Un tavolo e due sedie, i colloqui alle Grotte erano brevi e non se ne poteva percepire suono tanto accosti erano la bocca che parlava e l'orecchio che ascoltava. Don Calogero sembrava un prete nel confessionale.

Quando fu il suo turno, il massaro ossequiò don Calogero prendendogli la mano e accennando a baciarla. Lui lo lasciò fare senza alzare gli occhi. Era curioso di sapere perché Bartolo avesse chiesto quell'incontro segreto, ma il primo passo non doveva essere il suo.

Il questuante, girando tra le mani la coppola che estate e inverno stava sulla sua testa, non si decideva a parlare. Il campiere gli chiese notizie di sua figlia Sabedda.

"Come sta? Ormai una signorina si fece! Pare ieri che ci morì la madre, ancora me la ricordo quando ve la riportaste a San Marco!"

La faccia stupita, la mente confusa per quella cortesia inaspettata e curiosa, il massaro decise di spiegare subito il motivo della sua visita per abbreviare l'incontro e tornarsene a casa. Ormai era pentito, quell'uomo nel buio della grotta era troppo ambiguo e misterioso, lui invece solo un povero cristo, sfruttato da una vita e senza altra speranza che continuare a esserlo.

"Bene, mia figlia bene sta."

Una pausa e poi, come se il coraggio gli avesse dato una manata sulle spalle, il fiato gli uscì senza pause: "Don Calogero se vossia mi vulissi aiutare a trovare una casa e un poco di terra io mi facissi una bona vecchiaia, dopo tanti anni che travagghiu...".

"E il marito ce lo trovasti?"

"A cui?"

"A to figghia! E di cu' stamu parrannu?"

"Aaah! Nonsi, nicaredda ancora è."

"E i soldi l'hai?"

"Pi maritalla?"

"E Bartolo, arruspìgghiati! Per la casa e la terra!" don Calogero, pigliato di nervi, aveva alzato la voce e dall'uditorio intorno si era alzato un tramestio di curiosità.

"Nonsi, ma vossia sapi fari... sapi aiutari se voli..." A Bartolo adesso sudava anche la coppola che teneva in mano.

"Sì, come se jò fussi 'u Banco di Sicilia o macari la divina Provvidenza."

"No, no, nenti pi nenti non si pò fari... lu sacciu. Però io a vossia mai la dispiacissi. Qualunque cosa mi cumannasse... Mi putissi scurdari di me figghia ma di vossia mai."

"E che c'entra ora tua figlia?"

"Noo! Accussì per dire... uno di famiglia!"

"Tanto la vuoi 'sta casa e 'sta terra!"

"Sissi: 'u patruni vogghiu fari."

Questa fu l'unica frase pronunziata da Bartolo senza che la voce tradisse la paura. Ma lui aveva sentito i battiti del cuore risuonare nelle grotte come i colpi di tamburo alla processione della via crucis.

Don Calogero lo aveva congedato senza promesse e senza muovere un solo muscolo del viso. Bartolo se ne era uscito con l'animo ancora più nero di quando era entrato, perché ormai aveva messo la firma sotto un contratto tutto da scrivere.

Gli facevano ala gli altri postulanti che, intimoriti dalla sfirriata di voce rivoltagli da don Calogero, bisbigliavano: "Mischinu, mischineddu!".

Lo angustiava l'essersi esposto così tanto con il mafioso, come avergli offerto un fianco sguarnito, un lembo di pelle indifeso. Bartolo aveva sentito vicino l'arruolamento nell'esercito dei manutengoli, quella sorta di leva senza congedi che costringeva i beneficiati dalla mafia a prestare servizio attivo o di affiancamento a ogni azione delittuosa. Era esclusa la possibilità di essere dispensati, più spesso si veniva "posati". Quasi sempre nella nuda terra.

Ora, mentre avanzava a dorso di mulo, stanco per il viaggio in corriera, accaldato dal sole della controra, pentito e avvilito per l'imbarazzo di quell'incontro, si levava a una a una le spine di quella conversazione.

Di nuovo tornò a infastidirlo la curiosità di don Calogero per sua figlia. Una moccolosa! Che ci poteva importare a un mafioso di quella portata? La mente sua non trovava risposte, ma Bartolo sapeva che quell'uomo non sputava parole se dietro non ci aveva fatto un calcolo.

E nelle orecchie come pitrudde tornavano a rotolare le parole: "Come sta? Ormai una signorina si fece! Come sta? Ormai una signorina si fece...".

Pure Angioletta sua moglie aveva l'età di Sabedda quando lui...

E mentre ricordava già Bartolo si era assolto. Sì, vero era che lui Angioletta se l'era presa con la forza, ma poi pure a lei ci era piaciuto, sicuro! Non si era mossa più e lo aveva lasciato fare, la testa girata per non guardarlo e gli occhi stretti stretti a trattenere le lacrime, ché le femmine pensano sempre di fare peccato. Ma lui era un galantuomo, se l'era sposata matrididdio!

Don Calogero invece era mafioso, e se prima a sua figlia se la pigliava e poi la schifiava? Ma se invece in cambio a lui dava la casa e la terra? Pensieri, pensieri, Bartolo non c'era proprio abituato e tra il viaggio e la stanchezza la testa gli doleva.

Il tintinnio delle ciancianedde che adornavano la cavezza del mulo gli suggerì improvvisa l'immagine della figlia adolescente che ballava accanto al potente don Calogero. La scacciò una, due, cinque volte ma quella sempre tornava e si accomodava in forma più domestica nella sua testa. In fondo, matrimonio, convivenza o una botta sola, un bel colpo di fortuna per lui poteva essere.

Intanto mentre il cervello gli si riempiva e si svuotava come secchio di pozzo, era arrivato a San Marco e, attraversato il cancello della tenuta, imboccò la breve trazzera che dritta come un colpo di doppietta portava alla masseria dei Damelio.

Ormai il sole era calato e lui intravvide Sabedda, che profittando degli ultimi barbaglii di luce cuciva seduta davanti il portone.

A Bartolo tornò in mente quando se l'era ripresa in casa alla morte della gna Maridda, sua suocera. Era con la nonna che la piccilidda era cresciuta dopo la morte della madre, ma poi pure quella vecchia l'aveva tradito ché se n'era voluta andare lasciando Sabedda non ancora settenne.

Al funerale, piccola e tutta vestita di nero, la bambina sembrava una mosca. Le trecce finivano dritte sulle spalle con due fiocchi bianchi e rigidi, proprio due alucce. Il nastro nero non si era avuto il tempo di comprarlo, la nonna il giorno precedente si era afflosciata come una pupa di pezza mentre puliva la campana di vetro che proteggeva sant'Antonio del porcello.

Quando il corteo funebre fu giunto al cimitero, villane e contadini piangevano la morta e compativano la nipote.

"Ma ora chi se la deve pigliare 'sta piccilidda?"

"Suo padre, suo padre se la piglia. Se la riporta a casa, ormai grannuzza è e lo può aiutare."

"Picciuttedda sfortunata! Prima la madre, poi la nonna... *Requiem aeternam...*"

"*Requiescant in pace...*"

"*Amen...*"

Concluso il servizio funebre Bartolo aveva preso per mano la piccola. Lei, infastidita, la fece sgusciare via e prese a camminargli avanti. Percorsero in silenzio e distanti la strada che li portava a casa.

Tra padre e figlia non fu mai tempo di pace. Che ne capiva lui di femmine? Ma poi che c'era da capire? Le femmine fanno i figli e per fare i figli hanno sempre bisogno dei masculi.

Tante volte Bartolo si era fatta la domanda. Con la moglie Angioletta sembrava che fossero di due paesi diversi. Sempre con quella faccia angustiata, la piccilidda sempre in braccio mentre a lui non ce la faceva mai toccare. Poi, all'improvviso, di Sabedda parve essersi scordata, lasciava che piangesse tutto il giorno, si dimenticava di farla mangiare e di lavarla e la sera quando lui tornava a casa stanco morto trovava la moglie tutta accovata in un angolo. Qualche volta lui l'aveva strantuliata, ma proprio forte, e allora voleva dire che la pazienza l'aveva persa e solo le legnate si meritava. Un giorno Angioletta si mise nel letto, non si alzò più e non mangiò più. Per forza alla fine doveva morire!

Che vita disgraziata! Che malasorte con le femmine!

La suocera scoppata a terra per una botta di sale, la moglie picciotta che gli si era squagliata in mano, fimmina macari la figlia! Fosse stata maschio, Bartolo avrebbe pianto con un occhio solo.

Almeno a Sabedda le capitasse un matrimonio o qualcuno che se la portasse…

Finalmente era arrivato, la testa gli ciondolava tra i pensieri e la stanchezza senza altra volontà che un poco di mangiare e un bicchiere di vino che accompagnasse in un sonno senza sogni.

3

Alla vista del mulo che con andatura stanca riportava Bartolo, Sabedda lesta prese la sedia e rientrò nel baglio della masseria. Dietro, il padre e la bestia varcavano il portone mentre lei infilava la porta di casa.

Lastricato al modo arabo con ciottoli rotondi e lisci come uova, il baglio era il cuore della masseria chiusa a fortezza in un quadrato. Torno torno maiali, galline, fieno, olio, uva, pane indicavano al naso l'ambiente in cui erano dimorati.

Due larghi scaloni ad anse accompagnavano alla casa padronale che, pure imponente, aveva un'aria campagnola e senza fronzoli, rallegrata qua e là da vasi, giare e graste in ceramica a testa di Moro con piante e fiori. Un piano intero di stanze, terrazze, balconi e finestre guardava ogni anfratto del podere, ogni angolo della masseria.

Un pozzo grande e quadrato, al centro del baglio, accoglieva acqua da una vena profonda e dissetava uomini e bestie.

Bartolo e Sabedda abitavano due piccole stanze pure queste affacciate sul baglio, ma senza altre luci all'interno se non quella della porta d'ingresso. I Damelio le chiamavano case coloniche, ma restavano lo stesso due prigioni.

Loro ne avevano tante di masserie, alla Chiana, alla Verdura, alla Pirrera, ma San Marco era da sempre l'eletta. In piano vigneti e mandorleti, orti e frutteti e poi all'improvviso le terre sdirrupavano in uno sperone cespuglioso che si abbracciava al mare mutandosi in rena bianchissima e sottile.

Padre e figlia ci abitavano da soli per gran parte dell'anno, ogni tanto ricevevano la visita di coloni confinanti o quella del campiere don Calogero che, furioso come il suo cavallo, arrivava dentro il baglio sempre terrorizzando cani e galline. Sabedda, i sensi affilati dalla solitudine, riusciva a percepire il rumore degli zoccoli quando lui era ancora sulla trazzera e, avvertito il padre che rosicava il tempo facendo canestri di saggina, si affrettava a infilarsi nella stalla per non incontrarlo. L'istinto ogni volta era quello di graffiarlo saltandogli addosso come una gatta selvatica. Ma il timore di lui che nelle mani sue teneva la vita di lei e quella del padre le suggeriva di ingabbiare la collera che nasceva dalle viscere.

Non era l'uomo che lei odiava, poche parole scambiate, bongiorno bonasera e poco più non avrebbero giustificato il livore che le cresceva dentro insieme agli anni: piuttosto l'attraeva e a un tempo la respingeva la fama ambigua di lui quale uomo "di rispetto".

Bartolo smontò dalla sella e mentre si affaccendava a chiudere il grande portone d'ingresso con chiavi e chiavistelli il mulo si avviò da solo all'abbeveratoio prosciugandolo di tutta l'acqua raccolta. Lui lo liberò dai finimenti, lo ricoverò nella stalla e si avviò verso casa.

Padre e figlia erano estranei da sempre. Tra loro nessun convenevole. Ogni gesto, ogni azione era servizio dovuto e mai attenzione per l'altro. In quelle anime i sentimenti non attecchivano, soffocati dall'affanno di sopravvivere.

Sabedda alzò la fiamma del lume sulla tavola apparecchiata con la poca cena per il padre. Il viso di lei traversò la maggior luce: il mento a punta, a contrasto una bocca rotonda e sempre raccolta in due labbra serrate, gli occhi grandi e umidi a mangiarsi la faccia. Un volto che alzava muri, mentre il corpo morbido e attraente li demoliva.

Presa dalla madia una ruota di pane, se la poggiò al petto e, tratto dalla tasca del grembiale un coltello a serramanico, ne tagliò una fetta e gliela poggiò sul tavolo.

Il padre mangiava in silenzio e un po' la spiava ma poi, veloci abbassate le palpebre, sfuggiva lo sguardo di lei che, a braccia conserte, poggiata al muro in attesa di sparecchiare, di sottecchi lo osservava.

A Bartolo ancora venne in mente don Calogero e la guardò con occhi diversi.

Lei invece nello sguardo storto di lui temeva la scoperta del suo peccato e si stirava con le mani la pancia sotto il falare, a far diventar piatta la curva appena accennata.

Lo riconosceva, il peccato era stato anche suo. Non ricordava neanche più da quando Stefano aveva preso a piacerle, di sicuro erano ancora picciliddi. Poco meno di due anni tra loro, non c'era stata estate che non li avesse visti insieme. Sabedda aveva ancora nelle orecchie la risata di lui, due note sole che stridulavano rincorrendosi, e negli occhi l'aspetto ordinato che lo rendeva ridicolo nel paesaggio contadino. Lei lo babbiava e se giocavano sempre mirava a lordarlo. Ma anche nel gioco lui conservava un invidiabile lindore.

Per anni Stefano fu maschio e prepotente nei giochi ed era pronto a scartarla quando aveva ospite in casa un compagno suo di scuola, un certo Arturo Imbornone il cui padre si era fatto i soldi con una fabbrichedda di gazzose. Quando quei due erano insieme lei li evitava, irritata dalle loro risatine soffocate nel palmo della mano.

L'anno precedente, Arturo aveva cominciato a fare il vastaso, la chiamava "mennulella" con riferimento ai suoi seni piccoli come mandorle e ogni occasione era buona per toccarla o per lasciarsi cadere in accidente fatale addosso a lei. Stefano ne rideva, ma quando successe che Arturo, ormai sfrenato, le diede a forza un bacio sulla bocca, Stefano gli sferrò prima un calcio e poi un pugno imponendogli di lasciarla stare. Finalmente si era tradito: era geloso.

Si era nascosto, per orgoglio aveva mostrato indifferenza e partecipato fintamente allo spettacolo. Ma il limite era stato superato quando Arturo aveva minacciato di impossessarsi di ciò che era suo. E Sabedda lo era, come la terra, la masseria, gli alberi, i frutti, gli animali.

Nello smarrimento che seguì la scena, Sabedda e Stefano si guardarono come si fossero conosciuti in quell'attimo e la picciotta valutò amore quello che invece era solo reclamo di un diritto esclusivo.

Arturo ritornò a Sarraca, l'estate invecchiava, Stefano era diventato taciturno e di lì a poco sarebbe ritornato in collegio a Girgenti per finire il liceo. Sabedda lo scopriva spesso a guardarla con gli stessi occhi villani di Arturo. A lei sembravano dolci messaggi.

Nell'inverno seguìto a quei giorni languidi, Sabedda si era covati quegli ultimi sguardi di lui come chioccia le uova, attenta a non dimenticare nessuno di quegli accenti che, a sua intesa, erano stati d'amore.

Quando fu la Pasqua, le famiglie di don Rosario e donna Rosetta a sorpresa tornarono in campagna a trascorrere i giorni di festa.

La primavera, appena sfuggita alla prigionia degli ultimi giorni invernali, frizzava nell'aria: inviti, preparativi, confusione di cose e cristiani: si dovette pulire la casa da cima a fondo e provvedere alla legna ché il freddo la sera dava ancora i brividi.

Sabedda, impreparata a rivedere 'u baruneddu, aveva dentro di sé un'eccitazione, un'attesa di eventi grandi e definitivi. Succede quando le cose, lasciate incerte tra due che si vogliono e sono lontani, rimangono affidate alla fantasia di un tempo di mezzo.

Stefano la osservava silenzioso e ogni tanto mostrava di volerla aiutare. Si atteggiava a uomo, e a Sabedda faceva ridere l'accenno di baffi che lui pettinava ogni mattina.

La fissava seguendola da lontano e lei compiaciuta avvertiva i denti del suo sguardo che la divoravano.

La mattina di Pasqua, composto nei modi e la voce emozionata, Stefano le chiese di accompagnarlo in una passeggiata alla caserma dei Borboni. In quel posto ci andavano da picciliddi. Era un edificio abbandonato e in parte dirupato, costruito sotto lo sperone a sorvegliare il mare. Non era lontano dalla masseria, ne facevano luogo di attrazione e paura l'aspetto tetro e la storia che lo volevano teatro di ammazzatine ed esecuzioni sommarie da parte dei soldati borbonici in Sicilia.

Sabedda disse di sì. Che c'era di male? Da picciliddi c'erano andati tante volte anche con Silviuccia, la sorella di Stefano.

Quella volta Silviuccia non fu con loro e Stefano, a Sabedda che ne domandava il perché, rispose che la sorella voleva stare in cucina a spizzuliare dolci.

Quando giunsero alla caserma, il sole in cielo era ancora alto ma là dentro era un buio che accecava: le mura nerissime come affumate da fuochi di streghe, l'ambiente infestato da erba alta e folta, la luce che pioveva a raggi da crepe e tegole rotte. Ritornarono bambini e andarono a cercare i vecchi disegni che ancora ricordavano chi lì dentro aveva soggiornato: nomi, bandiere e viva il re, lamenti di morte e di fame ma anche pose scomposte di amanti e poesia di sentimenti lontani racchiusa in cuori di ogni dimensione.

"*Vita mia, anima mia, luce dei miei occhi...*" Sabedda stentata leggeva a voce alta segnando con il dito le parole, ne assaporava il suono, avrebbe desiderato che ora, adesso, le fossero sussurrate in un fiato d'amore da Stefano.

Lui invece, spargendo sull'erba alta e umida la sua palandrana di doppia lana da collegiale, le fece cenno con la mano di sederglisi accanto. Il primo bacio la sorprese per la tenerezza che sentì dentro e lui continuò baciandole lieve le guance, chiudendole gli occhi. A lei sembrò un mondo nuovo e depose ogni difesa lasciando aperto il cuore e socchiusi i sensi.

Ma poi le carezze divennero pesanti, invadenti, le faceva male mentre, slacciando bottoni e sollevando sottane, la maneggiava, la mordeva, le stringeva le carni. Lei non voleva, non così, disse di smetterla, fece per andarsene ma più si sottraeva e si divincolava più lui, diventato animale, si eccitava: la faccia sconvolta dal desiderio, l'ansimo corto che alle orecchie le giungeva umido e caldo.

Lottava la picciotta e si dannava, sapeva quel che stava accadendo, voleva tornare indietro e fermare quel gioco diventato rischioso. Dietro le lacrime le appariva la madre Angioletta: Sabedda sapeva lo scempio che ne aveva fatto il padre fino a toglierle il senno.

"Fermati, fermati ti dissi! Lassami stari."

Stefano aveva una forza mai sospettata mentre soverchiandola le immobilizzava gambe e braccia. Quella veemenza d'un tratto la sfinì, la sorprese come il calore che sentiva salire nella pancia e, mentre il dolore scivolava nel piacere, comprese che la battaglia era persa.

Le riconoscenti carezze di lui ebbero su Sabedda domata il peso di sella, cavezza e morso.

Si avviarono verso la masseria, due ladri dopo un furto, due reduci della stessa guerra. Silenziosi, teste basse, mano nella mano, i vestiti in disordine.

Nessuno dei due aveva il coraggio di parlare, i pensieri molti e contrastanti: lui, riandando al piacere di prima, di nuovo se lo immaginava con maggiore esperienza e gli dava euforia la certezza di una prossima volta. Lei aveva perso sé stessa, ché bambina non si sentiva più e donna neanche. I nervi tesi, le mascelle contratte, la vergogna di non aver saputo resistere: si era svenduta al padrone, da sola aveva riaffermato la sua schiavitù.

La realtà si presentò immediata e senza sconti.

Un giovane uomo intabarrato fermo e alto sul suo cavallo li fece trasalire. La bestia d'improvviso, rizzandosi sulle zampe posteriori, s'impennò rampando contro il cielo. In un lampo di luce, cavallo e cavaliere furono fuori dalla loro vista. Sabedda, la voce roca e gli occhi bui lo riconobbe: "Iddu è!".

"Chi era?" chiese Stefano.

"Don Calogero, il campiere," rispose scura in faccia.

Stefano, irritato per l'inopportuno incontro, raccolta un'arancia dalla buccia rossa spessa e corrugata, se la strofinò sulla manica della palandrana e l'addentò con rabbia. Sabedda non fece in tempo a fermarlo che lui disgustato l'aveva già sputata a terra.

"Ma che mi mangiai? Veleno pare."

A Sabedda il viso serio si tramutò in una risata soffocata: "Barunè, 'n'arancia amara è! Non la canuscìstivo?".

"Nonsi, non la riconobbi."

E proseguirono senza più parlare.

Quando furono giunti alla masseria nessuno fino allora si era accorto della loro assenza ché era tutta un gran confusione di ospiti e di capretti che uscivano ed entravano nel grande forno a legna.

A travagliare erano state chiamate a raccolta anche le fimmine di tutte le altre masserie di don Rosario e donna Rosetta, un esercito di ogni età, rumoroso di risate argentine e di finti pudori per i doppi sensi dei nobili ospiti maschi.

Don Rosario era nel suo: “Commare Cetta, se gli uomini li rosolate come i capretti, mi faccio mettere dentro il forno pure io!”.

La bella villana era stata incaricata di impastare tabbische al profumo croccante di sarde, pomodoro, cipolle, pecorino e origano e stava attenta a governare la fiamma del forno, dove quelle focacce ardevano sfrigolando di olio. Fossero il fuoco o i complimenti del padrone di casa, le guance le si erano arrossate come due pomi.

“Ma che dite, barone! Tutta scuola di mia madre!”

“E pure lei era brava!” don Rosario nelle occasioni festose faceva incetta di gallinelle per poi scaricarle abbaiando quando diventavano troppo insistenti.

Così, tra chi badava a cuocere, chi a mangiare e chi a sfrocoliare, solo l’avvocato Calascibetta, ospite consolidato di feste, schiticchi, sciali, conviti e sollazzi delle famiglie Damelio, avvertì odore di peccato al passaggio di Stefano e Sabedda. Occhi a terra e spalle incurvate come due penitenti, muro muro, uno dietro l’altro, si avviavano silenziosi confondendosi tra amici e parenti, domestiche e fimmine campagnole.

Nella baraonda e vittima del suo languore di stomaco, l’avvocato però preferì scambiare il fumo di peccato con quello di arrosto e spolpando una costolettina di agnello nica come un mignolo scelse di soddisfare il suo pititto piuttosto che la sua curiosità.

Ora erano tre mesi da quel giorno. Le conseguenze del fatto successo alla caserma non potevano essere tenute nascoste ancora a lungo, di certo non al padre che sembrava già sospettoso. Sabedda sparecchiò la tavola mentre Bartolo uscì fuori a fumare.

Non era la paura ad accorciare il respiro di lei, il timore che il genitore la maltrattasse o la costringesse ad abortire. Se ne fotteva Sabedda delle ire del padre, quella sua gravidanza sarebbe giunta quale contraltare delle pene da lui stesso inferte prima alla mamma e poi in altro modo a lei.

Sabedda, dentro quelle due stanze dove la sera le mura sputavano il calore del giorno, si chiedeva se fosse il momento di parlare, di gridare in faccia a Bartolo che qualcuno l'aveva ingravidata. Se poi lui le avesse alzato le mani, l'avrebbe fermato rammentandogli che anche lui aveva fatto lo stesso e per questo sua madre era morta nella follia. Ora ci morisse lui, pazzo e disonorato.

Il rumore degli scarponi di Bartolo che rientravano la fece sobbalzare.

Sabedda desistette dal suo proposito e, con la rabbia in corpo come fosse già reduce dalla sua confessione, gli disse: "Astutate 'stu lume, jò a dormiri minni vaiu".

4

Già pochi passi dopo la discesa dalla corriera, Calascibetta presagì che la lotta con il drago che portava nello stomaco sarebbe stata dura. E che diamine! Uno spuntino era stato, due pizzudda di pane con un velo di mortadella dopo un viaggio di cinque ore trubbuliato come una guerra! Sacramentando, pensava a come spegnere il fuoco.

Anche lui era invitato da don Rosario Damelio all'agape familiare per festeggiare il diploma di Stefano e si avviava ora al palazzo. Ma si siddiava di fare la strada insieme al picciotto: la mezza promessa, estortagli dal barone, di prestargli sostegno in un impellente dialogo con il figlio lo disturbava più del drago.

Stefano davanti a lui, una breve fuga in avanti a togliersi Bartolo dai piedi, camminava bilanciandosi tra i due bagagli che gli ingombravano le mani: un po' di qua e un po' di là, un pendolo di orologio. Cominciata la salitella di via Marsala, smanioso di arrivare affrettò il passo. Alla fine, bagagli a terra, la mano appoggiata a uno spigolo di palazzo Damelio, si fermò a prender fiato e a contemplare il piccolo giardino degli aranci amari che affiancava l'edificio.

Taliando da discosto quella figurina d'uomo, Calascibetta si scoraggiò. Pensò che Stefano Damelio non sarebbe stato capace di mantenere né un palazzo né manco una stanza: quel picciotto non assomigliava a nessuno di quelli che lo avevano preceduto, se non forse al padre. Non aveva né tempra né intraprendenza, niente a che vedere con le teste brillanti degli avi.

L'avvocato, che della famiglia credeva di conoscere tutta la storia, la giudicava una via di mezzo tra la ricca e recente borghesia del paese e la vecchia nobiltà latifondista e ignorava che il titolo di barone era stato acquistato al tempo della Sicilia spagnola quando il "mercato degli onori" era fiorentissimo.

A cominciare da don Rosario però le cose erano andate a scendere, e Calascibetta aveva ora per Stefano una speciale preoccupazione: il patrimonio cadeva in briciole dalle mani bucate del barone padre e del picciotto non se ne potevano ancora saggiare le forze. Troppo fumantino e insieme troppo entusiasta, come tutti i coetanei.

E il padre! Benedetto uomo, ma perché non se lo teneva accanto quel figlio, perché non l'avviava a occuparsi delle cose loro invece di mandarlo a Girgenti, a Palermo, a disamorarlo di Sarraca e di tutte le belle terre che avevano?

Quel debosciato solo spendere sapeva. Macari il cavallo arabo don Rosario ci aveva comprato al figlio appena nato! Ma a che ci poteva servire a un nutrico un cavallo?

Fosse stato vivo il padre di lui, don Stefano, tutto lo sfrazzo inutile di soldi non ci sarebbe stato e i Damelio avrebbero continuato a essere baroni con tutta la baronia.

Il sole arrostiva il cielo, ma Calascibetta avvertì un'onda di brividi.

Il carrettino del ghiaccio con i limoni appesi a un filo faceva da richiamo davanti la putìa di gazzose della ditta "Liborio Imbornone & C." e la bocca riarsa impose all'avvocato di fermarsi. La mortadella gli si riaffacciava alla bocca chiedendo ancora di essere digerita.

Calascibetta si abbandonò su un panchitello di legno sistemato per gli avventori sul far dell'entrata e osservò Stefano che si avviava al portone del palazzo, le gambe da cavaliere un po' anchilosate e e l'andatura da ubriaco. La testa bruna del picciotto lo fece sospirare. Se il minchione di don Rosario non si fosse sposato quell'angelo di Caterina Curreri a quest'ora neanche il palazzo Damelio ci sarebbe più stato! Che fimmina straordinaria.

Quando aveva visto Caterina la prima volta, le parole gli erano tutte fuggite allontanandosi nel cielo come uno stormo.

Il giorno della festa di fidanzamento tra lei e don Rosario gli ospiti magnificavano quell'amore leggendario e invidiato da tutte le fanciulle di Sarraca. Belli entrambi, famiglie di pari ricchezza, diverso era però il tenore e lo stile di vita, sobrio quello di casa Curreri, lussuoso ed esibito quello dei Damelio. Calascibetta, tra gli invitati, non ricordava di aver mai visto la ragazza prima. Aveva frequentato il collegio delle Orsoline e usciva poco. La famiglia viveva in una grande villa appena fuori il paese e riceveva spesso, per via degli agoni culturali che il padre di Caterina, magistrato integerrimo e fine lettore, organizzava. Attività benefiche e pratiche religiose completavano la vita sociale dei Curreri.

Quel giorno fu don Rosario a presentare Caterina all'amico avvocato e il sorriso che lei gli rivolse mentre teneva la mano grande di lui tra le sue, quasi un profetico patto, fu il viatico del loro indefinibile rapporto.

Don Rosario, visto che i due sembravano intendersela bene, li lasciò da soli. Le ospiti amiche della fidanzata erano tante e intrattenerle era un piacevole dovere.

La bellezza di Caterina, accuratamente nascosta dalla semplicità di abito e acconciatura, si faceva strada agli occhi del giovane Peppino. La pelle da bambina esaltava zigomi alti, gli occhi erano liquidi e scuri come l'acqua in un fondo di pozzo e gentile appariva il gesto di reclinare appena la testa mentre sorridendo lo ascoltava.

"Rosario mi parla spesso di lei, avvocato!"

"Ma non dovrei essere io l'argomento di conversazione tra due innamorati! No, non vi credo!"

"E invece fate male, Rosario mi parla della vostra amicizia esibendola come una delle sue poche sagge virtù!"

"Ora comprendo! Io sono per lui il peso di piombo che tiene i suoi piedi ancorati a terra, altrimenti..."

"Altrimenti?"

"No, signorina Caterina, non fatemi dire!" Lui si schermiva.

"Ma io ho già capito, avvocato carissimo, credete che mi siano sfuggiti certi atteggiamenti eccessivi di Rosario? La voglia di esibirsi con i suoi preziosi regali? Per ora lo lascio fare, la sua galanteria mi fa piacere! Mi godo il nostro tempo dell'innamoramento. Poi cambierà, vedrete se non metterà la testa a partito quando avremo dei figli."

Calascibetta non volle dispiacerla e tenne per sé il convincimento che don Rosario vedesse in quel matrimonio una buona fonte di reddito. Giudicò subito che Caterina non sarebbe stata felice e gli prese un doloroso senso di impotenza perché nulla c'era che lui avrebbe potuto fare per impedire quell'unione così male assortita.

Qualcuno la chiamò e Caterina, scusandosi, si allontanò. Nella mano di lui rimase il profumo di mughetto di quella di lei.

Mai disse di esserne innamorato. La moglie di un amico... che scandalo, meglio morto che disonesto.

Ma quale amico e amico! Quel coglione che alla fine la moglie gli era morta pure di dispiacere a ventotto anni per tutte le corna che lui le aveva messo... Di nuovo i brividi lo assalirono.

"E coglione pure io che corro sempre in aiuto! Fesso tre volte, ché non mi pagano neanche le spese delle cause che curo per loro!". L'avvocato si alzò di scatto, il panchiteddo esile cadde a terra, le monete della gazzosa si sparsero con rumore sopra il bancone.

Ora pure la stessa sua vita gli dava nausea. Afferrata la borsa delle carte se ne stava ritornando a casa, ma bastò un ricordo per farlo desistere dall'abbandonare la sua missione. Forse il caldo della controra, la stanchezza del viaggio, dalla strada gli sembrò che gli venisse incontro Caterina come lui ancora se la ricordava: luccicante di bellezza e teneramente convincente mentre gli raccomandava di seguire da presso gli affari fallimentari del marito. Per pietà, che nelle decisioni non lasciasse mai sola quella testa vuota di don Rosario! E intanto lo guardava con occhi supplici e fiduciosi, troppo fiduciosi, ma questo Calascibetta non aveva mai voluto indagarlo fino in fondo timoroso com'era che per lui si sarebbero altrimenti chiuse tutte le aristocratiche porte di Sarraca. Molto meglio mantenere vivo il sogno piuttosto che vederlo svanire come quelli notturni al risveglio.

Dopo la morte di Caterina, lo aveva preso una profonda disistima di sé. Aver rinunciato a lei senza neanche tentar di scoprire se, dietro la luce di quegli occhi smarriti, si nascondesse un seme d'amore, gli era sembrata una vigliaccata. Aveva avuto paura dello scandalo e delle sue conseguenze, di dover portare via Caterina dal suo ricco palazzo e dai figli che il marito non le avrebbe più concesso di rivedere, per farla vivere poi da reclusa, in una casa decorosa ma modesta, senza stemmi, senza inchini e riverenze e soprattutto senza grandi conforti. Esclusi dalla buona società sarracese, lui avrebbe dovuto continuare a lavorare raccattando clienti di ogni specie, perché quelli suoi vecchi e sceltissimi avrebbero avvertito in lui puzzo di lascivia capace di ammorbare la sua scienza e la sua perizia.

Perso in questi pensieri, l'avvocato di nuovo imboccò via Marsala, che gli sembrò ancora più lunga e faticosa. Giunto all'altezza del giardino, la vista degli aranci amari gli diede uno spasimo, un insopportabile rimpianto: in quell'ora di caldo indemoniato gli alberi avevano tutte le foglie accartocciate come unghie appese alla fine dei rami secchi e contorti. Infilato il portone, attraversò un atrio a corridoio. Indeciso se proseguire verso la corte splendente di sole, cercò appoggio in una colonna dalla quale si dipartiva una volta appena accennata e rimase lì, come un san Sebastiano trafitto da frecce, a contemplare ancora una volta la mano graziosa di Caterina che aveva adornato le pareti dell'atrio con delicate pitture di fiori d'arancio.

La stessa mano di lei poi dovette sospingerlo verso il cortile: limo verde e spesso come spugna ricopriva una vasca a semicerchio dove si affollavano pesci rossi ormai sbiaditi, alcuni giacevano morti sul fondo alimentando i vivi.

Da una parete, pietosa cortina di mura vecchie e trascurate, scendeva una clematide dai fiori blu e a ogni alito di scirocco ne pioveva leggera una folla di petali a omaggiare la Fiat 501 nera e lucida di don Rosario, che in quello spazio di superstite bellezza splendeva come un opale.

Proprio un'automobile era necessaria a don Rosario! L'avvocato alzò gli occhi al cielo ancora invocando pazienza.

Lo scalone gli diede sgomento, ma non fu la parola data al barone che lo convinse a salire quanto piuttosto il ruolo di nocchiero che Caterina gli aveva assegnato.

Lei aveva cominciato a star male quando venti di guerra allarmavano l'Europa. L'Italia sarebbe entrata nel conflitto mondiale l'anno successivo e gli animi degli italiani erano lontani dal disastro finale che avrebbe lasciato il paese nello sfacelo.

Caterina e Calascibetta si erano trovati spesso a chiacchierare delle vicende del vecchio continente. Lei pendeva dalle sue labbra. L'avvocato, perso nel giulebbe di averla attenta e vicina, non pativa più la solitudine. Infinite volte era stato esaltato per le sue capacità oratorie, ma ora, rinunciando a quelle, altrettante ne avrebbe volute perché fossero gli occhi di lei ad accendersi al fuoco dell'ammirazione.

Non si toccavano, non si sfioravano se non per sbaglio, ma troppe notti per lui erano state tormentate dal desiderio di averla accanto. Poi, punendosi, disertava casa Damelio temendo che l'amore ormai trasparisse da ogni poro della sua pelle. Alla fine, ogni forza annientata dalla nostalgia, Peppino attraversava il patio, saliva lo scalone, il viso scomposto di un mendicante che muore di fame.

Stefano, allora bambino, incurante del loro parlare, spesso arrivava di corsa interrompendoli: "Mamà, mamà".

"Che è, che fu? Male ti sei fatto?" La domanda che per prima a ogni madre sale alle labbra.

Intanto al piccolo svaniva la furia e, stringendosi possessivo alle gambe di Caterina, muto dondolava, fissi su Calascibetta gli occhi accesi nella gelosia.

Né l'avvocato né Caterina vivevano con disagio quelle intrusioni improvvise. Niente li turbava nel piacere della reciproca compagnia. Essendo superflua ogni parola, erano sicuri entrambi che il loro sentimento, nascosto in sguardi eloquenti, sarebbe rimasto fermo e protetto là dove ogni volta timidamente si mostrava.

L'amore prigioniero poi escogitava modi traversi per rivelarsi: l'avvocato non lesinava carezze e attenzioni a Stefano e Silvia, si sentiva la vocazione di padre, lo inorgogliva vederli crescere e, spiegando loro cose, sentimenti, fatti, passato e futuro, si commuoveva quando li sentiva ripetere le sue stesse parole.

Caterina curava discreta la salute di don Peppino. Profittava di ogni medico che venisse a visitare lei per esporre questo o quel malanno di lui amico carissimo e, amabilmente minacciandolo, lo obbligava ad assumere medicine, a comprarsi un vestito o un paletot se quelli suoi troppo glieli vedeva malandati. E don Peppino obbediva, accudito come mai molti mariti.

Quando per lei fu l'unica uscita concessa dal suo male, il giardino di palazzo Damelio li vide insieme ogni giorno. Preoccupati di una Italia giovane e schiacciata tra grandi stati europei, parlavano dell'Austria contro la Serbia, dell'arciduca Francesco Ferdinando erede al trono e dell'imperatore zio Francesco Giuseppe ormai così vecchio. Ci sarebbe stata la guerra? E la Germania, che avrebbe fatto? E la Francia, l'Inghilterra?

Fu allora che le cose tra loro sembrarono cambiare, come non ci fosse più senso a tenerle nascoste perché il tempo troppo in fretta passava e Caterina dolente quasi mai aveva requie. Lui si sentì legittimato a starle vicino il più possibile per via dell'eterna assenza di don Rosario che, affidata la moglie ai migliori medici di Girgenti e Palermo, aveva sempre impegni che gli impedivano di dedicarle più di un bacio di buongiorno e uno di buonanotte.

"State bene oggi, donna Caterina!" Calascibetta iniziava sempre così le sue visite. "Un po' di pallore ma gli occhi quelli vostri sono!"

"Voi solo li vedete! Ormai sono sepolti nelle orbite," controbatteva lei.

"Allora vi dico che li avete come quelli di una mucca."

"Perché, come ce li ha una mucca?"

"Dolci e umidi di bontà!"

Caterina rideva, e quando le sue mani scarne e fredde trattenevano quella di Peppino lui avrebbe voluto che mai gliela lasciassero: consolata dall'amore di lui nel tramonto della sua vita, lei lo accontentava. Erano, allora, certi e appagati.

Solo una volta, vedendolo dopo un giorno di sua assenza, donna Caterina lo accolse come mai avrebbe più fatto: "Giuseppe caro, temevo che non venissi più, che la vista di me come sono ridotta avesse finito col tenerti lontano". Anche lui la chiamò per nome e poi abbracciandola nascose il viso sulla sua spalla.

Quando si comprese che i giorni di Caterina erano tutti passati, Calascibetta non si mosse dal suo capezzale nonostante che all'improvviso gli occhi distratti di don Rosario su di lui si fossero fatti spade. Non erano le malelingue quelle che il barone temeva, ma il sospetto che la moglie avesse affidato all'avvocato la volontà di escluderlo dal suo patrimonio personale privilegiando i figli. Da sempre, e con il benestare del padre magistrato, Caterina aveva continuato ad amministrare da sola i suoi beni con l'aiuto di Calascibetta.

Gli accordi tra Caterina e Peppino furono invece diversi. Lei gli affidò la sorveglianza costante di ogni movimento economico di don Rosario e la cura dei figli perché non restassero sprovvisti di mezzi per vivere. Temeva il marito e l'incertezza del mondo.

Donna Caterina morì che era già iniziato l'autunno e anche la Grande guerra.

5

Mentre Peppino Calascibetta arrancava verso casa Damelio gravato da dolorose memorie e foschi presagi, anche Bastiana Aricò avanzava sotto il sole immersa dentro un suo pensiero.

La mente perciata per via di quella fantasia del bambino sotto il cavolo, seppure smaniosa di slacciarsi busto, copribusto e giarrettiere che le segnavano le carni come i lacci a una prigioniera, scesa dalla corriera si dirigeva verso casa della figlia per una visita di passaggio. Ogni tanto sostava disponendosi un elenco di pensieri a costruzione del suo progetto, che le appariva ora stravagante ora possibile e così la bocca un po' si mutriava e un po' si atteggiava a sorriso. Poi riprendeva l'avanzata.

'U Chianu di San Duminico le si parò davanti lungo e largo in modo smisurato, si fermò sconfortata. Il sudore che le colava sugli occhi non gliene faceva vedere la fine e la borsa appesa al braccio raddoppiava la fatica. Il vestito di taffetà le appesantiva il respiro, lo stretto girocollo d'oro glielo accorciava, le calze lucide in seta artificiale bruciavano come un rogo. Pesanti e solitari, nell'impiantito della piazza, i tacchi a rocchetto delle sue scarpe battevano note stonate.

A destra, appena sotto un dirupo lieve, il mare frizzante la chiamava fresco, a sinistra vecchie palme con una corona di foglie ombrose come spighe gigantesche la invitavano a riposarsi. Ma Bastiana si fece animo e proseguì affrontando la sfida di quello spazio di cui gli occhi abbagliati non vedevano la fine.

Lu Chianu era tutti i giorni il suo posto di lavoro. Lì al mattino si trattavano affari e si diffondevano notizie e lì la sera era tutto un passìo di famiglie e picciliddi. Era la piazza l'ombelico del paese e il centro del mondo, ché quello dei paesani era molto piccolo.

A metà del suo calvario, sentì qualcuno chiamarla: "Gna Bastiana! Oh, gna Bastiana!".

Era la fornara Giuggiulena che, ancor più trafelata di lei, la invitava a fermarsi: "Oh, Giuggiulè, che fu? Vi pensavo al forno, ma certo ad andare firriando a fare la giornalista di più vi divertite, vero?".

Le gambette corte, il corpo pieno che riconoscere petto vita e pancia era un busillis, i piedi della fornara rincorrendo Bastiana scivolavano veloci uno dietro l'altro come sul sapone.

"E non fate la malapensante! A mare me ne sto andando, a mettermi i piedi a mollo, ché altrimenti senza una arrifriscata stanotte davanti al forno non ci posso stare. E fermatevi! Che avete, prescia? Ora che vi rividi mi venne a mente una cosa. Forse vi può interessare."

Bastiana, infastidita ma punta da irresistibile curiosità, la sospinse all'ombra di una palma.

"Pure io sono mamma come a vossia e lo so che i figli fanno trubbuliare," esordì Giuggiulena con toni assai diversi da quelli usati sulla corriera. Era mansueta e confidenziale.

Circospetta, cominciò a parlare di una certa signora di buona famiglia sarracese che abitava al viale della Vittoria ed era sposata a un politico di razza che ora stava con Mussolini ma il nome era meglio che non lo si facesse che pure l'aria avi l'aricchi. Per anni l'innominata era stata con la testa sfirriata per via dei figli che non le venivano. Pure le acque termali che hanno tutte le virtù avevano provato, e se non fosse stato per lei che pietosa le aveva suggerito il rimedio, la signora sarebbe uscita pazza.

Bastiana non si scompose, Giuggiulena se ne dispiacque ma continuò.

In contrada Tranchina abitava una vecchia, lei la conosceva perché quando veniva al suo forno la beneficava di pane farina e cuddureddi dolci.

"Povera fimmina, di lemosina campa! Si chiama zà Petruccia e fa certe pìnnole con la polvere di rimunnu, o placenta parlando pulito, seccato al sole. Quella signora se n'era pigliate tante per tanti giorni e dopo manco un mese gravida era rimasta."

Il racconto era finito e Giuggiulena scrutava l'espressione di Bastiana cercandone i segni della gratitudine.

"Vi sono debitrice del vostro segreto prezioso, ma mia figlia è picciotta studiata e il marito come ben sapete è barone farmacista, persone scienziate sono. Figli per ora non ne addisiano, li faranno quando vorranno ché loro sanno bene come devono provvedere. Vi ringrazio comunque e a buon rendere."

Bastiana continuò il suo cammino lasciando la fornara che sembrava una statua di sale. In verità la currera era stata tentata dal racconto, ma l'idea che la notizia del suo assenso sarebbe passata di bocca in bocca in tutti i vicoli sarracesi l'aveva trattenuta da ogni interesse.

Però la turbava non poco che i manifesti vocali di Giuggiulena piccata l'indomani avrebbero reso la sua putìa più affollata dellu Chiano. Quella femmina ormai s'era fatta sicura sicura che Nardina aveva l'utero come una vecchia.

Avvelenata e irrequieta, si trascinò sino a raggiungere palazzo Cangialosi. Riconoscibile dal giallo della pietra arenaria e adorno di metope, triglifi, cape d'angelo e teste d'aquila in scura pietra di Sabucina, la sua sola vista la risollevò.

La donna si affrettò, il monumentale portone evocava un ombroso patio profumato di fiori di zagara e pomelie e raffrescato d'acqua che, a zampilli dentro una vasca, bagnava rane e ninfee. E tutto quel bendidio non aveva ancora un erede!

La gna Bastiana aveva profuso soldi senza risparmio perché la sua Nardina crescesse istruita e di buone maniere. Ancor di più le era costato riscattare il difetto di una nascita plebea comprandole un aristocratico cognome coniugale. Che ora la figlia le facesse lo scherzo di non saper procreare era troppo! Dopo tutto quello che già aveva fatto, per la currera non era ancora tempo di tirare i remi in barca.

Ma a volte il rimedio si presenta da solo a chi lo cerca.

Dallo scalone di marmo se ne scendeva lento lento, il toscano appena acceso che lo avvolgeva in nuvole di fumo azzurro, don Calogero Licata con quella sua spavalda figura di campiere fuori e mafioso dentro.

Bastiana trattenne il fiato e sgranò gli occhi ché le sembrò un segno del destino. Era lui l'uomo dei miracoli, l'ombra che agiva e nessuno sapeva, quello cui spettava dividere i buoni dai cattivi salvo, all'occasione, invertire i giudizi, quello che faceva piovere mentre il sole splendeva. Bastiana si diede sulla fronte un colpo a mano aperta e punì la sua stolidaggine.

Mafioso era mafioso, su questo non c'era da avere il dubbio della calunnia tanto si era diffusa la fama di santo e giustiziere. Batteva tutte le campagne sarracesi ora campiere, più spesso fittavolo, in pectore già padrone. La situazione di ogni famiglia, nobile e no, era scritta nella sua testa precisa ed esatta che neanche nei registri dell'anagrafe al municipio e in quelli del catasto.

Bastiana fu certa che fosse stata la Madonna del Soccorso a farle incontrare don Calogero. Collane e bracciali di oro e corallo, da lei deposti con aria circospetta tra le mani dell'arciprete nella sacrestia della Matrice, si rivelavano ora offerte benedette per la Madre di Dio che tutto ricorda! Confortata nel suo disegno, senza neanche sapere che cosa e in che modo chiedere, cominciò a conversare.

Don Calogero si trovava lì perché donna Rosetta lo aveva mandato a chiamare; il motivo non fu spiegato: la regola del silenzio valeva per ogni argomento e ogni interlocutore.

Quando si va per certi mari si deve sempre aspettare tempesta. Ma la currera, che non si voleva far scappare né l'idea, che dalla mattina le girava in testa come una macina, e neanche l'uomo, che difficilmente si poteva incontrare senza dar sospetto di misteriosi intrighi, si diede coraggio e trascinandolo per il braccio lo confinò nell'andito più nascosto dell'atrio. Concitata, gli occhi lucidi come esaltati dalla febbre, il respiro che era un mantice, esordì: "Vogghiu un picciliddo, don Calò, e solo voi me lo potete dare!".

"E lo volete da me, gna Bastiana? E andiamo al mercato che vi accatto un pupiddu di carne!" Il mafioso la babbiava.

"Nonsi," aveva risposto seria la currera.

"Bastiana, Bastiana! Ma che minchiate state sparando!" Rosso di rabbia e con tono offeso don Calogero aveva alzato la voce. "All'età vostra! A mia proprio lo andate cercando! O niscistivu pazza o fu un colpo di calore. L'acqua fridda ci vuole! Iate, iate!"

"Shhh! Ma che state pensando? Mittitivilla voi la capa sutta l'acqua!"

La donna a quel malinteso era avvampata, perché un tempo c'era stato in cui il pensiero di don Calogero quale papabile sposo per sua figlia Nardina s'era intrufolato nella sua mente. Alto sul cavallo, il duebotti a tracolla e la ribalderia stampata sulla bella faccia moresca, era uno di quegli uomini trentenni che, pure invecchiando, non avrebbe perso quel fascino ambiguo di canaglia mascherata da giustiziere di buon cuore. Quando l'inverno lo costringeva a ripararsi la faccia dal freddo e il suo tabarro lo copriva fin sul naso, la luce dei suoi occhi da lupo attraeva chiunque gli stesse davanti, regalandogli a un tempo il diabolico dubbio se quello fosse assassino o santo salvatore.

Ma subito Bastiana, sebbene di lui conoscesse ricchezze e potere e non tenesse in conto la sua vita da fuorilegge, aveva abbandonato il progetto di diventarne la suocera: Nardina era donna di seta, don Calogero uomo di orbace.

Pacienziosa, fece quindi un profondo respiro, tornò a guardarsi intorno e gli spiegò la triste situazione in cui lei e sua figlia si trovavano. Erano due anni di matrimonio e Nardina non usciva pregna, così e cosà, una cosa e l'altra, in cinque minuti problema, richiesta e pretesa di riserbo assoluto diventarono proprietà esclusiva del mafioso, perché a lui e non al campiere la currera si era rivolta.

Del resto lui la conosceva bene donna Rosetta, lo sapeva che la baronessa non avrebbe tollerato ancora per molto tempo il mancato arrivo di un erede in casa Cangialosi.

Bastiana si zittì e di sottecchi spiò la reazione di don Calogero: ora era il respiro di lui che soffiava forte dalle affilate narici.

Il silenzio del mafioso sembrò alla currera un tacito invito a dilungarsi e lei, fingendo di cercare utili suggerimenti, gli imbeccò le opportunità che avrebbe potuto sfruttare per farle quel piacere: chissà quante ce n'erano di picciuttedde a Sarraca, nei dintorni, nella provincia, in Sicilia, nel mondo, che macari qualche maleducato ne aveva approfittato e ora il guaio non se lo volevano piangere. Di fatti come questi chissà quanti ne sapeva don Calogero che firriava sempre a cavallo per ogni dove!

E asciugandosi il sudore dalla fronte, dalle guance, dal petto, le carni umide neanche fosse stata sotto la pioggia, Bastiana si premurò d'informarlo che a proprio carico sarebbe stata la scena della finta gravidanza e del finto parto completo di ostetrica, acqua calda e grida di dolore. Insomma, lui avrebbe portato il nutrico e lei avrebbe preparato la culla.

Don Calogero guardava la donna trasecolato, la bocca aperta, gli occhi spalancati. Bastiana lo aveva preso alla sprovvista e lui non era uomo cui piacesse farsi trovare impreparato. Aveva insegnato ai suoi muscoli un'obbedienza militare, il suo sangue all'occorrenza aveva la freddezza di quello del serpente.

Gli avessero buttato un cadavere tra i piedi mentre camminava lo avrebbe scavalcato, gli avessero rubato in casa avrebbe chiuso la porta e sarebbe ritornato solo dopo aver recuperato a una a una le sue cose e punito i ladri.

Ma l'impudenza di Bastiana era stata troppa, il gioco sfrontato e indecente. Dove lo voleva portare questo maschio vestito da femmina? I sensi, avvezzi alla difesa, si allertarono e lui si vide già con le manette ai polsi, perché certo questo era un agguato. Di sicuro qualcuno gliel'aveva mandata, forse per vendicare uno sgarbo o per fottergli fama e posizione, del resto lei era "currera" e pure questo nel mestiere suo ci poteva stare. Nessuno avrebbe sospettato che una femmina come quella fosse stata arruolata a suon di denari per tendergli una trappola. Ma lui sì, che le ombre le scorgeva dappertutto.

Vedeva già due carabinieri con il pennacchio rosso sul cappello pronti ad aggranfiarlo, nascostisi apposta per coglierlo in flagrante.

Muto, il mafioso così ragionava preoccupato mentre Bastiana, libera dal peso dell'ardito progetto, tentava di ammansirlo rassicurandolo che la risposta non doveva essere immediata.

E don Calogero, le braccia incrociate le gambe divaricate: "Bastià, ma perché avissi a fare 'sta mala azione a una figghia di mamma?".

"Pecché jò poi..."

"Vossia poi..."

E fu tutto un concertare di patto e contropatto, di valore e disvalore sino alla conclusione che prima bisognava avere la merce e poi contrattarne il prezzo.

"Bastiana, quello che volete è cosa che ha bisogno di gran segreto e voi mi pare che troppa gente conoscete e da troppa siete conosciuta."

"Eeeh, don Calogero Licata! Il segreto io lo devo pretendere da voi e non voi da me, di mia figlia stamu parlando!"

I toni della conversazione si stavano facendo aspri e l'atrio troppo si prestava a cassa di risonanza, così le voci di entrambi furono di nuovo un sussurro mentre lui offeso affermava che mai avrebbe fatto quel lavoro sporco da mammana e lei gli rinfacciava che in fondo anche lui non era un gran galantuomo.

A quell'accusa il campiere, infastidito come se quella femmina lo avesse scambiato per qualcun altro, gettò a terra il suo sigaro, i chiodi dei suoi scarponi lo calpestarono come sotto ci fosse la lingua di lei. Poi lento misurando i gesti, i denti serrati in un fiato rabbioso, l'avvisò che se era un tranello quello che stava per tendergli, donna Rosetta e il figlio Carlo sarebbero stati avvertiti delle nefandezze che lei stava tramando.

La currera, il trillo breve di una risatella, gli rispose: "Don Calogero, qui si gioca a fidarsi, anche io di voi so cose e ho prove! Giro per tutti i paesi, senza che ve lo scordate. E sono vento che raccoglie grida e bisbigli...".

Lui ritrovò sé stesso e il distacco del ruolo. Gli occhi di entrambi, concluso il duello, firmarono il patto segreto.

Andandosene il campiere lanciò nell'aria un saluto marrano: "Sabbinirica, currera!".

Lei rispose: "Sabbinirica, galantuomo!".

Don Calogero infilò il portone con il passo sicuro di un generale, Bastiana, soddisfatta, si disse che i segni del cielo andavano sempre assecondati e affrontò lo scalone che conduceva a casa Cangialosi.

La musica del duetto, iniziata in allegro moderato, rallentando mutò in andante deciso.

6

Intanto, archiviate le sue mai sconfitte malinconie, Calascibetta aveva raggiunto la porta di casa Damelio con nuova energia e rinnovato appetito: la gazzosa di limone si era dimostrata un ottimo sostituto del Digestivo Antonetto e sulla loggia un profumo eccitante la diceva lunga sul ragù che paziente sul fuoco cutturiava, sui fritti che sfrigolavano, sulle bestiole che sudavano dentro il forno.

Gli aprì Menico, l'autista tuttofare che, accantonata carrozza e cavalli, ora se la spassava con l'automobile a farsi guardare da tutto il paese. Ma, basso e minuto com'era, la 501 sembrava camminasse da sola e così ogni tanto ritornava ai vecchi mezzi perché dall'alto del posto in cassetta faceva un'altra figura.

"Menicù, ma che sta appriparanno to' mugghiere Sisina? C'è un profumo che stavo sbattendo a terra!"

All'estasi olfattiva di Calascibetta Menico sorrise compiaciuto: "Avvocà, è da tre giorni che combatte in cucina per questo pranzo di festa a 'u baruneddu! Jò pranzo e cena da solo me li appriparo, se ci chiedo qualche cosa a lei, capace è che mi infila un coltello nella panza tanto è pigghiata dai nervi!".

"Menico, questo è il destino di noi masculi: le fimmine comandano e noi caliamo la testa! E poi c'è da capire Sisina, lei da sola si sta crescendo Stefano e Silviuccia..."

Calascibetta volle sedersi per qualche minuto all'ingresso aspettando che addosso gli si asciugasse il sudore.

"Avvocà, la vedeste quanto si sta facendo bella la picciuttedda? Ma senza dote, chi se la deve sposare 'sta carusa?"

"Shhh, stanno arrivando. Chiudi questo discorso."

Menico si mise le dita a croce davanti la bocca.

Non erano più i tempi di opportune monacazioni e la sorte di quell'adolescente preoccupava Calascibetta. Don Rosario le lesinava ogni manifestazione d'affetto, giudicava sufficiente la cura a lei dedicata da Menico e Sisina, si augurava conservasse la sua bellezza per proporla in sposa senza dote a qualche suo vecchio amico.

Conservare o aumentare il suo patrimonio per i figli non era mai stata cura del barone, preoccupato invece di poterne disporre a piacimento fino alla fine dei suoi giorni. Ora che Stefano aveva compiuto diciotto anni e la sua libertà di maneggio era in pericolo, quel pensiero gli era esploso scalzandone ogni altro. Andava in smanie il barone quando la fiducia dei creditori sulla sua solvibilità cominciava a svaporare e le loro richieste diventavano a suo dire "prepotenti".

Arrivarono tutti assieme, Silviuccia, Stefano e dietro a loro Sisina.

Le guance rosse per il caldo e i fuochi della cucina, Sisina cominciò a sollecitare che si mettessero tutti a tavola altrimenti il travagghio suo se ne andava a farsi benedire.

Sposata con Menico da oltre trent'anni, si erano conosciuti in casa Damelio. All'inizio si ignoravano, ma poi uno sguardo oggi e una strusciatina domani, sempre sotto lo stesso tetto, sempre alla stessa tavola, sempre nello stesso letto dovevano finire. I due coniugi occupavano in casa del barone il posto che in altre dimore nobiliari era riservato ai parenti poveri: pìccioli niente, qualche gratifica nelle grandi feste; l'onore di servire in casa Damelio più vitto e alloggio, per don Rosario era compenso sufficiente.

"Zù Pippino, finalmente!" Silviuccia volava a saltelli attorno a Calascibetta, gli si attaccò al collo baciandolo sulle guance. Di Caterina non aveva né la bellezza né la fermezza d'animo, la sua figura era alta e sottile, priva di femminili attrattive ma seducente e animata di entusiasmo innocente.

"E bravo avvocato che è venuto a farmi festa! Perché non mi diceste che venivate pure voi? Ci facevamo la strada assieme, no?" Stefano fingeva un rimprovero. "Ora a tavola però, lo stomaco burbuttìa!"

Don Rosario era già seduto a capotavola, piluccando pane con il sesamo e bevendo vino. Accolsero l'ospite solo un suo grande sorriso e lo sventolio della mano sinistra, dove al mignolo mandava bagliori il brillante di uno chevalier.

L'intima amicizia tra lui e Calascibetta, iniziata nei saloni del Circolo Sociale, dopo la morte di donna Caterina si era mutata in cenere. L'avvocato, investito da Caterina della sorveglianza delle cose di famiglia, continuava a frequentare palazzo Damelio benché vuoto della presenza della donna che tanto in segreto aveva amato. Don Rosario trovava invadente l'atteggiamento di lui che gli paventava a giorni alterni la più misera delle povertà se non avesse smesso di scialacquare.

"Sabbinirica alla bellezza e alla freschezza del nostro don Rosario," l'avvocato sfotticchiando omaggiò il padrone di casa.

Il pranzo cominciò con la pasta riminata dove in tegame si erano dati felice appuntamento ragù di maiale, salsiccia sbriciolata, broccoli saltati, uova sode, caciocavallo ragusano e mandorle brustolite e pestate.

Il vino delle terre di San Marco, in una brocca di vetro di Murano, correva felice da un bicchiere all'altro mentre intanto arrivava sulla tavola una sperlunga di pesce di ogni tipo: aguglie, ope, passere, minnule e muletti, rentici e sarachi, spatuledde e trigghie. Tutti fritti e, se non fosse stato per quell'occhio bianco, sembravano ancora vivi tanto il profumo di mare delle loro carni.

L'avvocato, gli occhi chiusi, la bocca che ruminava il pesce e le sue spine, dovette rassegnarsi a una sosta quando sentì il tintinnio di un bicchiere percosso da una posata: don Rosario richiamava l'attenzione dei commensali e lui era al corrente che il discorso che il barone si accingeva a fare sarebbe stato un terremoto.

Ma Sisina volle fermare tutto il teatro: "Nonsi, barone, o si parla o si mangia e quello che ora arriva per il piccididdo mio non può aspettare!".

"Avvocato, io la so la sorpresa di Sisina!" Silviuccia si agitava sulla sedia con la voglia di rivelare a don Peppino il gran segreto.

Poi Stefano si alzò di scatto battendo le mani e non riuscì a trattenere le lacrime quando Sisina e Menico, reggendo un vassoio che pareva una piazza, portarono in tavola "la pietanza" per eccellenza, quella che in nessun'altra casa veniva preparata come nella cucina dei Damelio. L'aveva introdotta mamma Caterina al suo arrivo quale sposa di don Rosario, e alla sua apparizione gli occhi di tutti diventarono allegramente nostalgici. "Aceddi aceddi", così i Damelio chiamavano un'oca con dentro una gallina nella quale era stato accomodato un piccione che nello stomaco ospitava una beccaccia involta nel lardo. Tra l'uno e l'altro animale, tutti accuratamente spennati e fiammeggiati, un morbido nido fatto con un impasto di uova, mollica di pane, interiora.

Cominciarono le prenotazioni: il petto d'oca e la coscia di gallina per compensare la fame patita in collegio dal festeggiato, la beccaccina quale boccone da principessa per

Silviuccia, il saporito culo della gallina per il cannaruto avvocato, la richiesta raffinata di appena un po' di concia di uova per il barone.

Menico e la moglie, data l'occasione e la dovizia di cibo, abbondarono anche loro.

Le tre del pomeriggio, il calore non dava tregua, le bocche condite di olio: una festa perfetta, assai meno per i poveri aceddi sacrificati. Don Rosario, assolto l'obbligo conviviale, gli occhi lustri per la commozione o forse per il vino, iniziò: "Sono giorni che mi galoppano in testa pensieri come cavalli".

Stefano spolpava la coscia di gallina tenuta tra le mani come un flauto traverso, gli occhi allegri, la mente smaniosa di godere tutti i piaceri che ora, conseguito il diploma, gli spettavano. La voce del padre, monotona, gli giungeva senza parole.

"I tempi cambiarono, picciotti mei!"

Il figlio si fece attento: "E che successe, papà! Pure vossia come l'avvocato Calascibetta sulla corriera? Chissà che avesse fatto questo signor Mussolini in Sicilia! Manco tre mesi sono che i fascisti vinsero le elezioni e piangete! Avessero strantuliato l'isola come un terremoto e va bene: ma ancora niente si mosse!".

"Macari, barunè," intervenne l'avvocato, "macari! Almeno tutti 'sti siciliani addummisciuti si sarebbero smossi n'anticchia le ossa, nel bene o nel male!"

Il padre invece guardava il figlio e la testa tentennava: "Santa ingenuità dei mocciosi che si credono uomini! Stefanù, il mondo a trottola si muove e noi nun sapemo dove stiamo andando. Un giorno dicono che c'è uno che marcia su Roma e l'indomani sapemu che sta al governo! E chi è? Da dove viene? La verità è che come sempre di nessuno ci si può fidare. Quando fu ora di elezioni, il signor

Mussolini si strinse il naso per non sentire puzza di mafia in mezzo ai fascisti siciliani, oggi dichiara che la mafia tutta deve sparire: ma intanto i contadini nostri solo dei mafiosi si fidano! E i nostri feudi, lui vuol farli a pizzudda pizzudda, regalarli uno per uno a mezzadri e coloni. Ma loro, che pìccioli non ne hanno, come l'avissiro a coltivare 'sti terre che sono petraie? E pure a levare li petre a una a una, nel frattempo come mangiassero? Tutti aspettano prima di vedere e poi di capire dove si devono mettere, se con lui o contro di lui!".

Così don Rosario profittava di notizie imprecise e contraddittorie per soffiare sul fuoco della paura dimostrando che il danno da altrove veniva: e così facendo si sfilava da ogni colpa. Mentiva con accenti teatrali e con sfrontatezza, poiché erano noti a tutti i debiti da lui sottoscritti non solo con il suo campiere don Calogero, ma anche con chi in paese era pronto ad aprirgli le tasche, avendo già calcolato interessi e garanzie. E mai una volta che i soldi ottenuti fossero serviti per migliorare le proprietà, per liberarle dalle ipoteche di cui lui stesso aveva gravato tutte le sue terre sotto il sole o per cambiare stile di vita e preparare un futuro ai suoi figli.

A nulla era capace di rinunciare il barone, non all'auto, alle feste, ai cavalli, alle amanti. E intanto crepe, fenditure, distacchi d'intonaci e di cape d'angeli scrivevano sui muri la vecchiaia del palazzo.

Mussolini questa volta non c'entrava nulla.

Stefano, preoccupato, intervenne: "Papà, ma noi uno solo ne abbiamo di feudo, quello di Caltabellotta. E pure che lo perdiamo? È una montagna buona solo per cacciare conigli. Noi con le terre campiamo: San Marco, Maragani, la Foggia, la Verdura".

"Che terre e terre! Stefano, tu niente sai, non si può vivere più con le campagne! La guerra è finita da un pezzo ma i danni ancora qua stanno. E poi quelle a Maragani e alla Foggia già promesse in vendita sono…"

E fu il racconto di vigneti, mandorleti, uliveti e agrumeti che si piegavano sotto il peso dei frutti, tutta Sarraca le sapeva le ricchezze dei Damelio. Ma poi la guerra, la guerra maledetta si era mangiata tutti i soldi, come il mare quando diventa tempesta e s'inghiotte la spiaggia. Gli uomini buoni e giovani tutti partiti, le femmine che facevano quello che potevano e i vecchi che a niente servivano. A volte neanche il raccolto si faceva, piangeva il cuore a vedere quelle belle pigne d'uva che si asciugavano sulle piante.

"Uomini tornati dalla guerra se ne contano la metà di quelli che partirono. E le cose così non si possono ripigliare. Le piante abbandonate da curare, quelle morte da sostituire: ci vorrebbero jornatari a carrettate. Un massaro da solo niente può fare, e ogni uomo costa un sacco di pìccioli."

Il silenzio spense ogni nota della gioia che fino a poco prima aveva rallegrato tutti.

"E sempre il Regno d'Italia sia ringraziato!"

Per l'avvocato quella conversazione era troppo perfetta per non infilarci i pensieri suoi: "Il Signore non poteva fare sgarro più grande a questa magnifica isola che buttarla in mare, così, senza neanche guardare dove cadeva. Una zattera e tutti a salirci sopra come una concupiscibile fimmina nuda! E quando finalmente diventammo italiani insieme a tutto il continente, che fa la nostra beneamata casa reale? Ci manda alla guerra! Mondiale! Noi, che già non ci avevamo gli occhi per piangere. Perdemmo pìccioli e uomini!".

A Stefano il racconto del padre puntellato dalle osservazioni di Calascibetta provocava un profondo disagio. Si aspettava, in quella lieta occasione che lo vedeva protagonista, un benvenuto di ritorno a casa, un'offerta di gestione del patrimonio di famiglia, prima con la guida di don Rosario e poi in autonomia quando il genitore fosse diventato più vecchio.

Il Regno d'Italia, la guerra, i disastri gli suonavano lontani ma minacciosi, come se gli fosse chiesto di pagare il contraccambio per tutto il tempo che aveva vissuto spensierato. Stordito, cercava di capire. Guardava le facce dei fedeli servitori Sisina e Menico: gli occhi bassi, le mani sul grembo. In tavola uccelli e pesci spolpati davano un senso di desolazione. Intanto, nella sua testa, il rumore del mare che si mangiava la spiaggia.

"Papà, vossia ora non si deve preoccupare più, io la scuola la finii, lo so che la vita non può essere sempre giochi, feste e balli. Un uomo sono, è ora che delle cose nostre ce ne occupiamo io e voi assieme, un mese, dieci, un anno e rimettiamo tutto a posto."

"Stefano!" Don Rosario, che quella intromissione del figlio nella gestione del patrimonio temeva come Roma le invasioni dei barbari, era rosso come un gallinaccio. "Niente capisti! Se mi giro le sacchette non ci trovi un centesimo," e in piedi, le mani nelle tasche, con gesto teatrale le rivoltò mostrandone le vuote fodere di seta. "Una professione ti devi trovare, come fece tuo cugino Carlo che diventò farmacista per passione e ora si trova coperto! A Palermo, sciò. Fuori il pane te lo devi andare a guadagnare, ché qua quello che è rimasto o vendiamo o affittiamo o non mangiamo!" Stremato si accasciò sulla sedia.

"Don Stefano, non vi affliggete," Calascibetta di nuovo veniva in aiuto di don Rosario, "vostro padre le decisioni giuste sta prendendo. Con le terre non ci si mangia più. Oggi per campare bisogna inchinarsi davanti alla mafia. Ma a inchinarsi assai, barunè, va a finire che con il culo di fuori si rimane!"

Le mani intrecciate, il capo chino, Calascibetta lanciò a don Rosario uno sguardo traverso e una ammonizione nascosta: "Accura pure voi, don Rosario! Quel don Calogero che vi guarda le terre un avvoltoio è, voi lo sapete!".

A quel nome Stefano perse la testa.

Messo a parte dell'inarrestabile declino della famiglia, era anche pronto ad affrontarne le conseguenze, a capovolgere le sorti del patrimonio cercando denaro nelle banche di tutta la Sicilia, a impegnarsi senza limiti di tempo trascurando la sua giovinezza; ma il nome del campiere mafioso, lanciato come un avvertimento a don Rosario, d'un colpo seppellì ogni buon proposito e gli istinti più violenti si sbrigliarono con la forza della gioventù. Don Calogero, l'uomo maledetto che lo aveva sorpreso insieme a Sabedda all'uscita della caserma dei Borboni! Come aveva potuto quello scimunito di suo padre crescersi in seno quella serpe? E come era successo che le proprietà, tutte le proprietà, sei anni che la guerra era finita e ancora non resuscitavano? E quel cornuto di campiere cosa sorvegliava? Che le terre non se ne scappassero? O già ci aveva messo sopra le sue manazze assassine?

"Basta! Basta! Ma a chi volete fottere con queste minchiate?" Ora Stefano gridava: i pugni sul tavolo caddero come una mannaia frantumando piatto e bicchiere. "E aspettaste proprio questa jurnata per cuntarimi tutte 'ste disgrazie." L'ira gli stravolgeva il viso unto di sugo, la bocca sguaiata nell'urlo, i denti feroci di cane arrabbiato.

Sisina e Menico, gli occhi sbarrati ché 'u baruneddu mai aveva fatto 'sti fuochi d'artificio, lo guardavano come se nelle viscere gli fosse entrato il demonio.

E lui ne ebbe anche per loro: "E voi niente sapevate, vero? In cinque anni tutte le volte che tornavo da Girgenti neanche una parola su quello che stava succedendo!".

Poi, additando Sisina, lacrime di delusione gli riempirono gli occhi: “Bugiarda, farfante, falsa! Tu che mi dici che sei per me mamma, non la nominare più questa parola e non ti risicare più a scimmiare quello che faceva lei. ’Sti cosi che appriparasti li schifìo!”.

Invasato, prese il vassoio di aceddi aceddi e quel che ne restava prese a volare per tutta la stanza: ali e cosce ripresero vita, messaggere della sua rabbia.

Avviandosi alla porta lanciò a don Rosario accuse al veleno, parole senza ritorno: “Ma che padre sei? Traditore, traditore, tutto ti sei fatto mangiare! Aveva ragione il nonno, tu la facesti morire la mamma per tutti i dispiaceri che ci davi. Maledetto, una fortuna avevamo!”. I pugni mostrati e trattenuti aggravavano le invettive.

Don Rosario non sopportò oltre. Alzatosi, fermò il figlio e lo timpuliò: destra sinistra, e ancora, e di nuovo, e daccapo.

Stefano, le guance in fiamme segnate dallo sfregio dello chevalier, uscì dalla sala e sulla porta di casa vomitò l’anima sua.

“Avvocato, avete sentito? Io a questo lo diseredo, giuro, lo lascio con le pezze sul culo!”

Don Rosario era in preda a una crisi, la fronte gonfia di vene, gli occhi rossi di sangue.

L’avvocato si alzò, si strappò dal collo il tovagliolo prudentemente annodato e amareggiato disse: “Non ve ne incaricate, barone. A diseredarlo già ci pensaste. Potete solo vendere e mangiare, voi stesso lo diceste proprio cinque minuti fa”.

E, lasciatolo sbigottito, uscì per raggiungere Stefano.

7

Dopo il concitato dialogo con don Calogero, la currera era stata costretta a soste pensierose su ogni gradino della scalinata che conduceva alla casa della figlia. Era convinta di aver fatto la cosa migliore per raggiungere il suo scopo, ma ammetteva con sé stessa di essersi vestita di una sfrontataggine insopportabile per un malacarne come lui.

Ma, alla fine, che cosa sarebbe potuto succedere? Quello mafioso era e la bocca la teneva cucita per professione. Se fosse andato in giro a smascherarla, pure lui ne sarebbe uscito lordato di fango. Bastiana l'infamia gliel'avrebbe rimandata indietro con gli interessi. E succedesse quello che voleva succedere! Ora c'era altro da apparecchiare.

Con animo alleggerito si accinse dunque alla visita alla figlia. La vista del battiporta di ghisa nera di casa Cangialosi la fece santiare contro le fisime di donna Rosetta che con la faccia truce di un satanasso credeva di tenere lontani dalla casa gli spiriti cattivi. Gli occhi al cielo in muta preghiera di aiuto, batté due colpi.

Fu Nardina ad aprire e la currera, senza parlare, scansandola con la mano, raggiunse con le ultime forze la prima comoda poltrona all'ingresso. Respirava con affanno e ci vollero un paio di minuti prima che si esaurisse il concerto di fischi e rantoli.

La figlia le lanciava sguardi interrogativi: "Mamà, voi qua? A quest'ora? Ormai non vi aspettavo più, pensavo che da Girgenti sareste tornata domani".

Bastiana, le parole articolate solo dal fiato ché ancora un suono non le usciva dalla bocca, raccontò della corriera, dei tratti percorsi a piedi, la polvere e il resto.

Si affacciava intanto all'ingresso la testa bianca di Brigida, la domestica. Non avanzava di un passo temendo importuna la sua presenza, il buongiorno all'ospite fu dato strizzando gli occhi in un sorriso. Poi in un dialogo muto, s'intese a mossette con Nardina e di nuovo la inghiottì il corridoio.

Tra le due si erano affermati un affetto recente ma tenace e una comprensione che andava oltre le parole. Si erano riconosciute un univoco sentire e la stessa insofferenza per la falsità di deferenze e pose tanto care a donna Rosetta Damelio.

"Morta sono! Ah, Nardina mia, morta sono!"

E mentre la madre lamentava stanchezza, la figlia la liberava della borsa, le rassettava i capelli scomposti aspettando che si riprendesse.

Brigida ritornò di lì a poco a passi felpati, reggendo un vassoio con una caraffa di acqua e zammù, un bicchiere colmo di granita di limone e due biscotti inciminati. La vista del rinfresco ebbe il potere di far risorgere Bastiana.

"Signora Bastiana, se addisiàssivo qualche altra cosa..."

Mentre Bastiana si attardava provvedendo in silenzio all'appagamento della gola, Nardina in piedi osservava la madre: il viso un tempo era stato gradevole e la pelle ne conservava ancora la setosità, ma la bocca piccola e rotonda, il naso delicato, tutto affondava in una pinguedine che aboliva confini e contorni e così gli occhi erano diventati una fessura, il mento scivolava sul collo.

Brigida sul corridoio si avvide intanto che dalle stanze di donna Rosetta usciva Venera, la criata che si occupava della baronessa vecchia. Intuendone le mosse, le chiese: "La baronessa ha bisogno di qualche cosa?".

"No, niente. Mi fece venire per vedere se vossia avi bisogno d'aiuto."

"Sì, proprio a te! Tu invece d'aiutare, sdirrubbi! Va', va', niente serve!"

Si allontanarono in opposte direzioni e intanto si spiavano a vicenda girando appena la testa.

Finalmente Bastiana, messo a riparo il corpo da crisi di spossatezza, seguì la figlia in salotto e sprofondò in una comoda bergère davanti i balconi spalancati. Nardina si mosse a chiudere le tende e la currera guardandola si congratulò con sé stessa per le bellezze donate alla figlia: biondi capelli a onde larghe che nell'estate si facevano bianchi di sole, la pelle ambrata e occhi a macchia d'inchiostro. Alta, il corpo forte e sensuale, la sua bellezza rimandava in rara armonia ai tratti di dominati e dominatori della terra in cui era nata, ma non mancavano accenni continentali di cui solo la madre sapeva.

Mentre Nardina le rimproverava i suoi giri stancanti per paesi e città in un'età che esigeva riposo e quiete e condannava la sua smania mai soddisfatta di accumulare ormai inutile denaro, la madre girava gli occhi in ogni angolo della sala, vasta come una piazza d'armi, soffermando l'attenzione ora sui quadri ora sugli argenti esposti, gli specchi, i trumeau, le vetrine in palissandro ricolme di tazze da tè cinesi e samovar russi.

"Mamà? Mamà, mi sentite?"

"Sissi."

"Non è vero. Ma è possibile che ogni giorno dovete fare l'inventario di tutto quello che c'è dintra 'sta casa? Vi pare che ci manca qualche cosa?"

"Ma che dici! Tutto c'è qui, tutto quello che io volevo per te, ce lo siamo meritato e me lo godo!"

Venera intanto, sfuggita al controllo di Brigida, con una finta bussata irruppe nel salotto e si dedicò alla ricerca del rosario di donna Rosetta giustificando la sua prescia ché a momenti era l'ora di recitarlo.

Brigida, che aveva previsto l'intromissione di Venera, la raggiunse reggendo tra le dita la corona di granati e rummuliando a bassa voce: "Senza che cerchi, ti cadde dalla tasca davanti a questa porta".

Venera fece una smorfia di stizza ed entrambe uscirono lasciando sole madre e figlia.

Nardina caustica come sale sulla ferita continuava a provocare: "Vi spaventate che questo bendidio lo perdete?".

La frase fu per Bastiana un bicchiere acchiappato al volo prima che si frantumasse per terra, un pesce tirato in barca prima che si sfilasse dall'amo, una porta trattenuta prima che il vento la facesse esplodere. Era il momento di parlare.

"Perché non rispondete?" Nardina ancora sfidava.

Il sorriso amaro, le dita delle mani incrociate sul ventre, la currera esordì: "Accura a tua suocera!".

Senza percorrere vie traverse, fece intendere alla figlia che a preoccuparsi di perdere il benessere conquistato avrebbe dovuto esser proprio lei. E fu tutta una accusa alle attività sotterranee di donna Rosetta, ché difficilmente la vecchia si sarebbe rassegnata alla mancanza di un erede di Carlo. Ci vuol poco a indurre un masculo in tentazione e, quando è fatta, c'è rischio di trovarsi un bastardo per casa concepito chissà dove e con chi.

Nardina avvampò: "Ma come vi permettete di parlare così di Carlo? Che ne sapete voi di lui, di me. Che ne sapete voi di lealtà e fedeltà?".

"Nardina, calmati, io nomi non ne feci, ti dissi solo come vanno certe faccende. Nella vita di cose ne vitti tante!"

Madre e figlia ormai avevano alzato i toni, ignare che nelle stanze adiacenti al salotto Brigida e Venera, inconsapevoli l'una dell'altra, ascoltassero tutto.

Quel matrimonio, progettato come un affare di stato, alla fine era stato concluso grazie alla logica dei sentimenti. Nonostante i molti anni di differenza, Nardina aveva per Carlo una vera passione. Quell'unione era stata un capolavoro di strategia della gna Bastiana e insieme un amore imprevisto.

Da subito entrambi si erano disinteressati della parte economica del contratto matrimoniale e avevano lasciato alle due genitrici l'incomodo di discutere di dote e patrimonio.

Donna Rosetta, piegata a quel patto da un'offerta irraggiungibile dagli altri partiti che miravano al figlio, e sedotta dall'improvvisa liquidità che ne sarebbe venuta, mai però aveva accettato la nuora. Le si era accesa pure, improvvisa e nuova, la gelosia del figlio, ma era il paravento alla sua rabbia per la nobiltà familiare macchiata.

Così, una volta che Nardina le fu entrata in casa, si era dedicata con puntiglio alla persecuzione quotidiana dell'intollerabile presenza di lei.

Ora Brigida nel suo nascondiglio aveva il cuore in subbuglio e per l'ennesima volta si chiedeva come era potuto succedere che da quella papera di Bastiana fosse nata una rondine come Nardina.

Governante, cammarera, cuoca e ogni altra mansione all'occorrenza, Brigida era entrata in casa di donna Rosetta con il preciso impegno che entro sei mesi sarebbe diventata nel suo lavoro in tutto finita e rifinita. E così fu, ma mai successe che l'una o l'altra manifestassero quella urgenza tutta femminina di accorciare le distanze per godere di reciproche confidenze. Discreta di natura, non sarebbe potuto succedere che un segreto di casa Cangialosi ne uscisse fuori per causa sua. Brigida riconosceva le malelingue dalle bocche impastate di miele e le evitava come fossero infette.

Carlo se lo era cresciuto come fosse suo e nessuno li avrebbe mai separati. Donna Rosetta chissà come si era trovata incinta di quel figlio: fuggiva il dolore, anche il più minuto e breve, ricorreva a ogni mezzo per eliminarlo all'istante, fosse farmaco o ali di pipistrello, e se nulla lo sconfiggeva cercava sollievo in un sonno profondo. La tintura di valeriana sul comodino e la boccetta di laudano in tasca, da poco si era lasciata sedurre dalle virtù dell'assenzio per ogni male e Brigida ogni tanto la scopriva mentre se ne faceva un sorsetto come fosse marsala.

Delle doglie sofferte da donna Rosetta per il parto Brigida conosceva ogni spasmo e, ripetuto negli anni il racconto, le era divenuta insopportabile la frase riassuntiva delle sue sofferenze: "Carlo mi squartò come se era un toro con tutte le corna".

Brigida aveva preso in braccio Carlo per la prima volta che il bambino aveva appena un anno e mai da allora che la madre l'avesse sostituita nella cura del figlio. Pure se non l'avessero pagata, Brigida non si sarebbe mai mossa da quella casa. La sua vita era dove c'era Carlo. E poiché Nardina amava Carlo quanto lei e a lui provvedeva con dedizione, Brigida la rispettava e le voleva un gran bene.

"Comunque," concluse Bastiana, "'sta misata pure ti vennero le tue cose?"

Nardina non si trattenne: "E mamà, basta, basta! Ora pure i conti mi tenete? Da quando sono uscita dalla chiesa sottobraccio a Carlo è un solo pensiero, una sola preoccupazione! Ma forse mio marito si è lamentato con voi? Forse si è detto deluso da questo figlio che ancora non arriva? Ditemelo se è vero, anche se io già so che sareste voi la bugiarda".

Uno scatto sorprendente e Bastiana fu davanti la figlia. Il rumore dello schiaffo rimase sonoro nell'orecchio di Nardina. Con la mano sulla guancia e gli occhi furiosi spinse indietro la madre in un gesto istintivo di difesa. Bastiana barcollò appena: "Non ti scantare, Carlo niente mi disse, ma te lo ripeto, accura a tua suocera". E si avviò da sola all'ingresso.

L'avvertimento scagliato con sibilo di mannaia lasciò un'aria sospesa e triste mentre un sipario calava tra madre e figlia.

A Venera dal suo nascondiglio il suono dello schiaffo sembrò musica celestiale e, scuotendo la mano a sottolineare l'enormità dell'accaduto, già si sentiva nelle tasche la sostanziosa gratitudine di donna Rosetta per il racconto di quel pomeriggio. Era arrivata da poco la picciotta, ma già le era chiaro come avrebbe dovuto muoversi per il suo maggior profitto.

Dopo il matrimonio di Carlo e Nardina, era stato evidente che la famiglia, aumentata di numero, non avrebbe consentito a Brigida di provvedere a ogni minuto bisogno della vecchia baronessa. Fu così assunta Venera per provvedere a ogni sua necessità e dare in casa all'occorrenza una mano d'aiuto. L'intesa tra la vecchia e la picciotta fu immediata.

Bella di sedici anni, i vestiti informi non nascondevano la femmina fatta e compiuta. Piccilidda, Venera, non lo era mai stata avendo provveduto assai presto a spogliarsi di ogni ingenuità, strappandosela di dosso come fosse l'insopportabile peso di una mantella di lana indossata d'estate. La famiglia poverissima e numerosa l'aveva incoraggiata: non tutti i giorni c'era pane per tanti.

Nata nel quartiere marinaro, settima di otto figli, la regola era che si mangiava una volta al giorno e se qualcuno aveva ancora fame, si doveva arrangiare. E Venera imparò subito: a dire bugie, a imbrogliare, a fingere e a scappare perché alla fine c'era sempre qualcuno che la voleva abbuscare.

Nei suoi calcoli donna Rosetta valeva più di tutti e per questo preferiva stare attaccata alle sue gonne tralasciando altri inutili doveri. Spesso la vecchia le chiedeva cosa succedesse nelle altre stanze e così Venera, muovendosi come un fantasma, si era addestrata a "cogliere pezze" in giro, riportandole poi distorte dal filtro dei suoi occhi e delle sue orecchie. Questo fece di lei la fedele nutrice dei pensieri e delle decisioni di donna Rosetta.

Intanto Bastiana per strada camminava come una sonnambula in preda allo sconforto. Troppo presto aveva parlato con don Calogero. Nardina non la si convinceva con le minacce. Lei aveva studiato al liceo, con veri professori e anche professoresse, altro che le suore.

I suoi piani, sgretolati e inutili, le ingombravano la testa come macerie di guerra.

PARTE II

Sarraca, 1960
Senza famiglia

La notte a Sarraca trascorre in un furore d'insonnia, palazzo Cangialosi è ancora "la me casa" ma adesso non mi ci sento più accolta. È una veste dimenticata nell'armadio che torno a indossare, mi cade a pennello eppure non sembra mi sia mai appartenuta. Lei di me, tra le sue fibre, i suoi tagli, nello scollo e nelle maniche, conserva un'altra memoria e quella donna non sono io.

Del palazzo di un tempo ho mantenuto poche stanze. Gran parte lo vendetti alla morte di mamà, le mie tasche chiedevano pietà per tutte le spese di successione che dovevo affrontare, e l'edificio tutto era allo stremo delle sue forze: crepe, muffa, la tappezzeria reduce da due guerre e i lastroni di marmo che dolenti dondolavano a ogni passaggio sul pavimento. Nel prospetto, le cape d'angelo a guardia dei balconi minacciavano diabolicamente di cadere giù, ammazzando cristiani e animali, e il comune mi aveva intimato di mettere in sicurezza il fabbricato. Ce ne era abbastanza perché lo cedessi tutto, preferii smozzicarlo senza neanche riflettere sull'affezione a ciò di cui dovevo liberarmi.

Mangiate da quattro soldi mafiosi, sparirono una decina di stanze, mentre i marmi, i mobili, i soprammobili, quadri e libri furono preda degli appetiti di antiquari, spregiudicati mercanti favoriti dalla nuova moda che vuole antiche fino nei cessi d'oro le case di costruttori, mafiosi del cemento e politici corrotti, i nuovi ricchi.

L'ho spogliata di ogni vestigia di nobiltà, sono rimaste per contrappasso le cose di uso comune, le più povere e vecchie. Non ho mai avuto il tempo o forse l'intenzione di sostituirle con altre più nuove. Mi piace a ogni ritorno trovarle ancora. Toccandole trovo pace e le ferite di cui tutte recano traccia mi riportano dentro una rassicurante memoria.

Ora, distesa nel mio letto caldo come un nido di cova, mi sento addosso il fuoco e la rabbia di tutta la giornata trascorsa con l'inossidabile zù Pippino. Niente, è sempre lo stesso, avvocato nell'anima e nel corpo, nasconde, conserva geloso, ricorda ciò che vuole, dice ma mai una parola soverchia che si potrebbe portare appresso argomenti, allusioni, equivoci e pure significati diversi di quelli che appaiono d'acchito. Lo amo e lo odio, per gli uomini mi si smuovono sempre sentimenti ambigui. Dice che mi vuole bene e io mi fido a corrente alternata. Già non sono mai stata sicura che mia madre me ne volesse e il bene di mio padre non l'ho mai saputo: è difficile credere nell'amore di chiunque altro.

Mi alzo dal letto di brace e alla luce del lampione giù in strada raggiungo la vecchia bergère vicino al balcone spalancato: il tessuto damascato è liso sul cuscino, sui braccioli, nello schienale, le molle stanche si sono arrese lasciano vuoti incolmabili e duri, i colori blu e giallo, sbiaditi, si sono confusi in un grigio smemorato. Ma è ancora la poltrona di mamà, quella dove lei sedeva nella mossa sua composta, le gambe unite, i piedi incrociati, la veste tirata giù oltre le ginocchia in un gesto ripetuto.

Io in corsa mi lanciavo in quel grembo affondandoci dentro la faccia e aspiravo il profumo di lei. Mimavo in una nascita inversa il bisogno di essere di nuovo una con lei. Al mio assalto mamà si arrendeva alzando le mani, una carezza leggera e poi basta.

A volte Sabedda, la giovane governante bella e selvatica che sempre mi era accanto, forse pietosa della mia delusione, tentava una manovra ingannevole e invitandomi sottovoce a lasciare la mamma tranquilla ché forse era stanca, mi portava alla scoperta di nuovi tesori che in questa grande casa mai potevano mancare. Una volta era nei tetti dove era appena avvenuta la schiusa di un uovo di piccione, un'altra nelle cantine a vedere un sorcio caduto in trappola e morto con il formaggio in bocca.

Io che per natura mi sarei fatta baciare da tutti, da nonna Bastiana invece mai mi sarei fatta toccare! Odorava di violetta caramellata, nauseante a stomaco vuoto, vomitevole a stomaco pieno. A starle vicino si annusava un'aria pesante come in una stanza senza finestre. E io vicino le andavo spesso, così, per darle fastidio, le ronzavo attorno come un moscone e lei, con la mano per aria, le dita mosse come una scopa, mi scacciava a mo' di gallina, "sciò, sciò". Per lei ero sempre importuna ma mi faceva regali grandiosi in denaro.

"Vedi, vedi come ti voli bene nonna Bastiana? Diccillo alla tua nonna nobildonna Rosetta!" mi raccomandava mentre un mucchietto di dieci lire d'argento in tintinnio cadevano nella mia tasca.

Niente, se sul letto non riesco a dormire sulla poltrona di mamà è anche peggio.

Il dubbio della mia nascita, reso pubblico nel verbale di un notaio, mi opprime, per liberarmi vorrei non esistere adesso e non essere esistita mai. A cercarmi nel passato provo sgomento. Lo stesso di una sera d'autunno, quando mia madre, abbandonandomi per strada, apposta aveva voluto smarrirmi.

Avevo cinque anni ma anche ora, quando cado nelle mie paturnie affettive, mi convinco che sia andata in quel modo, perché mi piace compatirmi e coprirmi di tenerezza come una manta di lana.

Eravamo alla salumeria di don Alfonso, ero riuscita a spuntare due fette di pane imbottito di mortadella con i pistacchi, la mia preferita. Mamà poco apprezzava la mia fame improvvisa e cafona. Perché non un bignè, una pastarella di mandorle o un pasticcino con l'amarena? Mi piacevano anche quelli s'intende, ma quando la fame si chiama pititto ci vuole altro.

Mentre lei era intenta a comprare, io mi baloccavo con le ciancianedde sonanti della tenda all'ingresso. Il tempo dell'attesa mi sembrò troppo lungo e rientrai nel negozio a cercarla. Non c'era e neanche poteva essere uscita senza che io la vedessi. Non fu subito panico, uscii, rientrai: niente, non c'era.

Che fare? Muovermi? Aspettarla? Non conoscevo ancora il sentimento della disperazione, ma l'istinto di salvezza scatenato dalla paura, quello sì. Mi prendeva anche a casa quando di sera, attraversando i corridoi, la corrente andava via all'improvviso e io cieca mi sentivo addosso mani invisibili pronte ad abbrancarmi e portarmi all'inferno. Perché sempre mi sono sentita colpevole di peccati a me sconosciuti la cui ammenda era quell'incolmabile vuoto di amore.

Le lacrime mi bruciavano le guance. Poi decisi e mi avviai sulla strada mentre l'angoscia rendeva più piccoli i miei passi perché qualunque ostacolo avessi incontrato avrei dovuto superarlo da sola.

Sarei dovuta passare prima davanti la merceria di Niedda che riparava calze di seta, poi avrei incontrato la gna Peppina con il cesto delle uova fresche e la chiesa del Purgatorio dove dovevo segnarmi con la croce.

Ebbi un dubbio a un quadrivio di vicoli e si stava facendo buio.

Pensavo a mia madre e anche a Pidda, la bastardina di San Marco. Ogni volta che sgravava davo il nome ai cuc-

cioli che affamati si affollavano ai suoi capezzoli. Il giorno dopo, sempre, qualcuno di essi non era al mio appello. Mi fu detto che Pidda li sceglieva la sera e, scavando furiosa la terra, ammucciava ancora vivi i cuccioli malati. La scena, immaginata e feroce, s'impresse a fuoco nella mia mente. Mi venne l'idea di essere malata anch'io e che mia madre, sperdendomi, avesse voluto liberarsi di me. Dovetti sedermi sul marciapiede, le gambe venivano meno e sentivo l'armuzza mia prigioniera della gola che non la lasciava scappare.

Un picciotto sfacinnato, addossato al muro, la gamba destra piegata, mi osservava curioso. Fumando una sigaretta mi chiese se mi fossi persa, risposi che era stata mia madre a perdermi, io ero una bambina obbediente e mai mi sarebbe successo.

La mano tesa di lui si offrì di accompagnarmi. Mi ci aggrappai, in quel momento mi sarei fidata anche di Belzebù.

A casa era tutto tranquillo. Sabedda, Brigida e la nonna, chiedendo dove fosse mamà, si affollarono attorno a me e a quel picciotto gentile. Lui spiegò e fu panico per la sorte della povera Nardina che per cercarmi chissà dove era andata a finire.

Ero stupefatta, lei mi aveva perso e loro la compativano. Con stizza diedi la mia versione dei fatti e dissi che non appena fosse tornata sarei stata io ad alzarle la gonna e a riempirle il culo di botte.

Qualche minuto dopo mamà fu alla porta. Piangeva, chiedeva se io fossi lì. Sbucando tra le gambe delle femmine, mi avventai contro di lei e fu una gragnuola di pugni, schiaffi e morsi. Mamà per una volta mi baciò con trasporto.

Sono tornata nel letto, ma cercare il sonno è ormai una condanna. Mi abbandono al vecchio gioco di spegnere i pensieri, tutti, quelli molesti e quelli leggeri, come se la mente fosse una radio che silenziata dalla manopola diventa una scatola vana, piena di valvole spente e fili inutili.

Ma i non pensieri non esistono e che le finzioni infantili durino un tempo assai breve è ormai troppo vero.

La denunzia della nonna Rosetta ancora mi martella e ha aggravato la mia testa già fragile del sospetto sull'onestà di mia madre.

La rivedo bellissima nel gesto aggraziato del suo pettinarsi: raccolti in un pugno i capelli sul capo, li inturciuniava in uno chignon colore dell'oro, elegante e intrappolato in mollette e forcine, mentre sulla fronte scappavano insofferenti certi ricci che rendevano meno severa la sua acconciatura.

I vestiti, scelti sempre in colori un po' spenti, non riuscivano a castigare la sua sensualità discreta che gesti misurati e un incedere lento svelavano suo malgrado.

Io mi accorgevo degli sguardi rapaci di certi uomini che le si conficcavano addosso come unghia sulla preda e allora mi facevo più stretta a lei, la toccavo, la baciavo, la prendevo per mano a difesa della mia proprietà.

Fu vedova quasi due volte, di un marito e di un promesso sposo.

Dopo la morte di papà ne vennero di sensali a proporre ottimi partiti! Lei non volle mai scegliere, come se quella condizione di donna sola le calzasse a pennello, e io di questo ero rassicurata e orgogliosa.

Successe però una volta che un ingegnere torinese, un certo Sirio Castaldi, chiamato dal comune di Agrigento a elettrificare le campagne della provincia, si presentasse a casa per progettare l'installazione di certi pali per la luce a San Marco. Avevo dodici anni e le prime curiosità dell'amore. Prima ancora che accadesse, temevo che quell'uomo l'avrebbe spuntata là dove gli altri avevano fallito.

L'ingegnere, brillante e attraente, riuscì infatti nell'impossibile. Aveva, in modo diverso, conquistate entrambe me e mamà, e i primi tempi era stato tutto un turbinio di gite e di feste, di fiori e regali.

Mi piaceva quell'uomo, il suo parlare italiano stretto e preciso, non una sbavatura di accento o la cantilena esclamativa e interrogativa di noi sarracesi. Ed era rigoroso anche nei gesti, un baciamano a mamà e uno per gioco anche a me. I baffetti biondi, esatti e dritti come due linee tirate con il lapis, non pungevano neanche, i peli e la pelle erano morbidi come nei bambini.

Mi sedusse con un complimento che mai avevo ricevuto: "Sei una piccola donna avvenente!". Fulminata da quell'aggettivo ne cercai sul vocabolario il significato: "Dotato di una bellezza attraente e aggraziata, nel corpo e nel portamento".

Cominciai da allora a guardarmi in un modo diverso e, se ci si doveva incontrare, censuravo ogni mio gesto, mossa o passo che potesse fargli cambiare idea.

Avrei voluto che tutto restasse così per sempre, io al centro tra i due, e quando li vidi un po' brilli e abbracciati alla scampagnata nella masseria di un certo geologo amico del Castaldi, fu vera tragedia.

C'era stato un litigio tra mamà e me prima di partire per la gita. Lei indossava un vestito diverso dai suoi soliti, leggero e colorato, che le danzava addosso quando camminava e lasciava scoperte le belle braccia.

La odiai per quel sorriso vincente che le dipinse le labbra, per quel corpo che osava mostrarsi senza le solite mortificazioni di colore e i camuffamenti da vedova. Le giravo attorno tormentandola: "Qua ti pende! Che colore sfacciato, sembri una del quartiere marinaro alla processione di mezzagosto!". E intanto con gesto di spregio le alzavo il vestito, glielo tiravo, ne attorcigliavo un lembo tra le mani.

"Toglilo!"

"Ma perché?"

"Ti sta malissimo, lo vuoi capire?" Quasi piangevo. "Sei una di quelle sciacquette allicchittate che sciamano in piazza a farsi guardare!"

"Ma tu, tu proprio l'anno scorso scegliesti la stoffa, il colore..."

"Appunto, l'anno scorso! Quest'anno ti sta malissimo!"

"Oh, Carlotta, basta! Sbrighiamoci piuttosto, ché l'ingegnere tra poco sarà qui!"

Ma lo vedevo che era turbata e divenni ancora più sgarbata: "Vai tu da sola, io non vengo!".

Lo schiaffo risuonò, secco e duro e definitivo.

Quando salimmo sulla macchina dell'ingegnere, lei era più loquace che mai, io coprivo ancora con la mano le cinque dita stampate sulla guancia.

Alla festa, continuai a sorvegliarla. Lei civettava con l'ingegnere, io speravo fosse una recita tutta per me.

Invece sparirono. Li ritrovai ammucciati dietro la masseria, addossati a covoni di paglia alti come un piano di casa.

Lui aveva cominciato a carezzarla e aveva perso la sua aria da gentiluomo. La frugava dappertutto, mentre lei, la testa rovesciata, mugolava di piacere. Quando l'ingegnere le sollevò la gonna, mamà veloce si sbarazzò di certe mutande di raso colore di pesca matura che mai le avevo visto addosso. Soffocai un grido tappandomi la bocca con la mano, gli occhi prima sbarrati e poi stretti per non vedere, le gambe due pietre che avrebbero voluto volare. Riaprii gli occhi per bere fino in fondo il calice del veleno, o forse perché quegli ansimi mi incuriosivano: i calzoni di lui calarono ai piedi, un sipario che crolla in un attimo e io unica spettatrice vidi un sedere tondo e bianco impegnatissimo a spingere, spingere e spingere tra le cosce di mamà. Scappai via nascondendomi dentro il granaio.

La sera, al lume delle lampade ad acetilene, mi stavano ancora cercando. Fu proprio lui, Sirio, a trovarmi e la serata si chiuse con l'irrefrenabile pianto di mamà e la mia bocca che restava cucita mentre con rabbia le strappavo un filo di paglia intrappolato nei capelli.

Una volta a casa, il mio astio ebbe la meglio, la rimproverai di essere una donna egoista e leggera, la minacciai di scappare di casa se avesse ancora rivisto l'ingegnere.

"Pensi che io possa non essere con te più la stessa, che non ti amerei più?"

Fu allora che glielo dissi, finalmente: "Tu non mi hai amato neanche prima".

Mia madre rimase muta. Per me, che aspettavo un'irruente smentita, dolorosamente muta.

Ora, a distanza, quella mia reazione mi appare cattiva ma giusta ed è ancora viva la gelosia dolorosa di lei, donna bella e desiderata.

All'aurora della santa domenica le campane annunciano il primo Angelus, sono ancora sveglia e più che mai decisa a proseguire la mia indagine sul passato. Anzi, nella notte l'intenzione si è trasformata in ossessione.

Sulla corriera per Agrigento cerco un posto nelle ultime file. Riuscissi a recuperare un po' di sonno, anche solo una fiammata che mi riaccenda le forze lasciate insieme ai ricordi sulla bergère di mamà!

Impieghiamo più di due ore per percorrere cinquanta chilometri.

Riconosco Akragas l'antica tra decine di case che, disordinate come un esercito in rotta, stanno spuntando come un cancro vicino, a ridosso, sopra, sotto i templi ancora bellissimi nonostante le menomazioni del tempo e degli uomini. Mi viene in mente la frase di Empedocle che degli abitanti diceva che continuavano a costruire case "come non dovessero mai morire e mangiavano come se dovessero morire domani". Gli agrigentini di oggi non sono diversi.

Io però ci sto bene in questa città che si è ristretta nel corso dei secoli. C'è tutto e posso rimanere nascosta. Non come a Sarraca dove se starnutisco tutti si affrettano a dire che sto morendo di polmonite e non si trova neanche l'antibiotico.

Lontana dalle pietre dei Cangialosi, dei Damelio, delle Aricò, mi sento un'altra. La corriera è in orario, ne scendo alle dieci e trenta e mi avvio subito in ufficio.

Nelle stanze deserte il lavoro festivo gode del massimo profitto. Nessuno interrompe, il telefono è muto, ogni rumore tace e i pensieri si fanno logici e connessi. Ad Agrigento fa ancora più caldo che a Sarraca, è il mese di luglio e nelle sale di archivio si gode il fresco di mura spesse e antiche fatte apposta per vincere il sole africano.

Armeggio nella borsa alla ricerca delle chiavi per entrare in ufficio.

Prima sorpresa: la porta si apre senza alcuno scatto, l'ultima volta non è stata data alcuna mandata. Sempre lui, quel filibustiere di Anselmo Dioguardi! È lui il san Pietro di quel paradiso! Basta con le parole e il tono di rimprovero, con lui non servono. Ogni volta succede che lui mi lascia poi sul tavolo quattro o cinque cioccolatini e viene a scusarsi col sorriso da gran cornuto che nella sua bocca sdentata somiglia alla griglia di un cruciverba! Lunedì mattina ammonizione scritta sul suo tavolo e in copia per conoscenza al signor Ministero!

Il rumore delle grosse ventole che girano appese al soffitto ancor di più mi mette in allarme. C'è qualcuno in ufficio! Attraverso la sala del pubblico, deserta. Chissà da dove proviene un suono di voci, risate e mugolii. Seguendolo, in punta di piedi arrivo alla stanza riservata alla contabilità. Sulla porta mi fermo, incredula: il comunista Marx e la nostalgica fascista Concettina Calvaruso sono distesi su una scrivania sgombra di carte: lui ha solo i calzini rossi ai piedi, lei i suoi svolazzanti occhiali a farfalla…

Mi rianimo e batto in ritirata urlando a entrambi di rivestirsi.

"Ti l'avia dittu, Cuncettì, non era cosa, non era cosa!"

Concettina piagnucola: "Ma io, io proprio la vitti che acchianava nella corriera! Potevo immaginare?".

Li sollecito a ricomporsi mentre la rabbia a me scompone il viso: "Allistitivi, che state facendo? Vi state a vestire da sposi?".

Marx mi si presenta strisciando sulle ginocchia: "Dottoressa, vi prego! Io padre di figli sono! Se 'sta cosa esce fuori da questo ufficio io uomo morto sono!".

Concettina, che lo segue, è disgustata dagli accenti supplici del suo amante: "Ma che fui pazza? Fidarmi di un comunista... Dottorè, fu lui a volere venire nell'ufficio! Era meglio a casa mia, ché la mia mammuzza è sorda e ci vede poco! Ma lui... lui si scanta, dice che lo voglio compromettere!".

Urlo "silenzio!" a pieni polmoni. Non riesco a guardarli, ho nausea e una lama lenta lenta che gira dentro lo stomaco. L'immagine del loro sesso esibito mi turba, mi ritorna sfacciato l'abbagliante bianco del derrière dell'ingegnere e le innumerevoli scene che dopo, per mesi, ricostruii nei miei sogni morbosi, dove mamà aveva sempre la mia faccia.

Poi rinsavisco e la rabbia si tramuta in vendetta immediata, finalmente domatrice ammaestro le tigri. Prospetto scenari apocalittici e tutte le possibili pene disciplinari dall'avvertimento alla censura fino alla sospensione senza stipendio e alla destituzione, minaccerei anche la pena di morte se fosse contemplata. Ogni parola è una staffilata, come segnasse a sangue le natiche delle belve. In silenzio i due subiscono.

Ormai sono pronti e sferro l'attacco finale. Li costringo a firmare e consegnarmi una confessione puntuale del loro misfatto e poi il ricatto: "Sia inteso, è per i figli di Marx e per l'onorabilità della madre di Concettina che mi accingo a un compromesso, ma se uno solo di voi due viene meno, le armi sono già in mano mia. Da questo momento sarete impegnati a sfogliare tutti gli indici e i volumi del notaio Raimondo Santaninfa domiciliato in Sarraca e dovrete cercare qualunque atto, qualunque documento, qualunque pizzino, che riguardi questi due nominativi o uno solo di essi: Sebastiana intesa Bastiana Aricò e Leonarda intesa Nardina anch'essa Aricò!".

L'indagine deve proseguire dal nome di nonna e di mamà, soggetti denunziati. Qualsiasi movimento patrimoniale, qualunque volontà da esse manifestata e dichiarata può essere utile, fornire dati e circostanze, condurre a nomi nuovi o vecchie conoscenze buone anche a ricordare e raccontare.

Silenzio.

"Obiezioni?"

"Dottorè, trenta anni di attività notarile avi Santaninfa! Diecimila e passa atti almeno!"

"Scegli tu! La tua confessione mi consente di mandarti davanti un plotone di esecuzione, quasi. E tutto ciò che riguarda il nostro patto deve morire con voi, intesi?"

Silenzio.

Per i cinque giorni successivi, e anche oltre l'orario d'ufficio, i due sono costretti a una durissima corvée: li controllo, scendo leggera le scale e l'unico rumore è sempre quello delle pagine sfogliate con metodo. Godo come se avessi ai miei piedi una folla di spasimanti.

Al mattino del venerdì la signorina Concettina, i passetti veloci accompagnati dal picchiettio dei tacchi a spillo, si precipita nella mia stanza: "Ah! Ah! Io, io lo trovai! Guardate, dottorè!".

"Brava Concettina, tornate a cercare ancora." Mentre la licenzio, la faccia di lei delusa per la mancata sospensione del suo lavoro mi gratifica come una promozione sul campo.

Quello che ora ho davanti è un atto di compravendita tra

la nonna Bastiana e il colono della masseria di San Marco, Bartolo Messina. Stipulato nel mese di luglio dell'anno millenovecentoventiquattro, regola il passaggio di proprietà dalla currera al colono di un appezzamento di terreno con casa rurale alla contrada della Chiana in territorio di Sarraca.

C'è una stonatura, come se venditrice e compratore fossero stati scambiati di ruolo: perché la nonna straricca avrebbe dovuto vendere una terra situata in una contrada ancora oggi famosa per essere fertilissima? Perché poi ad acquistarla sarebbe stato un colono che povero era nato e tale sarebbe morto? Torno indietro e rileggo. Nessun errore, nessuna inversione di nomi.

Una sola spiegazione è possibile: la cessione potrebbe essere avvenuta per compensare Bartolo Messina di un favore ricevuto da nonna Bastiana e il prezzo, seppur indicato nell'atto, potrebbe non essere mai stato pagato. Una vendita simulata. Inoltre quei due si conoscevano solo per via di donna Rosetta, mia nonna, colei che contro Bastiana avrebbe sporto denuncia.

Sì, brava Concettina, l'atto è di grande interesse e può essermi utile, la chiamo perché me ne faccia una copia dattiloscritta.

Le mani di lei sulla macchina da scrivere sono rondini che volano veloci e assolvono il compito in quaranta minuti. Alla consegna, la grazio concedendole anche un giorno intero lontana dalle sale d'archivio.

Riposta la copia in una busta, neanche una parola di accompagnamento, vergo svolazzante l'indirizzo dello zù Pippino.

Cerco l'usciere Anselmo Dioguardi perché provveda alla spedizione.

Portandosi avanti nella preparazione del suo pranzo, l'ineffabile impiegato sta provvedendo nel lavandino del bagno a pulire un cartoccio di sarde appena comprate al mercato.

Questa è la volta della ghigliottina!

"Lavatevi venti volte le mani e dopo andate a spedire immediatamente questa lettera!"

"Dottorè, non vi ammaraggiate! Vado, vado! Ma io pure devo pensare a mangiare!"

Sarraca, 1924
La storia quella vera

8

“Gésu, Gésu! Bastiana giurana, ’sta mercantessa!” Don Calogero, dopo il farneticante colloquio con la currera nell’atrio di palazzo Cangialosi, se ne andava lemme lemme senza sapere dove. Non si dava pace, imboccava una via e tornava indietro, scendeva una scalinata e la risaliva. Un uccello in gabbia.

Che fastidio quella femmina! Si dannava per non averla zittita subito. Gli parlava ancora in testa con la bocca smorfiata come un broncio infantile mentre lui, muro muro a cercare l’ombra, almanaccava per esser certo che quella fosse solo fantasia di mente femmina e diavola.

Un picciliddo da mettere nel letto in mezzo a Nardina e don Carlo. Come fosse il furto di una pecora che da un gregge passa all’altro e nessuno se ne avvede ché tanto le pecore sono tutte uguali!

Ma qualcosa, nell’anima dannata del campiere, lo spingeva più avanti di dove la currera lo aveva lasciato, come chi avvicina il piede sull’orlo di un precipizio per saggiarlo.

Il fumo di un’occasione, il baluginio di un fulmine che accende il buio, la sensazione di una possibilità, gli suggerivano di non arretrare subito, di guardarsi intorno prima di lasciar perdere.

Suo padre, massaro Andrea, glielo diceva sempre: "Da cosa nasce cosa, prima di dire no pensaci, prima di dire sì pentiti".

Uomo onesto e prudentissimo, il padre era stato anche lui massaro a San Marco e se ora avesse potuto vedere che cosa Calogero era diventato si sarebbe alzato dalla tomba e con le sue stesse mani gli avrebbe ricacciato in gola tutta la delinquenza che si era imparato. Non sarebbe servito che Calogero si difendesse ricordandogli che i Damelio erano stati i suoi assassini, che erano state le loro calunnie e vessazioni a ucciderlo e a fare poi di suo figlio un mafioso.

Don Rosario e donna Rosetta erano sempre lividi d'invidia. Avessero posseduto mezza Sicilia, li disturbava il modestissimo e petroso campo che massaro Andrea si era comprato pagandolo sangue e sudore. Ai danni del poveretto recitavano ogni giorno una giaculatoria di accuse. Lo chiamarono ladro per quell'acquisto che di certo era stato pagato con i loro soldi, lo esentarono dall'occuparsi del bestiame quando, morte di vecchiaia una mucca e due pecore, lo accusarono senza prove di aver avvelenato l'acqua della gebbia dove le bestie si erano abbeverate.

Dalla falsità delle calunnie Andrea non riusciva mai a difendersi. Ogni volta che tentava, la voce gli tremava in gola. Li eccitava lo spettacolo di torturarlo con mezze parole e pesanti allusioni, si nutrivano del piacere di vedere la faccia del massaro scomposta dalla sofferenza. Alla fine, senza sentire ragioni, presentarono contro di lui denunzia al tribunale per danneggiamento di altrui proprietà.

Tre anni di carcere dovette subire quel poveretto ché contro di lui, unica e inconfutabile prova, erano le parole di quei due sciagurati e niente si potette dimostrare in contrario. Massaro Andrea se ne morì dopo essere uscito dal carcere.

Poi fu lo stesso Calogero a diventare massaro dei Damelio, ché nessun'altro gli avrebbe dato lavoro dopo quella condanna del padre. Ma loro erano nobili di stirpe e di animo! Cristiani veri, di quelli che sanno perdonare! Altro che andare in chiesa ad addumare candele e infilare centesimi inutili nelle bussole delle offerte. La mercede per il picciotto fu la concessione di una stanza dove campare con la madre alla masseria della Foggia e una somma risicata di denaro che non sarebbe bastata né a vivere e neanche a sopravvivere.

Ma un giorno la sorte sua si girò come il vento e diventò campiere delle terre dei Damelio, tutte bagnate del sangue di suo padre. L'anima sua, da tempo involta in un callo duro come il cuoio, covava già la vendetta, la sognava fredda, spietata e segnata dalla sua inequivocabile ma anonima firma.

Era successo che certi amici suoi gabelloti, stimandolo persona fidata, lo avevano raccomandato al capo mandamento di Girgenti. Costui, a cui certi politici locali equilibristi commissionavano spesso lavoretti illeciti, aveva apprezzato il modo pulito del giovane Calogero di portarli a termine.

Calogero era uomo d'azione e la politica e i suoi disegni gli erano indifferenti, essendo suo solo fine quanto di utile gliene potesse venire. Gli giunse quindi opportuno il battesimo di mafia, celebrato secondo il rito della punciuta del dito indice con una spina di arancio amaro. Gli fruttò calde raccomandazioni presso i notabili del paese e vendicatorie pretese di indulgenza a carico dei sottomessi Damelio. La barca della sua fortuna prese a navigare con la vela rigonfia di vento.

Patrono delle cause impossibili, le preci di ringraziamento e le offerte erano proporzionate alla sua fama. I carabinieri in caserma pure loro spesso lo invocavano ché cortesemente li aiutasse in quelle indagini di cui non se ne vedeva il capo.

E don Calogero provvedeva, ogni cosa a suo posto e i crediti nella memoria.

Intanto aveva finito il giro del paese, si era sciolto di calore e s'era infuocato il cervello a furia di rimasticare la sua vita, ma ancora non capiva perché la richiesta di quella strafalaria della gna Bastiana gli si era avvitata nel cervello come una virrina.

Erano due ore che girava a vuoto e la targa vecchia di latta del "Circolo degli Agricoltori" gli consigliò una sosta: l'ombra, dopo la volontaria penitenza sotto il sole, lo invitò a entrare, un po' per sviarsi i pensieri un po' per annusare chiacchiere.

Le finestre spalancate e tutte le porte aperte, una correntella d'aria come ali di angeli che si rincorrevano lo fece rabbrividire di piacere.

"E bonasera, don Calogero, ora ora la fici la 'ranita di limone!"

"Bravo Ciccì, il bicchiere grande, mi raccumannu, ché la bocca l'aiu amara come il fiele!"

Le pareti grigie di fumo, i tavoli unti come le carte da gioco che vi si posavano sopra, l'unica copia del *Giornale di Sicilia* ormai illeggibile, al muro il calendario con i disegni di donne procaci e il cartellone di stagnola con la pubblicità del marsala Florio e poi Ciccì, vecchio ma ancora buono a trafficare con caffè, granita, vermouth, acqua e zammù e all'occorrenza una pozione di Riverio che sgorgava stomaci intasati da stravizi.

Al circolo ogni giorno era uguale al precedente, estate e inverno, Natale e Pasqua. Pure gli uomini che lo frequentavano sembravano sempre gli stessi. Ogni tanto moriva un socio e chi lo rimpiazzava era la copia di chi lo aveva preceduto: sempre le stesse facce disilluse e incartapecorite, le stesse giacchette strette e rammendate, gli scarponi grossi come quelli dei soldati.

L'esercito dei disperati, ma anche la truppa scelta dei padroni, proprietari, mezzi proprietari e feudatari, era tutto in mano a lui, don Calogero.

Ora al circolo, chi si alzava a stringergli la mano, chi sollevava appena la coppola in un saluto, chi si mostrava prodigo e si offriva di offrire.

Un vecchio contadino, la faccia di terracotta segnata da rughe identiche a tagli di coltello, lo appellò nel brusio smorzato come di fedeli prima che cominci messa: "Don Calogero, ma a che ci è servito questo segno che ci avete fatto mettere nella carta alle elezioni? A mia mi pare che tutto come prima è. Niente si principìa! Ci sfruttavate prima e ora uguale è".

La danza delle conversazioni da tavolo a tavolo era cominciata.

"Ah, ah! Santo, attento a quello che dici ché noi campieri a nuddu sfruttamu. Ognuno il suo fa: i padroni ci fittano la terra o ce la danno a badare, noi vi pigliamo per travagghiarla e il guadagno ce lo spartiamo tutti: iddi, vuatri e nuatri."

"Mi state dicennu che a vossia ci attocca la fetta meglio, a li patruna quella più picca e a noi che travagghiamu i pìccioli che cadono in terra, se pure cadono."

Lo stoppino della vita a Santo gli si era già tutto consumato e lui menava in aria parole in libertà ché ormai non c'era più nulla che potesse temere.

Il mafioso si rabbuiò. Quelle critiche aperte erano irrispettose oltre ogni sopportabile misura ma Santo, contento di averlo contrariato, rideva senza ritegno.

Don Calogero si alzò dal suo tavolo, si avvicinò a Santo e il bicchiere con la famosa granita di Ciccì finì davanti al vecchio con il fragore di un pugno.

"Arrifriscatevi la bocca, Santo, che il caldo vi fa straparlare!"

Santo, beffardo, calò un carico di briscola: "Don Calò, sapete comu finiu? Che noi, noi contadini siamo i ladri! Con la patente!".

Ah, ah, ah! La risata nella bocca vuota di denti si fece sgradevole e interminabile.

Stridore di sedie sul pavimento, qualcuno negli altri tavoli si distrasse dalle carte, il silenzio divenne più insopportabile del caldo.

"Oh, Santo! E che c'entra don Calogero con i guai tuoi?"

Seduto in un angolo, deposto sul tavolino il foglio di giornale che a sipario lo aveva nascosto a tutti, dell'avvocato Calascibetta apparvero la bella faccia e i capelli in numero preciso preciso che gli si potevano contare.

Raccolto Stefano come uno straccio davanti il portone di palazzo Damelio, lo aveva riaccompagnato a casa lasciandolo alle cure di Sisina e subito era voluto andar via. La scena dei Damelio padre e figlio, i pugni a vuoto, gli aceddi per aria, le timpulate, tutto persisteva nei suoi occhi, tutto si spegneva e si ricreava ogni istante. Pur di non tornare a casa in solitudine, nonostante la stanchezza, aveva preferito la compagnia di chi, come lui, niente aveva a che fare con la nobiltà.

"Perché non te la pigli con quelli ai quali voi, voi stessi ci metteste in mano il potere?"

"Perché dite 'voi stessi', avvocà? Vossia non ci andò a votare?" Don Calogero, nonostante la difesa iniziale, temeva una bordata. Lo conosceva bene.

"Ma a chi volete sfottere, Calò? Tutto il paese lo sa che a Roma e al Regno d'Italia io non ci apparterrò mai!"

Don Calogero finse una ritirata, ché a parlare con Calascibetta c'era solo da perdere. L'avvocato invece continuò:

"Allora, Santo, dicevamo. Macari a Roma hanno fatto la legge per spezzettare i fondi e darli a chi li lavora. Ma qua, a Girgenti e nel comune di Sarraca, quando voi contadini andaste a votare, ve lo dissero che se votavate fascista la legge andava a finire in mano all'onorevole Tabisso e che se la sarebbe letta a comodo suo? Ergo, voi le terre non le avrete perché l'onorevole Tabisso, che voi votaste, non la vuole applicare, troppi amici dispiacerebbe. Capisti, Santuzzu?".

Santo rimbeccò: "E jò che dissi, avvocato? Don Calogero, proprio issu ci venne a fare la lezione che si doveva votare a questo Tabisso. Chi le sapeva le antinzioni di questo Tabisso? Lui, solo lui, don Calogero! E semu punto e accapo! Cu zappa vivi acqua e cu futti vivi vinu!".

Il mafioso non si tenne l'affronto, afferrò il vecchio per il collo della camicia costringendolo ad alzarsi ma la stoffa vecchia e lisa si lacerò rimanendogli in mano. Santo ricadde a peso morto sulla sedia di nuovo ridendo. Ma lui non rideva affatto: "Non vi faccio niente perché amico di mio padre eravate, ma se ci non state bene qua dove travagghiate perché non ve ne andate? E se non volevate votare Tabisso perché ci avete messo la croce?".

"Perché vossia sicuro lo veniva a sapere e dopo non mi facevate travagghiare neanche quel poco che mi ci accatto il pane. E dove me ne dovevo andare poi, se voi comandate su tutte le terre?"

Santo, ormai libero dall'obbligo della sottomissione, continuava a dire la sua verità: la vita fatta di miseria, di fette di pane senza companatico e fumate di pipa senza tabacco.

"Ma don Calò, vossia lo sa che ci mangiamo per campare? Pampini di verdura e foglia di cipolla, du' ova e anticchia di pane. Ora a noi vecchi ci abbasta e ci soverchia, ma i picciotti? Quelli si mangiassero una jaddina al giorno!"

Poi, l'involontario svelamento.

La moglie di Santo, a casa del dottore Politi per via di un chiodo arrugginito che l'aveva ferita, aveva incontrato Sabedda, sì, la figlia di Bartolo Messina, quello che lavorava a San Marco. Povera picciuttedda, pallida come una morta e un male di stommaco che ci veniva pure di rovesciare. Chissà che robba tinta si era manciata, più facile però che nella pancia niente ci aveva!

Don Calogero infilò la collana: Stefano e Sabedda soli alla caserma dei Borboni, mano nella mano come due ziti, la picciotta tre mesi più tardi col male di stomaco.

D'improvviso calò le penne, che prima con il vecchio Santo gli si erano inutilmente tutte arruffate.

Per il medesimo motivo all'avvocato invece gli si alzarono provvidenziali antenne: tirare la somma di uno più uno sapeva anche lui e, poiché aveva intuito da tempo la passioncella di Stefano e la ribalderia di Sabedda, concluse che il totale dell'operazione era tre.

Decise così di andare via, ormai la pozione di riverio preparatagli da Ciccì aveva fatto effetto. Non rimaneva che andar fuori e concludere finalmente la faticosa digestione in una liberatoria esplosione di rutti.

Don Calogero intanto aveva già svoltato l'angolo della via. Il disegno in testa, il fittavolo ricamava e sfilava pensieri, ipotesi, eventualità, possibilità, bugie e verità, qua un nodo là un filo saltato, ma l'ago era forte e appuntito.

9

"Una mattina che principìa malamente." Il letto come di spine, eppure non si alzava Sabedda lasciando che il corpo apposta si facesse madido. Quando si sentì pronta, di scatto fu a terra e afferrate due quartare colme di acqua, presa una tinozza, ci entrò dentro. In piedi, nuda si versò addosso una freschezza violenta e salvifica. Rabbrividendo, il respiro che le riempiva i polmoni, la mente finalmente si snebbiò e fu pronta a vivere.

Delusa di sé per la mancanza di coraggio che la sera precedente le aveva impedito di affrontare il padre, ora che il guaio era fatto riconosceva che non era spostandone avanti la confessione che tutto si sarebbe risolto per il meglio. Quella sera stessa gli avrebbe detto ogni cosa.

A Stefano pensava con rabbia: un farfante, un menzognero, quel poco di fuoco che aveva provato era ora insopportabile puzzo di legno bruciato rimasto intrappolato nell'anima e non c'era aria che lo potesse smuovere. Mentre lei giocava e lo babbiava sicura delle sue arti, lui era stato più furbo e se l'era mangiata in un boccone. Il tempo di addumare un cerino e lei non fu più quella di prima.

Che amore e amore! Mai un barone si era sposato una villana e non c'era da sperare che il miracolo un santo lo preparasse apposta per lei. Ogni tanto se lo faceva credere, ma durava il tempo di riconoscere vetro quello che al sole sembrava un brillante. Sabedda le illusioni non sapeva che fossero.

Era già pronta, il vestito, il falare, in testa il fazzoletto che a stento tratteneva una selva di capelli imprigionati in una treccia. Lo schiocco nervoso di ferri di cavallo sull'acciottolato del baglio la mise in allarme: li aveva riconosciuti. Uscì dalla casaredda e alla vista di don Calogero fu pronta a fare un passo indietro. Ferri di diavolo malvagio erano e attenta doveva stare.

"Sabbinirica, Sabbè!"

"Se cercate a mio padre non c'è. Vossia lu sapi che a quest'ora già a travagghiare è." La voce aggressiva le faceva da scudo.

"Mi dovete scusare, Sabbè! Forse vi feci scantare, ma proprio a voi cercavo!"

"Jò di nuddu mi scanto, don Calogero!"

Al campiere quella mezza femmina che osava sfidarlo lo smarrì. Ma poi indossò un sorriso da marpione e accettò la provocazione.

Quando aveva visto lei e Stefano uscire dalla caserma dei Borboni aveva già capito come dovevano essere andate le cose, al circolo degli agricoltori si era aggiunto un dubbio, ora cercava conferma della piega imprevista che le cose potessero aver preso. Quella moschidda che gli stava davanti assai era insolente ma più ancora era sprovveduta.

"Meglio che non vi scantate di nuddu, Sabbè! Certe volte però tanticchia di paura salva a tutti, pure a quelli come a voi e pure a quelli come a me che manco i morti mi vogliono incontrare!"

Il lupo ora era agnello, inerme si presentava a Sabedda perché lei non lo guardasse come tutti gli altri. Doveva essergli spuntata proprio allora quella voglia di ravvedimento ed era a beneficio solo di lei.

Se fosse verità o abile travestimento Sabedda non ebbe l'astuzia di comprenderlo. Preferì continuare a mostrargli il suo finto coraggio.

"Comunque senza che v'addisturbo alla longa: vi venni a cercare perché seppi che male vi sentiste, ora come state?"

Sabedda ammutolì.

La domanda attendeva una risposta semplice, ma la lingua era diventata di pezza. Si maledisse per lo spavento che l'aveva soffocata giorni prima, quando qualche macchia di sangue e certi mancamenti l'avevano convinta a cercare il medico piuttosto che l'ostetrica, come se questo bastasse a scongiurare una gravidanza.

"Sissi, ora bona sto, perfetta!" La risposta fu spedita e definitiva.

Ma don Calogero non faceva mossa di andarsene anzi si mostrò dispiaciuto ché nel momento del bisogno non lo avessero mandato a chiamare. Eppure tante volte si era raccomandato con Bartolo, per lui sempre a disposizione sarebbe stato.

"Don Calò, a mio padre niente ci dissi che addosso mi sentivo la freve, e poi perché dovevamo scomodare proprio a voi per una fissaria?

Il campiere con voce mite, ma lo sguardo non era in accordo, le rivelò che nell'animo suo così era fatto. A tutti aiutava, figurarsi se si negava proprio a quelli che travagghiavano per lui: tutta una famiglia erano e si dovevano sostenere l'un l'altro.

Sabedda silenziosa e imbarazzata per quella confessione lasciò che le si deponesse ai piedi. Poi, fingendosi ancora impigliata nella collera, gli rispose che di niente avevano bisogno né lei né il padre.

"E io lo sapevo, Sabbè, che voi forte siete!" continuò il campiere. "Le vedeste allo sperone tutte quelle pianticedde di arancio amaro che a primavera ci feci insertare a vostro padre?"

"Sissi, e che mi significa?"

"Viene a dire che la pianticedda dell'arancio amaro a tutti ci pare uno sbaglio della natura ché uno spicchio in bocca non si pò metteri tanto disturba. Però... è forte, tanto forte che l'innesto di tarocchi, sanguinelli e ribera dentro a essa subito pigghia e l'alberi bastardi crescono più belli di quelli in purezza."

Sabedda, perplessa sull'intenzione di quel complimento, non fu capace di replicare.

Il cavallo, che continuava a pestare e ripestare ciottoli coi suoi ferri in una danza rumorosa, alla stratta delle redini si avviò sulla strada del ritorno.

Don Calogero si affrettava nelle ultime raccomandazioni: se lo ricordasse la prossima volta Sabedda ché lui una bona picciuttedda mai al momento del bisogno si sarebbe rifiutato di aiutarla! Anzi, sarebbe stata cura sua non fari sapere nenti a nuddu, che la gente parla sempre a tirituppete e meno cose sa e vede meglio è.

"Grazie assai," rispose Sabedda e, senza attendere che don Calogero fosse uscito dal baglio rientrò in casa.

La stanza, barca con un solo remo, le girava intorno e insieme beccheggiava, nel cuore si ripetevano battiti opprimenti inseguendosi nella testa, nella gola, nello stomaco. L'aria se l'era portata tutta via quel diavolo ferrato.

Maledetto quell'unico momento, quando esausto ed esaudito Stefano, aveva sperato che la sua vita sarebbe potuta cambiare.

Si cercò dentro tutte le forze che le erano rimaste e si rialzò dal letto, le gambe straniere mentre le mani tastavano appigli perché non cadesse. Doveva parlare con il padre.

"Signuruzzu, aiutami tu." Altre preghiere non si sentiva degna di rivolgere al cielo ora che tutta la sua baldanza si era rivelata di carta.

Bartolo sarebbe tornato alla scurata e, per il resto del giorno, ogni minuto di attesa finì scivolando con gli altri sul pensiero di ciò che più tardi sarebbe successo. Quella scena doveva averla immaginata e studiata e recitata chissà quante volte, ma mai avrebbe giurato sull'esito della sua confessione.

Era già buio quando un tumulto nel baglio costrinse Sabedda ad affacciarsi alla porta di casa: penne nell'aria, versi strozzati come acuti di trombette, ali a vuoto agitate, alla rete del pollaio si affollava un galliname in guerra. La picciotta si affrettò con la lucerna e, aperto il chiavistello, le pennute si riversarono fuori tutte insieme. A terra gusci, albumi e tuorli, due volatili giacevano morti, il collo mollo e bucato. Sabedda raccolse nel grembiale le ultime uova all'apparenza intatte e dopo aver ricondotto dentro le spaventate superstiti, rientrò in casa.

Il suo canuzzo non poteva essere stato, anzi piccolo e sgorbio com'era la guardia la faceva meglio dei canazzi di mànnara. Uscì fuori a chiamarlo per averne conforto: "Nico, Nicuzzo! Nicu, dove sei?".

La povera bestia era a terra, gli occhi sbarrati e ormai ciechi di morte, due buchi nel collo che ancora versavano sangue, il respiro alla fine. Vinta e disperata, le forze inutili di una bambina, la mente di Sabedda non trovava strade per uscire dall'incubo. Perché il Signore non se la pigliava? Una vita di morti aveva avuto e un'altra l'aspettava, cu nasci sottu una mala stidda sempre quella la guarderà. Il piccilidddo era meglio che moriva pure lui, ché a campare sarebbe stato un bastardo senza speranze.

Rientrò in casa e, accasciata sulla sedia, si lasciò rapire da una muschidda che invischiata nell'olio della lucerna girava su sé stessa.

All'uscio comparve Bartolo. Sabedda sobbalzò.

"Ma che minchia successe?" urlava il padre mentre carne, penne, testa, becco e cresta di gallina con un tonfo si sparsero sul tavolo, rosse di sangue.

Infuriato, strammato nella faccia, Bartolo chiedeva quale cornuto di uomo o di bestia avesse scempiato lu jaddinaru.

Sabedda trattenne un conato di vomito: chi nel suo ventre viveva non aveva gradito la violenza sanguinosa dei brandelli di gallina.

Gridò che lei di niente si era accorta. In casa era, e quando le povere bestie avevano preso a strepitare ché sembravano rimescolate dal demonio, lei subito era corsa a vedere ma non c'era niente e nessuno. Solo lo spettacolo come di una scorreria fulminea e rabbiosa di una banda di cani.

A quelle parole Bartolo, illuminato, usci fuori portandosi via la lanterna. Nico doveva essere stato, quel bastardazzo che Sabedda si nutricava manco ci fosse figlio.

"Non fu iddu, non fu iddu!" Sabedda urlava mentre furiosi conati di vomito la torturavano.

Bartolo se lo trovò tra i piedi, pezza scomposta e abbandonata. A calci violenti mise fine agli ultimi respiri della bestia. E di nuovo ossessivo e disperato le cercava la verità strattonandole la treccia. Poi cominciò a spingere indietro la figlia e con uno schiaffo pesante come pietra la fece vacillare.

Sabedda, accesa di disgusto, trasse di tasca il suo coltello a serramanico e allo scatto la punta si fermò a un pelo dalla gola di Bartolo.

"Fermo, fermo ti devi stare ché jò pregna sono e t'ammazzo com'è vero Iddio!"

Bartolo, pure forte e imbestialito, non fu capace di disarmarla: la sorpresa lo aveva lasciato di sale, il sangue gli si era ghiacciato nelle vene, la lanterna tremava forte nella sua mano.

Sabedda fu lepre e raggiunta la porta di casa si chiuse dentro. Il rumore del chiavistello che serrava i battenti scosse Bartolo dallo stordimento e, ancora incredulo di ciò che stava accadendo, si toccò la gola.

Pugni minacciosi e lacrime di rabbia, ma la porta rimaneva chiusa all'insistenza di Bartolo. Imprecava, bestemmiava, fingeva di perdonare, fece appello alla sua autorità di padre: non si faceva capace di quello che tutto in una volta stava succedendo nella sua casa.

Sabedda a quella furia rispose che avrebbe parlato quando voleva lei.

La porta fu ancora scossa, la maniglia provata e riprovata, ma la difesa reggeva. Bartolo dovette rassegnarsi a passare la notte nella stalla in un dormiveglia popolato da fantasmi di galline mostruose.

Nel cielo dell'estate le stelle incantavano l'oscurità, la luna rischiarava la campagna, la masseria tutta respirava nel silenzio. A cercare un'anima viva si perdeva la speranza, distanti com'erano uomini e cose.

Bartolo nel suo giaciglio di fortuna per la prima volta pianse la moglie morta. Se almeno ci fosse stata lei! Meglio però avesse avuto la testa che ragionava.

Ora non si sarebbe sentito solo come mai era accaduto prima, ché anzi le sue giornate senza parole, senza compagnia le aveva sempre cercate. Con gli amici niente strittizze, perché basta una vutata di vento e il loro tornaconto si fa tradimento. Sentiva i topi che squittendo rimescolavano la paglia e ne fu confortato. Dovette ammettere con sé stesso che lui l'uomo non aveva saputo farlo perché le donne non era stato mai capace né di dominarle né di trattenerle. Ognuna aveva fatto quel che aveva voluto, la moglie si era lasciata morire, la figlia si era fatta ingravidare.

A Bartolo, che conosceva solo la religione dei maschi, bruciava più lo scorno che qualche disgraziato gli aveva voluto arrecare che il tormento per quell'adolescente gravida, sola e senza mezzi. La rabbia più grande era l'ostinazione di lei che, non rivelandogli chi fosse il padre, lo disonorava per sempre, non potendo lui vendicarsi né costringere alcuno a sposarla.

Al risveglio, a Bartolo sembrò di proseguire gli incubi notturni quando, uscendo dal suo giaciglio di fortuna, vide nel baglio don Calogero sul suo cavallo e Sabedda con le braccia conserte, lo sguardo a terra. La testa in tumulto per il timore e la sorpresa, il massaro all'espressa e perentoria richiesta del campiere di conoscere da lui le vicende della notte appena trascorsa farfugliò, tentò ancora un balbettio poi ammutolì senza che suono comprensibile fosse uscito dalla sua bocca.

Padre e figlia, uniti nello stesso timore, osservavano il campiere sul cavallo che si aggirava in quel campo di battaglia. La zotta in mano, ogni tanto si chinava a smuovere con il nerbo ora un collo di gallina ora un grumo di penne e sangue. Sui cadaveri dei soldati caduti la contraddanza delle mosche, che avviluppava nel ronzio il silenzio già caldo e vischioso di quella mattina di luglio.

Il sorriso nascosto in un angolo della bocca, don Calogero provò un moto di orgoglio. Alla luce del giorno le tracce nel baglio della guerra vinta da Ciuridda, la sua faina, erano ancora più raccapriccianti e minacciose.

Il cavallo con uno scarto schivò il canuzzo di Sabedda, la lingua violacea, gli occhi sbarrati. Don Calogero si priava della sua Ciuridda che aveva punito la bestiola solo perché testimone, ma ne ebbe insieme come uno sconosciuto dispiacere ché la sua allieva, questa volta, era stata inutilmente spietata.

La notte precedente l'aveva aspettata trepido come un padre la figlia. E lei era tornata, il pelo bianco del muso ancora sporco di sangue. Don Calogero la conduceva a volte con sé nelle sue escursioni e più spesso nelle incursioni chiusa in un sacco. Nessuno doveva sospettare la loro muta alleanza. Luogotenente obbediente e silenzioso come nessun altro dei suoi picciotti, compagna, sodale, amica, sapeva ascoltare lui che mai parlava.

Anche la sera della mattanza nel gallinaio, Ciuridda aveva viaggiato nel sacco. Don Calogero aveva lasciato il cavallo alla casa cantoniera sulla strada provinciale e, a piedi, si era addentrato nella trazzera che portava alla masseria. Si era fermato poco distante, tra le piante di vite che in stretti filari si addossavano l'una all'altra con i pampini grandi e i grappoli densi di acini acerbi. Tratta Ciuridda dal sacco, la mise a terra, lei gli rimase accanto immobile, le narici frementi alla ricerca di possibili vittime e probabili direzioni. Solo quando don Calogero le pose davanti al naso umido un piede di gallina ormai secco e nero, lei come snebbiata, dopo un paio di giri su sé stessa sparì in un lampo, con quell'odore di mummia che si trascinava appresso la memoria.

Mentre Ciuridda compiva il silenzioso mandato, don Calogero ruminava la sua vendetta. La tirava fuori dalla sua mente come il corpo molle di una lumaca bollita, estratto con uno spillo dal suo guscio vorticoso, intinto in olio aglio e menta, ghiotto boccone per palati senza fretta.

Nei suoi intenti i Damelio e i Cangialosi sarebbero rimasti intrappolati nella rete da lui approntata.

Avrebbe sfruttato il piano di Bastiana, lo avrebbe condotto fino alla fine e poi avrebbe ricattato tutti, coloro che sapevano e quelli che ignoravano. Di certo la paura dello scandalo li avrebbe convinti al silenzio e al pagamento di qualche somma. Ma non sarebbero certo stati i denari intascati a impedirgli un finale a sorpresa: chiudendo la partita li avrebbe lasciati su una eterna graticola, la minaccia di una denuncia anonima che avrebbe capovolto per sempre il gioco del potere e vendicato l'anima innocente del padre. Peccato però non godersi il cambio di scena: niente violenze morali e disprezzo ostentato, ché dopo don Calogero aveva in animo di salire su un piroscafo diretto all'America, godendosi la traversata dell'Atlantico. Cosa Nostra, conosciuta la sua valenza, lo aveva mandato a chiamare.

E ora bisognava apprestare gli inconsapevoli strumenti della sua rivalsa: Sabedda e Bartolo avrebbero dovuto convincersi che a sbarazzarsi di quel picciliddo avevano tutto da guadagnare. Li avrebbe prima convinti di essere naufraghi in un mare di affanni, perseguitati in mano a una malasorte insaziabile che, scelte le sue vittime, le percuote ripetutamente con violenza. Lo scompiglio delle galline, creato ad arte, doveva essere solo una punciuta di spillo, un tocco alla porta, un'avvertenza senza nome che la debolezza del momento avrebbe gonfiato di paura.

Sabedda, atterrita, si chinò sulla sua bestiola colpita a morte e, scostato il pelo, sul collo occhieggiavano neri i due fori profondi, tumidi e sul sangue ormai denso l'irresistibile banchetto per assillanti tafani.

"Non toccate, non toccate!" La voce alterata di don Calogero fece desistere la picciotta da pietose carezze alla sua bestia. Bartolo, presala per un braccio, la costrinse ad alzarsi. Padre e figlia guardarono il campiere senza intendere.

"Una bestia fu, sicuro!" E aggiunse: "Una bestia schifosa!".

Don Calogero giustificava intanto quella sua visita mattutina con la prescia di mietere senza tempo in mezzo: l'annata era stata secca, un coccio di fuoco disperso e volante e le spighe si sarebbero tutte rustute.

Gli effetti della guerra notturna che aveva reso macabro il luogo lo convincevano ora che era tempo di aggravare di altri pesi le anime di Bartolo e Sabedda e calò a terra un carico oneroso: donna Rosetta Cangialosi doveva essere avvertita di quanto accaduto, le bestie erano tutte sue e lui come campiere aveva obbligo di sorveglianza. La reazione della baronessa sarebbe stata di irremovibile intransigenza.

Don Calogero andò via raccomandando a Bartolo di apprestare la mietitura.

La polvere sollevata dal suo cavallo non si era ancora posata a terra e Bartolo piangeva una casa e una terra che mai più sarebbero stati suoi. La figlia ormai non valeva più niente. Se aveva avuto timore quando don Calogero alle Grotte gli aveva chiesto di lei, ora Bartolo volentieri gliel'avrebbe offerta e avrebbe ringraziato il cielo se fosse stato suo il figlio che attendeva. Ma le cose non vanno mai come si vorrebbe.

Padre e figlia si guardarono, entrambi sgomenti per tutti i guai che nelle loro vite si radunavano in un esercito pronto ad abbatterli. La faccia atteggiata al medesimo irrimediabile sconforto, si finsero meno nemici.

"Canciàtivi 'sta robba lorda che aviti, vi appriparo quella pulita." Sabedda tirò su dal pozzo un secchio di acqua e riempì un lemme perché Bartolo si lavasse.

Mentre si vestiva, confuso dalla nuova remissività della figlia, il padre volle saggiare il limite e osò di nuovo chiedere del padre del bambino.

Il mutismo di lei gli fece alzare la voce mentre le si avvicinava ancora minaccioso. Sabedda mise mano alla tasca, lui indietreggiò, prese il mulo e andò via.

Rimasta sola, non ebbe neanche più voglia di piangere. Cominciò a pulire il baglio con una energia che da tempo non si sentiva dentro, come se lavando il sangue, seppellendo le galline, sistemando il pollaio, l'ordine ristabilito fuori se lo potesse ritrovare dentro recuperando di nuovo una vita immacolata.

Poi fu la volta della casa. Sprimacciò il crine del suo materasso e rifece il letto al padre anche se la notte non ci aveva dormito. Lavò il pavimento strofinandolo forte con la scopa di saggina, come a voler scavare fin sottoterra, ma nell'anima sua per quanto sfregasse sempre un inciampo trovava.

Era la controra quando, nel baglio, di nuovo i ferri del diavolo rumoreggiarono come cozzo di ciottoli. Sabedda si levò il falare, si rassettò le vesti e ravviò i capelli. Poi, addomesticata da tutta la fatica cui nella mattina si era sottoposta, andò incontro al campiere: lui e il cavallo sembravano una sola cosa, esplodevano di forza e trasmettevano sicurezza.

"Don Calò? Statimi a sèntiri, mio padre tutto sapi, perciò senza che mi cercate nenti: jò di nuddu aiu bisogno." Si sentì svuotata così anche di un altro peso, rimaneva l'incertezza del futuro suo e del figlio che ogni tanto carezzava nella pancia con inconsapevoli gesti.

"Così mi piace, Sabbè! Senza menzogne e paure! State senza pensiero, da me non temete ricatti o minacce. Qualunque cosa si aggiusta, anche il guaio che 'u baruneddu vi ha combinato."

Sabedda trasalì, chinò lo sguardo confermando silenziosa il sospetto di lui. Alzò le spalle simulando un gesto di indifferenza e corrugò la fronte.

Don Calogero fu stupito, la credeva presa d'amore per il nobile e temeva che lei non si sarebbe mai disfatta di quel figlio nella speranza di tenere Stefano legato a lei. Insistette per meglio intendere: "Ce lo dicistivo al baruneddu?".

"Don Calò, quel porco mai niente deve sapere e accura a voi, se si saprà sarà colpa vostra e state certo che io con le mie mani vi vengo a scippare gli occhi e la lingua." La minaccia era già tutta nel gesto mimato dell'aggressione.

Il campiere a quella risposta avvertì un incomprensibile piacere e non solo perché il suo piano di pigliarsi il picciliddo ne veniva agevolato. Si sentiva addosso le mani rapaci di lei che, nella lotta, cercandogli gli occhi e la bocca, lo toccavano con femminina violenza, il dolore dei graffi nella cecità dell'ira lo eccitava, lo affascinava l'anima nera di lei che, non ancora donna del tutto, aveva scritto negli occhi scurissimi un destino di dolore e passione.

"Sabedda, dite a vostro padre che m'incarico io di aggiustare 'stu guaio. Ma statemi a sèntiri! Senza dolore, denti non se ne scippano! Tra un paio di jurnate torno, Sabbè."

A Sabedda, seppure scossa, sembrò come se nel buio si fosse acceso un moccolo di stearica: poco si vedeva, ma almeno sapeva dove mettere i piedi.

Poi, ricordandosi che il padre era andato via senza neanche la sua truscitedda con pane e companatico, prese una tovaglietta pulita e vi pose sopra un piatto con una bella fetta di pane condita con pomodoro, sarde salate, olio e origano. Annodò gli angoli in due cocche e, presa una quartaredda di acqua fresca, si avviò allo sperone dove Bartolo era andato a lavorare.

L'aria calda le accorciava il respiro, slacciò il corpetto dell'abito umido di sudore, si fermò un momento sotto il sole. Nella pancia un movimento, un tuppulìo quieto e dolce. Sabedda avvertì per la prima volta la vita dentro di sé e capì che indietro non poteva tornare.

"Papà, vi portai un poco di mangiare ché stamattina ve lo scordaste."

"Nunn'aiu fame!"

"Papà, vinni di novo don Calogero, dice che n'aiuta iddu."

"E a don Calogero che ci dobbiamo dare? Quello non fa mai nenti pi nenti!" Bartolo incredulo indagava.

“Mi disse solo che tutto si può aggiustare.”

Bartolo stava sciogliendo pian piano lo spago che teneva insieme gli innesti di tarocco alla pianta di arancio amaro. Spinse indietro la coppola, si tirò su i pantaloni che il movimento delle braccia aveva fatto scivolare sotto i fianchi e guardò la figlia. Di nuovo il dubbio che Sabedda fosse la preda voluta dal mafioso cominciò a prudergli nel cervello e l’uomo tremava e insieme accarezzava l’idea di quella fortuna che, a seconda del vento, diventava disgrazia.

Sabedda, lo spago ormai a terra, guardò la gemma che già verdeggiava sul ramo di tarocco innestato e il callo forte e duro che saldava il ramo alla ferita inferta all’arancio. Si riconobbe nelle parole di don Calogero che di lei aveva l’immagine di un arancio amaro e ne fu lusingata.

Lui intanto, era giunto alle porte del paese. Girando sulla giostra vedeva però in quel carosello un buio improvviso, una pitrudda che finita negli ingranaggi poteva fermarlo. Intanto Bastiana attendeva risposta.

10

La mattina di quel sabato di luglio, la gna Bastiana seppure intontita, era assai eccitata e contenta per via di un sogno rutilante che aveva appena lasciato sul cuscino. Si era convinta che lei presto lo avrebbe vissuto veramente e che a mandarglielo doveva essere stato il suo angelo custode.

Pepè, perepèèè, tum, turutum, dlen dlan dlen. Trombette, tamburini, chitarrine e risate di picciliddi fresche, di gola, tinnenti come cristalli percossi, in allegra ascensione i suoni tutti si radunavano sul soffitto di un salone inondato di sole e poi ricadevano giù colorati come coriandoli assordando gli adulti. Caraffe ricolme di acqua e zammù, limonate, granatine, latte di mandorla, gazzosine e aranciate, vassoi di biscotti, confettini, cioccolate e cassate gelate si scioglievano colorando i piattini di un liquido dolce verde e bianco in cui galleggiavano rosse ciliegie sciroppate.

Era la visione di una festa, sicuro! E mentre la memoria del risveglio si faceva strada nel buio che sempre avvolge la vita notturna della mente, le sovvenne anche bello, vivace, un culetto imbottito di panni e pannicelli che si agitava tra le sue braccia e fu certa che il protagonista della festa fosse lui: suo nipote. Il visetto no, non se lo ricordava, ché in verità lei ancora neanche sapeva chi fossero il padre e la madre.

Quale migliore auspicio per iniziare la giornata avrebbe potuto mandarle il Signuruzzu? Si alzò carica di energia e iniziò i suoi riti mattutini. Chiamò a gran voce la sua cammarera perché le preparasse il bagno caldo. Si sentiva ancora addosso la polvere della corriera di Girgenti.

Ci voleva almeno un'ora per riscaldare l'acqua e farsi strofinare e poi vestirsi e allicchittarisi.

L'immersione nella vasca fu, come sempre, lenta e carica di apprensione come il varo di una nave. Culo, cosce e petto, le sue parti migliori e grasse come quelle delle oche, furono calate giù. L'acqua fu costretta a trasbordare mentre Bastiana chiamava in aiuto tutti i santi del paradiso. Poi, mentre il corpo si beava fermo e immobile stretto come in una scatola, la sua mente invece cominciò a navigare.

Nardina si doveva convincere, non c'era verso che si potesse fare altrimenti. Ormai troppo evidenti erano le manovre di donna Rosetta per mettere Venera nel letto di Carlo e la picciotta non era una che si sarebbe tirata indietro mostrando poi un'espressione carica di meraviglia. A Sarraca lo sapevano tutti che Nannina, la sorella più grande di Venera, dell'arciprete della chiesa Matrice non era solo la perpetua ma pure, come diceva lui, "la sua consolazione". E Nannina doveva esser stata molto brava a portar conforto all'arciprete, ché ormai da tempo si metteva un vestito nuovo ogni domenica e pure le scarpe che prima non sapeva nemmeno cosa fossero.

Ora, pensava Bastiana, donna Rosetta poteva essere baronessa della più bell'acqua, ma si comportava come una mezzana.

Mandava Venera alla farmacia del figlio almeno tre volte al giorno e poi che grandi carezze le faceva! E quante lire cadevano nelle tasche della picciotta con l'invito a comprarsi vestiti puliti che nelle case nobili non si può star vestite da strafalarie.

Ma se il piano era quello di mettere Carlo nel letto di Venera e fatto il figlio imporlo a Nardina, la signora baronessa si poteva asciugare la bocca prima di mangiare. Mai, mai sua figlia così umiliata, piuttosto se la riportava a casa e tutta Sarraca avrebbe saputo della bella pensata della nobile signora.

Meno male che la currera aveva gli occhi come spilli perforanti, le orecchie che sentivano loquaci silenzi e il naso che annusava gli odori rintracciandovi il puzzo nascosto. Le avrebbe fermate lei quelle due.

Dovette di nuovo chiamare la cammarera per uscir dall'acqua e, mentre si lasciava asciugare come una piccilidda, si propose di cercare una vasca di misura più comoda.

Quando fu in strada, si avviò a casa di Nardina masticando distratte avemarie propiziatorie e incomprensibili paternoster. Nel frattempo pensava al modo migliore di convincerla.

Nardina non era una che si sarebbe fatta persuasa con facili ragionamenti e questo era l'ostacolo più insormontabile per una madre che ormai avvertiva la figlia troppo lontana dai propri argomenti di persuasione.

L'aveva voluta colta e raffinata? Si era svenata per mantenerla a Palermo all'aristocratico collegio del Sacro Cuore di Gesù? Ora la currera doveva affrontare le conseguenze delle sue smodate ambizioni.

Se avesse immaginato però che la città e il collegio scelto non erano solo luoghi di nobiltà e raffinatezza che avrebbero ripulito Nardina di ogni crosta popolana, l'avrebbe mandata ancora più lontano, a Roma o macari a Firenze o in qualunque altro posto le fosse stata garantita una figlia pronta per un blasone e senza grilli di modernità nella testa.

Invece era accaduto che compagne nobili e ricchissime l'avevano cambiata coinvolgendola in un vento di progresso che proprio allora cominciava a soffiare più forte e sussurrava alle donne che era tempo che fossero finalmente consapevoli delle loro capacità, ché nel mondo degli uomini c'era spazio anche per loro.

Il giorno in cui si festeggiò l'iscrizione di Rosaria Isgrò, una delle nuove diplomate, alla facoltà di Scienze naturali dell'Università di Palermo, il collegio tutto aveva vissuto una giornata effervescente. Suore e professori organizzarono e parteciparono con entusiasmo. Aiutate dagli Interguglielmi, famosissimo studio fotografico che annotava tra i suoi clienti le migliori famiglie della città, Nardina e le compagne erano riuscite a procurarsi i ritratti di Giuseppina Cinque, prima laureata in Medicina a Palermo, e quello della matematica catanese Grazia Muscatello, ed Emma Strada, prima ingegnera al Politecnico di Torino, donò il suo con una particolare dedica per la matricola. Insomma, una galleria fotografica di donne, colorata di coccarde e profumata di garofani rossi bianchi e verdi, accolse all'ingresso la compagna che dava lustro alla scuola.

Il maggior guaio lo aveva fatto la direttrice suor Silvia che, letto in due notti il romanzo della Aleramo *Una donna*, ne aveva poi fatto dono alla biblioteca scolastica. Libero di circolare tra le ragazze, il libro quasi mai si trovava al suo posto nello scaffale.

In questo clima Nardina aveva studiato e, emulando la Isgrò, meditava di iscriversi anche lei alla facoltà di Scienze naturali, se la madre non si fosse messa di traverso. Le due si sfidarono in interminabili duelli verbali e quando fu chiaro che neanche un centesimo la currera avrebbe investito in quel progetto scandaloso, Nardina si chiuse in un mutismo esasperante. Fu allora che a Bastiana venne in mente il diversivo del matrimonio. Ma a lei non ne fece parola.

Lasciò che la lontananza dalle modernità di città, l'amicizia delle compagne di un tempo già tutte madri, cominciassero a smussare gli angoli della tenace volontà della figlia. Poi fu l'incontro con Carlo.

Lui era uomo di non comune sensibilità, Nardina da subito aveva cominciato a vacillare. Capace d'intendere l'insoddisfazione di lei, Carlo accoglieva con interesse la confessione delle sue aspirazioni e intanto, discretamente, l'attirava a sé scrivendole pensieri d'amore lasciati cadere insieme a un gelsomino nella sua borsetta. La invitava a piccole gite per farle scoprire angoli antichi del loro paese, l'affabulava con le storie di medievali castelli e famiglie rivali. E non c'era inganno nella sua strategia, solo il desiderio di averla per sé ed era la prima volta che pensava al matrimonio.

Nardina, persuasa senza avvedersene, felice archiviò ogni fantasia d'indipendenza.

Difficile ora per Bastiana, che ragionava con argomenti elementari, farsi ascoltare da una giovane donna moderna e innamorata.

Un nutrico da salvare da un infelice destino: questo discorso parve a Bastiana potesse farsi strada nel cuore tenero della figlia. O sarebbe stato meglio insistere ventilando il possibile tradimento di Carlo sotto il manto protettivo di donna Rosetta? E la gente? La gente di Sarraca vile, invidiosa e biliosa che il verde ce lo aveva dipinto nella faccia. Godeva del male altrui nascosta dietro finestre e balconi, nei tavoli del circolo, nei banchi della chiesa e nei divani dei salotti. Tutti malacriati che andavano messi a tacere. Perché, alla fine, un picciliddo che cresce e si fa uomo tra le braccia di una donna è figlio più suo che di quella che per nove mesi se lo è portato nella pancia e nessuno potrà dire che è meno vero di uno vero.

Alla bona di Dio, una strada l'avrebbe trovata, gna Bastiana ne era sicura, il sogno della notte non poteva sbagliare.

Scese da casa che già di nuovo il vestito le si incollava addosso per il gran caldo, ma dovette fermarsi a ogni canto di via ché come sempre tanta gente la inseguiva chiedendo servigi. Qualcuno lo scansava mostrando fretta, con altri non poteva proprio esimersi. La moglie del giudice Imbornone quasi singhiozzava quando, spiandosi intorno, le mise in mano una bella cartata di soldi. Supplicava Bastiana perché ritirasse presso una certa fattucchiera di Girgenti una reliquia preziosa di san Gerlando. Solo quella, nascosta sotto il materasso, avrebbe allontanato Ignazio, il giovane figlio, da certi suoi amici fascistazzi tinti. Gli occhi atteggiati a violenza e un fazzoletto nero a coprire il resto della faccia, i burloni alla scurata si divertivano a minacciare certi poveretti con purghe benefiche. Il giudice signor padre, se avesse saputo, ne sarebbe morto, il figlio di un magistrato come fosse uno di quelli delle squadracce! La violenza, che disonore.

Pure Ciccio Santaninfa, il figlio del notaio e studente di Giurisprudenza, non si poté ignorare. Un bel rotolo di soldi avanti, inghiottiti subito dalle tasche fameliche della currera, il picciotto la incaricava dell'acquisto di un libro universitario il cui titolo, da mostrare solo al libraio, era scritto su un pizzino piegato dieci volte.

"Senza che dubitate, sarà fatto," lo rassicurò la currera, gli indici a croce davanti la bocca.

Ma Bastiana era curiosa e quando, girato l'angolo, svoltolò la carta e lesse *Le memorie di una donna di piacere* fu meravigliata di quante cose si dovevano studiare all'università.

Alla fine, lasciato il corso principale, prese a camminare vicoli vicoli ché di impirugghi non ne voleva più.

Stava per suonare il campanello quando la porta della casa fu aperta all'improvviso e lo scontro con Venera che ne usciva fu inevitabile.

"Eh! Eh! Che prescia! Tanticchia di creanza ci vuole, non mi vedesti?"

"Nonsi, gna Bastiana! Mi scusassi, feci una caduta e ancora non camino bonaredda."

Alla currera già si era rivoltato lo stomaco. La vista di quella picciuttedda la trubbuliava assai, e quando fu entrata lei e uscita l'altra chiuse la porta con forza pari al desiderio che aveva di non vedergliela più varcare.

Bella era bella, ma la gna Bastiana quei capelli come alghe di mare glieli avrebbe tirati fino a strapparglieli, quegli occhi di carbone glieli avrebbe cecati con due dita e con il suo sorriso di perle ci si sarebbe infilata una bella collana.

Era così immersa nei suoi guai che entrando in casa Cangialosi quasi non si era accorta che era tutta in movimento.

Valigie in ogni parte, casce e scatoloni, nel corridoio, davanti le porte, nell'ingresso. Nardina, pallida, livide le ombre sotto gli occhi come se nella notte non avesse neanche preso sonno, le andava incontro.

"Che fu? Che successe? Quando successe?"

"Niente, mamà, niente, state tranquilla. Mia suocera vuole che ce ne andiamo in campagna a San Marco. È venuto zio Rosario e l'ha convinta ad andare subito tutti quanti, noi e loro, ché questo è l'ultimo anno che il cugino Stefano si può fare le vacanze con noi. Ad agosto deve partire per Palermo, si deve cercare la casa e iscrivere all'università."

"Ah! Così ha deciso! All'intrasatta! E certo, sempre lei deve essere la padrona. E tu? E tu pure baronessa sei! Forse che non ti sposasti il figlio barone? Tu non dovevi essere interpellata?"

E mentre camminava avanti e indietro per tutta la casa con la figlia che abulica le andava dietro ripetendo: "Shhh! Shhh! Piano!", Bastiana urtava spigoli di casce e intruppicava in trusce gonfie di pasta, farina, fagioli e vari alimenti da dispensa.

I suoi piani, come avrebbe fatto lei con i suoi piani?

"E Carlo che dice? Contento è?"

"No, mamà, lui per ora non viene."

Bastiana crollò su un divano, la mente confusa si faceva domande che temevano risposte.

"Ah! E perché?"

"La farmacia non si può chiudere. Verrà il sabato e la domenica."

"E solo rimane?"

"No, viene Venera la mattina a sistemare e a fargli un poco di mangiare."

Paonazza, il respiro corto ché lei stessa pensava le sarebbe venuto una botta di sangue, Bastiana era sconvolta dalle notizie e dall'apatia della figlia, un'indolenza che inquietava più di un male vero.

"E tu per questo stai come una fantasima? Non ci vuoi andare a San Marco? E non ci andare, lasciala perdere a quella camurrìa di tua suocera. O successe qualche altra cosa?"

"No, niente successe mamà, niente proprio."

E intanto Nardina pensava a quel niente che era successo. E davvero, se anche avesse voluto trovare un nome al vuoto di mente, all'aria che si rifiutava di entrare e uscire dai polmoni, alla sua vita in equilibrio tra un precipizio e una voragine, non avrebbe saputo dirlo meglio.

Lo aveva deciso subito che era niente quello che aveva visto il giorno prima dopo aver sentito le risate di Carlo e Venera provenire dalle camere di donna Rosetta. Aveva subito pensato che sua suocera doveva essere tornata dalla messa e ora tutti insieme stavano chiacchierando.

La porta a vanedda lasciava intravedere Venera sulla poltrona della baronessa mentre Carlo ai suoi piedi tratteneva nella mano una caviglia di lei, ma della signora suocera non c'era ombra.

Per Nardina la scena era incomprensibile e ancora adesso che vi ritornava con la mente, la turbava il senso di estraneità che guardando aveva provato: Carlo e Venera, come fossero bambini sorpresi in un gioco nuovo, ridevano di cuore. Quando si accorsero della sua presenza la guardarono, Carlo si rialzò mentre le risate, imbarazzate, si spegnevano.

"Guarda, Nardina, guarda, ma si può essere più babbe di così? Venera è caduta mentre lavava il pavimento, guarda che caviglia gonfia. Ma lo sai che ho sentito il tonfo? È caduta come un sacco di patate, per un momento pensavo che fosse la mamma. Che dici, le ho spalmato la pomata alla canfora e olio di timo. Basterà?"

Questo era tutto, tutto il niente che era successo.

Ora però con quel cuore abbottonato non si sentiva più di stare e il dubbio della madre le fece rivelare il suo stato d'animo, il turbamento che dal giorno precedente l'accompagnava.

Bastiana questo aspettava, che si aprisse una crepa nella fiducia che la figlia aveva per il marito, fosse vero o no quello che aveva visto. Adesso bisognava agire ché il ferro era caldo, la pentola bolliva, la messa stava iniziando, il mondo si stava rivoltando.

E cominciò il racconto dei suoi sospetti, dei piani segreti che sicuro sicuro donna Rosetta stava architettando perché Carlo avesse finalmente un erede, e ora pure quella villeggiatura organizzata apposta. Intanto che parlava Bastiana strizzava gli occhi, sbuffava dilatando narici, portandosi le mani ai fianchi mentre la sua testa dondolava su e giù a dar forza a ciò che diceva. Infine concluse, suadente: "Allora, ci vogliamo pensare a questo figlio?".

"Sì, mamà, ci vogliamo pensare. Ma se non arriva ancora che posso fare? Pure il medico disse che devo aspettare."

"Il medico per i malati è. Noi pensiamo a noi. Per ora niente ti voglio dire, quando è il momento saprai, figghiuzza bedda." E guadagnata la porta si avviò all'ingresso come andasse alla guerra.

Scese lo scalone di palazzo Cangialosi con la leggerezza di una farfalla e intanto pensava che buono sarebbe stato giocarsi anche i numeri: il picciliddo, la festa, la cammarera, la jamma storciuta di quella gran buttana di Venera.

Nardina, abbandonata sulla sua bergère, pensava affranta a quel marito e a quell'amore che di lei avevano fatto altro di ciò che per sé avrebbe voluto. La scuola progressista, le compagne nobili o universitarie, la vita in città, dopo il matrimonio con Carlo erano diventati ricordi sbiaditi che non davano più emozioni. Piuttosto le erano rimaste appiccicate, quasi posticce, le smanie verbali d'indipendenza e un'abitudine pillicusa alla cura di sé e del suo apparire. Era, Nardina, una donna nuova per finta.

11

Quando il marito entrò nella stanza, Nardina nel camerino da bagno si svuotava dell'amarezza, del suo scontento, dell'ignoto che le si parava davanti.

Era accaduto che, a ogni passaggio nella mente, il ricordo della scena del marito chino su Venera si era colorito di dettagli, i dubbi si erano mutati in ossessioni. Poi era stato il corpo a cedere: la fame d'aria, la nuca in una morsa, le onde di nausea le avevano impedito di chiedere aiuto e il pensiero di morire le era sembrato un sollievo.

Ora i sensi l'abbandonavano e Carlo, presala in braccio, l'adagiò sul letto. Pungente odore di aceto la fece rinvenire ma la notte trascorse agitata, la pelle fredda bagnata dal sudore, brividi e tremori nella notte estiva. All'alba si addormentò.

Fu un sonno leggero, turbato dall'animo in guerra. Nardina già avvertiva la casa in risveglio, echi di voci e rumori quotidiani, dai balconi spalancati saliva la vita della strada. I suoi occhi restavano chiusi, stretti in difesa, per paura di rivedere il dolore.

Carlo era in cucina per il caffè, donna Rosetta, in tenuta da viaggio e di ottimo umore, già sorbiva la sua tazzina di latte e orzo. Alla porta di casa scampanellate insistenti, Stefano e Silvia irrompevano in casa Cangialosi e il loro vocio assordava ogni stanza, don Rosario sollecitava alla partenza tutti i parenti.

In mano aveva un nuovo trastullo, un bastone di legno rustico e nodoso che contrastava con un prezioso manico, una testa di cirneco intagliata nell'avorio. Lo batteva a terra in modo molesto: presto, bisognava far presto se si voleva godere in campagna il fresco della sera.

La casa iniziava una giornata diversa. Come d'accordo, la famiglia sarebbe partita per San Marco con l'auto. I bagagli e le femmine di casa Brigida e Sisina li avrebbero seguiti in un secondo viaggio entro la serata.

"Io pronta sono. Carlo, tua moglie? È pronta macari idda?"

"Mamà, ve lo stavo per dire. Nardina non viene, non adesso almeno, stanotte male stette, un colpo di calore, una difficile digestione, non so, non mi sembra prudente farle affrontare il viaggio."

"E che fu?" donna Rosetta spiava, il malessere della nuora le suonava strategico. Quella femmina dal marito mai si voleva scostare, temeva che a lui si raffreddasse il fianco.

Carlo parlò di nausea, vomito e sudore freddo. Donna Rosetta, che già nella bocca masticava la parola "isteria", ammutolì e non ebbe il coraggio di farsi uscire il veleno.

La comitiva incompleta partì di lì a poco, con gran sollievo di Stefano. Archiviata la lite con il padre, l'avventura palermitana, presentata in veste d'oro dall'oratoria di Calascibetta, aveva finito col sedurlo. Ma essendo il gioco amoroso con Sabedda l'unica prospettiva di svago estivo, non era disposto a rimandarlo più oltre.

La 501 si mosse, chi passava si fermava a guardare, i passeggeri si gonfiavano di vanità.

Ma all'altezza di lu Chiano di San Duminico l'auto fu costretta a fermarsi.

"Menico, che successe?" L'autista rimase muto, la faccia di chi ignora. Incuriosito da una folla stretta e compatta come un banco di sardine che impediva la vista, don Rosario stava per scendere dall'auto. La sorella donna Rosetta lo fermò per un braccio: "Rosario, dove ti vai a mettere? Questi viddani sono! E pure tutti agitati, non lo vedi?".

In verità erano tanti ma assai tranquilli: donne nessuna, gli uomini vestiti a festa che era domenica e avevano tempo da perdere.

Intanto al finestrino dell'auto si era affacciato sorridente l'avvocato Calascibetta e salutava i viaggiatori con uno stentoreo: "Buongiorno, barone eccellentissimo e famiglia, così ora pure a vossia ci piacciono i comizi del nostro ineffabile onorevole Tabisso?".

"Avvocato, in campagna stiamo andando, a San Marco! E che deve dire l'amico nostro? Ormai le elezioni le vinse!"

"No, l'amico semmai è vostro." Sul tasto l'avvocato si mostrava sempre suscettibile. "Tabisso invece è qua a fare il pavone, aspetta il tuono di applausi per avere ottenuto, grazie al suo amico sottosegretario agli Interni, i fondi necessari alla costruzione dell'acquedotto Favara. Servirà ben dieci comuni compreso il nostro!"

Le dita aperte di entrambe le mani indicavano sventolando il numero dei comuni abbeverati da Tabisso. "Caro barone, l'acqua in casa ci siamo messi!"

"Sì, e il cannolo fuori!" commentò sommesso don Rosario che ormai non capiva più niente e si faceva guidare da don Calogero nelle scelte politiche. "Ma insomma, io pure lo votai questo Tabisso, ma ancora non ho capito su quale tavolo gioca!" Rassegnato alla sosta, era sceso dall'auto.

L'avvocato, le mani sulla testa a rassettarsi i quattro capelli che danzavano nel vento di mare, gli diede la versione di fatti che tutti, anche don Rosario, conoscevano ma fingevano di non sapere.

"Barone, Tabisso gioca solo al tavolo suo, le carte le dà, le prende, le muove e le fa girare come vuole lui. La provincia è il suo regno e lui ne è il re."

Il barone Damelio accese la sigaretta, infilata in un bocchino d'oro, con consumata lentezza e poi replicò: "Ah! Cicero pro domo sua allora questo comizio! E che ci dobbiamo aspettare?".

"Fate come me, barone, che non mi aspetto niente e sono preparato a tutto!"

Applausi e suono di fanfare, Tabisso aveva dato inizio allo spettacolo.

"Ma che restammo impirugghiati? Avvocato, come ci muoviamo da qui?"

"Concittadini carissimi, presto tutti potrete godere dentro le vostre case del bene più grande: l'acqua. Vi ho donato il progresso." Sovrapponendosi a quella di don Rosario, la voce dell'oratore riecheggiò sulle mura delle case. Un tripudio di applausi incendiò la piazza.

Qualcuno chiosò: "Ma che grandissimo cornuto! Che modernità! Nel continente sono cinquant'anni che si lavano il culo con l'acqua del cannolo che ci scorre dentro casa!".

L'avvocato cercava di liberare la macchina del barone rimasta intrappolata da quelli che ostacolavano il passaggio: "Picciotti, un poco di pazienza! Il barone Damelio deve passare!".

L'auto procedeva a passo d'uomo ma intanto la folla si apriva in due ali rispettose. Don Rosario si compiacque e disse che Sarraca era ancora la stessa, i nobili erano sempre nobili e non era successo niente di grave.

L'avvocato, gli occhi al cielo per l'irriducibile immobilità del barone, smorfiò sottovoce una canzonetta napoletana: “Scétate, Carulì, ca ll’aria nun è doce. Sabbinirica barò e buon viaggio!”.

Con sollievo di tutti, dopo pochi minuti furono fuori il paese. L’automobile procedeva liscia liscia e Menicuccio guidava con prudenza. A destra la spiaggia di rena bianca correva per chilometri, il mare quieto la lambiva carezzandola.

12

A San Marco, i filari ordinati di vigna, mandorli, pruni e albicocchi accolsero la famiglia come fedeli servitori da passare in rassegna.

Terra rossa e fina come sabbia annuvolò l'aria mentre i freni stridendo arrestavano l'auto davanti il portone. Bartolo venne ad aprire le portiere tenendo in mano la coppola: tutti scesero sgranchendo gambe e braccia. Sabedda si affacciò sul portone reggendo un grande piatto di terraglia dove, dipinti a smalto, guizzavano due grandi pesci con le squame azzurre. Sopra, viola, gialli, verdi e bianchi, dritti in piedi, una truppa di fichi d'India sbucciati e succosi richiamavano saliva alla bocca. Fu un assalto, un vocio, risate e quando Stefano sfiorò le mani di lei per prenderne uno, Sabedda, gli occhi da un'altra parte, s'impose di fermare il tremore che le rendeva malferme le gambe.

In corteo i villeggianti si avviarono alle scale per andare a casa e rinfrescarsi. Sabedda faceva strada. Si era curata di tutto, la casa era pulita e i letti fatti. Avrebbe pensato lei a preparare anche il pranzo, ché Sisina e Brigida prima di sera non sarebbero arrivate.

Di nuovo l'estate, di nuovo la leggerezza di un tempo trascorso all'aperto, tra passeggiate e nuotate, tra visite e scampagnate.

Deposta nelle proprie stanze la stanchezza del viaggio, slacciate cravatte e colletti duri, sfilate calze e sottane inutili, tutti si riversarono nei sentieri conosciuti. Si ricordava quel che a Pasqua si era lasciato, ci si meravigliava per quel che di nuovo ora si trovava. Un pruno si era seccato, la chioma del gelso era giunta ormai a toccare terra.

Stefano lasciò che la casa si spopolasse, poi prese un libro e, senza alcuna intenzione di leggerlo, andò a sedersi nel grande soggiorno vicino la cucina. La finestra aperta sul mare, il fresco delle spesse mura di casa, il ragazzo attendeva che tutti si allontanassero. Aver rivisto Sabedda l'aveva eccitato, di nuovo pensava a riprendersela. Finalmente fu silenzio in ogni stanza.

Lei, in cucina davanti il focolare, faceva un nido di fascine e paglia per accendere il fuoco, Stefano le fu subito dietro circondandole le spalle. La picciotta si girò in uno scatto mentre lui, un balzo indietro, evitava la brace di un legnetto minuto.

"Oh! Guarda che già me lo addumasti il fuoco, ora me lo devi spegnere. Più bella ti sei fatta, Sabbè, lo sai?" Ed erano baci sul viso, sul collo e la toccava e la pizzicava mentre Sabedda si fingeva presa dal suo daffare. Era invece infastidita e teneva la rabbia nascosta aspettando di capire se lui davvero pensava di prenderla e lasciarla a suo piacimento neanche fosse proprietà sua, come lu baglio, le case, lu pozzo, le jaddine e li maiali.

Stefano la carezzava, gli occhi a cercare i suoi per vederci dentro la sua stessa voglia e la frenesia di appartenersi. Sabedda si sciolse dall'abbraccio, ma lui insisteva eccitato ché i seni di lei ormai erano di femmina e le sue mani non riuscivano più a contenerli. I fianchi, il ventre appena arrotondato, le carni lucide di sole gli richiamavano il sangue.

"Sabbè, ma perché fai così? Perché ti allontani, non mi vuoi più bene?"

"Perché, voi me ne volete? Me ne avete mai voluto? E non sciupate fiato che lo so che non è vero, altrimenti..."

"Altrimenti che cosa?"

"Altrimenti invece di acchianarmi sopra come un mulo avìssivo avuto almeno la creanza di chiedermi prima come sto, che avevo fatto e se vi avevo pensato in questo tempo che non ci vedemmo."

"Ah! E come stai? Mi pensasti e come mi pensasti?"

"Baruneddu, è meglio che vi state zitto, così le cose peggio le mettete!"

Lui riprese l'assedio: "Che sei bella, Sabbè, pure se ti pigli corra! Ma perché mi fai soffrire? Già l'abbiamo fatto, no? Si tratta solo di fare una ripassata e poi bravissimi diventiamo".

Sabedda lo allontanò di nuovo e fissandolo, presa la mira, lo colpì in faccia con uno sputo.

E che si credeva il barone del fiscaletto? Che siccome era bello e nobile poteva fare di lei quello che voleva? Dentro si sentiva avvampare e lo avrebbe coperto di legnate se lui indietreggiando non si fosse già allontanato.

"Ma che diventasti pazza? A me? Mi stai schifiando? E chi ti tocca più, va', va', tienitelo caro questo gran tesoro che hai in mezzo le gambe. Io a Palermo me ne trovo quante ne voglio." E scappò strofinandosi via lo sputo con la manica della camicia.

Sabedda tra le lacrime e il fumo del focolare che le bruciava gli occhi non vedeva più niente. Sconfortata, si sedette mentre i suoi pugni chiusi partivano carichi di rabbia e giungevano al ventre tramutati in carezze. In bocca la saliva e le lacrime erano fiele, i denti legati dall'acido che dallo stomaco voleva venire fuori. Era lei dunque l'arancio amaro, era lei la pianta 'nzertata e dallo 'nzerto dentro di lei il frutto più dolce... ora voleva solo che quel figlio fosse il più bello e il più forte di tutta quella malarazza dei Damelio.

Per tutta la giornata s'ignorarono, lei presa dalle faccende, lui dentro l'acqua fredda del mare dove era andato per spegnere rabbia e ardori. Il sangue aveva ripreso a scorrergli calmo, la testa cercava di ragionare.

Quello che era successo lo aveva spaventato, messo in allarme. 'U baruneddu troppo poco conosceva le donne, temeva che, perso ogni ascendente su di lei, Sabedda, aggressiva e violenta, minacciasse ora pretese impossibili. Gli sovvennero il subbuglio della corriera di Girgenti, le insinuanti parole della fornara Giuggiulena che sproloquiava del matrimonio di suo cugino Carlo con Nardina e la ridicola alterigia con la quale Bastiana aveva risposto.

L'intimità con Sabedda gli appariva ora una leggerezza imperdonabile, approntò una difesa immediata, avrebbe negato ogni cosa davanti a lei, a Dio, al mondo e a suo padre e tutto si sarebbe chiuso con un calcio in culo per lei.

Neanche se quella stessa notte l'avesse vista piangere per quel figlio bastardo di cui non conosceva l'esistenza, Stefano avrebbe potuto dimenticare il disgusto che lo aveva preso per la rustichezza di Sabedda. Perché lui era padrone e lei serva.

13

Sabedda, che dormire non poteva, ricucì tutto il percorso che l'aveva portata in quel fondo di sacco, fino alla confessione al padre, fino alle allusioni e alle offerte d'aiuto di don Calogero, l'unico che tutto aveva visto, capito e offerto di sistemare. La ragione le suggeriva di mangiarsi a morsi la mano stesa in suo aiuto, ma il futuro suo troppo era gravato dalla pesante ipoteca di un figlio. L'offerta del campiere andava raccolta, fosse anche piena di incognite e chissà a quale prezzo.

Il primo mattino dei villeggianti si era appena incamminato, quando Sabedda, comandata da donna Rosetta, se ne andò a cogliere fichi freschi per la colazione della famiglia.

L'aria non ancora arroventata, i pensieri della notte più lievi, Sabedda fu avvolta dal profumo soave e conosciuto della fioritura tardiva di un arancio amaro. Il respiro le si fece ampio, ad accoglierlo tutto. Raccolto un fiore se lo strinse tra le labbra perché quella magia la seguisse.

Pochi passi e a vederselo davanti, vicino allo sperone, seduto sotto la chioma a ombrello dell'albero di fichi, la picciotta con un sussulto tradì la sorpresa, il fiore le sfuggì e cadde: lui proprio, don Calogero, in maniche di camicia e cappello di paglia, sorrideva.

"Sabbè, di altri vi dovete scantare, di me mai!"

"Di vossia non mi scanto, già ve lo dissi. Vi devo parlare!"

Non sapeva neanche che cosa chiedergli. La parte bellicosa del suo cuore le suggeriva di astutare Stefano con un bel colpo di doppietta! L'altra, quella disperata, le consigliava di affidarsi alla malandrineria di uno che avrebbe potuto navigare tutti i mari.

"Apposta venni! Il guaio che vi rosica dentro, già lo sistemai."

Sabedda posò a terra il paniere ancora vuoto di fichi e incredula non si decideva a scaricare dal cuore il pietrame che lo ingombrava. Le urgeva di dare a quell'uomo la sua versione dei fatti, si vergognava di essergli apparsa sventata e senza pudore quando invece di Stefano era stata vittima.

E gli raccontò tutta la sua disgrazia e la vita che ora si aspettava.

Tacque di tutto quello di cui provava vergogna: i sentimenti, la leggerezza, l'umiliazione, la babbionerìa che per un momento le aveva fatto credere che Stefano davvero potesse volerle bene. Tacque dei suoi giochi di seduzione e del pentimento che ora provava perché lei stessa lo aveva provocato.

Parlò del bambino, dell'impossibilità di tenerlo perché soldi non ce n'erano, e della sua vita che sarebbe stata infelice come quella di sua madre.

Don Calogero di confessioni ne aveva sentite tante, tutte di comodo, ma a lei credeva. Per questo si allarmò quando si sentì smuovere le macerie che da tempo ormai gli seppellivano l'anima. Avvertì un malessere, una debolezza, una vulnerabilità che uno come lui non si poteva permettere.

Gli veniva voglia di rassicurarla, Sabedda... Ci voleva carezzare i capiddi, toccàrile l'occhi per asciucarli, pigghiàrici le manuzze e dire: "Nenti, nenti, jò ci penso e nenti vogghio". E quando mai lui si era scimunito così per una fimmina!

E veramente niente voleva se non che lei una volta, una volta sola lo guardasse così come lui ora si sentiva: suo umile servo.

Stracciati in fretta i pensieri, don Calogero rivelò a Sabedda il suo piano.

Nessun aborto per carità, i picciliddi non si toccano. Il bambino sarebbe nato con ogni assistenza e chi se lo prendeva lo avrebbe amato come un figlio. Lei e Bartolo avrebbero avuto in cambio così tanto che si sarebbero sistemati per sempre. A tutto avrebbe pensato lui.

Sabedda confusa subito gli disse di sì. Non vedeva l'ora di ammugghiare tutta la storia come una troscia e ammucciarla per quello che era stata: una cosa sbagliata.

Il pensiero però le andò anche a tutta "la robba" che a loro sarebbe venuta e fu soddisfatta. Alla fine forse sarebbe stata capace di cambiare la sorte della sua famiglia e di questo Bartolo avrebbe dovuto tenere conto.

Si salutarono imbarazzati come se ciascuno dei due non fosse capace di sopportare il segreto e quell'improvvisa intimità che ne era venuta. Don Calogero non le avrebbe mai detto che cosa avrebbe voluto in cambio e lei non glielo chiese.

14

A Sarraca, intanto, Nardina stava meglio. La notizia che per il momento non sarebbe stata costretta a partire lasciando Carlo da solo l'aveva guarita.

Anche Carlo, a vedersela così serena, di nuovo il viso bello che gli sorrideva, andava convincendosi che la causa di ogni male era quel figlio che non arrivava ancora. Donna Rosetta non mancava, quando erano soli, di fargli osservare che erano stati imbrogliati da quella currera da strapazzo della gna Bastiana: lei sicuro lo sapeva che la picciotta aveva il difetto. E Carlo, che all'inizio riusciva a persuaderla con l'osservazione che troppo poco era il tempo che si erano sposati per trarre simili conseguenze, alla fine stanco non aveva più reagito alle provocazioni di mamà allontanandosi in silenzio. Si era convinto di non sentire la necessità di una discendenza, era arrivato a quarantatré anni e la sua vita poteva proseguire senza quel figlio atteso da tutti tranne che da lui. Di una sola cosa era certo: non avrebbe mai fatto a meno di Nardina. Solitario di natura, dopo il matrimonio anche i vecchi amici non gli sembravano più tanto importanti, trovando in lei la sola soddisfacente relazione con il resto del mondo.

Finalmente il sole dentro la stanza da letto ne sanava l'aria, i colori delle tappezzerie, dei vestiti leggeri negli armadi spalancati, le vestaglie dai fiori odorosi del profumo di lei, il disordine stesso. Sembrava un'altra vita.

Carlo, la testa affacciata nella porta aperta a spiraglio, chiese come stesse la sua piccilidda. Nardina si mutriò. Quando il marito le rivolgeva quei termini leziosi la faceva sentire come se la viziasse inutilmente privandola della sua capacità di stargli accanto alla pari. Si sentiva moglie e avrebbe voluto decidere lei di sé stessa e della loro vita. Pensava di essersi affrancata dalla madre sposandosi, l'indifferenza del marito a una sua gravidanza la confortava nel suo desiderio di continuare a studiare. L'università e una opportuna laurea in farmacia per aiutarlo nella sua professione avrebbero potuto sostituire in quel matrimonio la mancanza di un figlio. Invece Carlo, all'idea di lei laureata e orgogliosa di essere diversa da tutte, offriva l'alternativa di viaggi magnifici, teatri e concerti, una vita eccitante dove a suo dire lei ugualmente avrebbe potuto brillare. Ma niente di tutto questo era ancora avvenuto e poco a Nardina interessava. Piuttosto la rabbuiava il pensiero di essere passata sotto altra potestà.

"Non ho bisogno di protezione né di essere rassicurata e tantomeno difesa!" fu la sua risposta piccata e fuor di domanda.

"Ma difesa da chi, Nardina mia? Qui non c'è nessuno che di te dica male!" Carlo odiava raggirarla ma a volte era necessario.

"Difesa da tutti quelli che mi guardano come una fimmina maritata di venti anni che se non fa figli ora, non sarà buona mai!"

"Ma queste bestemmie sono, gioia mia! Io non voglio niente, io non chiedo niente, neanche un figlio. Ventitré anni ci separano, a volte per forza devo sembrarti padre più che marito, ma mai per mia volontà credimi! Ne avrò assunto anche la posa, non lo nego, ma in modo inconsapevole! Del resto capita anche a te di comportarti da figlia quando rifiuti il mio vezzeggiarti e per pudore ti smarchi da quelle che io invece dico 'tenerezze paterne'. Pure adesso lo stai facendo! Ammettiamolo, non c'è nulla di male a riconoscersi e amarsi in ruoli diversi da quelli soli con i quali gli altri ci vorrebbero definire. Siamo marito e moglie, padre e figlia, amanti o fratelli, siamo quello che vogliamo e io il solo desiderio che ho è di starti accanto: esser coniugi non presuppone il passaggio obbligato allo stato di genitori solo perché atteso da altri!"

Era accorato Carlo mentre smentiva le convinzioni della moglie. Il dissestato matrimonio dei genitori, costretti dai doveri di forma a una convivenza rispettosa, lo aveva abituato a una confortante solitudine. Dopo la sua nascita, la madre aveva decretato che il suo dovere era stato compiuto, il barone suo padre rispettò la volontà della moglie sostituendola con il piacere assai più soddisfacente dei libri. Il matrimonio era giunto al termine e lui non aveva mai conosciuto il conforto di una vera famiglia, aveva imparato a negare la realtà di un amore di coppia. Finché non aveva incontrato Nardina.

Carlo confessò di sentirsi, per la sola presenza della moglie, ripagato interamente dalla vita e ora che respirava amore non avrebbe cambiato la sua condizione per un desiderio tardivo di paternità.

"Della discendenza non c'è bisogno, ne sappiamo tante io e te di opere buone che si possono fare invece di serbare soldi."

Nardina provò disagio per quell'uomo che si consegnava a lei senza riserve e per la prima volta s'interrogò su quale fosse la differenza tra l'amore per il padre, da lei poco conosciuto e di cui non avvertiva la mancanza, e quello per il marito del quale non avrebbe mai fatto a meno. In Carlo aveva riposto ogni fiducia come in un padre, ma sentiva ora che, nei confronti di un marito, era comunque prudente coltivare il seme del dubbio.

Poi un bacio impetuoso, carezze e sospiri e di nuovo fu netto il confine tra loro due e tutti gli altri. Al momento ogni angustia sembrò superata.

Gna Bastiana intanto si era nuovamente presentata a casa Cangialosi. Venera nella mattinata era stata mandata a chiamarla perché Nardina non restasse sola dopo i malesseri notturni. Rassicurato dalla presenza della suocera, Carlo scese alla farmacia.

Nardina, l'indice dritto sul naso in comando di silenzio, attese il rumore della porta che veniva chiusa da Carlo. Poi, la voce in un soffio, chiese alla madre: "Siediti accanto a me e dimmi come avrò un figlio mio".

Il discorso di Carlo l'aveva rasserenata e turbata a un tempo, temeva che il disinteresse manifestato dal marito per un erede fosse per lui una resa alla sua incapacità di dargliene uno e insieme un modo di rassicurarla e proteggerla. Insomma, ancora e sempre padre.

Avrebbe deciso da sola che cosa ora fosse meglio per loro. Troppo si era sentita persa dopo aver visto Carlo e Venera che insieme ridevano.

Bastiana acconsentì e dopo un attimo, solo un attimo d'imbarazzo, fu un racconto leggero di felicissime combinazioni e facilissime imprese. Don Calogero sapeva fare le cose cattive ma pure le opere di bene e sicuro già sapeva di qualche figlio che era scappato all'attenzione di chi si voleva solo divertire e macari pensava di buttarlo come una scarpa vecchia. Nardina a quell'immagine rabbrividì e alle rassicurazioni della madre volle credere come a una fede.

PARTE III

Sarraca, 1960
Senza famiglia

Il medesimo venerdì che vede Carlotta vittoriosa nella ricerca di qualche documento importante per le indagini sulla sua vita, lo zù Pippino vive ore agitate: non ha più avuto alcuna notizia di lei, da quella notte dell'angosciante mattanza i suoi sonni non sono stati più tranquilli e i malesseri dell'età sono peggiorati. Tutte le medicine, allineate come un esercito sull'étagère e ordinate in una rigida posologia, ingoiate insieme con acqua che sa di sale come quella del mare, gli risalgono in gola allappandogli la bocca nell'ormai stucchevole sapore di tonno.

Tutto lo ha convinto che tenersi accovata la scomoda verità che riguarda la nipote rischi di fargli crescere nello stomaco un cancro maligno che se lo porterà al Creatore.

La scenata che Cursidda gli ha fatto dopo che Carlotta li ha lasciati ha ancora degli strascichi penosi: la quasi perpetua ha sospeso la funzione di infermiera, di cuoca e di cameriera, risponde al principale a monosillabi e lo costringe a pasti solitari nei quali la cosa più appetitosa è una pastina di stelline che nuotano nel cielo giallo del dado Knorr.

Un senso di solitudine invade l'anima dello zù Pippino, ma la viltà non lo sa abbandonare.

Stamattina, confuso e dolente, si è svegliato sulla poltrona. La sera precedente Cursidda, non mostrando per lui alcuna misericordia, si è ben guardata dall'arruspigghiarlo perché potesse continuare comodamente la notte nel suo letto. L'avvocato abbaia alla morte che ancora non se lo piglia e constata i danni del cattivo sonno: gli arti rigidi, le gambe gelide, le mani gonfie. A piccoli intervalli cerca di muovere un corpo che sembra morto.

"Cursì? Oh, Cursì, aiutami, pi favureddu!"

Zù Pippino ha ceduto, della sua nemica ha bisogno come l'aria.

Lei arriva, bocca stretta come cucita, sopracciglia sollevate in segno di fastidio: con tattica consumata gli dice di sollevarsi tenendo le mani strette e aggrappate al bordo della ciclopica scrivania e, mentre lui circospetto si alza, lei sfilatagli da sotto la poltrona lo aiuta a sorreggersi.

"Mia nipote che fine fece? Stamattina si sentì? Domani di nuovo sabato è, viene?"

"Non viene, non viene! Verrà quando ci passa la corra!"

Il tono di Cursidda denuncia soddisfazione. Zù Pippino sa come è fatto il cuore delle donne ma non lo sa maneggiare.

"Pure mi faceste fare la farfante, che ci dovetti dire che io non so niente di quella storia di suo padre, di sua madre e di tutta la compagnia… E la domenica in chiesa mi dovetti confessare pure la bugia!"

"Ma che bugia, scimunita! La mia e la tua omissione di verità a fini caritatevoli furono!"

"Sì, sì, còcila comu ti pare a tia, sempre cucuzza è!"

Passo passo Cursidda lo ha portato in cucina.

Una colazione preparata con impegno, latte caffè e biscotti, sembra aprire un varco nel rapporto interrotto tra i due.

"E poi, principà, spiegatemi una cosa. Ma perché non ce lo diceste alla picciotta che quella denunzia finì a barzelletta?"

"Scimunita due volte! Stai con me da una vita e lo sai bene che la carta del giudice disse che niente poteva essere provato, che i testimoni erano inattendibili e che si doveva procedere all'archiviazione. La verità vera la sai pure tu!

Anzi, che cos'è della mia vita e di tutti quelli che l'hanno abitata che tu non sai? Se qualcosa io non ti dissi, tu aprivi la porta e te l'andavi a cercare dalle tue cummaredde."

"Se vossia mi dice di nuovo scimunita, che a sommarle tutte sarebbero tre, mi metto la paglietta e me ne vado! E poi io non mi andai mai a cercare niente. Gli altri semmai mi addomandavano, cercavano conferme, io sempre muta fui! E manco questo di me sapeste apprezzare."

E parlando la voce diventa un filo sottile, uno stridio di violino che sfoga in un pianto infantile. Lo zù Pippino indietreggia, s'imbarazza sempre alle lacrime delle donne, ma sa che dipendere da Cursidda è un obbligo e non una scelta. Alla fine si rassegna e la chiama a consiglio restituendole importanza e dignità: "Ma ora io secondo te che dovrei fare?".

"Principà, ormai chiù scuro di mezzanotte nun pò essere! Carlotta la verità la verrà a sapere, più prima che poi! Ma con il cucchiaino megghiu fussi, picca alla volta. Alla fine la madre sua, quella vera, io e voi lo sappiamo che le voleva bene! Acchiappate questo binirittu tilefono, chiamatela, dite che vi dispiaceste che lei se ne andò dilusa, che la denunzia di sua nonna Rosetta non andò avanti, che le cose diverse furono... E mannaggia a lu diavulo, l'avvocato voi siete, se non è bonu a parlare vossia!"

Alla fine le donne sono sempre più ragionevoli degli uomini.

Lo zù Pippino, la bocca addolcita dai biscotti, le briciole che dalla pancia scivolano a terra, passo passo torna alla scrivania e prende la cornetta.

"La dottoressa occupata è, chi l'addesidera? Lo zio? Quale zio?"

"Signorina, ce lo dico direttamente a mia nipote quale zio sono. E poi lei lo capisce da sola! Diteci che mi chiamasse."

A zù Pippino la curiosità di quella zitella della Calvaruso lo ha innervosito e gli si è cancellato il bel discorso di scuse che si era preparato per ammansire Carlotta. Ne sta ricostruendo un altro, infiocchettato e morbido, quando il telefono squilla.

"Zù Pippino, dimmi."

"Va bene, buongiorno te lo dico io se a te costa fatica. Scusa ti voglio chiedere, la settimana scorsa ti trattai come se fossi una senza ciriveddo... ma tu avevi un atteggiamento, un'aria! Insomma, isterica parevi!"

Cursidda che, vicina, gli sorveglia macari i movimenti delle labbra per fermarlo prima che profferisca una sola parola sbagliata, lo fulmina con lo sguardo, la mano a taglio tra i denti a trattenere la rabbia.

Lo zio capisce e batte in ritirata ricominciando: "No, cioè, volevo dire che eri disperata, laddove la situazione si... insomma, la tua cosiddetta scoperta non lo richiedeva affatto. Carlotta? Mi stai sentendo?".

"Sì, arriva al dunque, ti ascolto."

"La storia della denunzia era vera e non te lo avrei potuto mai negare, già te lo dissi. Quello che non mi lasciasti il tempo di dire è che mai si sarebbe aperto un processo a carico delle due donne, tua madre e tua nonna, perché da subito al pubblico ministero, tale Leonida Mancuso ché ancora mi ricordo il nome di quel galantuomo, apparve chiaro che nessuna prova la denunziante donna Rosetta, prova concreta intendo, aveva portato a sostegno della sua accusa: non una carta scritta, una confessione, una testimonianza oculare che, al di là di ogni ragionevole dubbio, avrebbero dimostrato l'esistenza di un reato. Quindi, gioia mia, tutto ritorna come prima."

Carlotta accetta le scuse ma è diverso il suo convincimento: "Vedi zù Pippino," il suo tono ha ora accenti ragionativi, "io sono d'accordo con te che il mondo vive di bugie, ma quando un fatto viene scritto e descritto, firmato, controfirmato e presentato in tribunale, dal nulla non nasce. Un se-

me bacato, un'ombra effimera o fosse solo un vento loquace deve aver dato l'avvio e io là voglio giungere. Per me non è importante sapere se Carlo e Nardina siano stati mio padre e mia madre. Ti dico meglio: non lo è più. Devo sapere perché si disse che io non fossi figlia loro".

Lo zù Pippino è messo a tacere ma non se ne duole, la nipote non ha dimenticato le sue lezioni, quelle che al tempo in cui lei frequentava l'università infiammavano i loro pomeriggi. Le aveva insegnato che la soluzione di un problema va cercata nelle ragioni della sua esistenza e non al di fuori di esso e quando, discutendo di parità di diritti per l'esercizio di professioni giurisdizionali, si affondò la lama sulla differenza genetica tra uomo e donna, Carlotta masticando bile giurò sul padre morto che un giorno sarebbe stata "avvocatessa" con tutti i crismi.

Lo zù Pippino glielo aveva augurato con tutta la modernità del suo cuore.

Ma lei era già laureata e ancora la questione dell'ammissione delle donne nell'esercizio della professione forense si trascinava dal secolo precedente tale e quale.

"... la donna è fatua, è leggera, è superficiale, emotiva, passionale, impulsiva, testardetta anzichenò, approssimativa sempre, negata quasi sempre alla logica...": così scriveva un presidente onorario di Corte di Cassazione che, per sovraccarico, negando alle donne la sapientia iuris aveva aggiunto che a esse "alle volte l'equilibrio difetta per ragioni anche fisiologiche"!

Fu per via di questo immobilismo italiano reazionario e conservatore che lo zù Pippino aveva spinto la nipote nel pubblico impiego. E nascondendo ora dietro un babbìo la sincera ammirazione per lei, la stuzzicò: "Una capacità argomentativa degna del tuo maestro".

"Vanitoso!"

"Allora vieni, vero?"

"No, zio, non ancora. La prossima settimana, se le poste funzionano come dovrebbero, riceverai una mia lettera, dentro c'è un atto interessante, sempre di Raimondo Santaninfa. Leggilo, ne riparliamo il prossimo sabato, quando tornerò a trovarti. Ciao, zù Pippino!"

L'avvocato deglutì. "Ciao, ciao, niputedda."

Cursidda in agguato vuole sapere: "Allora? Si calmò, veni o nun veni? Quannu veni?".

Lo zio non ha forza di sostenere con lei alcuna schermaglia e subito la rassicura.

Il mercoledì della settimana seguente un postino puntuale consegna all'ill.mo Sig. Avv. Giuseppe Calascibetta la busta con dentro la copia dell'atto del notaio Santaninfa di cui la nipote lo ha informato. Zù Pippino legge e perfettamente ricorda.

La compravendita simulata tra nonna Bastiana Aricò e Bartolo Messina colono di San Marco non è una novità. Quel giorno si era trovato anche lui per caso nello studio del notaio, ma ciò che la strana compagnia, in posa compunta, stava combinando nella sala stipula lo avrebbe capito molto tempo dopo.

Che Carlotta si fosse guardata a bella posta dall'aggiungere almeno due righe che spiegassero il perché di quell'invio accende la vergogna dell'avvocato: povera nipote, cerca di sfidarlo mentre lui la sta coprendo di bugie. Ora è chiaro anche a lui che non si può seppellire una verità che sta gonfiandosi come un pane messo a lievitare e che trasborda e si affaccia da ogni fessura di un incapiente contenitore.

Lo zù Pippino sta tentando il gioco del gatto col topo e si nasconde, pronto a fermarla con una zampata quando lei, invertita la corsa, torna indietro a stanarlo.

Ma ha un'altra nemica: Cursidda, l'alleata del piccolo topo. Solo a lei riesce di toccare la parte malata d'amore del cuore dello zù Pippino e lui bofonchiando ammette i suoi sbagli e la sua viltà, ma il mea culpa dura poco. Si sente più a suo agio quando si incrozza nella menzogna e si nasconde nelle omissioni.

Ora però è disperato, spera in un colpo di spugna che riporti la nipote ai tempi ignoranti. Non vuole dolore lo zù Pippino, né per sé né per lei. Se le parlasse ora rovesciandole addosso la menzogna della sua vita, lui teme che l'anima di Carlotta, l'intelletto, il cuore rimarrebbero offesi per sempre. Così decide di ignorare ogni cosa, la copia dell'atto e la provocazione silenziosa di lei.

Aspetterà il suo ritorno, alla fine della settimana.

Sarraca, 1924
La storia quella vera

15

Allicchitata come per una festa, vestito in georgette, scialle di seta, un nido di raso a cappello, guanti beige di vitello poggiati sulla borsetta, Bastiana era pronta ad andare dal notaio. C'era solo un'ultima faccenda da spicciare.

Aperta la porta di una dispensa rasente la cucina, il ciàuro di tutto ciò che di commestibile era, o era stato, lì dentro conservato la investì rassicurandola. Invitanti si allineavano sugli scaffali buatte di alici salate e sott'olio, burnìe piccole di marmellate di arancia, albicocche e prugne, burnìe grandi di mandorle, pinoli e uva passa; a terra giare di olio, damigianedde di vino, sacchi di farina, carrube e caffè ancora da tostare, appese al muro collane essiccate di fichi, fichi d'India, datteri e sorbe. E così via odorando e mangiando, alla currera il cibo regalava pace come il denaro.

E vicino allo 'stratto di pomodoro e alle olive bianche e nere, dentro sacchi di juta pieni di canigghia erano riposti pure i suoi soldi: arrotolate a cilindro e tenute da un laccio le banconote, nell'ovattato silenzio della bambagia le monete d'argento.

Bastiana, affondata la mano nella bocca dei sacchi, godeva l'effervescente potere dei soldi imprigionato nella opprimente povertà della crusca.

Presi due rotoli e un paio di sacchetti, ricoverò i primi, uno per parte, nelle coppe del busto, mentre i secondi presero posto in una tasca di tela cucita alla sottoveste.

Ora anche i denari per pagare il notaio erano pronti.

Intanto il campanello della porta aveva squillato. Bastiana, rimesso in ordine il suo nascondiglio, sollecitò la cammarera ad aprire.

Si era convenuto che Bartolo, Sabedda e don Calogero si sarebbero trovati, prima della stipula, a casa della currera. Sarebbero state scritte due parole su un foglio di carta: i termini del patto illecito sottostante al contratto lecito.

Nardina non c'era, non volle esserci. Come se il tenersi fuori la risparmiasse da una colpa più grande, da un inganno più torbido. Ancora tentava di salvare sé stessa in un eventuale confronto con Carlo, qualora lui avesse scoperto la fiducia tradita, l'imbroglio pezzente, la menzogna imperdonabile.

A don Calogero che da lei pretendeva l'assicurazione di un'accoglienza del piccliddo come fosse suo proprio, rispose con un'imbasciata a mezzo di un manutengolo di lui. Una sola parola fu affidata: "sì", ma fu mandato un pegno che era una firma: la medaglietta del battesimo di lei con la data incisa.

Il campiere le assicurò, stesso mezzo, che mai avrebbe rivelato ad alcuno, neanche a lei, chi fosse la vera madre del nutrico.

Per tutti i termini di quel patto sciagurato, dunque, solo Bastiana avrebbe contrattato e dichiarato di assumersene l'intera responsabilità.

Gli ospiti furono fatti accomodare nel pretenzioso salotto dove, come non avessero piacere di stare insieme, si facevano compagnia in una folla disordinata e male assortita angeli in gesso dorato, campane di vetro che soffocavano statue di santi e sante, Biscuit e Capodimonte che riproducevano damine e cavalieri, pastori e pastorelle.

Bastiana entrò lasciandosi dietro il profumo di un campo di violette.

Bartolo e Sabedda rimasero in piedi mentre don Calogero si sedette davanti a una ribaltina che fungeva da scrittoio. Carta e calamaio aspettavano che le pretese di tutti rimanessero impresse e involte per sempre nel bianco del foglio.

"Allora, Bastiana, un ettaro di terreno coltivato a uliveto alla Chiana, con casa e vari comodi pertinenziali, giusto?"

"Giusto."

"Bartolo e Sabedda, il picciliddo lo consegnate a me appena nasce e io m'incarico di portarlo a casa Cangialosi, giusto?"

"Sissi." Bartolo mostrava imbarazzo e non vedeva l'ora di finire quella commedia. A lui bastava la soddisfazione di andare da donna Rosetta e metterle in mano le chiavi della masseria, così dall'oggi al domani, senza avvertimento. Se ne sarebbe andato via dalla casa della baronessa mostrandole le spalle, ché il tempo di camminare indietro indietro, come per anni aveva dovuto fare, era finito. La faccia smarrita di lei, gli occhi sbigottiti, la bocca aperta nella sorpresa lo avrebbero ripagato della malavita condotta fino allora.

"Sabedda, e voi? Non rispondete?"

La picciotta annuì ma il cuore era già andato in subbuglio quando aveva udito di nuovo il cognome dei Cangialosi. Lo sapeva ed era contenta che il bambino suo se lo sarebbe cresciuto Nardina, ma sempre le tornavano davanti gli alberi di arancio amaro allo sperone e la faccia di Stefano schifiata. La colpa ora se la sentiva tutta lei di quel terremoto che stava succedendo. Se gli avesse sputato subito, quando erano alla caserma dei Borboni, piuttosto che tre mesi dopo, sarebbe stata ancora una picciuttedda libera di scegliere una vita pulita agli occhi di tutti. Presto, tutto presto doveva finire, ché lei si sentiva schiacciata come l'oliva sotto la pressa, solo le ossa restavano a macinare.

Don Calogero scriveva stentato, a lui le parole riuscivano più difficili dei numeri, Sabedda si strofinava gli occhi che pungevano di lacrime e Bastiana e Bartolo, più discosti, avevano cominciato in sordina un discorso fitto fitto che in un paio di minuti era salito di tono.

Le facce livide, i gesti accompagnavano le parole come strumenti musica: le braccia suonavano tamburi, le gote si gonfiavano soffiando un clarino, i piedi battevano il tempo nervosi, le mani di entrambi a tratti si contendevano la direzione dell'orchestra.

"Eh, eh, eh! Ma che sta succirennu?" chiese don Calogero, ché la voce di Bastiana si era alzata di due ottave come quella di un soprano e all'acuto lei si era accasciata paonazza su una poltrona.

Sabedda tirava la giacca al padre, aumentare la distanza tra i due sembrava indispensabile.

"Ci pare giusto a vossia che se 'stu picciliddu nun nasci jò ci devo rimettere la Chiana?" ruggì Bastiana.

"Bastià, siete voi che ci state mettendo tutti nei guai e il rischio vossia si l'avi a pigghiare," ribatteva Bartolo.

Sabedda tremava e pregava che l'anima in cielo della madre avesse compassione del suo bambino. Non era ancora nato e già per loro era morto.

"I signori mi pare che la cosa più importante si stanno dimenticando!" don Calogero li zittì. "Ma vi venne in mente, parlo a tutti e due, che di quello che a me attocca non ve ne siete ancora incaricati?"

Tutti ammutolirono e guardarono il campiere come se lo vedessero per la prima volta. Gli strumenti si fermarono, le orecchie si fecero attente.

"Niente a nessuno," sentenziò don Calogero lento lento come un giudice nel tribunale, e spiegò che "nel caso di nulla di fatto per impossibilità sopravvenuta" casa e terreno sarebbero stati trasferiti a lui, don Calogero in persona, con le buone o con le cattive, ché lui comunque sarebbe stato l'unico ad aver fatto ciò che gli era stato chiesto. Questo era il prezzo del suo silenzio. Chi violava il patto avrebbe avuto denunzie anonime alla Procura del Regno e altrettanto anonimi avvertimenti di ritorsioni.

Bartolo tirò un respiro di sollievo, lui niente avrebbe impegnato e tutto aveva da guadagnare. Sabedda si succhiò le guance a trattenere la bocca che voleva sputare insulti e maledizioni. Dio, quanto ci stava costando 'stu figghio!

Lo sguardo del mafioso, per quei due nero e cupo peggio del malotempo, si poggiò su Sabedda limpido e radioso in muta offerta di protezione. Negli occhi di Sabedda, che pure lo fissava, nulla si poteva leggere.

Si avviarono dal notaio, Bartolo e Sabedda per primi e poi don Calogero e Bastiana, ma non insieme e per strade diverse, perché la prudenza era d'obbligo: le congetture su quella strana coppia sarebbero state becchime per le galline paesane.

Furono fatti accomodare nella sala d'aspetto e il silenzio non fu frantumato da alcuna parola. La polvere delle carte si affollava tutta nella lama di luce che tagliava in due la stanza. Le finestre erano state appannate, le tre di un pomeriggio di luglio e pure il sole con quel caldo, se avesse potuto, si sarebbe asciugato il sudore.

Il notaio Raimondo Santaninfa, le carte a ventaglio per smuovere l'aria, spessi occhiali a pince-nez sul naso carnoso, il colletto della camicia bianco e duro che reggeva la stanca pappagorgia, irruppe nell'anticamera e chiamò l'appello per verificare la presenza di tutti. Poi, chiesto se avessero voluto i testimoni all'atto, fece un passo indietro ché i comparenti alzatisi in sincrono dalle sedie in coro avevano risposto "nonsi, nonsi, bisogno non ce n'è".

Eliminata così l'ultima formalità, furono invitati a entrare nello studio. Circospetti come congiurati, Sabedda fu ultima, all'ombra delle spalle larghe di don Calogero.

Struscìo di sedie sul pavimento, raschi di gola, Bastiana chiuse il ventaglio temendo che lo sventolio disturbasse il silenzio che accompagnava il rito. Santaninfa, tenendo il naso incollato ai fogli come li odorasse, controllava la sequenzialità delle pagine prima di darne lettura ai comparenti.

La porta spalancata di botto, il giovane di studio, scusandosi per l'interruzione, comunicò al notaio che l'avvocato Calascibetta aveva una cosa urgente da chiedergli, un disturbo di tre minuti e se ne sarebbe andato subito.

Il notaio santiò, ma poi vedendo l'avvocato che, dietro il giovane, si sbracciava per richiamare la sua attenzione, si alzò scusandosi e lo raggiunse. "Allora che c'è di tanto urgente, Peppì?"

"Raimondo, ti volevo avvertire che tra oggi e domani devi venire a casa di un mio cliente ché testamento voli fari!"

"Beddamatri, cu stu càvuru! Ma non si poti rimannare?"

"Certo! Se tu sai parlare coi morti si può rimandare! Raimò, il mio cliente dopo ha un altro appuntamento... col Creatore!"

Notai e avvocati a sopportarsi fanno fatica, ma quei due erano amici da nichi e si volevano bene litigando. L'avvocato però non principiava ad andarsene, sembrava impaziente di dire qualcosa ancora segreta: "Scusa, Raimò, ma io ti stimo assai e anche se a pensare siamo come due occhi strabici, uno al Cristo e l'altro a san Giovanni, certe cose tra galantuomini di divergenti opinioni devono essere affrontate: a te Mussolini piace, a me no...".

"Calascibè, non mi scuncicare, certe cose per essere accettate non devono piacere per forza!"

"Appunto, io lo dico e tu non lo puoi dire! E comunque a Sarraca, lo sanno tutti, il duce si chiama Tabisso e si crede Mussolini in persona. Non ci sono fascisti e antifascisti ma tabissiniani e antitabissiniani."

Poi, la voce da cospiratore, parlò: "Seppi cosa delicata assai, la seppi prima di tutti, te ne metto a parte. Il consiglio comunale si sta sciogliendo: i consiglieri sono tutti uomini del nostro ineffabile, ma questa volta per fortuna molti si passarono la mano sulla coscienza...".

"Che intendi, Peppì?"

L'avvocato rivelò al notaio di violenti tafferugli che nell'aula del consiglio avevano diviso in due il popolo dei tabissiniani. La scomparsa di Matteotti del mese precedente non aveva lasciato gli animi indifferenti, qualcuno si era indignato. Calascibetta temeva fosse già in atto il tempo dello "stuppagghio", quello in cui a ogni dissenso sarebbe stata chiusa la bocca. E infatti anche *Il Giornale di Sicilia* aveva preferito riferire i fatti non aggiungendo commenti. La segreta censura del governo aveva cominciato a lavorare.

"E allora?" Santaninfa fremeva.

Calascibetta per smuoverlo dovette ricordargli le intimidazioni fisiche dei fascisti durante le elezioni di aprile e poiché il notaio aveva sempre la faccia di quello che ancora aspetta il botto, l'avvocato, ricordandogli la denunzia di tutti i brogli mussoliniani fatta dal deputato Matteotti nell'aula parlamentare, concluse: "Sai alla fine il poveruomo che cosa disse ai colleghi vicino a iddu? *E adesso potete preparare la mia orazione funebre.* Questi i fatti, ora scegli: Mussolini innocente o colpevole?".

"Iiih!" Il notaio lo mandò affettuosamente al diavolo.

Ahimè, il popolo dei sarracesi in gran parte vestiva gli stessi panni incolori del notaio, interessato solo a ciò che avveniva dentro il paese. L'avvocato invece non riusciva a rimanere indifferente e s'interessava di tutto: "A proposito, ma che ci fanno là dentro la currera e tutti gli altri? Che strano accucchiamento!".

"Chiediglielo tu stesso quando li incontri, a me il segreto professionale non me lo fa violare nessuno, manco tu, Pippineddu beddu."

E, datogli un buffetto sulla guancia, il notaio rientrò nella sala stipula.

Calascibetta non avrebbe potuto essere più curioso per ciò che aveva visto dentro lo studio del notaio. Ma nessuna ipotesi gli sembrava plausibile. La currera la sapevano tutti, ma Bartolo? Sfasolato che non aveva neanche gli occhi per piangere, che aveva da vendere? Che aveva da accattare?

La strana compagnia era entrata in agitazione ma Santaninfa, che ignorava la reale natura del contratto, disse che di quella piccola compravendita si sarebbe saputo solo se essi ne avessero parlato. Tutti si rasserenarono.

Si principiò la lettura: "... tanto premesso le parti convengono: la signora Aricò Bastiana vende al signore Messina Bartolo che acquista in proprio e per conto della di lui figlia minore Messina Elisabetta Donata, a tale atto espressamente autorizzato dal giudice tutelare di...".

Sabedda, gli occhi di fuoco, si alzò dall'angolo in cui si era confinata e mentre la sua sedia rovinava a terra con fragore, raggiunto il notaio, gli strappò dalle mani il foglio: "Nonsi, signor notaio, così non può essere, vossia lo dovete levare il nome mio, io niente mi voglio accattare, tutto mio padre si deve pigliare. Mi state capendo? Avanti, s'allistissi e scancellassi 'sti parole".

Il notaio Santaninfa, che a quella invasione, allargando le braccia sulla scrivania, cercava di proteggere gli altri fogli di cui era composto l'atto, sbottò: "Signorina Messina, ma che mi va contando? Lei minorenne è, il giudice ha autorizzato suo padre all'acquisto! Avanti, si vada a sedere e non mi facissi perdiri tempo".

"Ci dissi che il nome mio lei ce lo deve levare da sopra a questi fogli."

Tutti capirono che era pronta non solo a minacciare ma anche a informare il notaio di ciò che stava accadendo. Don Calogero nel suo ruolo di mediatore intervenne, mentre Bartolo e Bastiana si erano ammutoliti per la paura.

Spiegò al notaio che la signorina era nata e cresciuta a San Marco e la Chiana, ancora più lontana dal paese, una prigione la sentiva. Del resto non era un lavoro lungo, bastava levare da mezzo Sabedda, il giudice e l'autorizzazione all'acquisto. Con le femmine c'era d'aver pazienza ché a volte diavole sembravano. Alla morte di Bartolo sempre tutto a lei ci toccava, figlia unica era.

"E se il padre intanto fa un altro figlio?" Santaninfa, professionale, metteva avanti impedimenti e possibili eventualità.

"Ma quale figlio e figlio, signor notaio, una ne feci e ancora staiu chianciennu! Piuttosto la runca prendo..." Bartolo tremava dalla paura di perdere quello che già si sentiva in tasca.

"Eeeh, Bartolo! Non c'è manco bisogno della runca! Alla vostra età!" Bastiana aggiunse un carico.

E Sabedda, guardando tutti negli occhi: "Il nome mio non ci deve stare. E basta! Papà alla piazza vi aspetto, dove lasciammo il mulo con il carretto".

Nessuno ebbe la forza di reagire mentre Sabedda, infilata la porta e guadagnate le scale, spariva come un furetto dentro una tana.

L'atto fu modificato secondo il desiderio di Sabedda e di nuovo letto a venditrice e acquirente. Don Calogero fu presente fino alle firme, illeggibile quella di Bartolo e tonda e svolazzante l'altra di Bastiana, da entrambi apposte con uguale timore. Poi, avanzando altri impegni pressanti, il campiere andò via.

La trovò seduta sotto un arco, sui gradini che portavano a un larghetto coperto dove i villani al mattino esponevano frutta e verdura. Sembrava una vecchina, le spalle incurvate, le braccia a tenersi le gambe. In testa il fazzoletto nero stretto sotto il mento.

Don Calogero fu discreto. Le chiese solo se capiva il gesto che aveva compiuto: finché suo padre non fosse morto lei di niente era padrona e sotto di lui doveva stare.

"Non m'interessa, don Calò, il nome mio non si deve vedere da nessuna parte. Gli occhi di mio figlio, se mai viene a sapere la storia come andò e che sono io la madre quella vera, mai dovranno leggere che me lo vendetti." E mentre parlava, le lacrime inghiottite e la collera trattenuta, il fazzoletto pian piano le scivolò sulle spalle.

Don Calogero non voleva crederci: Sabedda sembrava un puddicino. La treccia sparita, i capelli in corti ricci che le incorniciavano il viso.

"Sissi, me la tagliai."

Non c'era voluto molto a strapparsi di dosso il richiamo di una sensualità di cui ormai anche lei era diventata consapevole. Quella era la sua colpa altrimenti nessuno, né Stefano prima né don Calogero adesso, l'avrebbero guardata come l'acqua l'assetato. A lei una carezza bastava ma nessuno sapeva fargliela, a cominciare dal padre.

La forbice dal barbiere se l'era fatta prestare e, una volta mozzata la treccia, il povero uomo impietosito dal gesto inspiegabile aveva cercato di darvi riparo in qualche modo. Si era anche offerto di comprargliela ché erano capelli bellissimi, forti come funi. Ma Sabedda non ne aveva voluto sapere: quello un ex voto alla Madonna del Soccorso doveva diventare.

"Vedete?" e i lunghi capelli intrecciati e trattenuti dal nastro comparvero dalla tasca del suo vestito. Poi, posatasi una mano sul ventre pur coperto dall'ampio tessuto e indicando con l'altra il cielo, aggiunse: "Lei me lo farà crescere come un signore, così siamo rimaste d'accordo".

Don Calogero, come se non potesse reggere il tormento di quel volto determinato e innocente, presa la mano gliela baciò: "Sabbinirica, Sabbè".

Andò via senza più sapere chi fosse, dove fosse rimasto l'uomo che aveva sempre vissuto senza bisogno di un cuore, uno che se gli comandavano che un cristiano non doveva più campare, lo aiutava ad andarsene senza mai più dare fastidio. Si lasciò guidare dalle gambe, la testa impegnata a capire che gli stava succedendo. Forse sarebbe stato meglio se la sera se la fosse spassata con Santina dei miracoli, così si chiamava la puttana che abitava al vicolo degli orbi.

Intanto gli venivano incontro don Rosario Damelio e Stefano che, impegnati in una discussione, non si erano ancora accorti di lui.

Li salutò mentre dentro si sentiva mangiare le viscere da un sentimento fin lì sconosciuto: negli occhi del picciotto leggeva uno sguardo sfrontato di sfida, la bocca sorrideva e muta gli diceva disprezzo.

Don Calogero reggeva lo sguardo di Stefano e glielo rimandava indietro con il carico di un odio spietato. Non gli perdonava che Sabedda gli avesse risparmiato per sempre le responsabilità di un gesto prepotente e di sopraffazione.

Due chiacchiere e il barone lo mise a parte del progetto di mandare Stefano all'Università di Palermo per farlo diventare avvocato. Stavano sbrigando le pratiche nel capoluogo e ora ne tornavano. Tra poco avrebbero raggiunto tutti gli altri a San Marco.

Il campiere, ancora turbato dalla forza d'animo di Sabedda, risalì sul cavallo con un solo pensiero: ora era meglio che la picciotta fosse allontanata dalla masseria.

16

Quella notte don Calogero, sul letto infuocato dal caldo e dai pensieri, fu beccaccia nello spiedo e si rigirava come fosse stato preso dalla febbre. La testa affrontava pensieri a girandola, l'urgenza glieli spingeva davanti stipandoli. Alla fine, rinunciato al sonno, aveva cominciato a spicciarsi. Ancora al buio, si muoveva accorto, accese un lume e ne smorzò un poco la fiamma. Si preparò un catino di acqua per radersi. I nervi in ogni gesto, il rasoio si muoveva cieco sulle guance scrivendo graffi di sangue.

Donna Lilla, madre vecchia che quell'unico figlio mai avrebbe abbandonato, viveva nella stanza accanto a quella di lui, proteggendolo in una guardia silenziosa e riservata. Si coricava più per dovere che per necessità, l'orecchio vigile finché Caliddu, così lei lo chiamava, ogni sera non fosse rientrato.

Abitavano alla Foggia, una contrada non lontana da San Marco, in una casa nascosta anche agli occhi di Dio tanto era protetta: pini, lecci e sugheri, istruiti a schermare con la loro ombra ogni centimetro di terra, ogni mattone della casa, si alternavano a tamerici alte e rosa che spargevano rami pesanti di fiori e foglie carnose come capelli a nascondere un viso.

Il suono liquido dell'acqua sversata dalla brocca, il figlio che nel bacile la smuoveva per le quotidiane abluzioni, furono il segno per donna Lilla che era giorno anche per lei. Seduta sulla sponda del letto recitò le preghiere mattutine che sempre si concludevano affidando Caliddu alla Madre di tutte le madri. Il capo candido coperto in ogni stagione da un fazzoletto nero, il vestito anch'esso luttuoso, nella macchia scura della sua figura gli occhi di mare ingrigito si aprivano slavati e rassegnati.

La morte di mastro Andrea, conseguenza degli ingiusti anni di galera subiti grazie alle manovre dei Damelio, aveva saldato madre e figlio in un muto patto di vendetta e quando per Calogero fu il tempo di indossare panni mafiosi, donna Lilla accolse senza sorpresa la decisione del figlio, pronta anch'essa a mutare una vita di onestà in una sopravvivenza senza certezze. Il timore della galera o peggio della morte di lui, la vecchia lo teneva a bada con il pensiero del castigo che il figlio avrebbe inflitto ai loro eterni nemici. Che i Damelio pagassero era conseguenza inevitabile, giusta e sacra.

Un tuppulìo alla porta e madre e figlio, incrociando gli sguardi sorpresi, si avviarono insieme.

"Don Calogero Licata fu Andrea?" Due appuntati della stazione dei carabinieri di Porta Palermo con gesti impacciati ed esitanti sembravano scusarsi della loro presenza.

"Vicè, che succede? Non ci dobbiamo conoscere più?"

"Ecco, veramente..." Il carabiniere Vicè gli mise in mano una carta. "Don Calogero, nenti sacciu! Il maresciallo mi comandò."

Don Calogero, accusando la sua poca vista nella luce dell'alba, rientrò in casa con l'intenzione di leggere accosto al lume. I due gli furono alle spalle per seguirlo. Donna Lilla prontamente si frappose fra loro e il figlio.

"Vicè, come sta tuo padre?"

Vincenzino picciliddu se ne era fatto passeggiate seduto sulle spalle di Calogero! Quando il padre di lui era rimasto vedovo con sei figli da crescere, don Calogero ogni giorno che il Signore mandava in terra si preoccupò di tutto ciò di cui avevano bisogno e in tempi di vendemmia e raccolti arruolava tutta la famiglia pretendendo dai padroni delle terre che anche i picciliddi avessero pagata la jurnata come i grandi.

A volte anche la Provvidenza non disprezza inusuali collaborazioni per i suoi fini.

Da quando però era entrato nell'arma, il picciotto s'era fatto riservato assai e pure quando s'incontravano, a stento a stento lo salutava. Don Calogero, che tutto capiva, pure lui si limitava a un cenno di cortesia.

Era quello un patto tacito che, tenendo nascosta e immutata una riconoscente amicizia, si rassegnava in pubblico a necessarie distanze.

Il campiere ora, la carta vicina al lume, un poco leggeva e un poco osservava il giovane. Sudava come fosse pieno giorno, doveva essere la divisa di panno turchino a giudicare dalle due dita che allargavano il collo della giubba come se una radice aggrappante di pianta lo stesse soffocando.

"Vicè, al maresciallo ci devi portare risposta?"

"Don Calogero la carta non è officiale ma riservata. L'ordine era di portarvela e basta, nenti sacciu di quello che c'è scritto e manco nenti vossia mi avi a dire."

Donna Lilla, confortata dal tenore amichevole della visita, si offrì di preparare il caffè, ma i due ragazzi rifiutarono con garbo e si affrettarono a uscire.

Il corpo allampanato come quello degli adolescenti cresciuti in fretta e con la fame trattenuta, quel mostrarsi ligi a ogni regola li rendeva commoventi. Ancora qualche anno e l'entusiasmo dell'appartenenza al Corpo dei carabinieri si sarebbe infranto senza rimpianti nel muro dell'immutevole cultura dell'omertà, dell'indifferenza e della comoda indolenza.

Cose nuove. Vi aspetto alla caserma alla controra, quando dietro le persiane chiuse c'è gente che dorme e per la via non cammina nessuno.

Urgente e astruso anche se di tono confidenziale, il messaggio del maresciallo aveva turbato don Calogero. Quando furono andati via, il campiere salutò la madre e si avviò per il suo solito giro nelle campagne di baroni, signori, borghesi e gentiluomini. Ormai i raccolti si susseguivano e tutto bisognava sorvegliare. Dai Damelio e i Cangialosi sarebbe andato per ultimo. Lì troppe cose doveva principiare ad allestire.

Era stato dopo aver lasciato Sabedda e la sua testuzza nuda della treccia orgogliosa che Calogero aveva preso la decisione definitiva. Minuta com'era, il suo ventre gravido in pochi giorni sarebbe stato visibile a tutti. Ma la prescia di portarla via da San Marco ormai era anche ansia insopportabile. Immaginava la picciotta per tutto il giorno in balia degli sguardi di Stefano, delle sue voglie giovanili e senza scrupolo. Il turbamento che ne provava era preoccupante: la testa sua non era più lucida e il disordine che si sentiva dentro lo imbambolava.

L'una era passata da un pezzo quando si presentò dai carabinieri. Fu fatto accomodare nella stanza del maresciallo Crisafulli e dopo una stretta di mano rimase in attesa.

L'uomo era una sua vecchia conoscenza. Le solite cerimonie al caffè per pagare le consumazioni, il reciproco rispetto ossequioso dell'autorevolezza dell'uno e dell'autorità dell'altro. Del resto a chi se non a don Calogero si era rivolto il maresciallo quando, in una sola notte, dalle stalle del barone Lamantia era scomparso un intero gregge di pecore? E chi lo aveva aiutato quando nelle campagne del monte San Calogero era stato trovato ucciso l'intagliatore trapanese di coralli? Era certezza: se il campiere appariva, tutte le cose dopo poco ritrovavano il loro ordine.

Crisafulli ricambiava con generosità, ignorando l'inequivocabile firma di misteriosi crimini o apponendo il definitivo timbro di "Archiviato" se un fascicolo su di essi si era comunque aperto.

In paese erano in molti a pensare che il Regno d'Italia pure al campiere avrebbe dovuto concedere la pensione, perché era per suo mezzo e per quelli come lui che le acque del malcontento riuscivano a mantenersi calme. Ma da che parte la Sicilia bisognasse cominciare a governarla Roma lo ignorava, avendo sempre preferito affidarsi e affidarla ai politici siciliani che sedevano in Parlamento e che dell'isola raccontavano una realtà distorta da personali interessi.

"Don Calogero vossia m'avi a scusari, ma l'aria brutta si sta facendo da queste parti!"

"Parlate, maresciallo, vi posso aiutare?"

"No, pi 'sta vota voi a me no, ma io a voi sì!"

E con questo gli fece capire che quello che stava per rivelargli era "il ringrazio" dei tanti favori da lui ricevuti. Don Calogero, le lunghe gambe distese, le braccia incrociate e poggiate sul petto, richiamò all'attenzione tutto il suo corpo e fu seduto.

"Voi lo sapete, vero, che a maggio il nostro beneamato Duce è venuto a Palermo?"

"Sissi, lo so e che c'è? Non fu contento che gli fecimo vincere le elezioni?"

"No, cioè sì, però non vuole sapere: così può dire pure che *con i mafiosi bisogna essere duri.* Accura, don Calò, Mussolini prima si mascariò e ora si lava la faccia. La pulizia completa cumannò!" E la mano come una lama mimò una decapitazione.

"E che mi significa a me *mafioso*? Maresciallo Crisafulli, perché a me proprio mi venite a dire queste cose? Io il campiere faccio, questi mafiosi né io né voi li conosciamo. Giusto?"

Il maresciallo Crisafulli accennò un sorriso storto e disse che vero era, neanche lui ne conosceva di mafiosi perché la mafia in Sicilia era invenzione del continente.

Poi, dopo un attimo di silenzio in cui aveva cercato una più chiara esposizione delle notizie di cui era a conoscenza, aggiunse che l'accortezza comunque era necessaria e che a Girgenti era possibile arrivasse un prefetto continentale, macari uno come quello da poco insediato a Trapani, quel Cesare Mori che sull'isola non ci era nato e dell'isola niente capiva però faceva lo sperto e aveva disposto il ritiro di tutte le licenze di porto d'armi. Per soverchio aveva ordinato che per fare il campiere ci voleva il "nulla osta" perché, secondo la sua scienza, tutti i campieri erano mafiosi.

Don Calogero concluse con una risata rassicurante e il carabiniere, fingendosi rassicurato anche lui, gli strinse la mano. Lo accompagnò alla porta della stazione ed ebbe cura di guardare in giro prima di lasciarlo uscire. Certe amicizie in futuro sarebbe stato meglio tenerle riservate ché l'aria si stava trubbuliando.

Il campiere per sé davvero nulla aveva da temere. Fosse pure stato il Duce, o Cesare Mori o chiunque altro, se volevano fotterlo avrebbero dovuto prima attraversare un esercito di uomini e donne stretti e compatti come sarde in buatta. Nessuno aveva ancora capito che nell'isola nobili e villani, prima di sentirsi italiani, erano tutti siciliani e la Sicilia era una fede.

Don Calogero si rimise sul suo cavallo con l'idea di farsi un'affacciata alla sede del Fascio. Meglio sentire se c'era odore di marcio. Alla fine il maresciallo un poco di veleno glielo aveva fatto bere.

Ma la sede del partito era serrata.

"Che successe, don Calogero? Non li trovàstivo i vostri amici fascisti?" L'avvocato Calascibetta, il corpo ingombrante in sosta all'ombra di un foglioso lauro, libero da ogni credo politico si divertiva a sfottere mafia, fascismo, antifascismo e nobiltà ma pure socialisti, liberali e popolari, ché tanto ormai da un giorno all'altro non si capiva più niente e chi era stato per anni da una parte il giorno appresso diventava fedele all'altra.

Don Calogero a malavoglia gli si avvicinò e, più per zittirlo che per fare conversazione, gli consigliò il riposo durante quelle ore calde del giorno che avrebbero potuto rivelarsi perniciose per uno come lui che ai malanni doveva dar conto.

Calascibetta liquidò la paura della morte con una gran risata da par suo, e rimandando la palla al campiere, si meravigliò che lui si aggirasse dalle parti di una sede del partito che ormai non aveva più senso lasciare aperta. Qualcuno aveva deciso che quel bugigattolo solo nominalmente avrebbe rappresentato la sezione del Fascio. Poi, quello stesso Qualcuno, a spese del comune di Sarraca, aveva aperto un circolo di un lusso esagerato a nome "Angelo Tabisso", per accedere al quale correva l'obbligo di essere iscritti al partito fascista. Come dire a Benito: "Levati tu, ché cà io cumannu!".

"Ma per davvero non ne sapevate niente? Che fu? Non vi foste invitato? E certo… Arrivano i Mori! Ma questo dal Nord viene, è uno solo ed è più nero di quelli del nono secolo."

"Sabbinirica, avvocato!" don Calogero tagliò corto, la giornata era nata malamente e quello che ne restava doveva andare bene per forza.

Il ritorno a casa a cavallo sfrenato lo calmò.

La madre davanti la porta intrecciava canestri e ascoltava le chiacchiere di una commare che le era venuta in visita. Quella parlava e donna Lilla non esprimeva né disappunto né approvazione, scuotendo appena il suo capo velato in un cenno buono a compiacere chiunque. L'omertà è una dote naturale.

Don Calogero scoperchiò il piatto che la madre aveva lasciato sulla tavola e consumò il suo pranzo ormai freddo. Poi si diede un gran daffare a tirare fuori dalla carretteria il calesse delle grandi occasioni. Delle automobili ancora non si fidava e quello era il suo mezzo di trasporto quando doveva accompagnare al paese la devotissima madre per le funzioni religiose.

Cominciò a ungere con il grasso perni e ruote e strantuliava le aste per scoprire rumore di molle e mollette. In quella notte che si preparava, la carrozza e il cavallo avrebbero dovuto scivolare su cuscini. Poi fu la volta del legno, anche quello unto e lucidato con olio di gomito. Infine la pelle dei sedili fu cosparsa di grasso e massaggiata fino a diventare più morbida di quella di un bambino. Ogni gesto guidato da un'amorevole mano, il campiere preparava un cocchio reale per la sua regina.

Si era fatto buio, si vestì in fretta e partì per San Marco. Il casale da lontano brillava di lumi: durante la villeggiatura i Damelio ricevevano parenti e amici in visita per godersi il fresco.

Calogero, raggiunto il casale, portò cavallo e calesse al riparo sotto un carrubo secolare.

Mezzanotte era passata quando, poco discosto e protetto dal buio, vide gli ospiti che cominciavano ad allontanarsi su auto e carrozze.

Presto fu silenzio ma il campiere, prudente, aspettò sino a quando fu solo canto di grilli e frinire di cicale.

Allora si avvicinò al portale e con la sua chiave ne aprì un portone più piccolo, quello per l'ingresso a piedi nel baglio.

Sabedda, senza sonno, avvertì lo scatto della serratura e in punta di piedi si avvicinò alla porta.

Don Calogero emise un verso modulato, tu-tutu-tu-tu-tututu-tu, un suono lungo tra due brevi, il richiamo per la femmina di una tortora maschio. Sabedda capì, anche se mai tra loro era stato convenuto un segnale d'intesa, e aprì. Intanto si era alzato anche Bartolo e acceso il lume si richiusero dentro tutti e tre.

"Che fu, che successe?" Padre e figlia parlarono insieme.

"Niente fu, non vi scantate. Sono venuto a prendere Sabedda."

"Ma come, così? All'intrasatta? E unni mi portate? Nenti aiu prontu."

"Non vi preoccupate, a Santa Margherita Belìce ve ne dovete andare! C'è là una zia mia lontana, la sarta fa."

Poi rivolto al padre: "Bartolo, dovete dire che, siccome questa mia parente ha travagghio assai ché si sta sposando la figlia, ha voluto aiuto per finire il corredo. A Sabedda soldi ci dà e macari il mestiere ci impara. Dite che la venni a pigliare insieme a mia zia, di prima mattina. Capìstivu?".

Sabedda era già in movimento, disteso un lenzuolo sul letto si affrettava a metterci dentro le poche robe che aveva, poi afferrò la fotografia di sua madre, il pettine e presi gli angoli li annodò a cocche. Lo sguardo del campiere si posò sui corti capelli della ragazza.

Bartolo stava dietro la figlia, confuso, afflitto, preoccupato. Don Calogero era carta conosciuta. Tutta questa premura, la storia che bisognava raccontare per la sparizione improvvisa della picciotta, e poi? Santa Margherita Belìce? Con il mulo una jurnata intera ci voleva. Dentro, un pentimento tardivo cominciava a roderlo, la sua ambizione di fare il padrone con terra e casa gli sembrò un peccato che il Signore gli avrebbe fatto pagare assai e l'ira divina era cosa che lo abbatteva più del timore di una figlia in pericolo in mano a un mafioso. Ormai a Calogero gli si leggeva in faccia la passione per Sabedda.

Come avesse intuito i timori del vecchio, Calogero si affrettò a rassicurarlo: la zia per davvero esisteva e faceva la sarta. Era vedova, non aveva figli e sarebbe stata contenta di non rimanere più sola almeno fino a dicembre. Ogni tanto lui si sarebbe recato a trovare la picciotta. Tutto quel teatro del resto necessario era: se Sabedda fosse andata via durante il giorno, saluti e spiegazioni i Damelio non ne avrebbero accettati e il permesso di allontanarsi sarebbe stato respinto. I padroni richieste non ne accolgono. Anzi queste sono occasioni in cui l'esercizio del potere si manifesta in tutta la sua forza. E poi, la presenza in campagna della famiglia era motivo sufficiente per non privarsi dell'aiuto di Sabedda.

Un abbraccio e un bacio imbarazzato ché effusioni mai ce ne erano state tra padre e figlia, il silenzio della notte rientrò dentro la casa.

I due fuggitivi si erano appena avviati che Bartolo, aperto di nuovo l'uscio, di fretta come avesse ancora a dire qualcosa, raggiunse il calesse e fermato il cavallo per le redini chiese a don Calogero di poter salire per accompagnare la figlia almeno fino alla strada provinciale. Poi sarebbe ritornato a piedi. Sabedda non avrebbe voluto, era ancora buio e un suo ritorno solitario non sarebbe stato prudente. Ma alle insistenze del padre cedette: lui era risoluto e a lei tutto sembrava una stranezza, pareva Bartolo si fosse ricordato solo ora che era figlia sua e volesse con quel gesto tagliare, potatura tardiva e inefficace, tutti gli anni in cui l'aveva lasciata nella privazione di cura e affetto.

Si strinsero tutti e tre in quell'unico sedile. Poi con un gesto brusco Bartolo, presa la mano della figlia e forzate le dita chiuse a pugno, le mise nel palmo aperto due banconote da dieci lire.

"Ti ponnu sèrviri," le disse piano, lo sguardo basso appesantito dal senso di colpa.

Sabedda, la mano ancora aperta e poggiata sul grembo, lasciò che la banconota le scivolasse tra le dita. Poi, scossasi dal suo stupore, accartocciò il denaro e tentò una breve lotta silenziosa con il padre perché lui lo riprendesse. Alla fine, vinta, con gesto furtivo lo nascose nella piega dei suoi seni gonfi. Gli occhi bagnati di lacrime, i singhiozzi trattenuti, riconoscendo i suoi debiti d'affetto Sabedda cercò un gesto eloquente e strinse leggera la mano di lui.

Don Calogero, a disagio, fingeva di non accorgersi di quanto tra i due stava avvenendo.

"Senza che chianci, sentisti?" fu la risposta di Bartolo al gesto. "Non piangere che al picciliddo male ci fa e se nasce malato poi facemu storie con la gna Bastiana." Sabedda gli abbandonò la mano.

17

"Vanno e vengono a puntate."

Memore dalla lettura a singhiozzo dei *Beati Paoli*, feuilleton a cadenza domenicale del *Giornale di Sicilia*, Brigida ormai era solita commentare così le smanie settimanali della famiglia Damelio nel tempo di quella che si stava rivelando una movimentata villeggiatura.

Il mese di luglio se ne stava volando e solo una quindicina di giorni erano trascorsi da quando la baronessa, con il fratello e i nipoti, da Sarraca erano giunti a San Marco. Si erano carriati appresso casse, bauli, valigie, ceste, sporte, cappelliere e la borsa di paglia di Firenze che donna Rosetta si era tenuta stretta al braccio con la provvista di laudano e una boccetta di assenzio di contrabbando.

La 501 del barone aveva dovuto fare due viaggi e nonostante l'impedimento del comizio dell'onorevole Tabisso l'autista Menicuccio, che mai spingeva troppo sull'acceleratore, prima del tramonto aveva concluso il capitolo del trasferimento estivo scaricando per ultime la moglie Sisina e la paziente Brigida che di tutto si erano dovute occupare.

Pareva dovesse essere una fuga per sempre, invece Stefano e don Rosario subito avevano cominciato una contraddanza giornaliera con Sarraca per spicciare documenti e alla conclusione c'erano stati pure un paio di viaggi a Palermo per l'iscrizione all'università.

Nardina, che già dal primo giorno avrebbe dovuto far parte della compagnia dei villeggianti, grazie al suo malessere era riuscita a restare in paese accanto a Carlo ancora per un'altra settimana. Alla fine però aveva dovuto cedere e all'otto di luglio, giorno abbuiato di nuvole fuor di stagione, su una vettura di piazza giunse a San Marco insieme alla madre Bastiana, sotto uno scroscio d'acqua violento e traditore. La currera disse che la regia di quell'accoglienza si doveva alle preghiere di donna Rosetta.

Unico dei familiari a rimanere ancora in paese fu Carlo, impedito dalla conduzione della farmacia. Sconfortate, la moglie Nardina e la fida Brigida ne pativano l'assenza, turbate entrambe da un sospetto che galleggiava nelle loro menti come un relitto: Carlo e Venera, Venera e Carlo.

E l'angoscia delle due donne per vie misteriose doveva averlo raggiunto se già la mattina del sabato successivo alla partenza di Nardina, sulla sua Lancia Lambda e in compagnia dell'avvocato Calascibetta, Carlo lanciava l'auto alla velocità di ottanta chilometri orari sull'unico rettilineo della strada che da Sarraca conduceva a San Marco.

I quattro capelli grigi mossi al vento del finestrino aperto, Calascibetta, priato come un bambino, si godeva l'ebbrezza della corsa sull'auto del barone.

"Che magnificenza, don Carlo! Ma vostro zio don Rosario ci acchianò mai su questa macchina?" Gli occhi di picciliddo, le mani curiose, l'avvocato toccava il cruscotto di ebano nero e lucido e la pelle beige dei sedili che, morbida e liscia, gli rimandava brividi che scuotevano i sensi.

"Avvocato, questa macchina in paese nessuno mai la vide e mio zio la vedrà oggi per la prima volta."

"E perché gliela avete tenuta ammucciata se non sono indiscreto?"

"Don Peppino, don Peppino! Io e voi conosciamo bene la suscettibilità dello zio per certe cose, lo sappiamo che gli piace primeggiare e io non farei mai nulla per dispiacerlo."

Calascibetta si sarebbe rimangiata volentieri la domanda e nel tentativo di accomodar le cose le peggiorò: "Giusto, don Carlo! Quando ci acchiappa l'invidia la faccia di don Rosario diventa verde come la bandiera".

Intanto l'auto filava aderente alla strada. Bassa e slanciata per via di quella novità di telaio e scocca in un unico pezzo come chiglia e scafo nelle navi, era assai lontana dalla 501 dello zio che, nella linea e alta com'era, ricordava ancora le berline a cavalli veri, sulle quali si saliva scalando un predellino.

La vettura rallentò e imboccò la tormentata trazzera che conduceva alla masseria procedendo elegante e senza scosse. Don Peppino fu contento di avere accettato l'invito di Carlo ad accompagnarlo. I luoghi, l'aria, la luce bianca che abbagliava fino a sera e rendeva grata la vita, lo illanguidirono. La vista delle due palme a guardia dell'imponente portale gli rinnovò il ricordo di donna Caterina che quegli alberi aveva voluto. Struggente lo raggiunse la nostalgia di quando in silenzio l'aveva tanto amata.

Nel baglio nessuno, solo il mulo di Bartolo che scopettiava con la coda una nuvola nera di tafani. Dal piano superiore invece giungevano indistinte voci stridule e gravi insieme, concitate come nel mezzo di un diverbio. Carlo e Calascibetta si avviarono di fretta su per lo scalone: intorno al tavolo della colazione già abbondantemente consumata donna Rosetta, la gna Bastiana e la famiglia Damelio al completo, mentre in giostra attorno a loro giravano Brigida e Sisina, le mani in testa a significare la gran confusione in cui si trovavano.

"Che fu, che successe?"

L'avvocato subito cominciò a indagare mentre Carlo frastornato cercava con gli occhi Nardina.

"Beati tutti i santi!" Brigida alla vista del suo figlio dell'anima si segnò respirando di sollievo.

Sisina pigolava: "Gésu, Gésu! Sinni fuiu, sinni fuiu!".

Calascibetta, accomodatosi anche lui al tavolo, iniziò un sistematico interrogatorio rivolgendosi a Brigida che smaniava di parlare: "Allora, procediamo con ordine, prima versatemi una tazza di caffè per rassettarmi la testa e poi a domanda rispondete".

"Sissi, avvocà."

Con la tazza fumante e gli occhi socchiusi nel piacere ristoratore, Calascibetta esordì: "Mi par di capire che qualcuno è fuggito. Chi, da dove, come, quando e perché?".

"Io me lo sentivo, avvocà! È che me lo sento da quando arrivammo!"

"Brigida, attenetevi a quello che vi chiesi, chi, da dove eccetera."

"Dunque: stamattina Sabedda si doveva venire a prendere la cesta della robba da lavare. Passate le otto la cesta era ancora dove io e Sisina l'avevamo lasciata ieri."

L'avvocato tamburellava le dita sul tavolo.

"Insomma, scendemmo nel baglio a chiamarla: Sabeddaaa, Sabbè."

"Mi vuoi fare pure la musica, Brigida?"

"No, no, voscenza mi perdoni. In questo mentre, da fuori venne Bartolo con il mulo e disse: 'Sabedda se ne andò'."

"E allora?" Gli occhi di Calascibetta sradicarono Bartolo, che pure era presente, dall'angolo in cui si era appostato per rendersi invisibile.

"Per questo mi permisi di salire qua sopra, questo proprio volevo significare a tutti... sbaglio ci fu a capire. Sabedda partìu, fuori se ne andò: ma a travagghiare!"

Calascibetta, che già sentiva puzzo di imbrogliata, si sciroppò tutte le istruzioni che don Calogero aveva imbeccato al massaro la notte precedente: la zia di lui a Santa Margherita Belìce, il corredo da ricamare, i quattro soldi che avrebbe guadagnato e di cui loro assai abbisognavano, Bartolo piangeva miseria e rimpiangeva la sua povera piccilidda lontana, altro che Sabedda fuiuta.

L'avvocato, in un tempestivo istinto, rivolse lo sguardo su Stefano e le mascelle contratte, lo sguardo torbido, le mani sul tavolo che tormentavano le molliche del pane non lo sorpresero affatto. Immaginò che il ragazzo fosse mutriato perché gli avevano sottratto il giocattolo e se l'aria non fosse stata ammorbata dal generale nervosismo si sarebbe fatto una gran risata. Pure Silviuccia, povera piccilidda, accortasi della rabbia del fratello di nascosto lo strattonava per la manica della camicia mentre don Rosario e donna Rosetta, quattro narici fumanti, deprecavano il grave gesto della picciotta che si era allontanata senza il loro permesso.

L'avvocato concluse tra sé e sé che se non avesse pensato lui a ricondurre tutto l'incidente alle giuste dimensioni, quella gita che si era immaginata assai bella si sarebbe mutata in un vero funerale. E mentre Bartolo, insalutato ospite, si allontanava, preso da parte don Rosario gli chiese la sua versione dei fatti.

"Don Peppì, io odore di brodo di gallinella sento e quel marpione di don Calogero bonu lu sapi cucinari!"

Intanto Bastiana, la bocca piena, le briciole sul décolleté, fu lesta ad alzarsi dalla tavola e raggiungere Nardina nella sua stanza, appena in tempo per evitare che scarmigliata e senza scarpe lei aprisse la porta per precipitarsi dal marito di cui le era giunta la voce.

"Shhh! Zitta! Va', corcati e senza che ti muovi, Carlo te lo mando io qua. Mi capisti? Oggi non ti devi alzare. Male ti sentisti, sconcerto e male di stomaco."

Bugie, stratagemmi e sotterfugi si pararono davanti a Nardina come un esercito in armi. Una settimana che non vedeva Carlo, Venera sola con lui a Sarraca e bisognava capire subito se qualcosa tra i due fosse successo. Nardina odiò sé stessa per quel suo bisogno morboso d'indagare e la prese maligna la voglia di scoprire che davvero tra i due fosse nata una storia. Finalmente! Una verità che l'avrebbe liberata. Il tormento, il dolore del tradimento, l'amore finito, niente, niente sarebbe stato più insopportabile di quello stato di incertezza perenne, della paura di attendere sempre il peggio.

Non le pareva certo quello il momento di aprire il sipario sulla scena della sua gravidanza. Ma fuggire non poteva e forse neanche restare.

"Perché devi sempre decidere tu quello che devo e come lo devo fare?"

"Perché la picciotta che ti deve dare il figlio suo è pregna di tre mesi. E tu? Quando è che vuoi accominciare? Già tardi è!"

Nardina sconfortata ammise con sé stessa che tornare indietro non poteva più, le prime pedine erano state mosse. La prese insopprimibile il risentimento nei confronti della madre: comandava ogni sua scelta, la muoveva come marionetta, la svuotava di ogni volontà disgustandola di sé stessa. Si rimproverava la sua soggezione a lei e l'incapacità di negarsi ai suoi comandi. Tornò a letto e desiderò ucciderla, l'avrebbe sepolta, annegata, nascosta in un anfratto dopo averla avvelenata, nessuno ne avrebbe mai dovuto trovare neanche il cadavere tanto lei provava vergogna delle sue disonestà e dei suoi traffici.

Ma il suo stesso odio le faceva paura e alla fine convenne con la sua coscienza che era stata lei, lei proprio, a consentire e sollecitare i piani della madre e di nuovo disse sì. Aveva nausea, lo stomaco a pezzi e non era finzione.

Nella sala da pranzo, l'avvocato Calascibetta, piluccando uva e sorbendo caffè, spaparanzato in una fresca poltrona di vimini, la finestra aperta sui filari di viti che sembravano una scolaresca in riga nell'ora di ginnastica, ormai aveva in mano la regia della situazione e, fingendo di seguire il ciuciulìo delle femmine che ancora ragionavano della Sabedda sparita, facendogli cenno con la mano invitò Stefano a raggiungerlo. Si era convinto che, storto o morto, il picciotto in tutta quella storia ci trasìa. Stantuffava di rabbia 'u baruneddu, ma riacquistata la calma commentò a suo modo all'avvocato la scomparsa notturna di Sabedda: "Le femmine, sì, le femmine! Si azzizzano, sculettano, si scollano, buttano sguardi a destra e sinistra e per che cosa se non per acchiappare uomini? Bene predica Benito: *le donne devono solo badare alla casa, mettere al mondo dei figli e portare le corna.* E tuttu bonu e binirittu, avvocà, questo don Benito spertu è!".

All'avvocato tutto quel fiele, quel linguaggio sboccato non solo confermarono i suoi sospetti ma di più lo sconfortarono perché che a Stefano piacesse l'uomo nuovo era un allarme da non sottovalutare.

"Ma Bartolo ci ha detto che se ne è andata a travagghiare a Santa Margherita la picciotta! Che c'entra ora Mussolini?"

"Quando c'è di mezzo don Calogero le cose non sono mai pulite e del resto se si parla di fimmine sempre guai ci sono in mezzo!" Stefano continuava col suo veleno e pure Calascibetta si era rabbuiato.

Ma riprese la regia e suggerì di cercare qualcuno che la sostituisse, proponendo addirittura di mandare a chiamare la criata Cursidda, che si occupava di lui a Sarraca: era piccilidda ancora ma di carattere e si sarebbe data da fare. A quel punto volle entrare in gara anche Bartolo, che per addolcire lo smacco ai padroni era risalito con due galline pulite e spennate, il collo penzolante e il becco sanguinolento: si offrì di andare a Caltabellotta a chiamare due mennulare che all'occorrenza si prestavano a ogni lavoro. Calascibetta lo sollecitò a rintracciare le due catavidduttìsi e il massaro ne fu molto contento perché le conosceva bene e la più grande delle due, che camminava annacandosi come una gatta, ad avercela attorno gli si risollevava lo spirito e non solo quello. Ormai si sentiva in tasca casa e campagna e seguiva la corrente delle cose senza troppa angustia.

Sostituita Sabedda, l'incidente della scomparsa sembrò archiviato.

"Ma insomma, dov'è mia moglie?" Carlo, ormai infastidito da chiacchiere e maldicenze, reclamava Nardina, vero motivo della sua visita a San Marco.

"Macari, se mi fate parlare pure a me..."

Calascibetta temette un'altra baraonda. Distratto dalle vicende di Sabedda non aveva fatto caso all'assenza di Nardina e la faccia siddiata di Bastiana, che rientrata in sala da pranzo teatralmente si faceva largo tra tutti per raggiungere il genero, gli fece pensare al secondo atto di una commedia.

"Niente, Carlo! Nardina non si sentì bona stammatina. Nel letto è, non si può alzare... si sente sconcertata. Una nausea!" Le mani a girare l'aria per marcare l'esagerazione del disturbo, gli occhi che spiavano intorno gli effetti delle sue parole. Poi il carico di briscola: "Pure l'odore del caffè ci dava fastidio!".

Tutti si ammutolirono come avessero ascoltato un annunzio di guerra mentre la donna, attrice consumata, fingeva distacco congratulandosi con sé stessa per il tempismo della sua scena. Poi, immaginando ipotesi e cause del malessere, aggiunse: "Forse i peperoni che si mangiò ieri, chissà... Nardina delicata è, lo stomaco ce l'ha come quello di un uccellino. Però...".

Carlo mutò espressione e si precipitò a raggiungere la moglie nella sua stanza.

18

La porta della stanza di Nardina si aprì di furia. Carlo la trovò sul letto, il visetto segnato dall'ansia, gli occhi che muti lo scongiuravano di avvicinarsi. I mille abbracci del marito chiesero scusa alla moglie: "La rivoluzione, amore mio! Nel soggiorno non si capisce più niente! La sparizione di Sabedda che pare una fuitina, non un rapimento. E poi don Calogero, Bartolo che piange, un ammuino che non se ne viene a capo. Se non fosse stato per tua madre che mi disse che non stavi bene mi avrebbero ancora trattenuto". Si stringevano e si baciavano e ancora e di nuovo, ogni volta ritrovando la calma di un approdo e la tenerezza dell'intimità.

Nardina ritrovò la pace. Lontani timori e paure, la inebriava il profumo di lui, la consolava l'urgenza di Carlo che la carezzava dovunque, come volesse averla tutta e subito.

Ogni tanto la scostava da sé per guardarla: il sole aveva abbrunito di più la sua pelle scura e riversato ancora oro sui capelli. Subito Carlo le chiese dei disturbi cui aveva accennato la gna Bastiana.

Nardina esitò, le notizie di Carlo l'avevano disorientata: "Che disturbi? Che ti disse mamà? Ma non si fa mai gli affari suoi! Niente, niente! Vedi? Ora mi alzo, ho dormito male, una digestione difficile, niente è, fissarìe! Andiamo da Brigida, un canarino e sono di nuovo a posto!".

"Nardina, ti scordasti di quanto sei stata male prima di venire a San Marco? Che mi stai nascondendo, non vuoi stare qui? Vuoi tornare con me in paese?" E la carezzava, le teneva fermo il viso con le mani perché non sfuggisse al suo sguardo.

"Ma che stai pensando, io bugie? Come una piccilidda? Alle solite siamo, tra te e mia madre mi soffocate!"

Carlo dispiaciuto si allontanò. Nardina si contrasse, lo stomaco offeso da pugni invisibili, pentita, pentitissima di aver usato toni insolenti. Lo richiamò a sé, gli chiese scusa ma senza carezze o moine infantili.

"Sì, insomma, è vero, male stetti, malissimo." Poi una pausa, le labbra pronte a parlare e subito richiuse, lui con gli occhi la sollecitava, lei esitava incerta se, come e cosa dire: "Carlo, non ne sono ancora sicura... ma forse qualcuno dentro di me chiede di nascere". Parlò lentamente, fermandosi su ogni sillaba e temendo di pronunziare la successiva.

I baci di lui furono tanti, consolatori ed emozionati, il pianto di lei accorato, asciugato e addebitato alla commozione. Così la prima inconfessabile bugia a Carlo era stata somministrata, un sonnifero che a dosi sempre maggiori avrebbe dovuto portarlo all'assuefazione.

"Ma quando fu l'ultima volta che avesti le tue cose? Perché non mi avvertisti? Bisogna chiamare il medico, l'ostetrica! Si deve vedere se tutto è a posto, una visita... sì, subito una visita ci vuole. Ora mando un telegramma al mio amico di Palermo, un ginecologo di fama, vedrai ti sentirai subito più tranquilla."

Carlo eccitato, non la smetteva più con le domande e l'organizzazione di quella inaspettata gravidanza. E questo Nardina non lo aveva ancora previsto: si sentì accerchiata, nessuna risposta pronta, i piani incompleti.

Un paio di mesi, sì, solo un paio di mesi che le regole non le venivano, ma che non si preoccupasse, ché queste erano cose di donne e poi lei a farsi vedere da un uomo si sarebbe vergognata. Bastava la signora Lillina Parlavecchio, l'ostetrica di tutte le famiglie importanti di Sarraca. Bravissima era, e con i gemelli Tagliavia meglio di un medico se l'era cavata. Il dottore era arrivato che già i picciliddi erano nati e i cordoni tagliati. E poi sua madre di medici ne conosceva a decine nei paesi vicini e fino a Girgenti, non c'era bisogno di arrivare a Palermo.

Carlo non volle contraddirla, ormai era disposto a contentarla in tutto, ma si fece promettere che sarebbero andati subito a Sarraca perché l'ostetrica Parlavecchio la visitasse.

Lui la guardava con occhi lucidi, le mani grandi a trattenere quelle piccole di lei sempre più sudate. Tutto il corpo, per effetto dell'apprensione, era madido, la fronte lucida, il labbro superiore umido, le gocce che sulla schiena le davano brividi di trasalimento. La sofferenza era insopportabile, la situazione difficile da sostenere. La ragazza sciolse la fusciacca che le stringeva la vita e si liberò della bella vestaglia a disegni giapponesi. A terra sembrava la schiuma di un'onda, leggera, trasparente e preziosa e Carlo non vide che lei, un corpo che lui aveva desiderato già il momento successivo alla partenza della moglie per San Marco.

La notizia inaspettata, la bellezza di lei, Carlo le fu subito accanto e riprese a baciarla incurante di farle male con la sua foga. Lei lo lasciava fare anche se le mani di lui le attanagliavano i fianchi, le strizzavano i seni fino a rendergflieli dolenti, le cercavano tra le gambe il calore del suo desiderio.

Poi Carlo, con la stessa urgenza, la scostò da sé.

"No, no, non si può fare, non si deve fare!"

"Perché? Chi ce lo vieta?"

"Non è prudente, Nardina, non è prudente! Potremmo recare danno o addirittura uccidere la creatura che ti sta dentro. I pareri medici sono discordi, ma io non posso ignorarli. Poi... si vedrà... nove mesi passano in fretta. Adesso che c'è lo voglio anche io questo figlio."

Nardina era attenta e non le sfuggì che nonostante il marito si fosse sempre dichiarato indifferente a una paternità, ecco che ora si tradiva: lo voleva eccome un figlio, offrendo finanche il sacrificio del suo piacere per il solo timore che potesse nuocergli. Aveva fatto presto, Carlo, a dimenticare le frasi rassicuranti che aveva recitato a Nardina negli ultimi tempi, tutti i ragionamenti per mostrarsi felice e appagato del suo solo amore, lei l'unica con la quale ogni rapporto trovasse espressione, tenero e amicale, passionale e furioso, loro due insieme in un mondo che in sé trovava alimento ed energia ed era filtro perfetto per affrontare il mondo degli altri, fronteggiando invidie, miserie, malevolenze di piccole anime sfigurate da una morbosa sciatteria.

Quindi era lei l'illusa, non sua madre che mostrava di conoscere gli uomini meglio e più di lei. Di nuovo pensò a Venera, alla sua sfrontatezza, a un niente posto a guardia della fedeltà del marito che due mosse e un invito inequivocabile della picciotta avrebbero incenerito, pensò al figlio che di sicuro quella fimmina sarebbe stata capace di dargli ché, si sa, più sono povere più figliano come conigli e. Si sentì persa e impotente.

Il desiderio di Carlo l'abbandonò lasciandole addosso la solitudine di un amore inespresso.

Lui si rivestì, aveva fretta di mettere ordine agli istinti che prima aveva sbrigliato.

"Adesso non diciamo ancora niente, sei d'accordo? Teniamolo per noi il segreto! Tua madre e la mia ci tormenterebbero con le loro apprensioni. Ora ti lascio riposare, ma più tardi per la cena vestiti, fatti bella bellissima, sono fiero di te!"

Al termine del pomeriggio Nardina silenziosa scelse abito, scarpe, si acconciò, si diede un po' di rossetto sulle guance per cancellare il pallore. Carlo era rientrato nella camera e parlava, parlava con una foga e una verve che lei non ricordava avesse mai avuto.

Quando fu pronta coprì le spalle con una sciarpa di seta, gialla e abbagliante come un intero campo di girasoli. Ma niente sembrava nascondere quell'aria malata che dall'anima era migrata sul viso.

Al loro ingresso nella sala da pranzo, i familiari tutti e la stessa Bastiana furono colpiti dalla sofferenza mostrata da Nardina, che curva sotto un invisibile peso si appoggiava a Carlo stringendosi al suo braccio. Gli sguardi interrogativi dei presenti presero a rincorrersi. I dubbi sui vaghi malesseri che l'avevano trattenuta per tutto il giorno nella sua stanza rimasero nell'aria come libellule.

La giornata, dall'inizio ammuinato, sembrava concludersi nel migliore dei modi. Finalmente erano tutti riuniti. Brigida e Sisina, confortate dall'imminente arrivo delle sostitute di Sabedda, si erano dedicate con tutta la loro sapienza alla preparazione di una cena indimenticabile. Sulla tavola sperlonghe, salsiere, zuppiere e piatti come una piazza accoglievano ricette antichissime: polpette di carne di gallina lavorate con zucchero, cucuzzata e mandorle, pignolata gileppata, uova morine e uova alla neve, latte alla crema, trippa alla duchessa e rognone alla bolognese. Si spizzuliava nell'ordine che si preferiva. Era una sera senza buio, una di quelle sere estive in cui il sole non tramonta mai e l'ora di cena, senza lumi e lampade, sembra quella del pranzo.

C'era un rumore allegro di piatti che si scontravano passando di mano in mano, da un estremo all'altro della tavola, gli occhi di tutti erano lucidi di vino e sorridenti;

l'avvocato Calascibetta, la faccia felice di un picciutteddu, non sapeva dove affondare prima la sua forchetta.

Lamentando un gran caldo e la mancanza di appetito e chiedendo scusa ai commensali, Nardina si alzò dalla tavola. Meglio era una passeggiata che l'aiutasse a dormire piuttosto che un pasto obbligato seppure buonissimo che le avrebbe reso ancora insonne la notte.

Carlo si alzò anche lui offrendosi di accompagnarla, ma la mano della moglie lo fermò decisa: sarebbero stati giusto due passi, il tempo di prendere un po' d'aria che la ristorasse da un'intera giornata chiusa in camera. Se si fosse alzato anche lui, Nardina avrebbe desistito dal suo proposito per non sottrarlo a quella allegrissima tavolata.

Mentre Bastiana, lo sguardo contrariato, le raccomandava di non allontanarsi, lei alzando le spalle guadagnò la porta.

Fuori prese a respirare avidamente: odore di mentuccia ed erba limoncella, pungente quello del geranio, più discreto il gelsomino. Il caldo del giorno rendeva estenuanti e sensuali i profumi che all'aurora erano freschi e innocenti.

Il silenzio era come una musica, Nardina ammaliata si avviò a scendere lo scalone a tenaglia che dal piano nobile conduceva giù al baglio. Ogni gradino una sosta, un'incertezza.

Di nuovo Bastiana da un balcone si affannava a chiamarla: "Dove vai? Tardi è! Attenta che poi tutto in una volta piglia a scurare!".

Nardina, sorda al richiamo, avvertiva sotto i piedi i ciottoli tondi del baglio che le rimandavano il tepore del giorno. Il portone monumentale che spalancato incorniciava la campagna sembrava invitarla.

Era eccitata, il fresco le aggricciava la pelle e un brivido la percorse tutta, subito fu libertà di passo, di pensiero, di desideri. D'istinto, appena fuori nella campagna, mutò in corsa il cammino e, mentre la distanza dalla villa aumentava, le invisibili catene che da sempre costringevano la sua esistenza si perdevano lungo la polverosa stradella.

Destra? Sinistra? Lo sperone a picco sul mare. Il sentiero scosceso mise ai suoi piedi piccole ali che l'aiutarono a non toccare mai terra. Quando arrivò alla spiaggia la salsedine del mare le baciò le labbra. In mano le scarpe, la sciarpa colore dei girasoli leggera volò sciolta. Nardina non aveva più peso e l'oblio era una salvezza. La punta dei piedi giocava con l'acqua, un passo via l'altro mentre la sabbia cedeva accogliente. Il fondale non declinava mai, la spiaggia era lontana e il mare ancora le accarezzava le spalle.

D'improvviso fu mare profondo e lei prese a nuotare alla luce rassicurante di una luna sempre più grande, i capelli sul pelo dell'acqua ondeggiavano. Arrivò sino alla Secca Grande dove il fondale affiorava di nuovo, una piattaforma ricoperta di posidonia.

Si tirò su, l'abito leggero era aderente al corpo come fosse nuda. Era stanca e infreddolita, si stese in attesa che le forze tornassero. Solo allora pensò a tutti quelli che a casa cominciavano a chiedersi come mai non fosse ancora tornata. Fu certa che il primo pensiero di Carlo fosse per quel bambino che credeva lei aspettasse, quello della madre invece sarebbe stato per l'altro bambino, quello prenotato e già pagato.

Era oppressa dall'idea che lei non sarebbe stata capace di amarla, quella creatura di cui tutti la volevano madre, sentì di non poter proseguire nella farsa. Al diavolo il marito e la madre, la suocera nobile e i parenti baroni, che Carlo se lo prendesse pure Venera e ci figliasse, ogni giorno, come una gallina le uova.

Della sua vita non era mai stata capace di fare ciò che voleva, meglio rimanere lì sulla Secca Grande dove l'avrebbero trovata ormai fredda, come un'antica eroina.

Sentì le lacrime di tutti, il prete che di lei piangeva la carità, vide Carlo inconsolabile con un'elegante cravatta nera e, sul braccio, un nastro di seta, nero pure quello. Sorrise, il suo funerale la rendeva libera.

Sua madre avrebbe capito? Avrebbe avvertito i morsi del diavolo sul suo cuore? Avrebbe smesso falpalà e trine e tenuto addosso per sempre la veste dimessa di monaca di casa? Che magnifica vendetta! Lasciarla nel tormento di essere stata lei, proprio lei a spingerla al suicidio.

Che peccato però non godere lo spettacolo... Si accorse che la marea si era alzata e la spiaggia era ancora più lontana.

Ma a Sarraca il mare è come una piazza sempre affollata, sono più i pescatori che i borghesi e i contadini, e barche, cianciole, pescherecci, paranze, tonnare e feluche spadare attraversano le onde giorno e notte.

Fu la luce di una lampara a illuminare Nardina che come una morta si era abbandonata alle acque. Giarrizzo, Rivoli e Turi, tre fratelli pescatori, si misero le mani tra i rossi capelli che li facevano sembrare perfetti irlandesi. Poi la legge del mare spinse Giarrizzo a tuffarsi ché nessuno, neanche un cadavere, si può lasciare alle onde. Sentendosi afferrata per le braccia Nardina cominciò ad annaspare ma la vita a forza la volle, e fu tirata sulla barca.

Sputò acqua, tossì, ma era viva e tremava di freddo. Giarrizzo le mise addosso una coperta: "Ma la mugghiere del farmacista è, che ci facìa nell'acqua, e tutta vestita? C'amu a fari?".

La risposta non si fece attendere, da lontano si vedeva lo sperone animato da lanterne e persone, altre ne scendevano verso la spiaggia. I tre pescatori non ragionarono più e volsero la prua verso San Marco.

19

La scomparsa di Sabedda prima e di Nardina dopo si era posata in ogni angolo della villa di San Marco come sabbia del Sahara dopo una tempesta spinta dallo scirocco. Ne avvertivano l'urticante presenza i villeggianti tutti che, in piedi dal mattino presto, si ritrovavano nel soggiorno per la prima colazione,

Gli sguardi, incrociandosi, s'interrogavano su mille domande alle quali nessuno sapeva dare risposta.

Ultima sorpresa per tutti era stata la presenza dei bagagli di Nardina e Bastiana in fila davanti l'ingresso.

L'avvocato Calascibetta, alla espressa domanda di donna Rosetta su cosa stesse succedendo, aveva alzato le spalle sconsolato: lui non sapeva nulla. Stefano e Silviuccia si mostravano disorientati da quelle giornate d'estate che, sempre uguali per anni, ora scorrevano scombinate da eventi imprevisti. Solo per don Rosario tutto era uguale, ma lui quelle vacanze le aveva sempre trascorse in una vita parallela tutta sua, fatta di gite in barca con amici, grandi schiticchiate dopo battute di caccia e altri divertimenti di cui era bene non fare troppa pubblicità.

Quando Nardina accompagnata da Carlo, e Bastiana dietro di loro, fece la sua comparsa, la meraviglia per la splendida luce della picciotta fu di tutti. Nessuno riusciva a staccarle gli occhi di dosso.

Stefano, colpito come da un pugno sul cuore, comprese tutte le ragioni del cugino Carlo che, pur di avere quell'angelo accanto, aveva consentito che il suo nobile nome e il titolo fossero svenduti alla plebea Bastiana. Valutò inutile tutta la rabbia malsana che dalla selvaggia Sabedda gli era venuta, tutto quel tempo in collegio perduto a smaniare per averne poi in cambio da lei uno sputo piuttosto che gratitudine. Non era il giardino a essere sconveniente, ma il fiore che lui aveva scelto di cogliere.

Nardina, in cambio dello sguardo di lui lusinghiero, gli rivolse un sorriso.

Brigida e Sisina, silenziose, versavano latte, caffè e limonate fresche di mentuccia, apparecchiavano vassoi colmi di frutta e deliziosi pani di spagna al profumo di vaniglia. Biscotti croccanti si nascondevano sotto una spessa crosta di semi di sesamo dorati da un fuoco perfetto.

Nardina assaporava con evidente godimento il fico sbucciato che Carlo le porgeva quando, accorgendosi che tutte le attenzioni erano appuntate su di lei come spilli su un abito in prova, con tono malizioso esclamò: "Niente, non è successo niente! Un bagno notturno fuori programma!".

Il rumore di piatti, tazze e cucchiaini coprì il silenzio che quella spiegazione si era lasciata dietro.

Fu Carlo a parlare per primo. Annunziò che subito dopo colazione Nardina e Bastiana avrebbero fatto rientro a Sarraca con lui e don Peppino. I malesseri di cui sua moglie aveva sofferto ultimamente meritavano un controllo accurato.

Bastiana muta ascoltava il genero, guardava la figlia, sgranocchiava rumorosa un biscotto all'anice.

Poco dopo, l'auto li riportava a Sarraca. L'avvocato sedeva nei sedili posteriori accanto alla currera infiorata nell'abito e nel cappello. Davanti, Carlo attento guidava guardando a tratti la moglie compunta e scambiando con lei sorrisi che a lui sembravano complici ma che Nardina dedicava a sé stessa con segreta soddisfazione. Durante la notte, dopo il bagno notturno, aveva convinto il marito che se avesse dovuto sostenere una pressione esagerata delle famiglie per quella gravidanza che ora si preparava, i suoi nervi avrebbero di certo ceduto e perché ciò non avvenisse bisognava che lei potesse contare sul suo aiuto.

Il rientro in paese di Nardina Cangialosi e della di lei madre, il mistero di una barca che aveva riportata dal mare la baronessina come una sirena senza coda, la scomparsa notturna di Sabedda da San Marco, furono per Peppino Calascibetta segni imperscrutabili che l'estate di quell'anno mai sarebbe stata dimenticata.

Nardina ogni tanto tossiva, una stizza nervosa, come di una spina inopportuna. La gna Bastiana, tirato fuori dalla borsa un pannuccio, a ogni accesso glielo offriva temendo, a suo dire, conati di vomito.

Nardina decisa lo rifiutava, era solo un'infreddatura, che stesse tranquilla la madre, lei a sé stessa sapeva badare.

Quel sospetto sui malesseri di Nardina che un po' tutti a San Marco addebitavano silenziosamente a una gravidanza, per Calascibetta non era giustificato. Se fosse stata gravida avrebbe avuto nausea, il volto cereo e avrebbe cercato l'aria che le era necessaria offrendosi al vento del finestrino aperto. Ma lui nulla di questo notava nella picciotta che sembrava invece del tutto rimessa da ogni malanno e aveva occhi splendenti che, negli incroci casuali, sostenevano quelli intriganti di lui.

Però smaniava sul sedile di pelle morbida, si agitava lamentandosi perché Carlo andava troppo piano. Lui rispondeva che non c'era niente di più bello che godersi la passeggiata. Ormai dimentico delle prestazioni della sua Lambda, spesso frenava leggero alla vista di ogni dosso innocuo e di buche invisibili. Nardina si lamentava che di quel passo mai sarebbero arrivati.

Lui rintuzzò che non c'era fretta, nessun nutrico da allattare a casa li aspettava! E gli venne fuori una risatella ebete che Nardina infastidita definì il raglio di un asino.

I gesti, la voce di un tono più alto, l'improvvisa insofferenza della picciotta dicevano a Calascibetta che dentro di lei chissà che mosto di pensieri fermentava, chissà dove avrebbe dovuto cercarsi la responsabilità della sua salute capricciosa.

Ma nessuno, neanche lui, avrebbe mai saputo quanto irrimediabile era stata la ferita dell'improvviso mutar di vento del consorte, che all'annuncio di una ormai inaspettata maternità aveva gioito svelando tutta l'attesa frustrata e ora finalmente premiata. Era un'altra la reazione che Nardina si sarebbe aspettata da Carlo: una più composta sorpresa, senza esagerate preoccupazioni quali la sciocchezza – ahimè provvidenziale per la messinscena di Bastiana – che per tutta la gravidanza mai avrebbero dovuto concedersi piacere reciproco o la frenesia di medici, visite e controlli.

Avrebbe voluto che Carlo, prendendole le mani, le dicesse di essere contrariato, che quel figlio tra loro avrebbe finito col mettere lui in ombra e che l'amore tra loro avrebbe potuto digradarsi ad altro di rango inferiore, perché un figlio, nel cuore di una madre, non può avere rivali.

Allora lei, rincuorata, sarebbe stata finalmente libera di essere onesta, gli avrebbe rivelato che non c'era nulla da temere e che a quel progetto mostruoso, che fin nei più minuti particolari gli avrebbe descritto, lei si era opposta con tutte le sue forze, che era stato solo opera di sua madre, la sua risposta stizzita alle pretese di un erede da parte di donna Rosetta. Così anche le due donne sarebbero finalmente uscite dalla loro vita e loro si sarebbero chiariti per sempre e amati senza più riserve.

Ma di tutto ciò che a Nardina accartocciava il cuore, Calascibetta poteva avvertire solo il fumo come di fuoco sotto paglia bagnata.

A Sarraca giunsero dopo un'ora e mezza. Carlo lasciò a palazzo Cangialosi la moglie e la suocera e andò a ricoverare l'auto in un vecchio macaseno di sua proprietà un po' fuori il paese sulla strada per Girgenti. L'avvocato si offrì di fargli compagnia nel cammino di ritorno a piedi. Carlo non seppe dire di no, ma temeva che le inopportune chiacchiere di don Peppino gli avrebbero impedito di cercare subito l'ostetrica Lillina Parlavecchio perché al più presto si recasse da Nardina.

"Don Carlo, siete preoccupato per vostra moglie, vero? Ma che possono essere questi malesseri che le stanno venendo così spesso?" L'avvocato insisteva e mascherava l'indiscrezione con un affettuoso interesse.

"A saperlo, avvocato! Ma vi devo confessare che non sono quelli a tenermi in ansia quanto un atteggiamento suo che prima mai si era manifestato! A vederla pare acqua cheta ma, come accadde ieri sera, dentro lei vugghie come lava di vulcano. Si sente soffocare, dice, da sua madre come pure da me. Mah! Speriamo che ora..."

Calascibetta vide aperta la breccia e capì che se lo avesse lasciato parlare finalmente sarebbe venuto a capo del femminino enigma.

Ma i suoi piani andarono a farsi benedire perché improvviso un altro segno si aggiunse a quelli che prima lo avevano fatto convinto di trovarsi nel mezzo di un'estate memorabile.

Ammuino, accucchiate di gente che rumoreggiava, un ragazzo osava sventolare *La Voce Repubblicana* come un lenzuolo tra i capannelli. Le vane ricerche del deputato

Matteotti e l'ordine dato dal questore di allontanare coloro che mesti si recavano in pellegrinaggio fino al Lungotevere, dove egli era misteriosamente scomparso, erano la notizia del giorno e i sarracesi, per una volta divisi tra colpevolisti e innocentisti, avevano abbandonato la saggia indifferenza e parteggiavano senza paura.

Calascibetta asciugò il sudore che gli aveva incollato sul cranio i quattro capelli. Si trovava nel suo jardineddu, politica, Benito, censura e violenza, volentieri si sarebbe fermato per fare l'arbitro tra i contendenti e invitò il barone a godersi pure lui la partita. Ma Carlo, stringendogli il braccio, cercava di trascinare via l'avvocato.

"Don Carlo, non voglio mettervi nell'imbarazzo ma io per me non mi scanto, questi quattro cunigghieddi sono!"

Il barone fremeva, Calascibetta non voleva lasciarlo.

"Avvocato, dopo che mi sarò rassicurato sulla salute di mia moglie ci rivediamo."

Calascibetta vide don Carlo allontanarsi a passo così veloce da far pensare che, se non fosse stato assai poco dignitoso, si sarebbe messo a correre.

Forse un figlio per davvero ci stava arrivando!

Certo quella era l'estate delle scomparse e dei misteri.

20

Il sembiante da satanasso del battente di casa Cangialosi scoraggiò Lillina Parlavecchio ad annunciarsi. Che impressione quelle labbrazze tumide dalle quali una lingua immonda oscenamente usciva con un ghigno demoniaco!

Lillina ripiegò sul più moderno campanello e attese in stato di agitazione. La richiesta di don Carlo di andare presto a visitare la moglie l'aveva colta di sorpresa. In paese Nardina godeva di grande simpatia e compassione: vent'anni e niente figli! Ma il vero disgraziato era quel brav'uomo del farmacista cui era capitata la sventura di una moglie secca come un albero abbruciato!

A sua volta alta e segaligna, a Lillina il vestito stava appeso come a una gruccia lasciando intravedere sulle spalle spuntoni di ossa. Delle mammane di campagna le mancavano i seni pesanti e accoglienti, le braccia bianche e rotonde che all'occorrenza di una disgrazia sapevano armeggiare aborti di fortuna.

Aveva studiato, Lillina, e aveva fatto anche il concorso per diventare ostetrica al comune di Sarraca. In mano sua si partoriva come a fare una passeggiata, stimolava i capezzoli delle puerpere con l'olio caldo e pure il più riottoso piccíliddo alla fine scendeva per dove era venuto.

Non chiedeva soldi a nessuno perché la pagava il comune ma, se qualcuno voleva essere generoso, lei prima si schermiva e poi accettava. Perché a Lillina piaceva giocare a carte, ma d'azzardo, e la zecchinetta era il suo passatempo preferito. Niente marito, niente figli, viveva indipendente e sola e quella del gioco era la sua unica passione, per la quale era disposta a sacrificare quanti più soldi riuscisse a dedicarle. Così ogni mese, messa da parte la somma per la sopravvivenza, il resto se lo giocava. Lo faceva a casa del medico condotto e i suoi avversari erano tutti uomini. Spesso era lei a vincere e il loro rispetto ne veniva di conseguenza.

Si stava proprio lisciando le pieghe del vestituccio grigio quando ad aprire arrivò Venera, preceduta dallo sconquasso degli zoccoli di legno che trascinava sul marmo del pavimento.

"Buonasera! Sono Lillina Parlavecchio, la signora baronessa mi sta aspettando."

"Quale baronessa, quella vecchia o la picciotta?" Venera l'aveva riconosciuta, ché in mano alla signorina era nato mezzo paese e la sapevano più del medico condotto e così, il viso intrappolato nello stretto lume della porta, la guardava incredula, le folte e brune sopracciglia aggrottate sugli occhi neri, lucidi come un velluto.

"Ah! Trasissi!" La criata, l'espressione di chi è tarda a capire, lasciatala nell'ingresso, andò ad annunziare la visita.

Lillina la udì distintamente: "Signora baronessa, la mammana c'è!". E nella voce il tono incredulo e insinuante.

Lillina, indispettita, mentre Venera tornata indietro la invitava a seguirla nel salottino di Nardina, sottovoce ma decisa la riprese: "Forse tu conosci le mammane! Io l'ostetrica sono o, se ti viene più facile, la signorina Parlavecchio".

"Sissi, senza ca s'infoca, signorina Parlaorecchio!"

Nardina e Bastiana intanto si erano mosse ad accoglierla. Le tre donne si accomodarono nel boudoir che introduceva alla camera da letto. La currera chiuse la porta girando con forza la chiave nella toppa a significare i segreti che la stanza avrebbe custoditi. Poi, soddisfatta, mentre la figlia iniziava i convenevoli con la signora Lillina, con circospezione andò a riaprire: Venera, che dietro origliava, fece un balzo. La criata, senza neanche una pezza in mano che la salvasse dall'accusa di essere un'intrigante, non trovò di meglio che alzare le spalle e allontanarsi canticchiando.

"Mi deve scusare, signorina, in questa casa ci sono non solo orecchie ma anche bocche. Mi capìu?"

"Sissi, capivi! Ostetrica comunale sono e pure pubblico ufficiale. Se non so stare zitta io!"

"Aaah! Questo volevo sentire!" Bastiana rassicurata sprofondò in una poltrona.

"Ci sono novità, baronessina?"

Nardina si agitò, tutto quel teatro se lo sarebbe risparmiato ma ormai c'era dentro fino al collo e sarebbe andata avanti secondo i piani formulati lungo quella notte inquieta cominciata sotto la luna: avrebbe assolto quest'affare ingombrante della gravidanza facendo tutti contenti, poi avrebbe preteso da Carlo di continuare a studiare per conseguire la laurea. Quella l'unica via per la salvezza, quello il suo desiderio più grande dopo la morte dell'amore incondizionato per il marito. Con gli occhi girò la domanda alla madre: lei aveva voluto quel pateracchio, lei se lo sbrigasse.

Bastiana, temendo reazioni incontrollate della figlia, fu tempestiva: "Signora Lillina, tempo non ce ne voglio fare perdere. Voglio sapere se lei è disposta a un poco di teatro per aiutare una povera disgraziata e mia figlia miremma".

L'ostetrica niente ci stava capendo, ma la curiosità se la doveva levare e invitò Bastiana a parlar chiaro.

Alla fine del racconto, le sopracciglia sollevate, gli occhi strabuzzati, la sorpresa in un risucchio d'aria che le scavò le guance, la donna non sapeva a che santo votarsi per uscire dall'imbarazzo in cui era stata costretta. Tanto più che Bastiana si era affrettata a renderle subito ancora più scomoda la posizione offrendole, in cambio dei suoi servigi, ben quindicimila lire.

La signora Lillina se ne uscì chiedendo: "Ma che avissi a fare io?".

"Fare nascere il picciliddo della povera disgraziata e darlo a uno che è cosa nostra, poi subito correre a palazzo Cangialosi per... il parto di mia figlia. Il picciliddo sarà portato al palazzo zittu zittu, vossia ce lo mette in braccio a Nardina e all'ufficiale del comune ci dovete dichiarare che alla baronessa Leonarda Cangialosi nata Aricò a tale giorno e a tale ora ci nascìu un figghiu."

Lillina scattò dalla sedia, occhi chiusi e mano davanti la bocca per mostrare il suo orrore alla richiesta di Bastiana. Prese ad asciugarsi il sudore che le bagnava collo e fronte. Le parole della currera le stringevano a cappio la gola.

"Gésu, Gésu, Gésu! Ma vossia si rende conto di che stiamo parlando?"

"Sì," rispose Bastiana, "di quindicimila lire. Che ci paiono picca? Non si preoccupasse ci possiamo sempre aggiustare, lo sappiamo tutti che la zecchinetta gioco d'azzardo è."

A Lillina s'imporporarono gli zigomi ossuti, e rimase in ascolto.

Ci furono allora le spiegazioni dei particolari di quella impresa, le rassicurazioni sulla segretezza di cui tutto e tutti sarebbero stati circondati, la certezza insomma che pericolo non ce n'era e, se pure ci fosse stato, ventimila lire avrebbero aiutato a superarlo.

L'ulteriore offerta fu il colpo di genio della currera.

La cifra, rinnovata senza richiesta, diede alla signora Lillina il coraggio mancante, la testa incappellata fu chinata più volte in muto assenso ma fu necessario offrirle subito un caffè rinforzato con un poco di anice, perché non riusciva a mettersi in piedi tanto le tremuliavano le ginocchia.

Era proprio la faccia di Nardina a rendere dubbiosa Lillina, la picciotta non pareva convinta, era stata in disparte lasciando che fosse la gna Bastiana a girare la trottola. Alla fine, proprio all'ultimo sorso di caffè, la levatrice si decise: "Ma baronessa, ve la sentite voi di fare tutta questa commedia?".

"No, che non me la sentirei! Ma pare che tutto il paese aspetta questo figlio, come se io non fossi capace di onorare questo matrimonio che tutti credono per me sia stato un colpo di fortuna! E non fate quella faccia compassionevole, Lillina, lo pensate anche voi! Però farò tutto quello che si deve. Strappare a un destino sventurato un piccilíddo e consentirgli di vivere è esso stesso un parto, o no?"

Lillina non seppe cosa replicare, strinse tra le sue la mano fredda di Nardina e mentre Bastiana guardava la figlia con occhi scuri, la baronessa con un sorriso si mosse ad accompagnare alla porta l'ostetrica.

Al suo rientro, Bastiana l'aggredì:

"Ma che hai in mente, Nardina? E che è tutta questa stizza che ti fa acida la voce quando parli? Che significò la scomparsa nel mare di San Marco?".

"Niente, non successe niente a San Marco! Un bagno fuori programma. Ora faccio quello che hai voluto tu per me, ma a modo mio."

21

L'estate a San Marco si assottigliava a coda di sorcio.

Una stagione smozzata, i villeggianti nella masseria erano annoiati, palle da biliardo sparigliate da un pallino impazzito nel bel mezzo di una partita.

Stefano ogni giorno aveva sollecitato il padre per un rientro anticipato da Sarraca. I brevi viaggi per l'iscrizione all'università lo avevano innamorato di Palermo. Gli agrumi di tutti i giardini rimandavano l'oro del sole, le signorine nelle strade del centro agitavano frange nei vestiti e nei capelli acconciati *à la garçonne*, era la moda del charleston. Stefano nella nuova gioia di vivere avrebbe fatto presto a scalzare la delusione e l'umiliazione che Sabedda gli aveva riservato.

La partenza di lei per Santa Margherita, vissuta come ulteriore sfregio, gli aveva fatto chiudere il capitolo della sua vita a lei dedicato. Gli amici e i parenti con malizia gli narravano delle personali esperienze in città, ancora di più eccitandolo nell'avventura.

Donna Rosetta anche lei aveva insistito con il fratello don Rosario per un immediato ritorno.

Ritualmente informata della gravidanza della nuora, avrebbe dovuto considerare liquidata l'ossessione di un erede Cangialosi. Ma troppo presto era finito quel suo progetto di amore ancillare e fertile tra Carlo e Venera, e ora la noia si riprendeva tutta la sua vita. Era tempo di cercare nuovi stimoli per mettere all'angolo Nardina e relegarla per sempre nel ruolo di intrusa.

In paese invece la picciotta le mordicchiava il suo onorevole stato di prima baronessa e a palazzo Cangialosi, lei unica e incontrastata padrona di casa, era tutto un movimento di amici e parenti in visita di congratulazioni.

Silviuccia pensava alla riapertura della scuola ma, dopo una estate funesta, rivedere amiche e compagne aveva il sapore di una festa.

Don Rosario, solo per abitudine a mostrare contraria opinione, avrebbe voluto dire di no. Invece, sapendosi a breve libero della presenza di Stefano e dispensato dall'imbarazzo di dovergli dar conto delle sue spese, diede il suo benestare al rientro. E fu così magnanimo che quando comunicò alle famiglie il suo assenso, si spinse a promettere anche una bella festa campagnola prima della partenza. La famiglia, contenta di quel diversivo che pareggiava la noia della stagione, lo festeggiò applaudendo.

Stefano fu euforico per tutti i preparativi, invitò gli amici e un paio di amiche moderne e disinvolte. Si rammaricò soltanto che a San Marco non ci fosse Sabedda, gli sarebbe piaciuto che lei assistesse, da serva, alla sua allegria ritrovata.

Con la promessa di molto mangiare e bella compagnia, don Rosario volle a San Marco parenti, amici e pure l'arciprete don Liborio. A lui chiese di celebrare una messa, nella cappidduzza della masseria, con l'intenzione di propiziare a Stefano un soggiorno santo e fruttuoso a Palermo. Promise anche di confessarsi e partecipare alla comunione eucaristica tanto aveva voglia di liberarsi dei peccati e di suo figlio. Al sacerdote rivolse poi speciali e accorate suppliche perché restasse anche lui a far festa con tutti. Ma non ce ne sarebbe stato bisogno ché pure senza invito l'arciprete si sarebbe fermato comunque: il suo viso tondo e paonazzo parlava da solo della passione per l'ottimo vino nerello di Màscali che si murmuriava fin sull'altare si concedesse bevendolo al calice della passione.

Furono chiamati rinforzi di villani e villane dalle masserie vicine, furono assoldati vinai, fornai e maciddari per preparare a dovere la schiticchiata.

La fine dell'estate fu così santificata, la funzione ascoltata in compunto silenzio e l'omelia recitata da don Liborio riposta in fretta tra gli atti del dimenticatoio.

La festa adagio adagio si scanciò in "fistazza" e tutti diedero fuoco alle polveri degli appetiti. Mentre conigli e pernici entravano e uscivano dal forno in un angolo del baglio e le tabische effondevano sentori di origano e caciocavallo, don Rosario esibiva l'aria da padrone benevolo e con battutacce da osteria e ridicole galanterie stuzzicava la gna Maruzza, un'appetitosa campagnola che, all'opera davanti al forno e rossa di brace crepitante, si sdilinquiva di piacere per i complimenti di lui. Il barone non le toglieva gli occhi di dosso ma il suo bersaglio favorito era il décolleté, degno di una chanteuse parigina.

Da un cantone della masseria, confuso in un crocchio di contadini che se la spassavano bevendo e mangiando, don Salvuzzo, geloso marito di Maruzza, con la bocca rideva e sbafava e con gli occhi sorvegliava la moglie e le sue bellezze di cui si riteneva sovrano.

Il vino fresco, sciacquettando chiuso dentro brocche di terraglia, passava di mano in mano e in quelle di don Rosario, che in queste occasioni amava fare il buzzurro anche lui, si era fermato già diverse volte.

Maruzza cantava e don Rosario batteva il ritmo con le mani ma una delle due chissà, forse perdendo il tempo o per disobbedienza, preferì il culo danzante della picciotta, e l'eco delle risate ruffiane di chi guardava raggiunse Salvuzzo.

Fu subito guerra, accorsero in tanti, invitati, contadini, aiutanti, amici, parenti e anche l'arciprete per far da paciere tra don Rosario e l'imbestialito Salvuzzo. Cazzotti volarono, nasi sanguinarono, scarponi muniti di chiodi colpirono a caso, le coppole nere erano in aria bellicose colombe. Le umiliazioni antiche di coloni a contratto e contadini a giornata, cartucce vecchie ma conservate all'asciutto, finalmente spararono in una festa liberatoria.

L'arciprete gridava: "Chianu, chianu! Mali vi faciti, tutti 'mbriachi siete! don Rosario… e fermatevi, Cristo Santo!".

Era ciucco anche don Liborio, e un gancio potente e sbadato della mano ossuta di don Rosario colpì con violenza la sua tenera milza facendolo accasciare a terra semisvenuto.

Alla fine le scuse furono generali ma a don Rosario l'incidente dell'arciprete costò quanto tutta la festa, e dalla imprevedibile rissa il barone trasse la triste considerazione che le cose non andavano più come prima.

Stefano invece, carico di meraviglia per la galanteria prepotente di cui don Rosario aveva dato spettacolo, guardò il padre con occhi nuovi. Così bisognava agire perché tutti stessero al loro posto, doveva sempre essere chiaro chi era destinato a star sopra e chi sotto. E se lui avesse dato a tempo debito e *coram populo* un paio di pesanti carezze a Sabedda, quell'estate ormai tramontata sarebbe trascorsa assai diversa.

Così i villeggianti, smaltita la festa e le sue conseguenze, amareggiati per le vacanze e il loro esito finale, tutti insieme come erano partiti se ne tornarono a Sarraca, assai sollevati solo per questo.

In paese la ripresa di vecchie consuetudini segnò il cambio della stagione.

Il tempo correva veloce e l'autunno si annunciava con le violente piogge settembrine. Il caldo, appesantito dall'acqua, sbummicava furioso non mostrando alcun segno di sconfitta.

I carri della vendemmia attraversavano il paese colmi di grappoli appena raccolti, trascinandosi appresso un'inebriante aria alcolica e un nugolo di muschidde petulanti, rapite dal sentore zuccherino e destinate ad annegare nel mosto delle tine.

L'ultima domenica del mese di ottobre, Stefano dietro la finestra attendeva l'arrivo di don Peppino Calascibetta. L'avvocato aveva promesso a don Rosario che avrebbe accompagnato lui stesso il picciotto a Palermo.

Alla fine, tra i tanti nobili parenti che a parole si erano dichiarati disposti a ospitarlo ma di fatto si erano tirati indietro, era stato un collega di lui, l'avvocato Ettore Sclafani, a offrire per tutto il tempo degli studi universitari una sistemazione al ragazzo nella sua grande casa vuota di femmine e piena di libri.

L'occasione fu provvidenziale. Don Rosario non avrebbe avvertito alcun disagio economico se non quello modesto dell'invio di ceste di frutta e verdura all'indirizzo dell'avvocato palermitano. Per Calascibetta fu invece un amorevole messaggio di donna Caterina che gli veniva in aiuto nella guida di Stefano e lui si sentì investito per sempre del ruolo di padre ormai deserto da don Rosario.

Le valigie ancora aperte, l'armadio svuotato, Stefano non portò con sé a Palermo né una fotografia né un quadruccio o una suppellettile. Quella che stava iniziando era una nuova esistenza, una svolta, il principiare di un cambiamento e perché tutto ciò accadesse era necessario lacerare a occhi chiusi fogli e fogli di quaderno, capovolgere cassetti e svuotarli percotendoli, senza riguardo per il contenuto. Sarebbe entrato nel futuro con tutti i ricordi sepolti, compressi dall'esplosione di un animo che si sgombrava del suo passato.

Finalmente Calascibetta arrivava! Era ora!

L'autista di piazza, il motore acceso, stipati bagagli e viaggiatori, chiuse con un tonfo gli sportelli dell'automobile lasciando a terra la vita di prima.

Il viaggio ebbe inizio e i due rimasero in silenzio per un tempo interminabile.

Erano quasi giunti a Corleone quando l'avvocato accennò qualche timida esortazione alla prudenza per il futuro. Stefano lo guardò storto. Lo tediava il tono paternalistico dell'avvocato. Gli sembrava di avere ancora addosso la polvere della sua adolescenza.

Quando Stefano glielo fece notare Calascibetta si mostrò deluso ma comprese che l'investitura avuta da donna Caterina non era sufficiente perché lui davvero padre lo fosse. E dimenatosi sul sedile come gli stesse stretto, abbracciato alla sua inseparabile borsa, prese a guardare con ostinazione il paesaggio monotono fuori il finestrino: latifondi, fichi d'India, un oliveto, un vigneto e poi di nuovo un vigneto, un oliveto, fichi d'India e latifondi. Basta, star zitto non poteva e così prese alla lontana il discorso che aveva in animo di fare a Stefano. Lo solleticò nella sua sicurezza di uomo e invitandolo a dargli il suo parere, estrasse una cartellina in cui aveva conservato i ritagli di numerosi articoli di giornale che parlavano dei funerali di Matteotti, avvenuti infine poche settimane prima ma dei quali il ragazzo non aveva dato segno di essersi nemmeno accorto.

"Ma voi davvero pensate che lo massacrarono per ordine di...?"

"Don Stefano, certo è che la moglie dell'onorevole pure i funerali di Stato rifiutò. Quel povero corpo martoriato se lo portò al suo paese, zittu tu e zittu io, e al cimitero nessun politico ci volle."

Don Peppino, lo sguardo perso fuori il finestrino, accompagnava commosso alla tomba l'ultima vittima della libertà.

"Sì, lo sentii, ma voi veramente pensate che Mussolini..."

Calascibetta, il dito dritto sulla punta del naso, gli occhi che ammiccavano verso l'autista del taxi, sottovoce, raccomandò al ragazzo di non mostrare mai né troppo né troppo poco le sue simpatie politiche qualunque esse fossero. Vedendolo interessato, gli diede poi la sua versione dei fatti sperando così di offrirgli uno spunto di riflessione: il Duce doveva essersi fatto scappare la situazione di mano. I facinorosi, i violenti, gli oltranzisti, erano sempre stati assai difficili da gestire e proprio per questo avrebbe dovuto sorvegliare. Invece si era affidato, aveva lasciato fare, questa la sua colpa e questi i risultati.

Il dubbio che il disegno fosse stato il suo, di Benito proprio, restava a molti. Ma l'avvocato non aggiunse che lui ne era sicuro.

La città finalmente, l'avvistarono scendendo da Monreale e subito dopo il corso Calatafimi, il vecchio Cassaro li introdusse ai Quattro Canti, antico salotto della città ancora ferito dalla guerra. L'avvocato Sclafani abitava a due passi dal teatro Massimo.

Sceso dall'auto Stefano si guardò intorno e il suo respiro si fece più ampio. A Palermo tutto sembrava più grande, i palazzi, le strade, il porto, e gli era venuto naturale ingoiare tutta quell'aria che a Sarraca sembrava invece costretta nei vicoli.

La casa era antica e luminosa, un quarto piano, Stefano mai era salito così in alto.

Un abbraccio contegnoso tra Sclafani e Calascibetta mentre Stefano guardava intimidito la moltitudine di libri che si rincorrevano negli scaffali addossati a tutte le pareti.

Li accolse un confortevole tè, servito insieme ad alzatine ricolme di pasta di mandorla e lingue di suocera.

Ettore Sclafani non toccò nulla, bevve solo il tè a piccoli sorsi, le gambe compostamente unite, grigi i capelli, il vestito e i calzini. Rossa la cravatta, un segno, un vezzo o una trasgressione nascosta.

Stefano temette giorni grigi anche per sé, Calascibetta credette assolto al meglio il suo compito di servo in terra di donna Caterina in cielo.

Consegnato all'amico Ettore un prezioso e antico codice borbonico quale segno di gratitudine, si scusò di non potersi trattenere oltre, in serata era atteso di nuovo a Sarraca.

Mentre Ettore, sempre ringraziando e sfogliando il dono, lo precedeva alla porta, Peppino seguendolo tuffava lo sguardo curioso nelle stanze, lungo il corridoio, e sfiorava pareti e annusava prestigio. Sull'uscio ebbe un'esitazione: la coda del suo occhio si stava portando dietro una visione che lo aveva turbato, ma tornare a sincerarsene sarebbe stato indiscreto. Una stretta di mano e fu fuori.

A cena Stefano fu sorpreso dell'abbondanza e della qualità del cibo. Don Ettore spiegò che Olivuzza, la sua insostituibile fimmina di casa, era stata finissima cuoca al palazzo della principessa Butera e ora il soggiorno dello studente si rivelava provvidenziale perché lei non perdesse memoria della sua arte.

Stefano non fece fatica a credergli, un brodino e un merluzzetto olio e limone era tutto quello che don Ettore aveva sobriamente consumato. Un bicchierino di marsala Woodhouse alla fine di quel pasto quaresimale l'unico vizio esibito.

Stefano fu subito fascinato dall'uomo e dalla sua ascetica scelta di vita, nutrirsi il necessario, niente svaghi e l'esistenza intera dedicata allo studio e al lavoro. Don Peppino gli aveva detto che era il miglior penalista di Palermo e che le porte di tutti i circoli nobili e intellettuali per lui si aprivano senza che nemmeno dovesse chiederlo.

"Allora, Stefano, che ne pensi di questa sistemazione? Riusciremo a sopportarci a vicenda?"

"Credo che la sopportazione graverà tutta su di lei, avvocato, e già da adesso voglio scusarmi se involontariamente le risulterò molesto."

La risposta di Stefano sortì un'ottima impressione su Sclafani e si diedero la buonanotte promettendosi più approfondita conoscenza nei giorni a venire.

Rientrando nella sua stanza, Stefano fece scivolare gli occhi su alcuni dei tomi raccolti negli scaffali delle librerie e, fiutando *La prova civile* del già grandissimo Francesco Carnelutti e aspirando l'aria della *Rivista di diritto processuale civile* a firma Carnelutti e Chiovenda, si sentì già pronto a entrare nell'agone delle più grandi menti giuridiche del tempo.

Poi un ritratto fotografico incorniciato e posto anch'esso su uno scaffale lo distrasse dai suoi sogni di gloria. Riconobbe il Duce e, sorpreso, lesse la dedica che con forza s'incideva sulla carta:

Ad Ettore, vero ed illustre esempio di nobile animo siculo, con stima e affetto,

Benito

"Gésu, Gésu," pensò, "e questo don Peppino non lo poteva certo sapere altrimenti sì che mi ci metteva a dormire nella tana del lupo!"

22

Stefano Damelio aveva dunque voltato pagina lasciando Sabedda in quelle precedenti e senza rimpianto alcuno.

Negli anni che lo aspettavano avrebbe cambiato vita e tutto lasciava prevedere che altre passioni e di genere vario lo avrebbero infocato. Don Ettore era persona illustre, dotato di capacità persuasive e tono suadente, e il fascismo una promessa di vita, un traboccante sentimento di fiducia nelle verità rivelate da un ammaliante profeta.

Sabedda, intanto, a Santa Margherita Belìce si faceva carico delle responsabilità che aveva risparmiato a Stefano di assumersi.

A casa della zia di don Calogero, attendeva la fine della sua gravidanza respirando un'aria benefica. Lontana dallo sguardo indagatore del padre e sempre più chioccia di quel figlio che le cresceva dentro, aveva mutato animo anche nei confronti del suo antico amante. All'inizio, ne odiava così tanto la persona da desiderare che lui in qualche modo pagasse l'abuso, fosse giustizia divina o umana poco importava. Si augurava di non vederlo mai più, ne immaginava la morte, tragica, meglio violenta, comunque in bilancia perfetta alle sofferenze che le aveva regalato.

Ma con l'andare dei giorni questo perfido pensiero l'abbandonò. Dimentica di ogni tempesta attraversata, fu solo madre tenera e commossa. Quel bimbo che le scalciava dentro la rendeva felice, trepida attendeva di conoscerlo.

Nascosta nella casa della zia Nuzza, così si chiamava la parente di don Calogero, imparava l'arte del cucito e assaporava la compagnia di lei. La sentiva vicina come fosse una madre e in quel piccolo rifugio affollato di pezze a colori, a fiori, a righe, tagli di lino e di lana, trine e merletti, spilli e spilloni, aghi e fili, tutto in un operoso disordine, si beava dell'intimità di un lavoro in comune, imparava, rideva, scherzava e il giorno scorreva senza incertezze, senza pietre nell'animo.

La sera, però, in quei luoghi estranei seppure accoglienti, la prendeva una mestizia molesta, come un velo sugli occhi che le nascondeva il domani e le ricordava la sua giovane età e le promesse che la vita mai con lei avrebbe potuto mantenere.

Era inverno ormai e il freddo della notte gelava i pensieri. Ma in una mattina forestiera, ché un sole corsaro aveva sconfitto le nuvole e depredato il cielo di ogni grigiore, un imprevedibile fato scompose di nuovo le carte sul tavolo di Sabedda.

La zia Nuzza quasi non ci credeva quando vide alla porta suo nipote Calogero: "Eeeh! Che bella improvvisata! Trasi, trasi!". Si affrettò a liberare una sedia e, accomodato l'ospite, la risatedda infantile sulla bocca, disse: "Ti faccio subito un poco di caffè, Sabedda sopra è, nella sua stanzedda, ora la vado a chiamare!".

"No, aspettate," don Calogero la trattenne, "ditemi prima come è stata la picciotta, problemi ne ebbe? Sì, insomma com'è 'sta gravidanza? E lei? Lei come se la passa? Piange? È siddiata, si lamenta della mala sorte?"

"Nooo! Ma quale siddiata! Piangere? Nonsi, mai la vidi sconsolata eppure... una creatura in quelle condizioni... pregna e senza marito! Mai che mi disse di scantarsi di qualche cosa! S'imparò a cucire che pare maestra. La voglio bene come una figlia, com'è vero Iddio. La picciotta forte è, pure se ha sbagliato e le successe il danno, nella vita sua ora lo sa come si deve comportare. E il bambino dice che non lo abbandonerà mai, lo guarderà da lontano ed è contenta così, nella casa dove lo accoglieranno crescerà signore amato e rispettato."

"Bene, bene, ora fatela venire e allistemuni con questo caffè, zà Nuzza!" Sollevato, Calogero finse per celia un tono di rimprovero.

Quando Sabedda scese la piccola rampa di scalini che separava il vano a pianterreno dalle due stanzette soprastanti, don Calogero non ci poteva credere che quella fosse proprio lei: i capelli le erano ricresciuti e li portava acconciati in un piccolo tuppo sul capo, le ciocche più corte, sfuggite alle forcine, erano serpentelli che solleticavano il viso, la pancia ormai quasi pronta, rotonda e alta, le braccia piene, il seno che non mostrava mollezze: due arance turgide nel rigoglio prima della raccolta. Il viso senza ombre, come non lo era mai stato.

L'imbarazzo del silenzio fu dilatato dal rumore della zà Nuzza che si era messa ad atturrare il caffè.

A don Calogero la parlantina si era asciugata. Gli occhi di Sabedda non erano più color di tempesta e nella sua bocca si era sversato un sorriso di miele. I due mescolarono parole di convenienza e sguardi d'intesa.

"Sabedda pare che questi mesi in paradiso ve ne stàstivo!"

"Vero è, don Calogero: vostra zia per me fece cose come se fussi stata una madre. Una sera la sentii mentre mi cummugghiava ché la coperta s'era tutta scombinata e al buio mi sembrò che fosse stata proprio la mamma mia! Mi misi macari a chiànciri." E anche ora gli occhi umidi tradivano la commozione.

Poi don Calogero si ricordò delle due damigianelle impagliate che aveva portato, una piena di olio e l'altra di vino, e invitò Sabedda ad accompagnarlo al biroccio per prenderle. I due camminavano fianco a fianco, accompagnati dagli sguardi benevoli della zà Nuzza che alla finestra li spiava macinando il caffè già atturratu.

Il biroccio fermo sulla strada sotto il sole invitava a una passeggiata, ma Sabedda preferì rinunciare alla gentile offerta di don Calogero di un breve giro: "Nonsi, non può essere, come sto combinata pericoloso è".

"Sì, vero è, Sabbè! Manco ve lo dovevo dire, anzi quando sarà il momento con una automobile vi vengo a prendere, così non vi strapazzate!"

"Ma no, abbasta che il viaggio ce lo facciamo piano piano. Non vi preoccupate, don Calogero, il piccilíddo vivo e bello come il sole ce lo consegniamo alla gna Bastiana!" E mentre parlava si rabbuiava.

"Sabbè, voi non capite o non volete capire?" La faccia di lui si era fatta seria, il bel sorriso mangiato dalla rabbia: "A mia di Bastiana, di Stefano, di vostro padre niente m'interessa. Solo voi, solo voi nella testa mia ché mai m'avia capitato prima! Manco mi conosco più, faccio fesserie una appresso all'altra e manco me ne adduno. Qualche volta male mi finisce!".

"No, no per carità!" Sabedda ebbe un moto di spavento ma subito si affrettò a smentire la verità celata dietro la paura: "Don Calogero, senza di voi a carte quarantotto finiamo e io il piccilíddo mio vivo lo voglio fare nascere!".

"Perciò se a mia m'arricampano al cimitero a voi niente ve ne fotte, giusto?"

Sabedda non rispose, il sipario squarciato. L'idea di lui morto la fece rabbrividire. Di nuovo sola, senza quegli occhi che per primi le avevano parlato d'amore, si sentì perduta. Voleva lui e pure suo figlio. Ma non sapeva dire che erano gli errori che aveva commesso a serrarle la bocca, a impedirle i desideri.

Girava lo sguardo a destra e a manca, al colmo dell'emozione alzò gli occhi su di lui e pianse.

23

Sabedda non era l'unica madre ad aspettare il figlio di Stefano. A Sarraca, Nardina procedeva nella medesima gravidanza ma in modo assai diverso dall'altra.

Capricciosa e mutevole, la baronessa ostentava noia e disagio e mal si adattava all'ultimo atto che di quella sua falsa maternità faceva una farsa. Ogni quindicina Lillina Parlavecchio provvedeva ad arrotondare il profilo di lei con una imbottitura che perfetta s'inseriva nel suo stomaco divenuto ormai una conca. Perché la baronessa digiunava. Bastiana, per dare seguito alla commedia, e donna Rosetta, per dar mostra di un'attenzione inesistente, le paventavano gli esiti terribili di quella sua ostinazione a non voler ingrassare.

Ma la verità di Nardina era un'altra: esasperare il marito, fargli vivere i patemi di una gravidanza difficile che non c'era, punirlo, tenerlo in affanno nel timore che lei non riuscisse a dargli quel figlio che ora era per lui il più importante motivo di vita.

Dimagriva a vista d'occhio, le clavicole le erano divenute sempre più sporgenti, le braccia esili come quelle di una bambina. E il seno non si addiceva alla pancia bugiarda. Minuto, di pelle sottile e madreperlacea, Carlo se ne era sempre detto estasiato e Nardina, quando la signorina Lillina le propose l'oltraggio di una protesi di lana anch'essa destinata a mutar di misura ogni mese, rifiutò decisa, fece la pazza: che si scoprisse pure l'inganno, che la buttassero fuori di casa, la sua dignità, perdio!

Bastiana con accenti muti fece intendere a Lillina che era meglio non insistere. Temeva che alla figlia quel po' di pazienza che aveva mostrato fin lì sparisse del tutto.

Solo quando la fedele Brigida, la sola persona che lei sopportasse della casa di Carlo, le portava in tavola le pietanze più sfiziose, le quaglie di melenzane, le cotognate e i buccellati, solo allora i no a oltranza di Nardina si arrendevano e lamentando una gran nausea si alzava dalla tavola pregandola di portarle in camera un vassoio di quelle prelibatezze. Ma di tutto quel cibo ne godevano in gran parte i gatti che ogni notte abitavano i tetti di palazzo Cangialosi.

Brigida scoprì lo stratagemma una sera che la vide salire le scale che portavano ai suppenni: "Ma signora Nardina, perché, perché? Ma come volete crescere questo bambino che vi portate dentro?".

"Non c'è nessun bambino, Brigida!"

E Nardina finalmente pianse e le rivelò tra i singhiozzi quanto stava accadendo, il suo assenso all'inganno giustificato dal desiderio di liberarsi dal maledetto dovere di rendere padre Carlo. Brigida, in un moto spontaneo, la tenne tra le braccia cullando il suo pianto: "Io al posto vostro la stessa cosa avissi fattu!".

Nardina fu sorpresa e interrotto il pianto si asciugò gli occhi: "Me lo dici perché vuoi consolarmi, perché ti faccio compassione, tu non ne sei priata come tutti quelli che m'invidiano, vero?".

"Né l'una cosa né l'avutra, vossia mi conosce. Io avrei fatto per davvero la stessa cosa, in questa casa l'erede per forza ci deve entrare e anche se Carlo l'inganno non se lo merita, io pure l'avrei fatto." Ma non ebbe il coraggio di confessarle che il sospetto sulle trame che la vecchia baronessa ordiva per mettere Venera nel letto del figlio era fondato.

Dopo fu un giuramento sacro, una promessa alla Madonna del Soccorso: Brigida si sarebbe fatta tagliare la lingua piuttosto che tradirla e al momento opportuno avrebbe badato che tutto il piano andasse come previsto.

Nardina si sentì rinfrancata. Un'alleata, un'amica fedele: se lei non fosse stata capace di rivestire il ruolo di madre, Brigida sarebbe stata una risorsa perfetta.

Se almeno Carlo le fosse stato vicino Nardina avrebbe saputo tener a bada i suoi fragili nervi, ma opportuna come il salvataggio fortunoso di un naufrago, a lui era giunta la rosolia, in quei tempi malattia sconosciuta. La paura di un contagio aveva relegato il barone nella stanza degli ospiti e la quarantena ormai stava doppiando il capo.

Lui ne era molto contento, poco stimando la distanza dalla moglie e molto invece la certezza di non compromettere la gravidanza. Lei, dapprima contrariata, alla gravezza della malattia del marito si arrese e smise i panni rivoltosi. Almeno fino alla completa guarigione di lui. Gli voleva sempre un gran bene ma la dipendenza da lui doveva essersi disciolta nel mare di San Marco.

L'unico a sfidare la quarantena di Carlo fu Calascibetta che ridendo e scherzando lo accusava di essersi portato a letto Rosalia "essendo il coniuge consenziente"!

"Là, là vi dovete sedere, lontano il più possibile!" Carlo a ogni visita di Calascibetta così lo accoglieva indicandogli una bergère.

"E va bene, andiamo nell'Aventino!" diceva lui con rassegnazione.

Il Parlamento, chiuso da giugno perché privo dell'opposizione tutta, i partiti dissidenti volontariamente confinati in altra sala di Montecitorio ribattezzata l'Aventino, sembrava la stessa aria della protesta della plebe contro i nobili sull'omonimo colle. Dopo il fatto di Matteotti il Duce e il suo partito stavano attraversando giorni difficili, ma non era chiaro che cosa gli oppositori potessero ottenere con il loro autoesilio.

"Allora, don Peppino, se ne andranno? E come poi? Una mano avanti e l'altra dietro?" Carlo si divertiva a stuzzicare l'avvocato.

Calascibetta predicava le solite litanie. Troppa feccia, troppe bocche zittite con la forza, ormai non si contavano più quelli costretti a nascondersi, a tacere o a partire. Ma in Sicilia era sempre un altro mare, un giorno tutti neri e quello appresso grigi o addirittura rossi! Mussolini a Roma e Tabisso in tutta la provincia di Girgenti. Due continenti, due mondi, gli italiani a farsi i fatti loro, i girgentini indisturbati e impegnati in pastette indecorose. Un uomo di quattro soldi quell'avvocato Tabisso, da sempre e per sempre.

"Vi arricordate quando a Santo Stefano di Quisquina, a scanso di arruolare nel Fascio i fascisti certificati, Tabisso ci mise dentro i maffiosi? Poi però quanno i giudici quei maffiosi li ingabbiarono, l'onorevole nostro nelle patrie galere li lasciò fottere! E a lui nessuno lo toccò!"

"E questo che mi state dicendo, avvocato carissimo, non vi pare una buona ragione perché Mussolini venga a fare pulizia e non solo di maffiosi? Certo ora il Duce i guai suoi sta passando e la Sicilia troppo lontana è per pigliarsi preoccupazione per noi. Il guaio vero è che il siciliano non sa leggere, non si interessa, non dice sì e non dice no. Metteteci un piatto davanti e non vuole vedere neanche chi glielo mette."

Questi i discorsi tra loro e si divertivano entrambi, girando intorno a fatti veri, commenti saggi e menzogneri, giornali contro e pro, ipotesi e congetture. E intanto veloce scorreva il tempo che preparava l'Avvento.

Fu in una di queste amabili conversazioni serotine che Carlo chiese a Calascibetta notizie di suo cugino Stefano a Palermo.

All'avvocato il viso si scurò, si sentiva colpevole, aveva cercato di nascondersi la nuova immagine di Ettore Sclafani che gli si era impressa nella mente poco prima di lasciare il suo pupillo nella casa dell'amico: "Sta bene Stefano, la sistemazione è proprio degna di lui, di più non potevo trovare!".

"Ah! Bravissimo don Peppino, sarà contento zio Rosario che le cose si sono messe per il meglio!"

"Ma quale meglio e meglio, don Carlo..."

Don Peppino Calascibetta si liberava finalmente di un macigno che gli impediva di respirare. E fu il racconto della scoperta fatta quando a casa dell'avvocato Sclafani aveva notato con la coda dell'occhio il ritratto autografo del Duce in mostra su una libreria. La dedica "all'illustrissimo avvocato Ettore Sclafani", la posa da attore, il sorriso canzonatore del Duce lo avrebbero fatto desistere dal lasciare il suo pupillo in casa dell'amico se il timore di essere incorso in un errore non lo avesse trattenuto.

Carlo non si mostrò scandalizzato come l'avvocato aveva sperato: "Ebbè? Che sia amico di Mussolini non è una colpa. Avvocato, è tempo che sgombriamo la mente dai pregiudizi. Sì le squadracce, i tafferugli, Matteotti... ma ricordiamoci che usciamo da una guerra che ci ha rotto le ossa, qualcuno di pugno ci voleva, i rossi avanzano!".

"Ma dove, barone? In Sicilia? Ma macari ci venisse il comunismo! Per il siciliano l'unico governo legittimo è quello familiare e lui ne è sempre il capo. Gli altri governi, tutti, sono mali necessari. Comunque, barone, mi domando se avvertire don Rosario ché Stefano è troppo giovane e debole di carattere e Sclafani, se vuole e se è vero fascista, se lo indottrina con la farina filosofica e lo introduce nell'ambiente. E io vi dico che il fascismo meteora è, cadrà, don Carlo, cadrà."

24

Si era così giunti al giorno ventitré del mese di dicembre. In tutte le case di Sarraca le cantate delle novene natalizie deliziavano le orecchie, in bocca squagliavano gli assaggi rubati di cassatine. L'impasto giulebboso di cannella, fichi secchi, uva passa, noci e miele, nascosto nei buccellati, asciugava al fuoco lento di poche braci profumando l'aria.

Nardina a palazzo Cangialosi si portava appresso la sua pancia d'ordinanza nell'esatta misura di mesi nove e a volte, non vista, la spostava un poco a destra o a sinistra non sopportandone l'impaccio. Su insistenza della madre, durante la mattinata, sul letto, si era cimentata in distratti lamenti in segno di sofferenza ma al pomeriggio aveva smesso la recita e si era precipitata in cucina anche lei a colorare i fruttini di martorana mentre Bastiana e Brigida si alternavano a brustolire sul fuoco mandorle e semi di sesamo per preparare il croccante.

Si era già a sera quando fu avvertito uno squillo alla porta. Brigida avvisò la gna Bastiana che un picciliddu la cercava. La currera capì subito di che si trattasse e, presa una lira dalla tasca del grembiale, andò alla porta: un soldo di cacio era e aveva capelli lucidi incollati alla fronte.

"Chi fa, chiovi?"

Bastiana temeva intoppi, in quel tempo finale della gestazione di Sabedda l'animo suo era sempre in tumulto.

Dopo mesi in cui si era mostrata un argine per ogni imprevisto, ora aveva perso baldanza, financo la pioggia le sembrava un pericolo e lei respirava di sollievo solo alla fine di ogni ordinaria giornata.

Il capovolgimento delle posizioni di potere tra lei e Nardina l'aveva infiacchita assai, temeva il silenzioso ricatto della figlia che, adesso, sembrava pronta anche allo scandalo di mandare tutto all'aria piuttosto che, sottomessa, prestarsi a ogni comando.

"Sissi," rispose il piccilíddo ambasciatore.

"Comu ti chiami, chi ti manna?" Bastiana si accertava.

"Accursio! Don Calogero mi manna, ci devo dire cosa all'orecchio, gna Bastiana!"

Bastiana si chinò e lui la stordì con una vocina stridula come il cigolio di una porta: "Don Calogero s'inniu a fare quel servizieddu con quella signora che voi sapete".

Bastiana si guardò intorno sperando che nessuno avesse sentito l'equivoco messaggio, mise il soldo in mano ad Accursio e lo congedò. Ora toccava anche a lei di fare quello che c'era da fare. Tornata in cucina, sussurrò a Nardina che era ora di partorire. Brigida, agitata e complice, sostituì sul fuoco le cazzarole di delizie con pentoloni di acqua.

Fuori, alla luce dei lampioni, la pioggia cadeva di sbieco, veloce e fitta, una cortina d'acqua che lucidava le strade deserte.

A San Marco, in aperta campagna, il temporale sembrava ancora più violento e se i fulmini penetravano il buio fitto, lo spettacolo della pioggia violenta sgomentava l'animo.

Quando la sorpresero le prime doglie, Sabedda era appena tornata da Santa Margherita. Sola, impaurita, nello spazio sempre più breve di assenza del dolore, le venivano in mente racconti drammatici di parti burrascosi uditi in passato, di mamme che per qualche mortale imprevisto mai conobbero il loro bambino, di vari accidenti che scrissero anzitempo la fine della gestazione.

Nella disperazione del momento si pentiva di non avere accettato l'invito di don Calogero a partorire in casa sua dove la madre di lui, seppure anziana, avrebbe potuto comunque esserle d'aiuto.

L'inquietudine le rese insopportabile l'assenza del mafioso e la convinse che affidandosi a lui, e non solo nelle difficoltà, avrebbe finalmente finito di patire. Che lui vivesse l'oscura esistenza del fuorilegge, temuto come un assassino, incerto del suo avvenire, non furono per lei ostacoli al desiderio di averlo vicino. Tra spasmi e lacrime, supplicò il padre di prendere il mulo e correre a chiamarlo.

Terrorizzato che qualcosa andasse storto per sua colpa, Bartolo spronò la bestia, incitandola a suon di frustate e di "arrà arrà". Lei fece quel che poté, ché abituata ad altra andatura non le riusciva di raccordare il cervello spento e le gambe rassegnate.

Don Calogero, che mai si sarebbe fatto sorprendere dall'urgenza, alla vista del colono capì prima ancora che quello parlasse. Pronta davanti casa aspettava la stessa auto noleggiata che aveva riportato Sabedda a San Marco, mentre Gasparino Trebotti, il manutengolo che allora l'aveva guidata, e lui stesso, vestiti di tutto punto e alternandosi nei turni, erano rimasti in allerta giorno e notte.

Secondo i piani predisposti, si dovette andare prima a Sarraca a prendere la signorina Parlavecchio. Al ritorno, nell'auto si respiravano l'angoscia del mafioso per Sabedda da troppo in attesa e, insieme, la tensione di Gasparino per la guida complicata dalla pioggia. A smorzare l'inquietudine, la tranquillità dell'ostetrica che finalmente sentendo vicina la fine di un incubo avvertiva già nelle sue tasche il peso dei soldi.

In un moto di paura, mentre le ruote dell'auto ogni tanto slittavano dentro il fiume d'acqua, la signora Lillina fece voto di una spropositata offerta alla Madonna ma, avendo prontamente Gasparino ripreso il controllo del veicolo, e rassicuratala don Calogero che quella era auto che non li avrebbe traditi, mutò il voto nella promessa di giocare a carte non più di una certa cifra per volta, rinviando a tempo opportuno la determinazione della somma.

Lampi sempre più accecanti cadevano dal cielo morendo nel mare, nel buio che ne seguiva i tuoni assordavano. In uno squarcio di luce fulmineo, bucando la notte, apparve ai tre viaggiatori una balena di metallo di dimensioni spropositate che lenta nel cielo sorvolava il mare. Gasparino, impaurito, temendola una bestia vivente, fermò l'automobile. Nonostante la pioggia, tutti ne scesero, gli occhi spalancati e la bocca aperta.

Il mare era bianco di schiuma, cavalli indomabili le onde, il vento ripeteva un unico interminabile urlo. Fu allora che nel cielo, inattesa, una vampa ingoiò il mostro in volo, le palpebre dei tre si serrarono le loro braccia si strinsero in reciproco soccorso. Poi si avvertì un frastuono spaventoso, come una bomba che deflagrava a due passi da loro. Quando tutto ebbe fine e i tre si sciolsero dall'abbraccio, una pioggia di fuoco accompagnava la balena che si lasciava abbracciare dal mare.

Era quell'apparente cetaceo un imponente dirigibile francese, si chiamava *Dixmude* e non avrebbe dovuto essere lì dove si era trovato, in mezzo alla tempesta.

Il primo a scuotersi fu don Calogero: "Sabedda, Sabedda, lu picciliddu, presto amuninni, scappamu!".

Quell'ultimo tratto di strada fino alla masseria fu un tormento. Lillina, don Calogero e Gasparino Trebotti nell'automobile rimasero muti, bagnati, il rumore affannoso del respiro, i cuori fuori controllo.

Trovarono Bartolo in gran confusione, entrava e usciva dalla casa al baglio e viceversa, anche lui era stato testimone di quanto sul mare di San Marco era accaduto mentre Sabedda dentro la casaredda, sola, sul letto, si lamentava per le doglie.

Lillina, finalmente snebbiata, ancora grondante, comandò a Bartolo acqua calda e un altro lume. Poi si asciugò come meglio poté e, indossato un grembiale, si lavò le mani e chiuse la porta.

Gli uomini trovarono nella stalla, dove ardeva un focolare, un ricovero caldo e asciutto e, nell'attesa, l'incredibile cui avevano assistito fu oggetto di fantastiche e sovrannaturali ipotesi. Di certo era un presagio. Ma per chi? Il paese, l'Italia, il mondo? Un'altra guerra? Un avviso per Mussolini?

Al bambino che stava per nascere nessuno pensava, già troppo la sorte si era occupata di lui. Le doglie duravano già da diverse ore e Lillina temette che il bambino avesse sofferto, di essere arrivata un po' troppo tardi. Ma si diede da fare e, incoraggiando quella giovane primipara piena di spavento, la incitò a spingere a ogni suo segnale.

Non era passata un'ora che tutti udirono il primo pianto rabbioso e confortante del figlio di Stefano Damelio e Sabedda Messina.

Lillina uscì fuori annunziando: "Una fimminedda, una fimminedda! Maria! Quanto è bedda! Bellissima è!".

"Sabedda? Sta bona?" don Calogero ormai non nascondeva più il suo interesse per la picciotta.

"Sissi, perfetta! Un parto felicissimo!"

"Allura amuninni! Pigghiassi la piccilidda e amuninni!"

Ma a quel punto Lillina, risoluta, disse che non era ancora il momento, la bambina sarebbe dovuta rimanere tra le braccia della madre per riprendersi un poco dallo strapazzo del parto.

Don Calogero si vergognò di quel suo modo rozzo e brutale di portare via la figlia alla madre, avrebbe voluto cancellare la sua fretta e le sue parole e sperò in cuor suo che Sabedda non le avesse sentite. Ma la verità era che lui non avrebbe mai voluto vedere tra le braccia di lei quell'innocente, figlia anche a don Stefano. Lo assalì improvvisa e forte una nuova gelosia. Stefano per primo l'aveva posseduta e non un minuto l'aveva amata, mentre lui, che mai l'aveva sfiorata, stava perdendo sé stesso dietro quel sentimento e avrebbe cambiato pure vita se solo lei gliel'avesse chiesto. E tutto questo voleva dirglielo, ora, subito, sperando che l'immenso amore suo riuscisse a mitigare il dolore ormai pronto per lei.

Don Calogero entrò nella stanza dove Sabedda, gli occhi lucidi di lacrime gioiosissime, cullava e baciava la sua pupidda, taliava le manuzze niche niche, la testa una palluzza bruna e riccia, le narici capocchie di spillo, le orecchie due farfalluzze. Lui non ebbe il coraggio di interrompere i muti messaggi d'amore tra una madre e la figlia. Sabedda lo vide e più forte strinse a sé la bambina, lo sguardo supplice perché non gliela portasse subito via.

Poi fu lei stessa a porre fine alla scena del campiere cambiato, sconvolto, indifeso, tutta la sua delinquenza sconfitta dalla forza dell'emozione. Con un gesto gli indicò il cassettone di fronte al letto: "Aprite l'ultimo cassetto e pigliate quella cartuzza".

Don Calogero obbedì. Si ritrovò tra le mani una cartula munita di un cordoncino e rivestita di tela ricamata: loquaci il bianco di un fiore e l'aranciato di un piccolo frutto.

"Che devo fare?"

"La zia Nuzza m'imparò. Mettetecela alla piccilidda. Questo solo."

Sabedda, quando Lillina gliela tolse dalle braccia, si sentì squarciare il ventre come se gliel'avessero strappata da lì dove ancora viveva.

Era notte fonda, Lillina Parlavecchio teneva in braccio le sue ventimila lire che continuavano innocenti a dormire. Gasparino e don Calogero, gli occhi alla strada, cercavano segni di quanto avevano avuto la ventura di vedere nel viaggio di andata a San Marco. Poi il paese, Porta di mare e la discesa verso la Marina: una folla vociante, carabinieri a piedi e a cavallo, polizia, confusione come si fosse in pieno giorno.

Si era appreso che l'equipaggio del dirigibile, composto da cinquanta marinai, era disperso in mare. Il popolo di pescatori dei sarracesi non consentì che quei corpi, vivi o morti, non fossero subito rintracciati e soccorsi. Chi aveva una barca la mise subito in mare, e chi non l'aveva fu equipaggio volontario. Presto fu tutto un chiamarsi da un'imbarcazione all'altra. E fu pesca di uomini morti.

Don Calogero ordinò a Lillina di tenere nascosta la picciliddа, un carabiniere fermò l'automobile.

"Vicè? Tu sei? Ma che sta succirennu?" Il campiere scese dall'automobile, aveva riconosciuto il giovane Vicenzo che mesi addietro gli aveva recapitato il messaggio di avvertenza del maresciallo Crisafulli. Così sperò di togliersi al più presto da quell'impiccio che rischiava di andare per le lunghe.

"Don Calogero! Ma come, nenti sapiti? Da dove venite? Accadde tre ore fa proprio ni lu mari davanti a San Marco! Tutti là sotto sono, a vedere che si pò fari, macari il maresciallo."

"Ma che cosa Vicè? Che cosa davanti a San Marco?"

E fu la spiegazione confusa di un digiribile, un aeromobile, una cosa come l'aeroplano, che era caduta nel mare incendiata da un fulmine. Morti? Mizzica, tutti! Francisi.

Intanto a loro si era avvicinato un carabiniere più anziano: “Chi siete? Da dove venite e dove state andando?”. L’auto, a quell’ora di notte, aveva dato nell’occhio.

Don Calogero declinò le sue generalità.

“Calogero Licata, avete detto?”

“Sissi.”

“Che mestiere fate?”

“Il campiere del barone Damelio sono, ma anche del duca di Salaparuta e del conte Gallo Inzerillo!”

E questo fu il suo primo errore di quella notte.

Tratto un foglio di carta dalla tasca, il carabiniere, dopo averlo letto, intimò a don Calogero di seguirlo in caserma perché fosse interrogato.

Il mafioso, la faccia sorpresa ma non spaventata, il piglio di chi sta subendo un abuso, chiese il motivo di quell’ordine.

Il carabiniere, che parlava con accento continentale, vestito di tutta la sua autorità, rispose che sarebbe stato informato a tempo opportuno con tutte le procedure e le garanzie di legge.

Vicenzo cominciò a temere per don Calogero: in caserma tutti avevano avuto notizia dell’arrivo di un’ordinanza fresca fresca di Cesare Mori, il prefetto di Trapani, che ingiungeva di sottoporre a immediato interrogatorio una lista di mafiosi. E Mori considerava mafiosi o collusi tutti i campieri. Vicenzo trasse le sue deduzioni.

Intanto i sarracesi, tutti uomini ché le donne a quell’ora tarda erano dentro le case, scivolando lungo la stradella fangosa di pioggia si dirigevano alla Marina.

Il carabiniere anziano comandò a Vicenzo di portare il Licata in caserma e scomparve confuso tra i molti.

Don Calogero e Vicenzo si guardarono smarriti. Il campiere si mosse nel tempo di un lampo, chiese sottovoce scusa a Vicenzo e, prima che l’altro ne intendesse il motivo, gli sferrò un pugno potente allo stomaco. Il ragazzo si accasciò mentre i sarracesi là intorno, evitando di essere coinvolti, si allontanavano il più possibile dal giovane gendarme colpito. Don Calogero risalì sull'auto e, mentre si affrettava a chiudere lo sportello, Gasparino Trebotti era già ripartito in velocità.

Fai bene ai porci e alimosina ai parrini! Don Calogero masticava fiele pensando a quanto si era prodigato per i fascisti, e ora? I Mori erano arrivati e cumannavano issi! I mafiusi tutti in galera! Ma a lui non l'avrebbero pigliato né ora né mai.

PARTE IV

Agrigento, 1960
Senza famiglia

Tutte le volte che Concettina Calvaruso, fasciata in gonne sempre più strette, entra nel mio ufficio, sono costretta a patire la vista della "vera fimmina" secondo canoni maschili. Mentre avanza annacandosi, alle sue spalle il vetro della porta riflette lo spacco malandrino che le si apre a sipario su due gambe da film, regalandole passi brevi e maliziosi da topolina. Una Marilyn Monroe insulana con la riga dritta e perfetta delle calze di nylon che la fanno sembrare appetitosa come una diva.

Gli uomini per strada la guardano come una cassata dentro la vetrina! Picciliddi e maschi fatti, ricchi e puvirazzi, tutti schifosi sono: dalla loro bocca smollata gocciola saliva che, appesa al mento, ciondola come filo di ragno che tesse la tela. E lei di quegli sguardi sozzi si bea, la faccia da stupida sempre in attesa, gli occhi da cacciatrice delusa, le guance smunte per via di prede sempre più magre e immangiabili.

Oggi la gonna è ancora più stretta e mentre si avvicina alla mia scrivania sento le calze che frizzano l'una contro l'altra:

"Che è 'sto rumore? Un richiamo per uccelli?" la mia lingua di vipera sibila.

"Nooo! Le calze di nailonne sono! Me le misi nuove nuove e grattugiano un poco!"

Si sistema gli occhiali civettuoli e annuncia: "Dottoressa, vi venni a dire che c'è una visita per voi! Un parrino è, dice che viene da Sarraca e vuole parlare con lei proprio, che lo manda padre Ardena, il prete della chiesa delle Giummarre!".

Accolgo i sarracesi che vengono al mio ufficio allo stesso modo di tutti gli altri utenti, ma questo parrino ambasciatore mi sorprende e m'intriga. Che può volere da me padre Ardena? Non pratico chiese né sacramenti, evito matrimoni, battesimi e feste religiose. Troppo ambigua, nella mia mente, la figura di nonna Rosetta, rosario in mano, breviario sul comodino, bottiglietta di laudano in tasca e malevolenza nei confronti di tutti.

Però ho nei confronti di padre Ardena un grande e umano rispetto non solo perché ha officiato il mio battesimo, ma anche per la sua compassionevole attività. Padre Ardena s'industrierebbe a fare miracoli pur di provvedere al suo orfanatrofio, andò fin in America a chiedere aiuti ai sarracesi emigrati che avevano fatto fortuna. Strambo, ma buono e simpatico, spesso lo incontro a Sarraca a cavallo del suo asino di nome Giummariello e dietro di lui una coda di suoi orfanelli per la raccolta quotidiana di provviste.

Curiosa sollecito Concettina Calvaruso a lasciar entrare quel parrino che si è fatto il viaggio fino ad Agrigento per parlare con me.

Si fa avanti un pretino giovane e sorridente, magro e dritto come una candela, le mani incrociate sul petto come gli scappasse il cuore e lo sguardo storto timidamente poggiato sul culo fasciato di Concettina. Entrambi si avvicinano alla mia scrivania e lui ha modulato i suoi passi su quelli della topolina.

"Dottoressa, buongiorno, sono padre Alfio, l'assistente di padre Ardena, chiedo scusa se interrompo il suo lavoro ma trattasi di cosa urgente e per una buona causa. Padre Ardena, che tutta la famiglia sua conobbe, confida assai nell'aiuto vostro. Vi sa persona di gran cuore e disponibile, e noi e i nostri orfanelli vi ricorderemo sempre nelle nostre preghiere."

Padre Alfio spara parole come pallottole, sempre sorridendo, le mani ora giunte in preghiera e l'ultimo sguardo alle grazie di Concettina che discreta si allontana.

Sorrido, quella figurina tutta nera che sparge gioia di vivere come incenso dal turibolo mi piace molto.

"Si tratta degli orfanelli? Qualunque cosa si debba fare per loro io ci sono."

All'argomento sono immediatamente sensibile. Anche io sono orfana e ora mi sento come fossi stata senza famiglia già prima di nascere. Forse è davvero stato così, nonostante il silenzio omertoso dello zù Pippino, il buco nel cuore che mi affanno a ignorare e l'eredità di un barone che vorrei mi fosse padre davvero.

"Grazie. Voi dunque sapete che la nazione francese ci ha donato una statua della Madonna di Fourvière..."

"No, non lo sapevo..."

"Sì, quella che per ora sta all'ingresso della nostra chiesa. È per tutto quello che padre Ardena fece nella tragedia del Dixmude*."*

Le mie orecchie ora sono dritte e attente come quelle di un gatto. Mille volte mi è stata raccontata quella storia che accadde proprio la notte in cui nacqui. Un avvenimento sconvolgente che però in casa nessuno ricordava con particolare precisione. In quella sera di confusione, palazzo Cangialosi era tutto occupato a farmi venire al mondo. Forse.

"Sì, sì, certo! Continuate."

"Ora ci troviamo in un pasticcio! Padre Ardena vuole fare costruire una bella colonna, in cima alla quale sarà messa la statua della Marunnuzza francese e tutto sarà collocato in uno spazio al viale delle Terme, proprio davanti al mare. Ma alcuni scomunicati e fetentissimi consiglieri comunali vanno incolpando padre Ardena perché dicono che quello spazio è terreno demaniale, e lui non se ne può appropriare come ci piace. Per questo venni! Per cercare le carte, perché

quel terreno una donazione alla chiesa fu, altro che terreno demaniale!"

"Ma ben volentieri, padre Alfio, vi metto a disposizione tutto l'archivio e tutti i volumi notarili e pure un impiegato che vi possa aiutare... ma voi se potete dovrete raccontarmi qualcosa di quell'incidente. Sapete, accadde proprio la notte in cui nacqui."

Il pretino comincia a cercare dentro la sua cartella di cartone. Ne tira fuori una copia intonsa del Giornale di Sicilia *e me lo consegna in cerimonioso ossequio.*

"Questo ve lo manda padre Ardena, è uscito l'anno successivo all'incidente e contiene un articolo interessante su quella tragedia. Lui fu un protagonista di quella notte terribile, fece l'impossibile per quei poveri francesi morti nel mare. Ci fece funerali in grande e provvide a far costruire un ossario al cimitero dove tutte quelle povere armuzze ora riposano in pace. I parenti francesi ancora oggi ci ringraziano con tante belle offerte. Per tanti anni ebbe pure una corrispondenza con il padre del comandante Jean du Plessis de Grenédan: quel pover'uomo ormai quasi ottantenne si fece frate trappista per dare un senso cristiano al dolore per la perdita del figlio, e pure questo fu opera di padre Ardena!"

A questo punto la voce di lui si spegne in un tremito e un fazzoletto candido asciuga una lacrima.

Io intanto penso a quella notte... Ma che potrà dirmi un giornale del mio passato? Non mi conosce, non può conoscerlo e forse non lo conosce nessuno. Speravo in un lampo, un ricordo preciso di padre Ardena affidato a padre Alfio. Sognavo che quella stessa sera mio padre lo avesse messo al corrente della mia nascita e di qualunque altra cosa che oggi sarebbe stata per me preziosa tessera di un mosaico.

Il giornale tra le mani, mi fingo grata.

"Posso tenerlo?"

"È vostro, dottorè! L'articolo che leggerete fece luce su tante cose e padre Ardena ne comprò diverse copie che sono tutte conservate nell'archivio parrocchiale. Di questa ve ne fa dono!"

Poi sono ancora ringraziamenti reciproci e mentre don Alfio viene affidato alle cure di Anselmo Dioguardi, il più esperto in ricerche, io apro il giornale a lenzuolo.

QUANDO IL DIRIGIBILE *DIXMUDE* PRECIPITÒ A SARRACA

La notte del 23 dicembre 1924 il cielo di Sarraca è sferzato da una tempesta. Piove dal pomeriggio, quando uno strale di fuoco accende a giorno il mare.

Così di certo non me lo aveva raccontato nessuno e m'immergo nella lettura dell'articolo.

Già alle prime righe si parla di un mistero e la storia di quel dirigibile, che in una foto ormai sbiadita sembra una rigida balena, mi diventa familiare. Anche per lui c'è un enigma da risolvere.

Il giornalista riferisce di un sospetto: non sembra essere stato un fulmine a colpire l'aeromobile, lo affermano con certezza un gruppo di operai delle ferrovie che, all'uscita del loro turno di lavoro, videro sì un bagliore ma non era una folgore.

Al mattino alcuni pescatori trovarono in mare due serbatoi di alluminio ma cercando resti umani da strappare ai pesci non vi diedero peso e continuarono nella loro pesca misericordiosa.

Difficile trovare un corpo intero, l'esplosione cui i cinquanta uomini dell'equipaggio erano stati esposti non lasciava molte speranze.

Le operazioni di soccorso furono organizzate proprio da padre Ardena e, qualche giorno dopo, una barca trovò impi-

gliato nelle sue reti il cadavere intatto, uno solo tra cinquanta, del comandante Jean du Plessis de Grenédan.

All'interno di una tasca della sua uniforme furono trovati un rosario e un foglio piegato in quattro: era la preghiera vergata dallo stesso comandante che chiedeva a Dio, per l'intercessione della Vergine di Lourdes, che, in caso di naufragio, il suo corpo non andasse in pasto ai pesci.

Ho un brivido e mi chiedo se non debba tentare anche io la via della preghiera per uscire dall'angoscia cui il dubbio mi ha precipitata.

L'articolo è pieno di particolari ma devo darmi pace: in quella storia non c'è alcun filo segreto che unisca la fine del sommergibile alla mia nascita.

Sto per ripiegare il giornale quando nel taglio basso mi attrae il titolo di una colonna di appena quindici righe:

ARCHIVIATA LA MORTE DEL FARMACISTA DI SARRACA
È STATO UN INCIDENTE

Le righe ballano, le parole si scambiano di posto, la punteggiatura non la vedo nemmeno, però giungo alla fine e per la prima volta apprendo come su quella morte all'inizio si fossero accumulati dubbi e sospetti. La portiera aperta dal lato del passeggero, le impronte di fango lasciate a terra nell'abitacolo avevano fatto supporre che qualcuno viaggiasse con Carlo Cangialosi al momento dell'incidente. Ma la pioggia era stata troppa e sul terreno scosceso non era stato possibile rinvenire nessuna altra orma. Inoltre nessun testimone si era fatto avanti per raccontare di aver visto quella mattina il barone Cangialosi in compagnia, e nessuna risposta era stata trovata alla domanda sulla ragione di quel viaggio a Sant'Anna a notte fonda.

Mi sconvolgono le ipotesi che a suo tempo erano state avanzate dagli inquirenti, ma dopo quasi quaranta anni che altro mi resta se non rassegnarmi e archiviare ogni indagine anche? Sia stato accidente o morte violenta, non so nemmeno se davvero quell'uomo fosse mio padre.

Mi assale una nausea feroce, ho tutto il mondo contro e gli occhi e la bocca pieni di sabbia.

Passetti e gridolini mi distolgono dalla lettura. Rientrano di furia nel mio ufficio Concettina, tra le braccia un volume come reggesse un bambino, e dietro il pretino, tanto accosto da finirle addosso quando lei si ferma davanti la mia scrivania.

"Lo trovammo! Dottorè, lo trovammo!"

Concettina è euforica e guarda don Alfio con sguardo complice.

"Non era così difficile, Concettì, avevi la data dell'atto e il nome del notaio, saresti stata cecata se non lo avessi trovato." Lo sconforto mi rende cattiva. Concettina delusa riassesta sul naso le spesse lenti a farfalla ed esce lanciando a don Alfio un'occhiata mortificata.

Il pretino mi dice che la signorina con lui fu tanto gentile e ha promesso di preparargli copia dell'atto entro un'ora. Intanto rimane in piedi, le mani giunte e gli occhi al cielo, come volesse trascorrere l'intera ora in preghiera. Lo invito ad accomodarsi.

"Vi ha fatto piacere il giornale, dottoressa? Padre Ardena era sicuro che avreste gradito e non solo per tutta la vicenda che rese memorabile quella notte... lo vedeste l'articoletto vero? Che brutta sera quella, pure per il vostro povero papà!" Ora ha l'aria di una beghina in vena di curtigghi e io lo assecondo: "Non ebbi neanche il tempo di conoscerlo...".

"Sì, so la vostra storia. Padre Ardena si ricorda ancora il vostro battesimo, quando vostra nonna la baronessa si rifiutò all'ultimo momento di farvi da madrina perché diceva che voi non eravate una Cangialosi! Ma come ci venne quella idea? Certo, la morte del figlio l'aveva sconvolta!"

Un'occasione, il cuore trema, la mente sbanda, cos'altro sa questo pettegolo vestito da prete?

"Alla fine chi mi fece da madrina fu nonna Bastiana. E poi?"

Don Alfio, la mano sulla bocca a farla tacere, negli occhi sorridenti un lampo di pudore, tiene strette le gambe e intreccia le braccia confessando che si fa peccato a lasciarsi andare a maldicenze su persone ormai sepolte. Io insisto con garbo e lui dà la stura a ciò che sa. E lo sa nei minimi dettagli: "Dottoressa, la chiesa sembrava un cortile delle case marinare, la gna Bastiana cominciò a chiamare pazza la consuocera e donna Rosetta dal canto suo l'appellò currera, malacarne. La gna Bastiana le rispose addirittura che sarebbe stato meglio che veramente voi non foste una Cangialosi almeno non c'era pericolo che cresceste brutta e cattiva come alla baronessa! Padre Ardena mi contò che ebbe il suo bel daffare a separarle e il battesimo fu celebrato solo quando la vecchia fu portata nella sagrestia e calmata con un poco di laudano! Meno male che non c'era nessun invitato, solo le due fimmine di casa. La famiglia era ancora in lutto stretto".

Concettina intanto ha superato ogni suo record di battitura e, in mano la copia già dattiloscritta, ripercorre la distanza tra la porta e la mia scrivania seguita dagli occhi attenti di don Alfio.

Dopo saluti, ringraziamenti e mie promesse di far visita al più presto a padre Ardena, don Alfio accenna un gesto di benedizione verso me e Concettina. Mentre lei si offre di accompagnarlo alla porta io li osservo. Quella femmina sarebbe capace di sedurre anche lui.

Io non ho più voglia di lavorare, la mente è distratta. Niente di sostanziale si è aggiunto a ciò che sapevo ma almeno ho la certezza che nonna Rosetta era, per voce di popolo, fuori di testa. I pettegolezzi saranno causa di peccato per i sacerdoti, ma a volte sono opere buone.

Sarraca, 1924
La storia quella vera

25

La notte, scrollatasi finalmente di dosso la tempesta, si era riscritta un cielo con qualche stella. Era già al traguardo dell'alba quando palazzo Cangialosi si movimentò come un teatro in una soirée.

Gasparino Trebotti si fermò nella stradella retrostante il palazzo cercando di evitare ogni stridio di freni. Lillina Parlavecchio ne scese con il suo prezioso carico che, tacito, assecondava il proprio destino. Don Calogero la seguiva. Attesero che l'auto si dileguasse nel buio e attraversarono il giardinetto in assoluto silenzio. Nessuno per strada, gli uomini tra il porto e la marina, le donne rintanate. La ghiaia crepitava sotto le loro scarpe.

Un guado! Quell'ultimo metro di avventura sembrava un guado a entrambi. Temevano impacci improvvisi, piedi rapiti da buche insondabili, ombre di carabinieri e sorprese di squadristi.

Brigida li aspettava dietro le lastre della finestra, quando vide l'auto spense la candela che teneva in mano quale segnale e affacciatasi calò dal balcone una grossa cesta saldamente legata a una fune, Lillina vi pose la bimba e sgusciò via aggirando il palazzo per presentarsi subito dopo al portone principale. Don Calogero era già sparito.

Carlo, che allora rientrava dopo essere stato trattenuto dalle mille notizie che per strada si rincorrevano sull'incidente del dirigibile, fu sorpreso dall'ostetrica, la chiave nella serratura.

"Voi qui? E mia moglie? Ma allora Nardina? Le doglie arrivarono belle forti finalmente? Mi allontanai, sembrava ci volesse ancora tanto!"

"Sissi, sissi, don Carlo, mi faccia salire, pronta è, pronta!"

Ma Nardina non era necessario che lo fosse. Bastiana supplicava la figlia di emettere un suono, un lamento un grido che annunziasse al mondo la fine del suo parto fruttuoso.

La pila delle pezze e degli asciugamani giaceva bianca e intonsa, l'acqua non più calda nelle tinozze. Ancora incantata, Brigida guardava nella cesta un neonato dormiente. La currera si sentì persa, la tensione che l'aveva sostenuta cedette di colpo e, alla voce di Carlo, dalla sua gola uscì potente un grido altissimo, stridente e liberatorio, come quello della spinta finale nel parto. Si affrettò sul corridoio: "Sta nascendo, sta nascendo!" annunziò, la voce ormai un filo. Lillina in corsa la scansò e chiuse veloce la porta della camera di Nardina mentre Bastiana, dopo l'annunzio, ci tornava: l'urto fu inevitabile, la currera tenendosi il naso che sanguinava abbondantemente rientrò anch'essa.

Poi fu tutto un rincorrersi a preparare la scena. Asciugamani e pezze furono poste sotto il naso di Bastiana, nessuna simulazione sarebbe mai potuta riuscire meglio. Altre pezze furono messe a galleggiare nelle tinozze d'acqua colorata dello stesso rosso carminio usato per i fruttini di martorana.

In quel trambusto il fagotto continuava a dormire tranquillo nella cesta. Lillina non aveva avuto il tempo di parlare se non per dare ordini immediati. Al neonato furono tolte le fasce dalla vita in giù e il mondo seppe che era femmina. La sorpresa fu di tutti tranne che della levatrice.

Carlo crollò su una sedia davanti la porta della puerpera mentre donna Rosetta, che assolutamente aveva voluto alzarsi dal letto dopo il disperato grido di Bastiana, tenuta sottobraccio da Venera, commentava la notizia mugugnando: “Manco un masculo seppe fare ’sta cosa sicca!”.

Nardina, scompigliata, pallida e stordita, fu sommersa da baci veri e falsi. Tra le braccia teneva la piccola come se scottasse.

26

Carlo, che troppo si sentiva appagato di quel regalo grande che il cielo gli aveva mandato, si muoveva impacciato in quel regno di femmine. Guardava Nardina, le baciava le mani appellandola come la Madonna nelle Litanie, madre dolcissima, madre bellissima, madre di ogni speranza… e via salmodiando. Brigida e Lillina, impedite nel loro daffare dalla sua presenza, lo spostavano di qua e di là come un ingombro. Nardina, muta, lasciava che lui interpretasse a suo piacimento le lacrime che, colpevoli, bagnavano le sue guance diafane.

Provato per quella notte eccezionale e non volendo disturbare Venera che, allontanata bruscamente dalle stanze della partoriente, era infine andata a coricarsi, Carlo scese in cucina a prepararsi con le sue mani un caffè, lasciando le sue donne al rito delle cure che seguivano il parto. Fuori regnava ancora il buio quando nell'aria di casa risuonarono lugubri tre rintocchi della pendola a muro.

Quella signorina Lillina era stata davvero brava e competente e meritava un regalo maestoso, pensava Carlo cercando il barattolo con i chicchi già atturrati. Era incerto sulla somma. Pensatane una, subito gli sembrava troppo misera, c'erano da calcolare anche tutte le visite mensili alla gestante e il parto notturno che aveva costretto l'ostetrica a uscire di casa in quella sera tempestosa. Così ricominciava il calcolo da capo, ma la somma raggiungeva cifre così alte da far pensare che la bambina l'avesse fatta proprio la signorina Lillina con le sue stesse mani.

Intanto caricava il macinino per preparare la polvere. Era già innamorato della figlia e Nardina, ormai al secondo posto nel suo cuore, gli sembrava un'altra. Certo, l'avrebbe desiderata ancora, avrebbe avuto per lei le stesse attenzioni di prima, ma che fosse sua moglie aveva ora per lui un significato diverso. Se era riuscita a diventare madre una volta, perché non sarebbe potuto accadere ancora? E che il prossimo fosse un maschio era eventualità pari a quella che per forza fosse una femmina.

Si beava per quella parola che gli riempiva la bocca come una pastarella, grande, morbida e giulebbosa: "papà, papà, papà" e, ripetendola a voce alta, la modulava in toni diversi. Quel suo nuovo stato se lo sentiva come un vestito di taglia più grande ma comodo.

Udì un suono di campanello, ma leggero come uno sfioro. Andò ad aprire con la disattenzione generata dai nuovi pensieri. Uno spiraglio e don Calogero s'introdusse furtivo come una folata di vento. Il campiere a casa sua a quell'ora, cos'altro doveva accadere quella notte? Ma Carlo non ebbe il tempo di sorprendersi: la canna fredda e dura di una pistola affondò dentro il suo stomaco levandogli il fiato.

"Barone, una parola e sparo!" sibilò don Calogero. "Allistemu, la macchina dovete pigliare, andiamo."

Carlo intese il tono di comando ma scena e parole gli rimasero estranee. Rimase immobile, le ore prima vissute gli sembravano un sogno. Il campiere di nuovo lo sollecitò: "Non ci capimmo, ora, subito, o sparo". Il novello padre si mosse a prendere il pastrano, rimasto a terra da quando era rientrato di gran fretta con Lillina al momento del parto. Non ebbe la forza di fare né dire null'altro. Uscirono, il cielo buio nuovamente annerato di pioggia.

Carlo sentiva le gambe cedergli a ogni passo, il selciato bagnato come un incubo sotto i suoi piedi. Don Calogero, con consumata strategia, camminava discosto da lui ma ugualmente la minaccia dell'arma tenuta nascosta sotto il tabarro gelava la schiena di Carlo e lo faceva morire ogni istante.

Al macaseno, il barone cercò di prendere tempo per avviare l'auto, fingeva un inconveniente, ritentava e volutamente spegneva.

"Senza che facciamo scherzi, barò, vedete di farla partire che tra poco si fa jorno!"

Carlo ritrovò allora un po' di baldanza: "Mia figlia è appena nata! Ditemi di grazia dove andiamo, perché, e quando torniamo".

"Felicitazioni, barone, priato ne dovete essere ché sicuro il destino suo è quello di essere bedda come sua madre. Ma ora pigliate la strada per Girgenti, poi ce lo dico io dove vi dovete fermare."

"Ma perché proprio io vi ci devo portare? E poi perché la violenza, questa pistola? Calogero, ma ci fici mai sgarro?"

"Di questa storia meno ne sapete, meglio per voi è, barone. Lo dico per il vostro bene. Comunque non avevo altro mezzo. A voi, tutti vi conoscono e nessun carabiniere se vi ferma vi addumanna dove andate. In caso avisse a succedere, rispondete che portate medicine a un parente. E ora spicciàmuni."

Il tempo dell'Avvento, proprio sulla soglia del Natale, era ridiventato triste, per strada taceva il suono delle campane che all'alba avrebbero dovuto annunziarlo: molti dei cinquanta cadaveri del *Dixmude*, straziati e irriconoscibili, galleggiavano ancora lungo il mare da San Marco a Sarraca. Il popolo sarracese partecipava sempre più numeroso alla pesca dei morti. Una vicenda inspiegabile, congetture, sollievo per le donne del quartiere marinaro che, anch'esse nella folla, tremavano al pensiero che la disgrazia avrebbe potuto essere anche più grande, coinvolgere i mariti o i figli e i padri.

Carlo, sollecitato da don Calogero, non si decideva ancora ad aumentare la velocità dell'automobile. Pensava alla figlia lasciata a casa e gli sovvenne che ancora non poteva chiamarla con il suo nome perché non c'era stato il tempo di deciderlo. Procedeva cauto, stralunato, il viso accosto al parabrezza, dentro l'acqua che ora scendeva fitta e impenetrabile come nebbia notturna.

Intanto pregava. Che la Madonna lo aiutasse, che accadesse un imprevisto, un girare di vento che gli concedesse di tornare al più presto a casa. Ma non accadeva nulla se non una confusione di rovesci d'acqua.

L'auto prese velocità, ora rompeva la pioggia e Carlo invitò il mafioso ad allontanare da lui la minaccia dell'arma. L'ansia non lo aiutava ad aumentare ancora di più l'andatura come don Calogero sollecitava.

"Non vedete questa strada com'è ridotta? Una ruota dentro una buca e parte un colpo, per me o per voi. Via, don Calogero! Ragionate, quale prescia vi costringe ad andare a Girgenti?"

Il mafioso posò la pistola: "Ma state accorto, barone, ché le sicure sono sganciate". La sua fida Beretta era pronta a sparare. Gli sarebbe dispiaciuto assai se avesse dovuto ucciderlo, lui proprio, che della razza dei Damelio era l'unico e vero nobiluomo.

Don Calogero parve rilassarsi. Il tabarro gli scivolò dalle spalle coprendo gambe e pistola. A Carlo sembrò che il suo rapitore fosse sul punto di cedere. Era tempo prezioso, in cui pensare una manovra che lo liberasse di lui.

"Che vi sta succedendo, don Calò? Dove andate? A vostra madre non pensate?"

"Devo scomparire, barò. Il Duce decise che gli amici di prima ora sono nemici."

"Che viene a dire?"

"Che prima chiamò aiuto per mettere Tabisso e i suoi scagnozzi su tutte le poltrone del paese, ora finiu! Non ci piace più che ci stiamo in mezzo ai piedi, ora siamo malapianta e ci deve sraticare."

Dunque fuggiva. E Carlo costretto lo aiutava ma sapeva che il favoreggiamento di un reato era esso stesso reato. Ora i pensieri urgenti nella mente del barone erano due: tenere bene a mente tutte le coercizioni cui il campiere lo aveva costretto ma soprattutto liberarsi di lui con l'astuzia. Doveva cogliere il momento giusto, o forse il momento giusto era solo il più presto possibile...

Di colpo premette con tutte le sue forze sul freno senza scalare di marcia: l'idea era quella di sorprendere don Calogero rovesciandogli sul viso il suo stesso tabarro, aprire veloce lo sportello e spingerlo fuori.

La fretta, nella strada allagata di pioggia, rese vano il calcolo del rischio: le ruote persero aderenza, la vettura sbandando uscì fuori strada. Un albero fermò la sua corsa e la vita di Carlo.

Poi, un tramestio: a don Calogero una cieca Provvidenza aveva riservato un urto attutito. Era vivo, solo le mani aveva dolenti ché, poggiate con tutta la forza contro il cruscotto, erano state un freno istintivo. Ripigliato possesso di sé e constatato con sgomento che il barone era morto davvero, prese la via della fuga.

Sotto la pioggia, incamminatosi lungo una trazzera, pensava a Sabedda, alla figlia che le aveva sottratto chiudendosi gli occhi per non vedere quelli di lei disperati. Inzuppato, le gambe impedite per la corsa sulla terra annegata nell'acqua, don Calogero giurò a sé stesso che qualunque fosse stata la strada che avrebbe percorso da allora in avanti, un giorno l'avrebbe fatta all'incontrario per tornare a prendere Sabedda.

PARTE V

Sarraca, 1960
Senza famiglia

Oggi è sabato e zù Pippino aspetta Carlotta.

Sa che la picciotta è ancora turbata e lui se ne spiace, mannaggia a tutte le carte sepolte e resuscitate, mannaggia a lei che ha la curiosità di una scimmia, mannaggia a sé stesso che non ha ancora il coraggio di dirle tutta la verità. Ché poi alla fine sono tutti morti ed è solo acqua passata e lui sarebbe capace eccome di farle inghiottire il boccone amaro. Zù Pippino le donne le capisce, lo sa che sono fiori che appassiscono a un soffio di vento, bisogna solo aver pazienza, consolarle, tanto, convincerle della loro unicità, molto, e della loro forza d'animo, grande.

Invece, tutto quello che Carlotta ha scoperto, zù Pippino si ostina a ignorarlo. I documenti che lei gli ha mostrato finge che siano per lui pari a carta di vecchi giornali, anche l'atto notarile che lei gli ha mandato per posta. Ma la conosce: il suo silenzio le avrà già confermato che quell'insolita compravendita un posto nella storia deve averlo.

Allo zù Pippino è ben nota la determinazione della nipote del cuore: Carlotta è pronta a ferirsi, a sentire le ossa in frantumi e la pelle bruciare pur di sapere la verità. Anche le fossero contro il cielo, le stelle e tutti gli uomini della terra, lei ne verrà a capo di questa sua nascita che non trova posto in alcuna famiglia.

Lo zio si dispera, troppo è l'amore per Carlotta perché abbia la forza di farla soffrire. Il telefono sulla scrivania squilla a lungo e lui piange, non sa smettere. Cursidda accorre, lo guarda stupita.

"Pure surdu addivintàstivu?" e alzando il microfono glielo porge con turbata malacreanza.

"Pronto!" E infatti è Carlotta.

La voce dello zù Pippino è sconfortata.

"Arrivo stasera, zù Pippino, come ti avevo promesso. Te lo leggesti quell'atto?"

"Sissi."

"Che cosa mi dici?"

"Mi pare cosa vecchia e passata di cottura!" Le lacrime sono asciugate, la recita ricomincia.

"Ma che senso ha che una ricca come mia nonna Bastiana si venda una terra importante a un colono che non ha manco occhi pi chiànciri?"

"E se ne parliamo quando vieni?"

"No. Ora!"

Uno sbuffo rassegnato e lo zio si decide a rispondere, ma se da un lato rivela, dall'altro nasconde: "Carulè, mi tocca dirtelo: tua nonna commerciante era, di soldi e di tutto quello che si poteva vendere e accattare. Faceva affari con galantuomini inguaiati e con i delinquenti, tutto il paese la sapeva a Bastiana la currera. Bartolo in quella occasione chissà a chi, per quattro soldi, dovette fare da prestanome. Ora te l'ho detto!".

Carlotta è ridotta al silenzio, la notizia di una nonna strozzina e fuorilegge l'avvampa di vergogna. Il suo rigore morale, il disgusto per la corruzione, la serietà che mette nel suo lavoro, all'improvviso le paiono ipocriti, quasi che l'ombra di sua nonna (o di una che forse lo fu...) si proietti fino a lei.

La vita ora è a un bivio e lei non sa più se sia meglio uno stato di orfana, illegittima o trovatella, oppure quello di discendente meticcia di nobili lombi e stirpe plebea.

Ma per questo ancor di più è necessario sapere.

"Vedi? Vedi che sono capace di dirti qualunque verità?" La voce dello zù Pippino è ora limpida.

Carlotta per un tempo infinito non risponde, dentro la agita una diffidenza che dà le vertigini.

Dalla sala del pubblico, fuori del suo ufficio, giungono voci concitate.

"Devo andare, scusami, zù Pippino, sento Marx che fa il capuzzeddo con qualcuno nella sala di lettura. Ci vediamo più tardi."

Lo zù Pippino si dispiace di quella telefonata bruscamente interrotta, il silenzio della nipote gli era sembrato un segno di ripensamento doloroso di fatti e persone che a ogni istante mutano la sua vicenda e il suo stato d'animo.

Rivelandole i peccati della nonna currera, lo zio aveva sperato di aver fatto un passo verso la chiusura definitiva della vicenda nata dalla scoperta di quel maledetto atto di Santaninfa. Ma Bastiana imbrogliona per mestiere e donna Rosetta che voleva annientare la consuocera e la nuora per togliere entrambe di torno non sono, per la determinata Carlotta, motivi validi a fugare quel dubbio sospeso su un sottilissimo crinale. Ora ci sarà da aspettarsi un altro interrogatorio.

L'avvocato Calascibetta si alza con la disperazione della rabbia e raggiunge a grandi passi Cursidda in cucina che ha sentito tutto.

"Ma perché mi attoccò questa sorte? Perché devo essere io quello che dopo tant'anni rimette le cose al posto dove devono stare? I protagonisti se ne uscirono tutti dalla scena, chi morse e chi scappò. Perché proprio io devo ristabilire la verità? Perché devo essere io a sconvolgere quella picciotta che non ha altra colpa se non di essere venuta al mondo? E che colpa è poi questa?"

Cursidda imperterrita continua a schiacciare un mucchietto di mandorle da brustolire per conzare la pasta con i broccoli. Con una pietra liscia e rotonda frantuma i gusci che scrocchiando schizzano in disordine: crac, toc toc, crac, toc toc…

"Ma mi stai sentendo? Finiscila con questa battarìa!"

Lo zù Pippino sfoga su Cursidda il suo malumore, il volto è di porpora e ha già fatto quattro volte il giro del tavolo urtando sedie e spostando tutto ciò che è a portata di mano.

"E pure vi lamentate!" Cursidda non mostra pietà.

"Sì, mi lamento. E ne ho il diritto!" Con il dito indice lo zio indica più volte il suo petto.

"I masculi! Che mala razza! Orbi e presuntusi!" Cursidda smette di schiacciare mandorle, il gesto meccanico che l'aiutava a mantenere la calma ora non le serve più e, i nervi scoperti, si dirige verso la sua stanzedda in un rumore di sedie spostate e porte sbattute.

Zù Pippino rimane solo e impotente. Cursidda ritorna dopo qualche minuto, ha in mano una lettera.

"Un'altra?" lo zio si sente sotto un tiro di fuoco.

"Questa non la conoscete, ve la faccio vedere ora per la prima volta. Vi arrivò non una ma molte vite fa. Proprio quelle vite che voi vi ostinate a fare finta che non ci siano state! Io ero allora picciuttedda diciottina e mi ero annammurata fresca fresca di voi che eravate bello e importante, gilusa comu na diavula!"

Cursidda sente umidi gli occhi, un po' si commisera, un po' ha nostalgia di quel suo segretissimo amore mai consegnato ad alcuno per il timore di diventare poi lo zimbello di tutti, perché di un padrone si può al massimo essere amanti, innamorate è ridicolo.

Zù Pippino la guarda, carico di improvvisa meraviglia, gli occhi spalancati, la bocca aperta.

"L'aprii, profumava di fimmina, ma se sapevo che lei poi moriva giuro che subito ve l'avessi data!"

"Ma chi? Quale fimmina?"

"La buonanima di donna Caterina Damelio, la moglie di don Rosario, la mamma di don Stefano, la nonna, quella vera, di Carlotta. L'unica fimmina della vostra vita."

"Ma, ma… tu apristi una mia lettera? Ah, Dio Sacramento! Una cosa mia, un mio… sentimento! Come ti permettesti?"

"E i miei, di sentimenti? Certo, niente contano ma ce lo giuro, se donna Caterina non moriva dopo un paio di giorni ve la davo la lettera, a costo di non entrare mai più in casa vostra."

"Ma che c'è scritto?"

"Cose che già sapete, tranne una che me la imparai a memoria, solo quella."

Lo zù Pippino sorprende sé stesso e raggiunta Cursidda in un balzo sbilenco le strappa la lettera di mano.

Legge, e arriva alla frase fatale:

Giuseppe mio caro, per quell'amore che ci siamo negati…

Il seguito lui lo conosce. Le era vicino nei giorni che precedettero la sua fine e donna Caterina tante volte gli rivolse quella preghiera: che badasse alla famiglia Damelio nel tempo in cui non ci sarebbe più stata. I figli ancora picciliddi, il marito incapace e le sue spese pazze, il patrimonio come brace sotto la cenere, destinato a spegnersi senza un filo di fumo. Ma che lei gli dicesse anche il suo sdegno per quel matrimonio fallito no, non lo aveva pensato, e che riconoscesse di aver soffocato l'amore per lui gli giungeva ora come freccia tardiva e ancora più dolorosa perché avvelenata dal carico di anni inutili che lui non aveva prima saputo e poi potuto dedicarle.

Zù Pippino trema, l'animo in tumulto. Poi si volta e senza un'esitazione abbraccia Cursidda. Ora sono un uomo e una donna senza più ruoli ma carichi delle stesse emozioni.

Una farfanteria da picciotta innamorata si è trasformata in un regalo insperato che renderà più facile a entrambi uscire dal mondo.

"Lo capite pure voi, ora, che Carlotta tutto deve sapere? Avvocà, vi servii per tant'anni come a un prete alla messa, anzi di più ché della vostra vita una missione me ne feci. Ora, queste molliche di giorni che mi restano voglio pensare a lei, al bene di Carlotta, la nostra volge al termine ma la sua strada è ancora lunga."

Anche donna Caterina lo vorrebbe, lei è la nonna vera e non quella stracchiola di donna Rosetta o quella fetenzia di fimmina che fu la gna Bastiana.

Zù Pippino si è afflosciato su una sedia: il viso bello di donna Caterina non lo lascia, i giorni con lei hanno un altro profumo e, mentre li rivive, gesti e parole e sguardi di allora ora dicono altro.

PARTE VI

Agrigento, 1960
Senza famiglia

Dunque mia nonna Bastiana era anche una strozzina. Ho interrotto la telefonata con lo zù Pippino. La famiglia nella quale forse sono nata e di sicuro sono vissuta mi è estranea, e la mia infantile ostinazione a cercare l'amore di chi mi era vicino ora la sento una vergognosa beffa a me stessa.

Chi è mio padre, chi mia madre. Li avessi visti vivere insieme, cercarsi o evitarsi, parlarsi o negarsi l'un l'altro, preda entrambi dei furori di chi si vuol bene, oggi forse riderei della terribile accusa di bastarda sospesa sul mio capo. Ma io quel Carlo di cui porto il cognome e anche il nome non lo ho mai conosciuto e di Nardina, che amai e contrastai come ogni figlia la madre, che io fossi certa dei suoi sentimenti fu incantesimo di poche volte.

Quando ero nica, ero io a pretendere che mi baciasse, che avesse per me quei minzigghi stucchevoli che ogni madre dedica ai figli. Meglio sarebbe stato se me ne avesse sommersa davanti agli altri, se avesse affondato con forza le sue labbra sulla mia guancia, se mi avesse fatto mancare il respiro.

E invece si ostinava nell'esatto contrario e ogni volta il mio piagnucolio perché mi accontentasse si spegneva stanco in un bacetto veloce e nascosto, sempre per quella storia antica del pudore d'amore che mai va mostrato. E io di nuovo attendevo un bacio diverso, d'impeto e forte, che annullasse l'amore tenuto nascosto, un bacio che fosse solo di noi due, segreto e raro purché certo come una firma.

Sabedda, la mia selvaggia bambinaia, doveva avere invece nascoste da qualche parte le vibrisse dei gatti se ogni volta che mi sentivo orfana anche di madre e andavo a nascondermi in pertugi stretti e angusti me ne stanava senza esitare. Poi era tutta una festa di baci e amorosi solletichi per cancellarmi dagli occhi l'ombra grigia di mia madre.

Io prima rispondevo con baci a schiocco e risate sguaiate sperando che almeno a lei, mia madre, gliene giungesse il rumore, poi fallita l'impresa, allontanavo Sabedda da me. Mi disturbava quel suo profumo di sugo in bollore, di verdura che cuoce. Ma non se ne aveva mai a male. Ora, quelle fragranze sempre mi riportano a lei.

Nell'adolescenza, sentendomi invisibile, cambiai tattica incapricciandomi di cose impossibili così, per stupire, per dar disgusto e costringere gli adulti a parlare di me e delle mie stranezze.

Presi a mangiare solo cibo crudo, staccavo a morsi la testa dei pesci con tale voluttà da lasciare tutti in silenzio, ne scavavo la pancia con le dita fingendo di gustare sanguinolente interiora. Se non fosse stato per il limone che premevo fino a farne diventare bianca la polpa, non avrei resistito. Per la carne pretesi che mi fosse data solo capuliata, e quando passavo il dito sul tritacarne e ne raccoglievo l'impasto, appoggiandolo sulla lingua mi deliziavo neanche fosse il biancomangiare. Qualche settimana dopo questa malavita cominciai a dimagrire perché il disgusto era forte e mangiavo sempre meno. Comparve il primo mestruo e il dottore Politi informato della mia dieta ordinò che la smettessi con quelle porcherie e mi fosse dato da mangiare decentemente, intanto con gli occhi rimproverava mia madre che mi aveva lasciato alla mia follia per tanti giorni. Mamà pianse come mai ave-

vo visto e la sentii pregare mio padre morto perché l'aiutasse. Capii che le stavo facendo del male, le ostilità cessarono.

Iniziò il periodo in cui le avrei dimostrato di essere la migliore di tutte le figlie, al liceo non c'era voto inferiore a nove e lei, rivedendosi nel mio percorso, quando lo zù Pippino non la impegnava con le carte legali, mi seguiva nelle lezioni.

Fu in quel tempo che morì nonna Bastiana, se ne era andata dopo aver predisposto la sua fine come una scena teatrale. Aveva scelto per il suo ultimo viaggio una gonna nera lunga e severa, ma poi doveva esserle sembrata troppo triste e le aveva accostata una camicetta, anch'essa nera ma con romantici volant alle maniche e al collo. Le scarpe erano delle moderne Baby Jane di coppale. Ci volle tutta la pazienza mia e della mamma per vestirla, gli ultimi tempi aveva preteso per i suoi pasti ogni goloseria e il suo corpo sembrava un grosso e sformato bignè. Presentendo la sua fine non badava neanche più tanto al denaro, il funerale volle fosse quello di prima classe, cocchio, cavalli piumati e banda. Io piansi non sopportando il pianto accorato che per la prima volta vedevo negli occhi di mia madre.

Finalmente gli anni cominciarono a trascorrere in pace tra noi. Deposta ogni gelosia, ogni sguardo guerriero, fummo madre e figlia, a volte complici altre di idee contrastanti, moderne le mie, vecchie le sue, tutto nell'ordinaria metamorfosi dei rapporti filiali.

La seconda guerra ci sorprese "fimmine sule" e se non fosse stato per la presenza confortante e continua dello zù Pippino sarebbero stati anni come gli altri, solo più tristi. Sarraca, in tutte le operazioni militari, ebbe solo una funzione di appoggio ma la mamma mi impediva di uscire da sola. Non pensammo nemmeno di sfollare in campagna, in paese la nostra casa era vicina a due rifugi antiaerei. Una sola volta ci avventurammo in uno di questi, il rumore delle bombe era assordante, ma il centro del paese non fu colpito né allora né mai. Al rifugio ritrovai un mio compagno di scuola, Andrea, era figlio unico di madre vedova e non fu arruolato. Chiacchierammo per tutto il tempo trascorso in quella tana affollata di donne vestite di nero e bambini di ogni età tutti a nero anche loro. Sembrava che nel mondo non ci fossero più i colori. Io uscii per prima, mamma in fila con gli altri, ne ebbi la sensazione di formiche che si riversavano fuori da un formicaio in fiamme. Quando Andrea mi fu davanti mi salutò muto, solo un bacio sulla guancia.

Io non fui mai in età da marito. Per mia madre l'avevo già passata da molto tempo. La smania di lei di vedermi sposata, con una famiglia, come non era mai stata la sua, di nuovo ci vide in contrasto. Io non ammettevo questa sua ostinazione, la giudicavo un'intrusione ingiustificata, avevo il mio lavoro, i divertimenti a misura dei miei desideri, che altro? Perché un uomo per forza? Del resto io non sapevo cercare, e se cercata mi sottraevo. Mamà tentò qualche mediazione con picciotti per bene, ma io, offesa da questa sua nuova veste da mercantessa, resistevo.

Lei non capiva. Il suo amore io non l'avevo mai percepito, i miei sensi non lo conobbero: il primo, il più vero degli amori non l'avevo toccato, gustato, visto, sentito, odorato e, non avendo mai appreso quello, non ne avrei potuto riconoscere altri a venire.

Avvertivo le pulsioni del sesso, quelle sì, ma sono altra cosa e sapevo vivere solo di quelle che ognuno regala a sé stesso.

Chiusi il capitolo materno regalando alla fine a mamà un amore declassato a tenerezza, quello stesso che lei aveva avuto per me.

La voce alterata di Marx il comunista mi riporta al lavoro e io non ne ho la forza, la testa mescola la mia storia e i suoi protagonisti, ho caldo e freddo, ho fame di sapere e sete di ormai impossibili vendette.

Devo andare, ristabilire l'ordine nella sala del pubblico è la priorità. Da quando ho scoperto il contabile a fornicare con Concettina, vedergli abbassare le penne ogni volta che lo riprendo mi regala equilibrio.

Marx è in pieno duello verbale naso a naso con un tipo settantino, capelli e baffi bianchi tagliati con il righello.

"Accussì è!"

"Nonsi, non è come dite voi! Ne volete sapere più di me che sono in questo officio da tant'anni?"

"Che succede? Abbassate entrambi i toni, per favore! Disturbate gli altri utenti che consultano i volumi."

Marx il comunista (ma sono sempre stata convinta che lo sia solo a parole) rientra nel ruolo di impiegato modello, fa un inchino fino a terra e mi si avvicina. Sottovoce spiega.

"Dottorè, 'sto siciliano d'America mi voli dare una busta nsirrata col sigillo che contiene un testamento. Lo dice lui che dentro c'è un testamentu! Nuatri che cosa ni sapemu?"

"Non possiamo, vero, dottoressa, che non possiamo?" Ora ha alzato la voce vestendola in lingua italiana.

"Prima di dare risposte su argomenti di cui non è sicuro, vi prego di consultarmi, signor Liotta," replico sostenuta.

Marx livido incassa. Deve smetterla di sentirsi lui il vero capo d'archivio solo perché è màsculo. Un giorno gli farò una bella lezione sulle protocomuniste che approdarono a Girgenti negli anni venti e tutte le spose, fidanzate e amanti misero i loro uomini sottochiave per la paura che quelle "buttane politiche" se li fottessero a uno a uno come i pasticcini! Tanta era la fama che si portavano appresso di concedersi sempre e ovunque in nome dell'uguaglianza.

Intanto studio il signore che, infastidito dalla danza burocratica in cui si ritrova e accaldato per il diverbio, si sta sventagliando con una busta sigillata da un'impronta di ceralacca color oro: l'aspetto è curato, un paio di grossi occhiali scuri gli nasconde lo sguardo, il viso è bruno e contrasta con il completo chiaro di lino grezzo dal taglio impeccabile che indossa, la giacca doppiopetto gli cade a pennello su un fisico ancora asciutto. Le scarpe sono bicolori, beige e marrone. Mi ricordano quelle di moda negli anni trenta.

"Prego, signore, mi spiegherete nel mio ufficio."

E con un gesto aggraziato lo invito a seguirmi.

"Oh, yes! Finally!"

Il signore solleva il suo panama e il Rolex che ha al polso manda bagliori di oro.

"Voi siete americano?"

Tattica di cortesia e avvicinamento, so già che non lo è. Mezza Sicilia negli anni successivi alle due grandi guerre ha lasciato l'isola e ogni tanto vi fa ritorno, irriconoscibile a chi è rimasto.

"No, no, seciliano proprio sono, ma partii quasi trenta anni fa da Sarraca e me ne andai a Nuova York."

Un compaesano, dunque, ma devo distoglierlo dal suo proposito. Se mi consegnasse quella busta sarebbe un bel grattacapo. Il percorso tortuoso della burocrazia mi consentirebbe di evadere definitivamente la pratica tra un paio d'anni!

"Anch'io sono di Sarraca! Posso chiedervi il vostro nome?" Cerco una via, la più cortese.

"Gerry Licata."

Il nome non mi dice nulla ma la testa registra un'incrinatura, come un vetro che si fessura per una vibrazione troppo alta.

"Piacere, Carlotta Cangialosi. Prego, accomodatevi."

Mentre gli tendo la mano lo vedo sbiancare, siamo fermi entrambi davanti la porta del mio ufficio.

Sfilati gli occhiali, ora mi guarda come un allocco. Come valve di conchiglia sulla perla, le sue mani avvolgono la mia. Non so cosa stia succedendo ma avverto un brivido pungente, una sensazione di disagio, le sue mani tremano, il suo sguardo m'indaga. Sono turbata per le incomprensibili sensazioni che mi fanno prigioniera ma sono incuriosita da quest'uomo che all'improvviso è diventato una statua di sale e tiene gli occhi fissi nei miei. Smuovendo l'aria divenuta immobile, mi riapproprio della mia mano e lo invito nuovamente a entrare.

Seduta di fronte a lui, mi accorgo che al signor Licata in un paio di minuti sono caduti addosso dieci anni di vita: le rughe sul viso s'incontrano a caso, un disordine di geroglifici, una rete fitta come un dedalo di vie. Intanto lui si copre gli occhi con le mani. Sembra smarrito, come non ricordasse più il motivo per cui si trova qui.

Accenna un sorriso stentato: "Dottoressa, don't lose any more time!".

"Do not worry, my time belongs to the office and therefore it is yours too!" Rispolvero il mio inglese scolastico e so di non poter fare nient'altro. Vorrei metterlo a suo agio chiedendogli il motivo per cui è venuto in Archivio, ma taccio: deve essere lui a spiegarsi. Nei pubblici uffici, il distacco è la prima regola.

I nostri sguardi s'incrociano ma le parole non seguono, mi chiedo se ci siamo già incontrati ma il dove e il quando deve essere stato cancellato dalla mia memoria.

"Vossia mi deve scusare se ogni tanto parlo americano, arrivai due giorni fa a Palermo con il piroscafo e ancora mi sento storduto, non mi arripiglio!"

"Non preoccupatevi, il siciliano ve lo ricordate assai bene, potete spiegarvi anche in dialetto."

"Yes, yes, meglio seciliano! Tempo assai non ne ho e più presto mi spirugghio questa faccenda meglio è."

"Potrebbe non essere facile, siamo in Italia e le cose non sono veloci come in America. Dunque?"

"Dunque, come ci dicevo a quello che sta là dentro..."

"Il contabile, il signor Liotta."

"Sì, quello, Liotta, io venni apposta per portare questa!" La busta viene posata sulla scrivania, il sigillo color oro brilla di nuovo.

"Che cosa contiene questa busta, signor...?" Ho già dimenticato il suo nome...

"Licata mi chiamo, Calogero Licata! C'è il testamento della mia mugghiera che è morta in America, ma era pure lei di Sarraca, e dentro sapi lei che ci scrisse, mi raccomandò solo che dovevo fare il viaggio per portarlo a Sarraca. Ora io, nella mia giovinezza, i notai li conoscevo e lo sapevamo tutti e due che queste carte se le spicciavano loro, ma ormai nun sacciu chiù a nessuno e siccome alla mia mugghiera ce lo giurai in punto di morte che il desiderio suo l'avrei rispettato... Questo è l'ufficio dei notai? Perciò ve lo lascio. Il piroscafo mi parte di nuovo tra due giorni e io me ne devo andare."

Il signor Licata dice l'ultima frase con un accento di urgenza, come se il suo soggiorno non potesse sopportare neanche un minuto di più del tempo previsto.

Il racconto di quest'uomo mi ha colpita e pure i suoi modi spicci e l'aria sua sicura come non fosse abituato a sentirsi dire di no: "Vorrei aiutarvi ma temo che non vi basterebbero due giorni per completare tutto il percorso che la pratica richiede. Dopo la pubblicazione del testamento si dovrebbe proseguire con la denunzia di successione, e poi ci sono le tasse da pagare... tutte operazioni che non competono a me. Posso chiedervi, signor Licata, come si chiamava vostra moglie? Sarraca è un piccolo paese e ci si conosce tutti".

Lui esita. Poi, come capovolgesse sul tavolo il bicchiere con i dadi accettando il rischio di perdere, gira la busta. Sul verso c'è scritto:

Testamento spirituale e non solo di Elisabetta Messina intesa Sabedda

La rivedo subito, la mia Sabedda, l'unica di cui il mio piccolo cuore ignorante abbia avvertito l'amore incondizionato. Entrò in casa come governante, ma era assai lontana dalle nannies inglesi o francesi che ai tempi le altre nobili famiglie accoglievano.

Era forte come un mulo e bella come rare volte le villane sono. Mi accorgo che è la seconda volta in questi giorni che Sabedda torna da me e diventa suggestione il pensiero che abbia così voluto farmi sapere della sua morte. Ora vorrei che non fosse mai andata via.

Eppure l'ho dimenticata, come ho dimenticato tutta me di quel tempo, quando mi aggiravo furiosa cercando qualcuno che mi vedesse davvero, che riempisse la sua vita di me accanto a sé. Un'appendice sicura, da portarmi dietro nelle tempeste e nei giorni di sole. Allora non potevo dare nome ai vuoti profondi che mi sentivo dentro se non quelli che il corpo scopriva da solo coi sensi, la fame, la sete, il dolore fugace di una ferita.

Il buco d'amore dava tormenti ma si teneva nascosto, appariva nelle sere tristi, buie e precoci dell'inverno, nei silenzi estivi densi di malinconia chiusa in una stanza colma di giochi e arroventata dal caldo.

Non ho avuto amiche fedeli, per le compagne ricche ero un po' poco, per quelle povere ero un po' troppo.

Sabedda è stata la gioia del possesso. Lei era mia, dove e quando volessi, la certezza del suo amore mi rendeva carnefice, ma lei era troppo felice di essere vittima, non ero solo io che di lei profittavo, era lei che, inerme, a me si offriva. Violenta, la baciavo quando mi accontentava in ogni capriccio e con altrettanta violenza la mordevo sul braccio se mi contrastava.

Ogni tanto me ne stancavo, mi inorgoglivo nel mio ruolo di figlia di baroni, anche se dei patrimoni di un tempo ormai poco restava. La avvertivo estranea a me e a mia madre Nardina, come fossimo di razze diverse, non sempre capivo il suo dialetto stretto come una lingua straniera e a volte odiavo quell'odore di sole che brucia di cui erano impregnate non solo le vesti ma anche la sua pelle.

Come tutte le cose che diventano oro quando le perdi, piansi tutto di noi quando sparì d'improvviso. Mi rassegnai perché sembrava scritto nel mio destino che nessuno sarebbe riuscito a starmi accanto a lungo.

Il signor Licata non mi ha tolto gli occhi di dosso, come aspettasse da me un rimpallo per un suo tiro sbagliato: "Sabedda? Ma sì, era la mia governante, si chiamava proprio così, Sabedda Messina. Lasciò la mia casa che io ero ancora piccola, mi voleva bene come fossi sua figlia, Sabedda cara, quanti ricordi adesso mi ritornano! Mi addolora sapere della sua morte, ma proprio tanto, come mi fosse stata parente, vi porgo le mie più sincere condoglianze". In balia dell'emozione, rimango in silenzio.

Il signor Licata invece sembra sollevato e vorrebbe profittare del caso propizio. Di nuovo insiste perché prenda io la lettera per portarla da un notaio di Sarraca. È disposto a lasciarmi la somma di denaro necessaria e anche di più per il disturbo, ma la cosa è più che mai fuori luogo e provo un moto di fastidio.

Mi chiedo perché abbia tanta fretta.

La sua Sabedda non sapeva la prescia cosa fosse. Il sole e la luna, la luce e il buio erano la sua misura del tempo che scandiva precisa fin nelle ore e mezzore. L'unico orologio che possedesse era stato di Bartolo, il padre, e lo teneva appeso a un chiodo nel muro della sua stanza. Mai una volta che gli avesse dato la carica.

Con lei mangiavo quando avevo fame e se non avevo sonno con lei giocavo anche di notte. Giornate vissute d'istinto. Due animaleddi che mamà Nardina rimetteva in riga quando la sconsiderata libertà diventava anarchia.

Era selvatica, Sabedda. E io ambigua e cattiva ché la tenevo al laccio come un canuzzo addestrato.

Troppo mostrava di amarmi e la strapazzavo per il gusto di sfidare il limite del suo amore.

Sciamannando con lei tutto il giorno dal giardino fino alle soffitte di palazzo Cangialosi, la rincorrevo mentre lei fingeva di correre. Scalza e scapigliata Sabedda per inveterata abitudine, la imitavo con gran divertimento. Anche quando provvedeva a incombenze servili, io ne volevo copiare le mosse. Lei proprio fece fare a mia misura un mastello per lavare la roba e sulla tavola scannellata imparai a strofinare pezze meglio di una lavannara, andando a tempo con lei che mi esortava a stricare con forza.

Ma fuori casa la rinnegavo. Quando nel portone della scuola, vestita di nero, dritta come un palo di vite, spiccava tra le madri ben vestite e incappellate delle mie compagne, io la ignoravo. Mi scrollavo di dosso la sua mano poggiata sulla mia spalla e impettita sgusciavo tra cose e persone per sparire al suo sguardo. I capelli ricci, lunghi e raccolti, sputavano forcine ce ne fossero anche cento a sorreggerli. Lo scialle, anch'esso nero e poggiato sulla testa, la faceva sembrare una monaca o una mendicante. Le scarpe non erano diverse da quelle di un uomo.

Sabedda temeva la gran confusione di carri, carretti e automobili e se riusciva a riafferrare la mia mano, la incatenava alla sua.

Una volta gliel'addentai rabbiosa e confondendomi di nuovo tra la folla scappai via. Al suo ritorno mi ritrovò seduta sullo scalone, a casa dissi che era stata lei a perdermi di vista. Sabedda fu rimproverata come mai era accaduto, muta accettò l'ingiustizia che io le facevo subire, non vidi una lacrima, non sentii una sua parola in difesa di sé.

Un unico sguardo mi rivolse e io mi sentii un Giuda Iscariota mentre lei al mio confronto era stata un gigante.

Piccata, pretesi che indossasse una divisa e una crestina bianca. Che si vedesse bene che era una serva.

Oggi le chiederei scusa mille volte, le confesserei che ancora sento caldo e vivissimo quel suo amore così sbeffeggiato.

"Mille, duemila dollari? Abbastano?" Tra le mani del signor Licata appare un rotolo di dollari grande quanto il suo pugno.

Rifiuto, sono un pubblico ufficiale e la procedura non è regolare. Se qualcuno mi vedesse prendere tutti questi soldi finirei dritta in tribunale. Poi però un'idea mi illumina: "Potreste venire voi a Sarraca e consegnare la busta a mio zio, l'avvocato Giuseppe Calascibetta. Lo conoscete? Lui è ancora in grado di occuparsi di ogni formalità".

"Oh... Yes! L'avvocato? Ma vivo è? Avìa già gli anni suoi quando io partii all'America!"

"Ha compiuto novantuno anni e si è sempre tenuto aggiornato su tutte le leggi, fasciste e repubblicane che fossero!"

Don Calogero, gli occhi e il sorriso persi nel tempo andato, riconferma la sua volontà di dover andar via: "No, no, a Sarraca... no, mai ci posso tornare lì, solo Agrigento è buono!".

"Io non posso aiutarvi. Ma perché non rivedere il vostro paese? Avete attraversato l'oceano e non ne approfittate per tornare nel luogo dove siete nato? Dove avete conosciuto Sabedda? Non vedo altro modo perché possiate portare a compimento il desiderio di vostra moglie, e poi... suvvia, signor Licata, è l'ultima cosa che vi ha chiesto di fare e volete sbrigarla come un affare qualunque?"

"Lei la conoscetti che era una picciuttedda bedda assai. Se ci dico che me la ricordate, vi offennete?"

"E perché mai? Era bella anche per me e anche io a modo mio l'ho amata. Ascoltate, signor Licata, proprio oggi alle due prendo la corriera per tornare in paese, venite anche voi. Già domani sera potreste tornare a Palermo per riprendere il piroscafo."

"E se non faccio in tempo? Che sacciu, un impedimento, l'autobus che non parte?"

"Tutto si risolve, signor Licata, potrete sempre prendere un taxi per raggiungere Palermo."

Forse la luce bianca del sole che abbaglia come solo in Sicilia succede, o il mio tono di rimprovero che nasconde un comando, o magari la somiglianza che vede in me con la moglie perduta: l'americano mi dice di sì.

Ho vinto. E credo che quest'uomo sappia molte cose, Sabedda non può non avergli parlato di me e di casa Cangialosi. Lo accompagno all'ingresso. Intanto gli restituisco la busta con il testamento, le mani del signor Licata tremano ancora.

Mi sento sollevata e parlo, parlo e parlo, gli dico che sarà stupito di vedere come è cambiata Sarraca. Magari incontrerà i vecchi amici. Quando raggiungiamo la strada lo sto ancora ammaliandolo. Il signor Licata non ha smesso la sua aria perplessa.

"Alla corriera, allora!"

"Alla corriera, voscenza binirica!"

L'asfalto svapora, l'aria rovente ondeggia e giù nella valle, Akragas l'antica sembra un miraggio.

Rientro in ufficio e mi affretto a telefonare allo zù Pippino annunciandogli che in serata gli porterò un ospite.

Sono sicura che lo zù Pippino, senza ancora nulla sapere, per prudenza si starà facendo la croce con la mano manca.

Sarraca, 1924

La storia quella vera

27

La notte del parto era trascorsa insonne per tutti e, dopo l'ordine inderogabile della signorina Parlavecchio di lasciar riposare la puerpera il più possibile, Bastiana e Brigida sfinite rubarono al giorno e alle sue incombenze un'ora di sonno in più del solito.

Così il mattino era già avanti quando serve e padrone di casa si ritrovarono in cucina per un po' di colazione. Una cosa leggera, la notte troppo le aveva trambustate: due buccellatini che incipriarono di zucchero le labbra della gna Bastiana, gli anicini immancabili che donna Rosetta succhiò avidamente dopo averli affogati nell'orzo, la zuppiera colma di latte e caffè dove Venera continuò ad assuppare sostanziose fette di pane finché anche l'ultima goccia della bevanda non fu asciugata. L'ostetrica le aveva raggiunte. La puerpera e la neonata dormivano ancora a sonno pieno. Il viso stanco, gli occhi della signorina Lillina sembrava fossero precipitati in due cavità profonde e scure come pozzi. Era preoccupata per la parte più pericolosa della commedia. Disse che era tempo per lei di andare in comune a denunciare la nascita della piccola. Ci volevano i testimoni e che si scegliesse anche il nome.

Donna Rosetta fu pronta a rispondere per la parte che le competeva: "Rosa! Rosa si deve chiamare! È logico. Ma se l'attaccò al petto, la fece mangiare?".

"Ecco, appunto… pure questo volevo dire."

La signorina Lillina mostrava imbarazzo nell'imbastire una nuova bugia, ma poiché indietro non si poteva tornare si levò dall'impiccio con la rassegnazione di un condannato a vita.

"Alla baronessa Nardina il latte ancora non scese e a toccarle, quelle due minnuzze, mi sembra che dentro manco tanticchia ce n'è! Una balia ci vuole!"

"Lo sapevo, lo sapevo! Niente si mangiò in nove mesi, che latte ci può scendere? Acqua, acqua fresca! Se la farà morire quella figghiuledda e poi viremu se è capace di farne un'altra," donna Rosetta predicava, un sorriso maligno che scopriva i denti vecchi e le mani sbattute in segno di soddisfazione. Le altre donne sbalordirono per la cattiveria rivelata.

Bastiana reagì: "Si zittissi vossia, che tutti lo sanno che Carlo crisciu con il latte di asina!".

Brigida intanto si era distratta da quella spiacevole scena: il macinino riempito a metà, i chicchi sparsi sul tavolo, il barone aveva lasciato a mezzo la preparazione del suo caffè e lei ne commentò ad alta voce la stranezza. L'uditorio rimase muto. Brigida si premurò di andare a cercare il novello padre, sicuramente stava riposando anche lui dopo tante emozioni, era stato l'ultimo a lasciare moglie e figlia. Ma nella sua camera il letto era intatto, e non era nel suo studio e neanche giù alla farmacia. Quell'assenza sembrò a tutti inspiegabile. Doveva essere stato un impegno urgente, una chiamata improvvisa ad allontanarlo in un momento di gioia così grande. Qualcosa che aveva a che fare con la tragedia del dirigibile notturno? Rimaneva misterioso il fatto che non avesse avvisato nessuno del suo allontanamento.

Ma allarmarsi sembrò intempestivo e si procedette alle esigenze più urgenti.

Lillina uscì a chiamare Alfonsina Lopiccolo, una sempre balia, ché il marito non le lasciava il tempo di svezzare un figlio che già era incinta di un altro. I seni grandi come meloni sembravano ancora più smisurati per via delle pezze con cui la povera donna era costretta ad arginare il latte che scendeva a suo capriccio.

Per la denunzia al comune si sarebbe provveduto al ritorno di Carlo. Ma all'ora di pranzo, del barone nessuna notizia ancora era giunta. Brigida non aveva testa a far niente, le mani strette l'una contro l'altra, si affacciava al balcone, scendeva in farmacia rimandando indietro i clienti in attesa davanti la porta, poi tornava su e andava a rabbonire Nardina che chiedeva notizie del marito.

Alle due del pomeriggio, la decisione fu presa e si mandò Venera a chiamare l'avvocato Calascibetta perché consigliasse le donne sul da farsi.

Don Peppino, alla vista della criata che con l'affanno dalla corsa gli spiegava a suo modo le preoccupazioni di casa Cangialosi, afferrato cappello e paltò, si precipitò per strada. Venera non ce la faceva a stargli dietro e, ogni due e tre, le scarpe di due misure più larghe ché erano state di donna Rosetta le scappavano dai piedi.

Fu Brigida che al suo arrivo, senza perdersi in chiacchiere, lo mise a parte di ogni cosa. Alla fine, vedendo il volto scuro di don Peppino, liberò le sue lacrime. Poi l'avvocato chiese di vedere Nardina.

"Auguri, auguri! Che piccilidda bedda facìstivo! E non c'era da dubitare, da cotanta madre..."

Si mostrava tranquillo don Peppino, per non allarmare la puerpera.

Ma Nardina ad allarmarsi aveva cominciato assai prima.

Chiusa la scena della nascita, aveva desiderato che Carlo, insonne, la raggiungesse nella solitudine di quello smozzico di notte. Forse, lui vicino, si sarebbe smossa dentro di lei l'emozione di un sentimento materno, forse la percezione viva della nuova famiglia l'avrebbe invasa calda come l'abbraccio dell'estate. Forse, ma non era successo.

Un gemito lieve e discreto della neonata l'aveva costretta a prenderla in braccio perché a tutta la casa non andasse in subbuglio quel sonno tardivo e rabberciato. Sperò che, se l'avesse cullata tra le sue braccia, si sarebbe riaddormentata. Così fu e Nardina se ne sorprese come avesse compiuto un'impresa impossibile.

Il viso innocente, le manuzze chiuse a pugno, le gote rosate, gli occhiuzzi stretti nel nuovo riposo le davano l'aria tranquilla di chi inerme si affida. A guardarla Nardina fu presa dall'orrore di sé, della gravezza del suo peccato e della ripugnante truffa cui si era prestata a danno non solo di Carlo. Tornare indietro non si poteva...

Ma andare avanti sì.

Fu allora che Nardina, come ogni madre, fece per la piccola sogni grandiosi, e che tutti si realizzassero sarebbe stata la sua promessa a lei e il giusto riscatto per sé.

L'avrebbe fatta studiare e preparata a un mondo nuovo, nel quale le ragazze, smessi i toni obbedienti e concilianti, a voce alta e sicura avrebbero espresso le loro idee, avrebbero deciso operando da sole ogni scelta, avrebbero sbagliato e vinto, provato e riprovato, ma in piena libertà, dalla famiglia, dai mariti, dal giudizio degli altri.

In un moto di tenerezza scostò le fasce in cui la bambina era involta per meglio guardarla e scoprì sul suo petto, appesa a un filo, una piccola cartula con lo strano ricamo di fiori d'arancio. Si affrettò a toglierla con l'intento di conservarla. La piccola di nuovo ebbe un piccolo gemito, un miagolio senza seguito. Nardina, stringendola a sé, tornò ad annacarla, addormentandola ancora.

Adesso era pomeriggio, di Carlo non si sapeva che fine avesse fatto e la sua ansia non aveva ricevuto risposta.

Nardina cominciò subito a fare domande precise a don Peppino: “Ma come pensate di cercarlo? Nessuno ha idea di dove sia andato, nessuno lo ha visto uscire. Andate al macaseno, almeno sapremo se ha preso l’automobile!”.

Ora si mostrava lucida e non aveva intenzione alcuna di rivestire il ruolo della mamma affaticata. Si era anche alzata dal letto e ogni tanto guardava la bambina che, dormendo, continuava a succhiare dai capezzoli grandi e scuri di Alfonsina. Ancor meno si sentì madre. Percorreva il perimetro della stanza matrimoniale senza mostrare impedimento nell’incedere, la schiena dritta, le braccia incrociate sul petto: un carcerato nella sua prigione.

I veri pensieri di Nardina non li avrebbe indovinati nessuno, neanche Calascibetta che la osservava confuso e incerto. L’idea che qualcosa dovesse essere andato storto lei la teneva a bada, se solo se ne fosse lasciata prendere non avrebbe più avuto la lucidità di pensare. Quel caffè mai preparato suggeriva un movimento improvviso del marito. Nardina temeva una reazione infuriata di lui alla notizia, giunta per vie misteriose, del fatto criminale che in quella notte si era consumato nella sua casa. Sconvolto, forse aveva obbedito all’impulso di allontanarsi da lei che si era presa beffa di lui? Ma perché prima non cercare un confronto, non metterla alle strette rovesciandole addosso tutto il veleno delle accuse?

Nardina e la sua presunzione di sapere tutto del marito, Nardina e il gioco della finzione che li aveva nascosti l’uno all’altro, imbalsamati nei ruoli che il mondo voleva per loro…

Pensava di amarlo di vera passione, invece il suo generoso donarsi a lui, il prodigarsi in attenzioni, l’offrirgli ogni suo tempo, ogni suo pensiero, erano solo di apparente gratuità nascondendo l’attesa di un contraccambio compensatore. Era stata egoista come una bambina. Gli aveva mai chiesto che cosa davvero lui desiderasse per sé stesso? Aveva accettato il suo disinteresse alla paternità solo perché era ciò che lei voleva, ma mai aveva indagato quanto convinto fosse davvero Carlo nell'anima sua.

Inutile girarci intorno, la colpa era di lei sola che prima strepitava per una libertà negata e poi si appoggiava alla spalla sicura di lui. Quel suicidio tentato nel mare le aveva solo fatto agitare ancora una volta vessilli di guerra ma alla fine l'adesione supina a una gravidanza da operetta era stata una scelta sua, cosciente e volontaria. Ora, che aveva bisogno di verità, scopriva di ignorare cosa avrebbe potuto fare Carlo costretto in un angolo da una realtà per lui dolorosissima.

E se non fosse più tornato? Se si fosse allontanato non lasciando traccia di sé? Gli uomini più tranquilli sorprendono spesso per le loro reazioni imprevedibili. E a lei, cosa sarebbe rimasto? Una figlia che a rinnegarla c'era da andare in galera, un cognome illustre che aveva infangato e il vergognoso rientro nel suo ruolo di sempre, quello di "figlia della currera". Si sentì persa, il pensiero di Carlo di nuovo l'invase e fece a sé stessa un solenne giuramento: se lui fosse tornato gli avrebbe detto tutto e avrebbe affrontato ogni conseguenza delle proprie azioni.

Calascibetta, che a sua volta turbato non sapeva risolversi sul da farsi, accettò il suggerimento di recarsi al macaseno dove era ricoverata l'auto del barone per accertarsi che fosse lì e la salutò raccomandandole di stare tranquilla, presto lui stesso sarebbe tornato, macari a braccetto di Carlo.

28

Conoscendo le abitudini dell'amico, don Peppino presagiva a sua volta che qualcosa doveva essere successo e di buon passo, ché ormai troppo si era aspettato a cercarlo, si recò dritto dritto alla caserma dei carabinieri.

Lì trovò confusione di cose e cristiani: a terra ammucchiati vestiti, cappelli, scarpe e stivali bagnati, nei corridoi marinai e autorità che parlavano francese al telefono. A Calascibetta fu chiaro che in tutto quel bailamme sarebbe stato difficile farsi ascoltare. Tuttavia, avvicinato il maresciallo Crisafulli, la cui figura piena di ombre bene conosceva, lo mise a parte della scomparsa del barone Cangialosi.

La prima domanda del maresciallo, attesa da Calascibetta, fu se lui fosse a conoscenza di qualche sgarro che don Carlo avesse fatto a qualcuno assai 'ntiso.

"Sentite, maresciallo, voi lo sapete meglio di me, il barone si teneva lontano da persone *rispettosamente ascoltate* o *'ntise* come dite voi! Ora, se a don Carlo lo volete cercare, bene... sennò me ne vado a Girgenti, alla Milizia Volontaria di Sicurezza Nazionale che forse ha meno daffare di voi."

"No, no, aspettate! E qua stiamo parlando di uno scomparso! Noi, noi carabinieri ce la dobbiamo vedere!"

L'idea che l'inefficienza dei carabinieri arrivasse al comando provinciale fece recedere il maresciallo dall'intenzione di prendere tempo e le domande si fecero più incisive e pertinenti.

"Dunque, sapete dove doveva andare? Chi lo vide per ultimo?"

Calascibetta stava suggerendo di verificare se la macchina fosse al suo posto al macaseno quando trafelato arrivò un carabiniere della stazione di Sant'Anna, piccolo paese sulla strada per Girgenti. La bocca asciutta, non ingarrava neanche a parlare.

Calascibetta dovette sedersi: giungeva allora la notizia dell'incidente del farmacista.

L'automobile doveva averlo tradito, la strada, la pioggia o chissà che diavolo. Queste le supposizioni del carabiniere, piccolo a misura della sua stazioncina paesana ma grandemente stupito per ciò che aveva visto sul luogo della sciacura. "Una tomobile bracciata coll'albero e un morto con la faccia che non si capiva." Lo avevano identificato grazie al patentino di guida.

"Ma se la fidava bene a guidare?" chiese Crisafulli all'avvocato.

"Ne ho visti pochi così sicuri. E la macchina non era di quelle che hanno reazioni scomposte," rispose Calascibetta.

"E allora? Come successe? E come mai era sulla strada per Girgenti? Sapete se l'aspettavano da qualche parte?"

"Maresciallo, ne sacciu quanto a voi! Le domande sulla scomparsa, a casa del barone ce le siamo poste tutti e nessuno rispose: ma proprio ieri sera la prima figlia gli nacque, chi mai avrebbe pensato a una fatalità come questa... Perdonate se suggerisco, questi ora sono problemi vostri. A me purtroppo tocca andare a dire alla madre e alla moglie che don Carlo è stato trovato... e solo io so quanto mi costa! Che notte disgraziata..." concluse l'avvocato, dentro di sé pensando che era la degna coda di un anno terribile.

Prima di congedarsi, forse volendo allontanare il momento del ritorno a palazzo Cangialosi, Calascibetta volle che si verbalizzasse la denuncia della scomparsa. Crisafulli rispose che sarebbe stata una perdita di tempo. Indagini non ce ne sarebbero state, che fosse stato un incidente non c'era da avere dubbi.

Lungo la strada che lo riportava a palazzo Cangialosi, all'avvocato invece i dubbi gonfiavano la testa come il liquido le vesciche. Si poneva sempre gli stessi interrogativi ignorando dove cercare risposte. Che quella morte fosse già stata archiviata era l'unica certezza. Crisafulli aveva da cercar gloria altrove, la storia del *Dixmude* avrebbe avuto un rilievo internazionale.

Quando fu davanti la porta, lo sconforto lo assalì a sorpresa, dovette appoggiarsi al muro e aspettare che i battiti tornassero regolari. Meglio sparire che essere messaggero di un insopportabile carico di dolore. Cercò una strategia che lo aiutasse ad assolvere il compito nel modo meno crudo e alla fine si risolse a parlare prima con donna Rosetta, offrendo poi a Nardina tutte le risorse del suo cuore per darle coraggio. Non era nemmeno entrato che Venera, Brigida e Bastiana si affollarono davanti la porta. Calascibetta intimò a tutte di non emettere suono prima che lui parlasse con donna Rosetta e Nardina. E allora per le fimmine di casa fu tutto un soffocarsi la bocca e cercare luoghi nascosti della casa dove piangere sommessamente.

Don Peppino era un uomo generoso, di sentimenti e di tutto quanto il prossimo avesse bisogno. Nonostante la professione fosse di quelle che inaridiscono il cuore, gli era rimasta sana la capacità di commuoversi o gioire sincero. Fu pronto a intervenire quando donna Rosetta ebbe un mancamento e temette per il suo senno quando, riavutasi, invocò il marito morto perché le riportasse il figlio. Calascibetta suggerì allora a Venera di darle il laudano sorvegliando che non peggiorasse, nel qual caso avrebbe subito dovuto avvertirlo.

Con Nardina le parole furono inutili. Non appena entrò nella stanza di lei, i loro sguardi si dissero tutto. L'abbracciò come un padre, le carezzò i capelli e i singhiozzi di lei sommessi pian piano si spensero.

"La bimba dorme," disse, "non voglio svegliarla." Poi aggiunse: "Come… cosa accadde? È colpa mia, è solo colpa mia".

Calascibetta le chiese prima il motivo di quell'affermazione senza senso, ne ebbe in risposta un sorriso amaro e una enigmatica risposta: "Non potreste capire… Non ho saputo fermarmi in tempo, ho lasciato che tutto accadesse! Ma statemi vicino!".

Che destino bizzarro quello dell'avvocato. Lui che possedeva il talento di una speciale sintonia con l'animo delle donne, lui che ne apprezzava la forza e si commuoveva alle loro insicurezze, non era mai riuscito a fermarne una accanto a sé. Era come se avesse ricevuto una missione e per compierla dovesse dimenticare la vita propria, diventare un prete quasi, e lui invece si vestiva da mangiacristiani.

S'impose di non dimenticare nulla di ciò che stava accadendo, sarebbe venuto il giorno che avrebbe capito ogni cosa. Trovò le parole per rivelare a Nardina le scarne ma definitive informazioni che aveva ricevuto. Alla domanda se lei sapesse dove il barone fosse diretto ricevette in risposta solo un singhiozzo sconsolato.

Intanto tutta la casa era in attesa dietro la porta della stanza.

Una tuppuliata leggera di Bastiana e, allo sguardo accondiscendente di Nardina, Calascibetta andò ad aprire.

"Per favore, che nessuno pianga, non qui almeno," il tono di Nardina fu fermo. "Questa piccilidda appena nata lacrime non ne deve sentire." Tese le braccia e chiese muta alla balia di darle la figlia. “Avvocato, vi posso pregare di accompagnare la signorina Lillina al municipio per denunziare la nascita di mia figlia?”

Calascibetta rispose che quella sarebbe stata solo la prima di tutte le premure che ora avrebbe avuto per… “Come la chiamiamo questa picciuttedda?” chiese.

Senza esitare Nardina rispose: “Carlotta”.

PARTE VII

Sarraca, 1960
Senza famiglia

La telefonata di Carlotta e l'annuncio del suo arrivo in compagnia di un misterioso ospite hanno il sapore di un boccone di tonno sott'olio andato a male. Tre settimane sono passate dall'incubo notturno della mattanza e lo zù Pippino ne è ancora impressionato.

L'ospite a seguito della nipote non sarà né un'amica e neppure uno zito. L'una e l'altro, nella vita di lei, sono sempre stati figuranti arruolati e subito congedati per meglio godere del piacere di una solitudine operosa: libri, cinema, teatri. E viaggi, solitari e invernali perché l'estate si sta in ufficio, dove le ferie degli altri consentono a chi resta un più proficuo lavoro. Ne ha raccolte zù Pippino cartoline illustrate che lei gli ha inviato da tutta l'Italia, dalla Francia e anche dalla Spagna!

Zù Pippino di queste sue evasioni è sempre stato contento. Sembrava un'altra quando, di ritorno dalla Spagna, Carlotta accennava qualche passo di flamenco: bella l'allegria nei suoi occhi, nel sorriso. Narrava del tramonto arancione sulla spiaggia di Barceloneta vista dalla barca, del respiro della città che carico di profumi giungeva a chi la guardasse dal Tibidabo. Della Notte magica di Capodanno al palazzo di Gaudí, della musica calda che attutiva il freddo della stagione invece aveva taciuto. A parlare di sé Carlotta aveva una naturale ritrosia. Nelle feste tra bambini mai aveva gioito. Maschi e femmine scatenati la rendevano per contrasto silenziosa e ferma. Se ne stava a guardarli riparandosi tutta in un angolo, incapace di far come loro, e se qualcuno la invitava alla sarabanda, di più si stringeva nel suo osservatorio, evitando con cura che la sfiorassero. Fu quindi una vera sorpresa per lo zù Pippino quando finalmente gli confessò che al palazzo Gaudí per la prima volta si era sentita parte di un tutto, lei con gli altri, tra gli altri, scatenata nella pista da ballo con le lingue di Menelik che le assordavano le orecchie, i coriandoli a pioggia che s'insinuavano nella scollatura.

Zù Pippino l'ascoltava, aspettava una confidenza più intima, un indizio che fosse il segno che la solitudine era abbandonata per sempre.

Niente, lei sorvolava, sorrideva, si schermiva.

"Ma sola ci andasti?" lui si faceva curioso.

"Sola di notte, a Barcellona? No, no. C'era un signore molto gentile nel mio albergo, un avvocato ligure... un vedovo, con una figlia..."

"Allora tutte queste cose con lui le vedesti?"

"Sì, quasi, ma poi mi seccai. Si era fatto idee strane, sembrava un tacchino amoroso... Mi venne l'orticaria."

Gli aveva mostrato anche la foto dell'avvocato ligure, un bell'uomo ancora giovane, tenuta marinara, pantaloni chiari e giacca blu con i bottoni dorati, forse in barca era andata con lui a vedere il tramonto ma il tacchino doveva averla avuta vinta sul lupo di mare.

L'ospite di cui parlava Carlotta, dunque, non può che essere legato alla perniciosa indagine sulla sua nascita che ancora scava profondissime gallerie nella mente seminando rosume fino a quando non riuscirà a veder luce.

Carlotta ha detto che prenderà la corriera delle due, lo zù Pippino ha tutto il tempo per prepararsi. Intanto decide di astenersi da qualunque contrasto. Lui sì che la verità l'ha sempre saputa: confusa, disordinata nel tempo, bucata o tagliata in più parti, ma certa. Gli rimane da cucire i vivi e i morti, mettere in fila fatti e sentimenti. E sarà il suo più importante gesto di amore per quella nipote di fatto e non di diritto.

Fa voti lo zio perché le anime pietose dei defunti la proteggano da tutto il male che un sortilegio astioso sta ancora sversando nella sua vita. E quelle, invocate, lo rassicurano venendogli incontro, mute assentendo e negando, ché la voce è persa. Non è un sogno e neanche un incubo, è un rosario sgranato di uomini e donne, una processione antica. Don Carlo, che sarebbe stato per lei un padre affettuosissimo, è tra loro e ha il volto tumefatto e insanguinato.

Lo zù Pippino ci ha messo del tempo per venire a capo dell'inspiegabile incidente in cui perse la vita. La contemporanea scomparsa di don Calogero Licata allora non sorprese nessuno, neanche il maresciallo Crisafulli. Quella di sparire era l'unica mossa che restava al mafioso per sottrarsi all'ordine di Cesare Mori di indagare su tutti i campieri, e il maresciallo, quando il mafioso non si vide più in giro, prese il terno al lotto ché altrimenti non avrebbe saputo come salvare l'amico e sé stesso.

Allo zù Pippino, che subito aveva dovuto cercare chi sostituisse don Calogero nelle campagne dei Damelio, i conti però non tornavano. Interrogata la gna Lilla dove fosse il figlio, lei non rispondeva, alzava al cielo i suoi occhi grigio di pozza e rassegnata diceva che niente sapeva e anzi aveva affidato Caliddu al Signuruzzo ché tanto non sperava più di vederlo. Ma nei corridoi del tribunale circolava voce che certi misfatti denunziati portassero ancora la sua firma e che dunque il campiere si fosse reso irreperibile al suo domicilio ma invero ancora travagghiasse nel mandamento di Girgenti.

Lo zù Pippino, che alle coincidenze non aveva mai creduto, fece due più due e concluse che il motivo per cui don Car-

lo si trovava sulla strada per Girgenti potesse ben ricercarsi nell'offensiva sferrata alla mafia dal prefetto di ferro e in una cortese richiesta del campiere al barone di condurlo in luogo sicuro col favore della notte e somma prescia. Il capo mandamento avrebbe provveduto poi a renderlo invisibile.

La pioggia aveva fatto il resto: l'incidente, la fuga e le vite sconvolte di quelli che erano rimasti.

E quando dovette occuparsi dell'auto incidentata di don Carlo, lo zù Pippino non fu affatto sorpreso di trovarvi dentro una coda di faina legata a un laccio di cuoio. Don Calogero ne portava sempre una appesa alla cintura.

Donna Rosetta, che di Carlo vivo si era interessata assai poco, alla sua morte aveva resistito un paio d'anni, vissuti tutti nel tentativo di screditare la nuora: contro di lei aveva presentato denunzia per truffa ai danni di Carlo accusandola di aver inventato la gravidanza e presentato come sua una figlia accattata chissà dove.

Zù Pippino aveva avuto il suo bel daffare per dimostrare che ogni cosa era stata inventata da Venera, criata falsa e bugiarda che aveva sempre assecondato ogni delirio della vecchia per le sue mire su Carlo.

Quando il procuratore del re aveva archiviato il caso, donna Rosetta sconfitta si era fatta venire un colpo, chissà se per il dolore o per il troppo assenzio bevuto per dimenticare. Anche lei è nel corteggio celeste evocato dallo zù Pippino e ha ancora la sua bella borsa di paglia di Firenze che lui le ricorda al braccio durante le villeggiature a San Marco.

Don Rosario aveva seguito da presso il destino della sorella. Vecchio era vecchio anche lui, ma non tanto da giustificare una dipartita così fulminea. Le vicende che gli erano capitate negli ultimi anni dovevano aver finito di logorare tutti i suoi organi già provati da costosi vizi e stravizi.

Senza dire che le circostanze di che trattasi avevano confermato la presenza di don Calogero Licata nascosto in qual-

che posto non troppo lontano e ben intenzionato a non tornare, ché la lista dei mafiosi era ancora appesa con qualche strappo alla stazione dei carabinieri di Sarraca.

Era accaduto a don Rosario che un manutengolo girgentino fosse venuto a cercarlo chiedendo con le solite buone maniere di saldare subito, in denaro contante, lira su lira e nel ragionevole lasso di tempo di quindici giorni, il credito vantato da don Calogero. Il barone aveva replicato baldanzoso di aver stretto un patto con il campiere: in caso di impossibilità a onorare il suo debito in denaro gli avrebbe ceduto le terre, come infatti lui era pronto a fare. Ma il manutengolo aveva risposto che con le terre ora don Calò non se ne faceva niente perché a Sarraca chissà quando ci sarebbe tornato.

Don Rosario le aveva tentate tutte, ma nessuna banca della provincia era stata disposta ad anticipargli un centesimo, le terre già date in garanzia non sopportavano più alcun'altra accensione d'ipoteca che ora sarebbe stata di terzo o quarto grado: proprietà così malmesse valevano ormai una pizzicata di tabacco.

Dopo tre duri avvertimenti, corroborati dalla morte dell'unico cavallo rimasto a don Rosario e dagli incendi scoppiati alla Verdura, a Maragani e alla Foggia ma non a San Marco, il barone ebbe un infarto fulminante.

E pure se non fosse morto non avrebbe avuto di che campare.

Per le terre siciliane i tempi erano ancor più tristi. La politica agraria, vessillo del Duce nell'isola, navigava in acque basse impantanandosi nelle sabbie di progetti utopistici. Impossibile convincere braccianti e gabelloti a unirsi. Diffidenti pure dei loro fratelli, nessuna riforma agraria sarebbe stata possibile se prima quei piedi incretati che lavoravano nelle campagne non avessero compreso il valore della solidarietà.

Si tentò ogni tipo di persuasione, perfino furgoni attrezzati in completa autonomia elettrica che giravano in ogni provincia, in ogni paese, in ogni piazza proiettando documentari sulle nuove tecniche agricole. Si cominciò da Caltanissetta, i contadini accorrevano con le famiglie perché dopo il cortometraggio c'era sempre un film lacrimevole. Quando il furgone propagandistico arrivò a Sarraca, 'U Chianu di San Duminico era pieno, ognuno si era portato la sedia e i venditori di semi di zucca tostati e salati e di ceci brustoliti fecero affari d'oro.

L'avvocato Calascibetta, sempre curioso, si aggirava tra la folla quando incontrò Bartolo Messina, il colono dei Damelio. Gli chiese se gli interessasse il documentario sul progetto di frazionamento delle terre da dare ai contadini, e quello rispose che se ne fotteva del frazionamento perché lui già proprietario era! Si trovava là in mezzo perché gli piaceva il cinema.

"E come è il titolo?" aveva chiesto Calascibetta.

"La figlia di nessuno,*" aveva risposto Bartolo.*

E proprietario lo sarebbe stato davvero, grazie a Sabedda, ma solo per un pugno di anni. Messe con pazienza a coltura le viti, non s'era goduto la prima uva che già era morto.

Nei suoi ricordi della controra zù Pippino riconosce pure lui tra le anime del purgatorio che sfilano davanti ai suoi occhi aperti. Cammina accanto a donna Rosetta e ogni tanto rallenta il passo e le sputa dietro.

L'avvocato Calascibetta stenta a credere che la sua vita sia andata tanto avanti mentre quasi tutti quelli che l'hanno attraversata si sono fermati prima. Le membra gli dolgono, troppo è rimasto seduto nella poltrona ripassando il passato.

Intanto Cursidda lo chiama, vuole che la raggiunga in cucina ad assaggiare il sugo.

"Bonu è!" decreta lui dopo averlo assaporato. "Ma che stai preparando?"

"Ma che fate, state durmennu? Non lo vedete? La tunnina ammuttunata!"

"Tonno?!"

"Sissi! Carlotta non disse che veni con un ospito?"

Lo zù Pippino scappa via urlando che per lui andranno bene "du' ova arriminate".

Sarraca, 1927
La storia quella vera

29

Una sera di dicembre in casa Cangialosi, le lampade spente perché era più il tempo in cui la corrente mancava che quello in cui arrivava alle case. I vecchi lumi a petrolio viaggiavano fiochi in mano di chi si spostava e davano luce a una stanza per volta, il resto era tutto avvolto nel buio.

Pochi giorni e Carlotta avrebbe compiuto tre anni.

La vedova era ancora in gramaglie per la morte di Carlo, pure la piccola veniva costretta a mostrare nastri luttuosi al braccio e trecce trattenute da fiocchi neri da orfanella.

Nardina guardò la bambina impegnata a strappare fogli di carta in pezzi minuti, un gioco lento e monotono accompagnato da lacrime silenziose. Sentì una stretta alla gola e d'istinto fu madre.

"Che c'è, nicarè, che sono questi occhiuzzi pieni di lucciconi grandi grandi?"

Carlotta toccò le sue guance bagnate a sincerarsi di ciò che le stava accadendo e rispose: "Non so, soli hanno sceso!".

"Ti fa male da qualche parte?"

"No, soli hanno sceso!"

"Hai fatto brutti pensieri?"

"No, ma il presepe voglio!"

Nardina la strinse al cuore e la rassicurò che l'indomani avrebbe detto a Brigida di prendere la scatola dei pastori e tutto il resto e che avrebbero potuto preparare il presepe dove più le fosse piaciuto.

"Tu e io lo dobbiamo fare, che c'entra Brigida?" Gli occhi ora erano arrabbiati e offesi.

La madre la tenne stretta ancora e poi non ci fu verso di staccarla dall'abbraccio. Carlotta si addormentò, l'orecchio vicino al cuore di Nardina che scandiva battiti rassicuranti. Era sempre troppo sola quella figlia, aggrappata alle gonne della madre ne sembrava un germoglio. Nardina la accudiva in modo esemplare, ogni mattina il latte appena munto, le uova solo quelle deposte da un giorno, il pesciolino comprato alla paranza appena approdata, niente era scelto per caso. Era un programma di vita, uno studio a tavolino per il perfetto bene di Carlotta. Alla piccola spettava un "brava" se mangiava ogni cosa senza lamenti, più spesso un "allora non ti voglio più bene" quando i capricci le smorfiavano il viso. E poi i vestitini di Madame Joly fatti venire da Palermo avvolti nella carta velina in una scatola piena di nastri e le babbucce di lana scozzese. Aveva cura di lei in modo ossessivo, sperava che questo rischiarasse la parte buia della sua relazione con lei, attutisse la povertà dei suoi sentimenti che non riuscivano a prendere forma di amore.

Tra qualche giorno sarebbe stato di nuovo Natale e Nardina, fosse fuori l'aria di festa troppo stridente con quella triste di casa o la stanchezza di ossessioni funeree, per la prima volta da quando Carlotta era diventata sua figlia volle per lei un compleanno speciale.

I giorni successivi furono allegri e movimentati come la piccola mai aveva visto. Carlotta eccitata seguiva tutto il viavai di fiorai, sarte, salumai e modiste, pasticcieri e capillere, più che una casa sembrava una stazione con arrivi e partenze, la porta di palazzo Cangialosi sempre aperta, come allora era costume comune nelle case sarracesi.

I giornali dicevano che l'Italia ormai era diventata un paese sicuro e libero dalla delinquenza e tutti si ammuccavano le notizie che in cuor loro desideravano sentire. Opponeva resistenza solo lo zù Pippino il cui sistema nervoso era scosso non dal popolo che viveva con gli occhi attuppati, ma dalla protervia di quel solo che lo guidava mentendo e rassicurando, blandendo e minacciando e legiferava a piacer suo: "E certo, il mazzo di leggi fascistissime proprio una salvezza fu! Il beneamato signor Duce ci affuma come vuole lui e dice che così ci libererà dai malviventi per sempre".

E via a contare sulle dita i misfatti legislativi di Mussolini camuffati da argini al male: la stampa asservita, la pena di morte, il tribunale speciale per i reati politici e il meglio e il più: "... l'OVRA! La polizia segretissima addetta alle porcherie, centinaia di cristiani arrestatati, ammazzati o mazzuliati solo perché al Duce lo schifiano e via accucchiando. Minchia! Ma non fa più presto se mette in galera tutti gli italiani? Più al sicuro non potremmo stare".

Calascibetta sfogava la sua corra con chiunque fosse disposto ad ascoltarlo ed erano sempre di più quelli che lo allontanavano temendo di compromettersi.

"I delinquenti ci sono ancora eccome! Rubano e ammazzano come prima e più di prima! E stanno tutti assittati nelle poltrone del governo!"

Era stato imprudente da giovane e continuava a esserlo anche con l'avanzare degli anni.

La porta sempre aperta di palazzo Cangialosi aveva però anche un'altra ragione che nulla aveva a che fare con la sbandierata sicurezza ai tempi del fascismo.

Era stata Nardina a offrire all'avvocato la possibilità di utilizzare un paio di stanze della grande casa baronale come studio ed era uso che la porta per i clienti fosse sempre spalancata.

Il tribunale a due passi, la rassicurante presenza di lui in un ambiente ormai di sole donne, l'affetto profondo per Carlotta e i pianti sconsolati ogni volta che lo zio andava via avevano convinto l'avvocato Calascibetta ad abbandonare il vecchio studio nella casa giù alla Marina.

Dopo la morte di Carlo e donna Rosetta, in casa Cangialosi con Nardina e la piccola vivevano ora Brigida e la gna Bastiana, che della sua abitazione si era disfatta per affrontare le nuove sventure.

Che la currera, pur se piena di pìccioli, non sarebbe mai stata una gran dama, era lei stessa la prima ad ammetterlo, ma che si decidesse ad azzannare buona parte del suo patrimonio per ripianare la situazione catastrofica dei Damelio meravigliò tutti, anche lo zù Pippino la cui intercessione e assistenza legale avevano facilitato la soluzione più onorevole possibile per salvare le tangibili testimonianze di una nobiltà che affogava.

Bastiana, pur svenata dal salasso di denaro, non aveva però dimenticato le sue buone abitudini e se nessuna pretesa aveva avanzato su palazzo Cangialosi, già di Nardina e Carlotta per successione a Carlo e donna Rosetta, per palazzo Damelio, che il suo denaro aveva liberato da tutte le ipoteche accese in favore dei vecchi debitori di don Rosario, volle che Stefano e Silviuccia, di lui unici eredi, consentissero l'accensione a suo favore di una ipoteca nuova, di primo grado pulito pulito così che, se i due rampolli non fossero riusciti a restituirle quanto lei aveva anticipato, anche quel palazzo sarebbe stato prima suo e poi di Nardina.

Ma per Bastiana alla fine più importante era che stemma e titolo rimanessero alla nuova signora baronessa Nardina Cangialosi.

Anche le terre erano state vendute e non se ne era ricavato granché. Solo la campagna di San Marco era rimasta. I tempi non erano più quelli dei latifondi e dei grandi proprietari terrieri. La borghesia alta avanzava rosicando ai nobili potere e ricchezze mentre coloni e viddani, miopi e restii ad accorparsi tra loro in moderne ed efficienti cooperative, si erano convertiti in un popolo di mezzadri. Ma la firma sotto il contratto di mezzadria non fu sufficiente a pacificare vecchi nemici. Proprietari e contadini mai riuscirono a calcolare alla stessa maniera la metà dei profitti spettanti a ciascuna delle parti, e intanto migliorie e nuove tecniche di cultura rimanevano sconosciute.

A palazzo Cangialosi gna Bastiana si era sistemata nelle stanze che erano state di donna Rosetta, e dopo averle svuotate dei mobili impero della vecchia baronessa le aveva stipate di tutto quanto era riuscita a infilarci di suo. Aveva conservato solo il letto, settecentesco e a barca, con tanti piccoli elementi scolpiti nel legno impreziositi da foglie di oro zecchino: e tanto bastava perché gli occhi di Bastiana guardandoli si sentissero rassicurati da un'imperitura ricchezza.

Non ci fu angolo di quelle stanze in cui la currera non andò a scarafuniare. Rovistò anche nel cascione dove donna Rosetta conservava qualche gioiello tra il tovagliato e le lenzuola del suo corredo, ma vi trovò solo pochi stracci di Venera. L'impunita criata aveva fatto man bassa prima di essere allontanata dalla casa e aveva voluto lasciare le tracce del suo passaggio predatorio, così, "per schiattigghia" o forse per risarcimento a seguito del discredito da lei subito dopo aver accettato di testimoniare a favore della baronessa contro Nardina.

Era stata proprio una storia squallida, quella. La morte di Carlo aveva dato il colpo di grazia al cervello di donna Rosetta e Venera ne aveva profittato.

La notte di tutte le tragedie, quel ventitré dicembre del millenovecentoventiquattro, qualcosa di torbido in casa lei aveva visto.

Era in cucina ad assaggiare furtive pastarelle e frutti-ni di martorana, quando la coda dell'occhio suo percepì, fuori nel giardinetto, un panaro volante che con circospezione veniva tirato su. Fece in tempo ad avvicinarsi alle lastre, ma tutto quello che riuscì a vedere furono i lembi penzolanti di una cupirtedda di lana che si avvicinavano al balcone di Brigida. Subito dopo c'era stato l'annunzio della nascita.

Di lamenti in verità ce ne erano stati assai pochi nella giornata e Venera, che di nascite assai se ne intendeva essendo la sesta di una nidiata di figli, riesumando il tardivo ricordo, alcuni mesi dopo raccontò alla baronessa il suo dubbio sulla provenienza dell'erede Cangialosi. Il suo piano era liberarsi per sempre di Bastiana, di Nardina e la figlia, e una volta rimasta padrona incontrastata di tutto indurre la rimbambita donna Rosetta a nominarla erede universale. L'anziana baronessa, che dopo la morte di Carlo viveva ormai con l'unico scopo di distruggere la reputazione della nuora e della di lei madre, cadde nella trappola e denunziò dubbi e incertezze avvalendosi, per quella strampalata manovra che nessun avvocato aveva voluto seguire, di un leguleio da strapazzo. Troppo poco perché la giustizia, o l'ingiustizia, le dessero ragione.

Ora, in quella casa di "sule fimmine", lo zù Pippino si beava grandemente: la mattina in tribunale e poi allo studio in quel palazzo al centro del paese, dove sul muro di fianco al portone brillava la sua targa in ottone dorato. Spesso, quando Brigida e Bastiana erano invase dal sacro fuoco della cucina, si fermava anche a pranzo e sempre poteva dedicare qualche ora a Carlotta, facendole fare il cavalluccio sulle sue ginocchia o facendola volare verso il soffitto, in quei giochi un po' spericolati che solo ai padri, di norma, sono concessi.

Nardina e Carlotta avevano dato finalmente un senso alla sua vita. La giovane baronessa cresceva insieme alla figlia. S'interessava di ogni cosa e si rivolgeva a lui per tutte le decisioni che riguardavano ciò che dei beni di famiglia restava, chiedeva lumi, voleva leggere codici e carte e si era così istruita che spesso lo aiutava anche nel suo lavoro scrivendo le comparse che lui dettava. Tra loro, una sintonia perfetta.

Se Nardina lo sorprendeva ogni giorno nella sua vedovanza così operosa, Carlotta lo inteneriva e al tempo stesso lo turbava. A colpirlo era la stessa dolcezza composta della sua amata Caterina, che la bambina gli ricordava, a volte con vaghezza altre con insistente certezza. Il dubbio gli si era insinuato come un tarlo molto tempo prima, proprio a seguito della denunzia di donna Rosetta, che lui stesso aveva smontato con successo in ogni parte e che tuttavia, pur fumosa e imprecisa, gli aveva acceso nella mente un cerino. Allora lo zù Pippino, per paura che scoppiasse un incendio, si era affrettato a spegnerlo quel fuochino: ma ogni tanto ne tornava il brillio.

Quel giorno di ammuino per i preparativi del compleanno di Carlotta, l'avvocato, lasciato il tribunale, aveva deciso di andare qualche ora allo studio per sbrigare certe pratiche camurriuse assai, ma vista la malaparata della casa invasa di gente e l'impossibilità di lavorare in tranquillità decise di andar via. Carlotta però aveva preso a girargli intorno con tutte le sue innocenti mossette pregandolo di portarla con sé, e nessun "no" delle donne di casa l'aveva fatta desistere.

Gli strilli capricciosi echeggiarono nello scalone, presa in braccio scalciava come un mulo, fuggito lo zio niente di meglio si riuscì a trovare per consolarla se non che le sarebbe stato concesso di sedere da sola sui gradoni dello scalone che menavano all'atrio.

Le lacrime furono subito asciugate con un colpo di manica del grembiulino, un sospettoso sorriso sancì la sua resa. Mai le era stata concessa tanta libertà e per un tempo delizioso Carlotta si spassò a fare la portiera, annunziando chi entrava e accompagnando chi usciva. Stava seduta sul secondo gradone dopo la porta di casa, poi fu il terzo, il quinto, il nono, sempre più giù.

Stava ancora meditando se proseguire nell'avventura quando vide salire una signora vestita brutta, lo scialle in testa, le scarpe come quelle dello zù Pippino: "Che porti? Cose per la mia festa?".

La signora la guardava in silenzio, Carlotta di nuovo chiese: "Che porti? Se non me lo dici non ti faccio salire!" e si stese lunga lunga sulla pedata di marmo.

"Alzati, ché friddu ti pigghi!" Quella signora quasi la supplicò, sembrava volesse mettersi a piangere.

Ma Carlotta non si fece commuovere: "E allora? Che porti?".

Quella allora snodò le cocche di una truscia e la piccilidda curiosa si mise a taliare: c'erano una sottana più brutta di quella che aveva, un vestito di lana così dura che a toccarlo le prudevano le manine, una mantillina nera pure essa, calze spirtusate e poi... un paio di scarpe piccole come la signora, con poco tacco e un listino annodato al bottone.

"Queste io me le metto!"

La signora disse di sì, che avrebbe potuto indossarle, ma prima doveva vedere la sua mamma.

Carlotta fu un fulmine, per quanto il gradone lo consentisse alle sue gambe.

Intanto Nardina, che nello studio dello zù Pippino

sistemava carte e faldoni, l'orecchio sempre alle scale, si affacciò per vedere con chi la figlia parlasse.

"Scusate, forse disturbo... la porta era aperta... vengo un'altra volta, forse vossia avi chiffari!"

"Ma che dici, Sabedda! Sei Sabedda, vero?"

E prima che lei rispondesse, sorpresa Nardina già l'abbracciava.

"Che piacere che ho a vederti! Ma perché non venisti mai a trovarci? Spariste, tu e tuo padre! Abbiamo avute tante disgrazie, sai? Accomodati, ti prego."

"Ecco la mia mamma! Ora dammi le scarpe!" Carlotta era l'unica a non mostrare imbarazzo.

Sabedda si affrettò a raccontare l'incontro con la piccilidda e intanto era stata fatta accomodare nello studio

Poi Nardina chiamò Brigida: "Vieni, Dinuzza, guarda che sorpresa abbiamo qui!".

"Ma Sabedda pi daveru è!" E Brigida fu subito pronta con il vassoio apparato, tazzine, zucchero, piattini al profumo di vaniglia e cannella.

Feste, abbracci, caffè e biscotti, il quadro dipinto di amiche ritrovate.

Nella mente dell'una e dell'altra la vita condivisa a San Marco, i tempi di una giovinezza tormentosa, Carlo, Stefano, don Calogero, gli affanni, le gioie effimere mai cancellate. Di nuovo le loro anime in un sussulto si svegliavano, non quelle di adesso, ma quelle di prima, ancora intatte e senza presagio delle future ferite.

Sabedda appariva frastornata, come non si aspettasse un'accoglienza così sinceramente affettuosa. Parlava e rideva, affannata come chi superato un ostacolo ancora non crede di avercela fatta.

Tutte e tre guardavano Carlotta che tappiniava facendo con i tacchetti un rumore assordante.

"Morì mio padre Bartolo, ve lo ricordate?"

"E come no? Se ne prese male parole da mia suocera, poverello!"

"E la madre vostra? La gna Bastiana?" La voce di Sabedda un poco tremava.

"Eccola la gna Bastiana, ancora nun sugno morta, Sabbè! E che ci fai tu da queste parti? Quale buon vento ti porta?" La currera era giunta trafelata, a sorpresa, occhi brillanti e voce sospettosa mascherata dal tono canzonatorio.

L'aria si cambiò, ora sapeva di ambiguità e segreti sepolti.

Sabedda se la percepì addosso, irritante come ortica, rovente come scirocco.

"È giusta la domanda vostra, gna Bastiana! Anzi, subito ve lo voglio dire ché assai mi costa: io in campagna da sola alla Chiana non ci posso più stare, troppu luntana è. E poi pìccioli me pa' non me ne lassò, solo quella casa e la terra che di tante cose avi di bisogno! Ho pensato che forse vi serve aiuto, seppi che aveste una nipote nica... qualunque servizio sono pronta a fare per un poco di mangiare, qualche soldo per campare."

Intanto i tacchetti avevano tradito Carlotta che era caduta e aveva sul viso la smorfia di chi, prima di un pianto, ne pesa il possibile effetto su chi le sta intorno. Sabedda, in un moto istintivo, sollecita le prese in braccio e le tremarono le gambe, le mani, il cuore. La bambina, sorpresa, diede sfogo alle lacrime prima trattenute e si abbandonò all'abbraccio, poi chiese di essere rimessa a terra. Nardina, accortasi che la piccola doveva aver battuto forte il capo, intervenne.

"Scusa, Sabbè, batté la testa!" E avviandosi disse che sarebbe bastata un po' di acqua fredda.

Sabedda fece la mossa di seguirle ma Bastiana, afferrandola per un braccio, la trattenne, poi a bassa voce: "Fermati, bedda! Ora mi dici che intenzioni hai. Se venisti per avere pìccioli devi sapere che io non ti do più una lira e ti porto in tribunale. E se succede, la fine tua è la galera. Venditi la casa e la terra che tu e tuo padre mi avete fottuto. E se venisti per Carlotta…".

Gli occhi spirdati, la mano sulla bocca a mostrare l'orrore, Sabedda rispose: "Nonsi, gna Bastiana, ce lo giuro su questa mia figlia che ancora cà me ne sento il calore!". E le braccia sue cingevano la pancia. "Giurai che mai me la sarei ripresa e così sarà. È tutto come prima, solo… se posso vorrei servire a voi e a idda. Vostra figlia Nardina niente sapìa e niente avi a sàpiri."

Bastiana giudicò sincera la risposta e allentò la morsa della mano sul braccio di lei, anche perché Nardina e Carlotta stavano tornando. Sabedda si scusò mille volte, disse che la colpa era tutta sua che le aveva concesso quelle scarpe maledette e si avvicinò alla piccilidda: "Scarpazze di razzazza tinta, ora ci penso jò a voi!". E, prese in mano le scarpette, giù a menar loro piccole botte, gettarle a terra e calpestarle mentre Carlotta cominciava a sorridere e poi a ridere, ma forte, sempre più forte, e tutti parteciparono a quel gioco divertendosi, tranne le scarpe che erano state l'unico paio prezioso posseduto da Sabedda nella sua vita.

Assediata dagli occhi truci di Bastiana, la picciotta si scusò per il trambusto che aveva causato e faceva per congedarsi ma Nardina non volle sentire altro: "Sabbè, puoi restare sempre qui se vuoi, credo che tu e mia figlia siete fatte l'una per l'altra!".

"Prima viremu che sapi fare e poi n'accurdamo!" La gna Bastiana intervenne a stabilire i confini di quel patto. Le sue riserve sulla ricomparsa di Sabedda sarebbero state sciolte solo dopo attente verifiche sui suoi intenti.

Nardina invece, che non poteva aver dubbi, subito disse che Sabedda così giovane e piena di forze sarebbe stata un grande aiuto per Brigida e una mano santa per le esigenze di Carlotta.

"Che ne dici, gioia mia, se questa signorina così bella viene a stare con noi?"

La bambina guardò prima la madre, poi la nonna, insicura come accade agli infanti chiamati dagli adulti a una scelta. Infine guardò Sabedda, ormai priva di ogni bruttezza e finanche simpatica, e anziché rispondere con le parole lo fece andando verso di lei e abbracciandole le gambe.

Sabedda nascose una lacrima in un lembo del suo scialle, la gna Bastiana si allontanò dalla stanza per nascondere la propria stizza. Solo Nardina si sentì sollevata, come se quello fosse un dono del destino a lei giunto per festeggiare il compleanno della figlia.

30

Sabedda era giunta in quella casa proprio al tempo opportuno. Tre anni erano trascorsi e l'aria che in quelle stanze aveva portato, in un colpo svecchiandole, fece rifiorire anche tutti gli abitanti. Nardina, sollevata dalle piccole e numerose pratiche materne, godeva della figlia più di prima vedendola crescere amata e accudita come meglio lei stessa non avrebbe saputo fare.

Questa sua diversa disposizione di spirito convinse lo zù Pippino a coinvolgerla maggiormente nell'attività legale.

Nardina si rivelò capace ed efficiente e le soddisfazioni che le venivano dal far bene il suo lavoro le davano una sicurezza di sé che l'aiutava a trovare equilibrio.

Riversò nello studio delle carte procedurali le energie prima spese nell'ossessiva cura di Carlotta, imparò a leggere tra le pagine di codici distraendosi dai pensieri cupi e colpevoli che prima riempivano le sue giornate.

I clienti dello studio Calascibetta non esitavano a parlarle dei loro guai spesso preferendola al titolare: "Vulissi parlare con l'avvocato," dicevano a Brigida che li accoglieva, "ma no con il masculo! Con la fimmina che parla senza ca s'arrabbìa si ci cunto li me cazzati!"

In casa se ne rideva, ma Nardina, arrossendo, s'inorgogliva.

Carlotta imparò presto a fare a meno di lei, viveva in simbiosi con l'altra madre, Sabedda, che l'aveva liberata da osservanze di regole e tempi. Mangiare, dormire, lavarsi, giocare, erano attività tutte uguali e necessarie ma che posto dare loro nella giornata era affare privato di entrambe.

Nardina ogni tanto, ma senza convinzione, riaffermava la sua autorità e instaurava per qualche tempo un clima più rigido. Giudicava a volte selvaggia la strategia adottata da Sabedda con Carlotta, poi però lasciava andare perché troppo la figlia cresceva serena.

Del governo delle cose si era assunta il compito Bastiana. Sorvegliava entrate e uscite di denaro meglio di una sentinella nella garitta. Giudicava quali spese fossero necessarie e quali inutili, non lesinando maggiori somme alla prime se il calcolo, nella prospettiva futura, si rivelava sparagnoso.

Gli scontri più duri furono con la povera Brigida quando nel bilancio familiare venne drammaticamente ridotto lo stanziamento per liscivia, sapone da bucato, sapone molle, varechina e via lavando: "Olio di gomito, figlia mia, e poi che è 'sta varechina, ogni bucato ne sfardi una quarara e male fa! Cenere, cenere di cufulare, disinfetta e niente costa!".

"In questa casa sempre così si fece, solo a vossia non ci piace l'odore di pulito!"

Sull'argomento i toni si fecero sempre più aspri: "Che fimmina pulita, basta che si azzizza e si mette profumo!" rosicava Brigida al passaggio di Bastiana.

"Coi pìccioli degli altri sono tutte pulitone!" masticava tra i denti la currera.

Fin quando si scoprirono le reali intenzioni della gna Bastiana.

"E c'entra sempre Mussolini!" come nell'occasione ebbe a dire Calascibetta.

Era da un po' che non si parlava più della politica coloniale, poi la propaganda fascista aveva ripreso l'argomento e a Bastiana, sempre attenta per abitudine di mestiere all'aria che tirava, questo discorso di altre guerre, ché il ricordo di quella grande era ancora fresco, fece molta impressione. Così, in drammatica previsione di nuovi stenti e sacrifici alimentari, aveva deciso che era meglio approvvigionarsi di cibo che di sapone: non ci fu più dove stipare sacchi di farina e coppi di zucchero, buatte di sarde e olio, olive, sale e caffè. Per lei l'impero africano era un pericolo sottocasa e almeno il mangiare doveva essere assicurato. La pulizia si sarebbe fatta come si poteva.

La bambina, in questa comunità di varie teste, era l'ago della bilancia, il termometro degli stati d'animo, il collante di ogni rapporto e la gioia di tutti, la sua risata rallegrava meglio di una canzone suonata alla radio.

La sua salute, le sue occupazioni, i suoi desideri erano sempre l'argomento del giorno e se le donne avevano opinioni opposte, si aspettava l'arrivo dello zù Pippino per la composizione delle divergenze.

Il primo giorno di scuola ad accompagnarla ci furono Nardina, Sabedda e zù Pippino, un corteo.

In seguito fu solo Sabedda a occuparsene. Senza averne mai l'intenzione, era riuscita a essere per Carlotta insostituibile, ma neanche questo bastava a saziarla di tutto il tempo che la bambina non era stata sua.

La mattina era lei che le preparava la cartella di cuoio: due fette di pane con la marmellata di arancia involte nella carta paglia, i quaderni, con la copertina nera quelli per la bella copia, con i disegni di soldati, navi e aerei militari quelli per la brutta e poi il libro di testo, deciso dal regime per tutte le scuole del Regno, uguale dal Nord al Sud.

Carlotta era pronta con grembiule, fiocco e una catena di pupidde di carta ammucciata nella tasca e ancora

Sabedda s'attardava a sfogliare, guardare mentre balbettando un poco leggeva. Ogni due o tre pagine del libro ce n'era una dedicata al Duce, alle imprese del Duce, il Duce piccolo, bambino, la marcia su Roma e poi il Duce che arava, che nuotava, che passava in rassegna un battaglione di alpini, il Duce col fez, col frac, con la bombetta, a cavallo, in barca e in automobile. Ogni foto era accompagnata da trafiletti di propaganda e da esercizi di composizione suggeriti a indirizzo apologetico.

Sabedda un giorno propose a Carlotta: "Carulè, di nuovo la scuola voglio fare. Io sacciu leggere e se m'aiuti posso studiare asseme a te. Libri mai ne ebbi perché quando andavo alla scuola di campagna solo il maestro li teneva e noi picciliddi avevamo due quaderni, uno a righe e l'altro a quadretti. Fastidi non te ne voglio dare, abbasta che sento a te e pure io m'imparo. E macari, con me accanto, tu non hai sempre la testa a scappare dalla seggia!".

La bambina accolse con entusiasmo l'idea di fare la maestra e riuscì a pattuire con Sabedda anche il compenso di una cosa dolce a settimana confezionata da entrambe nel regno di Brigida: pasticciotti con l'amarena, pane dolce fritto o, male che andasse, almeno il croccante di giuggiulena.

A malincuore, ma vinta dalla bontà della causa, Brigida ogni tanto cedeva il suo posto davanti ai fuochi. Come la gna Bastiana, anche lei sogguardava Sabedda e Carlotta con lieve disapprovazione eppure il suo animo, sempre volto a pensar bene, capiva quanto importante fosse per la bambina quel legame.

Sabedda pian piano sgrossava cervello, lingua e modi. Con Carlotta si sforzava di parlare sempre in italiano e pretendeva che subito le correggesse gli sbagli.

In casa l'atmosfera era di grande familiarità. I rigidi confini di classe del tempo di donna Rosetta erano ora meno precisi, come i limiti sui terreni dei sarracesi emigrati all'America e "aggiustati" dai proprietari confinanti rimasti a Sarraca.

Chi aveva più pensieri a palazzo Cangialosi era l'inquilino diurno, lo zù Pippino. La testa gli andava firriando tra le mille preoccupazioni, lo trambustavano perfino i temi e i problemi che leggeva nei quaderni di Carlotta:

Quali opere del fascismo ammiri di più?

e anche

La corazzata Vittorio Veneto *è armata con 9 grossi cannoni, con 12 di medio calibro, 12 di piccolo calibro e 20 mitragliere. Quante armi sono pronte sulla possente nave?*

"Zero spaccato, perché di quei cannoni manco uno ne funziona!" Lo zù Pippino si faceva il sangue acido, l'indottrinamento delle giovani menti innocenti gli dava un disgusto senza pari ma per timore che Carlotta ripetesse a scuola qualcuna delle sue sfuriate contro il regime, stava zitto, ingoiava fiele e carezzava la testolina della nipote compatendola per i tempi in cui cresceva.

E da qui al cutugno che più di ogni altro lo martoriava, il passo era breve: Stefano Damelio, ormai perso dietro a Mussolini.

Alla morte del padre c'era stato da affrontare il problema della sua successione. Stefano, tornato a Sarraca per qualche mese, aveva affiancato Calascibetta nella difficile gestione debitoria in cui il barone don Rosario aveva lasciato lui e la sorella e, se le terre e le masserie erano tutte state travolte dalla catastrofe, palazzo Damelio almeno era stato salvato grazie anche alla buona disposizione d'animo mostrata dalla gna Bastiana.

Per ricavarne una rendita era stato affittato alla famiglia Imbornone, quelli della fabbrichedda di gazzose, che con acqua e zucchero si erano fatti una fortuna. Arturo Imbornone, l'amico d'infanzia di Stefano, in procinto di un matrimonione con una nobile carina ma senza dote, si era offerto di acquistarlo e Stefano avrebbe anche acconsentito alla vendita ma poi, punto da chissà quale sentimento, vecchie gelosie, invidia, orgoglio, non ne aveva fatto niente. Arturo però insisteva e così si erano accordati per un affitto ventennale. L'amico, memore delle dissipazioni di don Rosario, era convinto che prima della fine del contratto quel palazzo l'avrebbe acquistato per un pezzo di pane.

Quel canone di locazione che arrivava preciso come un orologio fu per Stefano e la sorella Silviuccia una bella risorsa che consentì a entrambi di trovare un appartamento dignitoso a Palermo e vivere insieme. Con loro andò anche Sisina, senza il suo Menico, che era morto quando erano state vendute la carrozza e l'automobile di don Rosario. In città campò poco anche lei, se ne morì di malinconia.

Fu comunque contrattualmente convenuto che si sarebbe dovuto ricavare nell'immobile, a spese dell'inquilino, un piccolo appartamento indipendente di quattro camere. Stefano e Silvia lo avrebbero abitato nel loro rientro a Sarraca, ma la laurea da conseguire al più presto e poi l'avvio alla professione forense non consentirono ai due fratelli di tornare in paese per parecchio tempo.

Lo zù Pippino era riuscito comunque a tastare a distanza il polso di Stefano, che frequentava assiduamente lo studio di Ettore Sclafani il quale si era sempre sentito responsabile di quel ragazzo e mai aveva mancato di dargli notizie.

Tutto era andato come Calascibetta aveva immaginato quel lontano giorno in cui, accompagnando Stefano a

Palermo, aveva intravisto nell'appartamento dell'amico Ettore la foto con dedica del signor Benito.

La passione politica, alimentata dalla sincera fede di Sclafani e dalle sue abilità persuasive, aveva preso il giovane come una febbre e l'iscrizione ai Gruppi universitari fascisti di Palermo era stata immediata. L'organizzazione squadrista soddisfaceva tutta la sua frenesia di azione e, già al primo anno, si era fatto notare tra i cinquanta più attivi del Gruppo per la foga mostrata nel lancio di codici e manuali con l'intento di convincere i colleghi antifascisti a cambiare opinione.

Quando il Duce si appassionò alla "più fascista delle riforme", quella generale dell'istruzione progettata dal Gentile e approvata in un mese, Stefano, più che lo studio delle Istituzioni di diritto privato, trovò eccitante gettarsi a corpo morto nella difesa del nuovo ordinamento scolastico.

Capannelli di colleghi, alcuni rapiti altri dubbiosi, lo ascoltavano mentre nell'atrio dell'università arringava come fosse già in tribunale e si metteva addosso un'aria mafiosa e inquietante, il mento alzato in segno di sfida, il tono sfottente, le gambe aperte, le mani ai fianchi. Dietro di lui ognuno poteva vedere emulata la ben nota figura.

Quando poi la propaganda si mascherò da politica culturale, 'u baruneddu si arruolò tra coloro che andavano in giro per licei e scuole medie inneggiando al motto "libro e moschetto fascista perfetto".

Sclafani a quegli eccessi non lo sostenne più. Aveva intuito che l'adesione di Stefano al regime aveva motivazioni diverse da quelle che lui stesso si era dato all'inizio quando, dopo la guerra, Mussolini si era presentato quale paladino dell'Ordine e autorità dello Stato. Poi troppe cose lo avevano disgustato e convinto che l'uomo ambiva a una inaccettabile dittatura.

Aveva cercato di spiegare a Stefano che la violenza non trova mai giustificazione e al suo sorriso beffardo, alla sua replica sulla bontà della forza per convincere gli stupidi, le loro conversazioni politiche si erano interrotte.

Sclafani però nei mesi a seguire, affascinato dalle intuizioni giuridiche del giovane che si muoveva tra le norme vecchie e nuove come l'equilibrista sul filo, lo aveva accolto ancora studente nel suo studio come praticante e Stefano, con cinico calcolo, aveva fatto mostra di aver allentato i suoi legami con il partito. La posta in gioco era importante: i clienti dello studio, numerosi e danarosi, erano bottino da non lasciarsi scappare, considerata anche la veneranda età di anni sessanta del titolare.

Intanto il partito scopriva nei Gruppi universitari una risorsa di uomini e idee e ragionava che, a pescarci dentro, c'era già pronta la "futura classe dirigente". Così, abbandonate iniziative non autorizzate e inquadratosi in rapporti e gerarchie alla diretta dipendenza del partito, Stefano poté assicurarsi una solida garanzia per la sua futura carriera. Qualunque essa fosse stata, di certo avrebbe goduto del privilegio di una documentata fede al fascismo.

Lo zù Pippino a quel punto si era arreso. Non poteva fare più di quanto non avesse già fatto, le convinzioni politiche del resto non andavano giudicate, neanche quelle di Stefano, così come lui mai avrebbe tollerato che si ostacolassero le sue.

Cercò perdono ai suoi rimorsi di cattivo educatore e sorvegliante portando profumatissimi fiori alla tomba di donna Caterina.

Palermo, 1932

La storia quella vera

31

La casa palermitana di Stefano e Silvia, ad angolo tra via Libertà e piazza Politeama, non distava molto da quella dell'avvocato Sclafani e la carrozzella che li avrebbe portati da lui li stava già aspettando davanti il portone. Lo gnuri, a cassetta, si alitava tra le mani il caldo del suo fiato, la capote era stata alzata, il vento di marzo era freddo.

Sarebbe stata quella una visita di saluto che, insieme alla sorella, Stefano avrebbe fatto al suo vecchio mentore e maestro. Il giovane avvocato, a suo modo, era sinceramente dispiaciuto di allontanarsi dopo otto anni dall'uomo che più di tutti era stato determinante nelle sue scelte e nella sua vita. Ma l'incarico ricevuto direttamente dal Duce con lettera vergata di suo pugno e conservata religiosamente nella tasca interna della giacca gli aveva stravolto il futuro, mutando da testimone a protagonista il ruolo fino ad allora da lui ricoperto nel partito. Poche righe, una scrittura orgogliosa, acuminata, spessa, lettere che svettavano in alto, in avanti, il comando espresso nel gesto e nascosto da parole eleganti e gentili, il Duce si congratulava per le doti di dedizione, di lealtà alla patria e di lucidità mostrate negli anni trascorsi. Ora lo voleva a Sarraca, al più presto, a mettere ordine nel locale partito fascista troppo compromesso da vecchie gestioni clientelari e corrotte.

Stefano, nel ricevere quella investitura dalle mani del segretario federale, senza accorgersene aveva drizzato la schiena e spinto in fuori il mento, e mentre tutti intorno si congratulavano lui già pensava a organizzare studio e casa nelle quattro stanze che gli erano rimaste a palazzo Damelio. Sarebbe stato un rientro sottotono, nessun clamore o pubblicità. La professione di avvocato avrebbe coperto i suoi veri intenti e nessuno sarebbe stato al corrente della sua attività fino al completo successo che si proponeva di raggiungere: ripulire il partito e diventarne il principale referente in provincia, sostituendo il leggendario Tabisso che ormai sedeva stabilmente nelle poltrone del Senato del Regno a Palazzo Madama. E sarebbe stato solo un primo passo, ché poi anche nei programmi di Stefano Roma era inclusa.

Ringraziando il segretario federale e trattenendo a stento la soddisfazione che gli faceva aprire le narici e gonfiare i polmoni, concordò di tenerlo aggiornato di ogni sua mossa. E ora partiva.

"Miih! Ancora il cappello ti devi mettere? I guanti li pigliasti? E datti due pizzichi a questa faccia bianca! Stai sempre in casa come una monaca!" Stefano fremeva.

"Ma che è stammatina! Io sempre così sono stata, bianca! Vuoi vedere che ora te ne stai addunando?" Silvia più si spazientiva e peggio lo spillone non ne voleva sapere di infilarsi nel feltro del cappello.

Quando furono pronti si avviarono e in carrozzella ci furono le ultime raccomandazioni.

"Ora non te ne stare muta come fai sempre quando andiamo da lui!"

"E tu non macinare parole come un mulino e magari qualche cosa la riesco a dire pure io! A volte non fai parlare neanche don Ettore, e invece sarebbe meglio! Ne ha di argomenti lui, non come te che sei monotono come un grammofono rotto e suoni solo politica e diritto."

"E allora sarebbe cosa sapurita se glielo dicessi a don Ettore che ti piace ascoltarlo! Niente, ancora non t'imparasti a stare in società! D'altronde sei cresciuta con Menico e Sisina, due servitori... mischina!"

Silviuccia sorpresa guardava il fratello; ogni volta che erano andati in visita, o a pranzo o a cena, dall'avvocato Sclafani, mai nulla Stefano le aveva suggerito, lasciandola confinata nella sua femminile solitudine. Era sempre don Ettore a curarsi di lei, a voler sentire le sue opinioni, a tirarla dentro i loro discorsi.

Quando arrivarono all'altezza del teatro Massimo, Stefano comandò allo gnuri di fermarsi. Il cavallo docile alla stratta delle redini obbedì, mentre dietro il clacson di un'automobile strombettava impaziente.

"Miih? Ma chi fa, nun pò aspittari?" biascicò il cocchiere che non si mosse e flemmatico continuò a contare i pìccioli che Stefano gli aveva messo in mano.

Sorridevano i giovani Damelio, sapevano già che, rientrati a Sarraca, certe gustose impudenze del popolo palermitano sarebbero state un ricordo nostalgico. La città li aveva affascinati, era moderna ma si teneva stretta tutta la sua storia e le sue tradizioni. Sulle vie principali si affacciavano i palazzi più belli, i teatri e i negozi alla moda, il mare di Mondello e le sue splendide ville estive brillavano di mondanità, da poco uno splendido campo da golf deliziava la nobiltà, ma dietro questa facciata, tra dedali di sporcizia, miseria e confusione, tra mercati vuciazzeri come suk arabi, sopravviveva un'umanità dolente e immobile, il bubbone inguaribile di un popolo rassegnato.

Con passo lento attraversarono l'ultimo tratto della via Ruggero Settimo e alla fine lo sguardo trovò respiro nella grande piazza del teatro Massimo assolata in quel mattino ancora freddo. Si fermarono da Gigino il fioraio, scelsero delle vellutate viole del pensiero blu dal cuore giallo. Le fecero sistemare in un piccolo vaso ad anello di opalina trasparenza, disegnato apposta per fiori dal gambo corto. L'effetto finale fu una ghirlanda festosa.

L'avvocato Sclafani, ricevendola dalle mani di Silvia, si mostrò commosso. Lei ne fu imbarazzata, per la prima volta aveva sorpreso una sua emozione. Stefano non si accorse di nulla, era mutriato. Si era accorto che la fotografia con dedica autografa del Duce era scomparsa dalla libreria.

"E allora, Silvia, si torna a casa?" Ettore Sclafani li precedeva mentre, attraversando il corridoio sempre più ingombro di scaffali e libri, si avviavano al salottino adiacente allo studio.

Silvia aspettò un cenno del fratello, poi rispose secondo il suo animo: "Don Ettore, vi confesso che è un po' complicato oggi capire qual è la mia casa. A volte in sogno le vedo tutte insieme, palazzo Damelio, la villa di campagna a San Marco e questo appartamento qui a Palermo e non so dove entrare perché sembrano tutte disabitate e vuote".

"Non sembrano, *sono* vuote, Silviuccia mia!" Stefano la riportava alla realtà. Poi, rivolto all'avvocato: "Non sarà una passeggiata questo ritorno, collega carissimo! Della nostra famiglia non ritroveremo nessuno e niente se non un palazzo per noi ridotto a un francobollo e un paio di parenti acquisiti di cui ci sarebbe da vergognarsi".

"Che lingua di serpente!" Silvia sbottò. "Se non fosse stato per Nardina e sua madre non ci ritroveremmo nemmeno le quattro stanze e la rendita di palazzo Damelio!"

"Sì, sì, che bel regalo: palazzo Damelio incartato con un'altra ipoteca! Quelle due sempre pidocchi arrinisciuti sono, ricordatelo! Ma vedrai: non mi chiamo Stefano Damelio se in capo a sei mesi l'ipoteca non gliela faccio rimangiare, alla gna Bastiana! Di noi diranno *parteru in carrozza e sinni turnarunu a piedi.* Ma ai sarracesi la bocca gliela chiuderò io!"

Ettore Sclafani discreto ascoltava, la coda dell'occhio gli segnalò l'errato ordine di posto di alcuni tomi nella libreria e lui si indugiò a correggerlo.

Nel salottino, una sorpresa per Silvia: una magnifica radio in radica di noce completa di grammofono. Lei non trattenne un grido di gioia. L'avvocato Sclafani, gli occhi felici, si godeva gli effetti già immaginati al momento dell'acquisto del regalo per la sua giovane amica.

"Sapevo che avresti gradito questa novità, cara Silviuccia. Volevo che tornando in paese potessi riascoltare tutte le belle opere a cui abbiamo assistito insieme al Massimo, un modo per farti ricordare la nostra sincera amicizia."

Silvia gli chiese il permesso di abbracciarlo, lui confuso l'accolse ma non gli riuscì di sciogliersi dalla rigidezza di sempre.

"Su, su! Non è poi una gran cosa a fronte della compagnia e dell'allegria che entrambi avete portato nella mia vita."

Stefano muto guardava la scena, l'espressione sorniona di chi cela un pensiero intrigante.

"Penserò a tutto io, ho già incaricato un facchino perché vi porti la radio e anche alcuni dischi, Rossini, Donizetti, Puccini… insomma quelli utili a non patire alcuna solitudine." Don Ettore si guardò attorno smarrito come se la casa senza i suoi giovani protetti fosse già un'altra.

"Più rifletto, più la mia idea mi sembra buona…" Stefano aveva preso a passeggiare sue e giù per il salottino, i pollici dentro i taschini del panciotto, assorto come se stesse formulando un'orazione. L'avvocato e Silvia lo guardarono curiosi. "Ve ne metterò a parte, ma vi prego, don Ettore, siate sincero nel giudicarla quando l'avrete ascoltata." Un'altra lunga pausa, come a soppesare gravi pensieri, poi prese coraggio: “Silvia, siamo realisti: io credo che per te il rientro a Sarraca non offra alcuna prospettiva. Non hai più una dote e questo difetto rende vani tutti i pregi e la bellezza che possiedi. Sarai costretta a elemosinare compagnia e affetto a quelle due uniche parenti che ci ritroviamo, come una zia zitella, povera e compatita! Un trionfo di orgoglio per la currera!”.

Silvia a quelle parole si era come pietrifiata, immobile quanto la radio su cui ancora poggiava una mano. Guardava il fratello, l’espressione attonita come chi non sa cosa il destino stia preparando.

Stefano invece sogguardava l’avvocato, spiando le sue reazioni, ma quello si era seduto in poltrona e ascoltava, impenetrabile. Allora rivolgendosi a lui Stefano concluse la sua arringa: “Per voi invece, nobile e stimato amico, mia sorella sarebbe una preziosa compagnia, nobile anch’essa e raffinata, con la quale condividere la passione dell’opera e la stessa sensibilità per tutto ciò che è bello e piacevole, la sua gioventù vi accompagnerebbe nei vostri piccoli piaceri, una passeggiata, la messa, un gelato da Caflisch e ve la ritrovereste accanto se un malessere dovesse infastidirvi. Perdonate l’ardire, insomma Silvia sarebbe come una figlia devota… che ne dite?”.

Nel salottino, il brusio dalla strada saliva ora a riempire il vuoto lasciato dalle parole di Stefano, ma nessuno parlò fino a che l’avvocato Sclafani si scosse dalla sorpresa disse con fermezza che la proposta lo commuoveva ma che non avrebbe mai accettato un sacrificio così grande imposto a una giovane vita quale quella di Silviuccia.

Silvia con tono deciso intervenne: “Io dentro di me non avverto alcuna imposizione, don Ettore: sarei felice di starvi accanto, nessuno mi ha dato attenzione quanto voi”. La sua voce sicura aveva anche smesso la cantilena infantile e vezzosa che a volte intonava. “Non ho avuto certo un padre amorevole, io. Per il barone don Rosario Damelio ero inutile, sempre a ruota dopo Stefano. Prima lui, da preparare a un grande destino. Ma, avvocato mio, *senza dinari nun si ni cantanu misse* e alla fine l'unica cosa che mio padre ha lasciato a mio fratello è stato un sano egoismo, quello stesso che a lui consentì di consumare un patrimonio senza provare alcun dispiacere nei confronti di noi figli e lasciandoci nudi come due puvirazzi di fronte a un branco di creditori, cani affamati e mafiosi."

Silvia ora parlava sommessa, si liberava di pensieri e sentimenti che chissà quante volte l'avevano resa muta: "Ora l'egoismo ereditato suggerisce a mio fratello di depositarmi come un pacco presso la vostra casa per pensare solo a sé stesso, senza l'impaccio di dover badare a questa sorella inutile e senza un soldo che si ritrova. Perdonatelo, vi prego, per questa sua richiesta screanzata, e tu, Stefano caro, non avere preoccupazione alcuna. Mi troverò un lavoro qui a Palermo. Neanche la mia vista ti sarà di peso".

Stefano, un guizzo negli occhi, attendeva, come se tutto quello che stava accadendo fosse stato per lui prevedibile e si fosse alla scena conclusiva del dramma.

"Allora, Silvia, tu resti qui!" La voce di don Ettore suonò perentoria e irritata per la sfrontatezza che Stefano aveva mostrato nei confronti suoi e della sorella. "Non permetterò che tu vada in nessun'altra casa se non la mia. Del resto è vero che mi fa star bene la tua presenza accanto a me, sei più di una figlia."

"Bene," concluse Stefano con il fare di un sensale che abbia appena concluso un vantaggioso affare, "allora la radio non ha più bisogno di alcun trasloco." Poi, come colto da un cruccio: "E comunque per le cose di casa e per zittire le malelingue ci sarà sempre Olivuzza con voi!".

"Sì certo," Don Ettore aveva il tono duro usato nei tribunali. "La radio rimane qui. Silvia, tu resterai qui da subito, domani andrai con qualcuno di mia fiducia a prendere ciò che di tuo hai qui a Palermo." Poi, dopo un profondo respiro: "Stefano, io non te ne avrei parlato, ma questo tuo improvviso cambiamento di programmi mi spinge ad affrontare un tema che mi sta a cuore: si era d'accordo, o almeno così mi sembrava, che ti saresti associato al mio studio legale: abbiamo concordato ogni cosa, suddivisione degli utili, del lavoro e dei clienti...".

"Le spese?" lo interruppe Stefano. "Devo rinfrancarvi delle spese? È questo che volete dire?"

"No, mai ti avrei chiesto e lo sai bene," Don Ettore si mostrava ormai insofferente. "Voglio però conoscere la ragione di questa rottura unilateralmente decisa. Me ne hai parlato solo qualche giorno fa mettendomi di fronte al fatto compiuto. Ora voglio la verità, sono otto anni da quando ti ho accolto come un figlio e me lo devi."

"Sono chiamato più in alto, don Ettore. E anche voi mi sembra vi siate concesso di mutare pensiero e proprio nel momento in cui il Duce avrebbe bisogno di sostegno."

"Non aggiungere altro, su questo punto le nostre strade sono divise da tempo e non è il caso di tornarci su. Per Silvia non temere nulla, potrai tornare a trovarci quando vorrai e lei sarà libera di andarsene a suo piacimento anche se la mia intenzione è di adottarla."

Stefano sorrise come avesse bevuto aceto. Don Ettore era andato oltre ogni sua più rosea aspettativa e forse lui si era lasciato sfuggire un'occasione cospicua.

Silvia si era alzata. Dietro le lastre del balcone, Palermo si stendeva pigra. L'animo suo era malinconico ma lo sguardo lieto e gioioso come quello del marinaio fenicio che, alla fine di un viaggio burrascoso, doppiato Monte Pellegrino si era trovato davanti quell'approdo d'incomparabile bellezza.

Sarraca, 1932
La storia quella vera

32

Diciannove marzo, san Giuseppe: lo zù Pippino gradiva il suo giorno onomastico assai più di quello del compleanno. Trattandosi di un mangiacristiani, la spiegazione non era però la devozione al santo ma la sua insaziabile golosità di spince che per tradizione solo in quel giorno vengono preparate: una pasta di bignè fritta e gonfia come spugna, farcita con ricotta di pecora zuccherata e lavorata a mano fino a raggiungere la setosità di un velluto pregiato. Gocce di cioccolato e scorzette d'arancia candita ne fanno una musica barocca. Il palato deve esultare a ogni boccone, le spince sono vere "spugne di san Giuseppe".

In quel giorno, dunque, la prima tappa quotidiana dello zù Pippino furono i corridoi del tribunale dove il collegio degli avvocati, l'ordine dei magistrati e l'esercito di uscieri e passacarte al completo festeggiavano lo spropositato numero di Peppini, Peppe, Pino, Pinuzzo, Pippineddu e Pepè che componevano l'esercito tribunalizio. Guantiere stracolme di spince veleggiavano sulla folla, in bilico sui palmi delle mani, e tazze di cioccolata e bicchieri di marsala tremavano sonori nei metallici vassoi da caffè, mentre auguri sinceri e falsi saltavano da un crocchio all'altro. Quell'anno si era voluto esagerare e a mezzogiorno erano arrivate anche le bottiglie di vermut bianco e rosso.

Ora, nell'avviarsi a passo allegro a palazzo Cangialosi per il pranzo preparato per lui e il consueto successivo pomeriggio in studio con i clienti, lo zù Pippino si sentiva la testa leggera come una farfalla, le gambe camminando gli si impirugghiavano e l'animo cantava.

Già nell'ingresso, all'avvocato c'improfumò le nari l'odore della sugna in frittura e, nonostante la mattinata in tribunale si fosse conclusa con un totale di cinque spince consumate, di nuovo si sentì in bocca l'acquolina tentatrice. Sul ballatoio in cima allo scalone lo sorprese un vocio allegro, festoso, lo stupirono tutte insieme le risatine di Carlotta e quelle squacquarate di Bastiana, la voce di Nardina insolitamente argentina e quella di Brigida che battendo le mani ripeteva "Maria, beddamatri". Curioso si affrettò nel salotto.

Circondato dalle donne di casa, Stefano Damelio sedeva nella poltrona che era stata della vecchia baronessa, le gambe accavallate, un sorriso marpione e scellerato che si affacciava sotto un paio di baffetti neri e brevi come due virgole.

A vederlo dopo tanto tempo, ché l'ultima volta era stato per risolvere l'intricata successione del barone padre, lo zù Pippino fu sopraffatto dall'emozione, la lingua si perse tra i denti e la "esse" gli sibilò tra le labbra senza che il nome di Stefano fosse liberato.

Del ragazzo di un tempo gli era rimasto lo sguardo acceso di sfida e una magrezza elegante che mancava però dell'altezza imponente del padre don Rosario. Nei gesti, nel sorriso, nello sguardo si ripeteva intatto il fascino della madre, ma donna Caterina mai l'aveva usato con la studiata consapevolezza del figlio. Lo zù Pippino, subito snebbiato degli esiti confusionali di dolci e bevande, ebbe di nuovo davanti a sé gli occhi supplici di lei che glielo affidavano.

La campana della matrice rintoccava il mezzogiorno e Nardina diede ordine a Brigida di aggiungere subito un posto a tavola per il cugino Stefano.

"Come mai ti decidesti a venire? Che successe? E Silviuccia dov'è? Sola la lasciasti? Ma stai travagghiando? E dove vai a dormire?"

Le domande arrivavano da ogni parte e tutte insieme, e Stefano le maneggiava come un giocoliere i birilli, un po' rispondeva serio, un po' babbiava e inventava risposte perché tutti ridessero.

Zù Pippino lo guardava come lo vedesse per la prima volta e quando il picciotto, presa per mano Carlotta, la fece piroettare sulle note di *Giovinezza* che salivano da un pianino di strada, lui ebbe uno straniamento che non seppe spiegarsi, come stesse assistendo a un déjà vu che a cercarlo nella memoria sarebbe stato impossibile ritrovare.

Intanto Stefano si era rivolto a Carlotta: "Eh! Ma si vede che hai l'aria di famiglia!".

Sabedda non era tra loro e lo zù Pippino chiese di lei.

"Sabedda cui?" chiese Stefano mentre allo zù Pippino quella smemoratezza suonava falsa come una campana ciaccata. "La viddana di San Marco?" aggiunse.

"Vedi che te la ricordi?" pensò zù Pippino.

Nardina intervenne: "Sì, proprio lei! Sono ormai alcuni anni che si occupa della mia Carlotta, non è proprio una bambinaia ma è accorta e le vuole bene come fosse figlia sua!".

"Attenta, Nardina!" l'ammonì Stefano. "Fidarsi è bene, non fidarsi…! La ricordo selvatica e senza creanza, con me si permise confidenze mai autorizzate ma io seppi rimetterla al posto suo! Tienila a bada, sorvegliala comunque."

Lo zù Pippino tra sé e sé ragionò sul fatto che, per essere una il cui nome non gli diceva nulla, molti erano gli episodi che sembrava gli fossero rimasti impressi a fuoco nella mente.

Sabedda, che allora si affacciava in salotto, accennò un saluto porgendogli la mano, gli occhi di brace: “Bene arrivato, barone!”.

Stefano rispose ma ignorò il gesto di saluto: “Grazie, Sabbè! Come te la passi? E tuo padre, il vecchio Bartolo?”.

“Io sto bene qui e sempre nella mia bocca ci sarà un ringrazio speciale per la baronessa Nardina. Mio padre murìu. E vossia come sta?”

L’acredine del tono e delle parole rabbuiarono Stefano.

“Bene che meglio non potrei, adesso sono al mio paese e con i miei parenti affettuosissimi e spero di non andarmene più.”

“Ne ho piacere.” E Sabedda, sfoderato per lui un sorriso come una tigre le zanne, si rivolse a Carlotta: “Carulè, ora di mangiare si fece, andiamo a lavarci le mani!”.

Carlotta, già incapricciata di Stefano, fece una smorfia di disappunto e andò da Nardina, gli occhi imploranti che la si facesse restare con i grandi.

“Me ne occupo io, Sabedda. C’è lo zio cittadino e mi fa piacere che stiamo tutti insieme. Piuttosto vai tu a mangiare, ti chiamo se ho bisogno.” Nardina era di buon umore e ben disposta ai capricci di Carlotta.

Sabedda chiese permesso e andò via. Gli occhi di Stefano non riuscirono a ignorare quel corpo ancora minuto ma sensuale e la seguirono con la stessa foia di un tempo. Intanto l’avvocato si scriveva nella mente parole e impressioni.

“Nardina, ancora troppo zotica mi pare la fimmina! Stai attenta.” Stefano insisteva, nonostante in quella occasione nulla si sarebbe potuto rimproverare a Sabedda, e Nardina, pure un po’ sorpresa di tanto accanimento, era troppo allegra per darsene pena.

Zù Pippino invece si sentì dentro un'oppressione, un disagio nuovo che, rammaricandosene assai, associò d'istinto alla presenza di Stefano in quella casa. Gli appariva ancora più sicuro di sé ma l'impertinenza guascona del ragazzino che tanti anni prima in corriera con lui faceva ritorno da Girgenti si era ammargiata in una protervia boriosa e sprezzante.

L'attesa del pranzo trascorse ancora in un susseguirsi di domande e risposte. Si apprese della scelta di Silvia di rimanere "in Paliermo", proprio così disse Stefano, a marcare la familiarità di lei con la cantilena del nuovo dialetto. La descrisse scontenta di doverlo seguire di nuovo a Sarraca e raccontò dei suoi inutili tentativi di convincerla della gioia che tutti loro avrebbero certamente provato nell'accoglierla. Troppo la picciotta si era abituata alla vita elegante che ogni tanto don Ettore le aveva fatto assaggiare, e l'offerta di lui di rimanere nella sua casa come una figlia l'aveva entusiasmata tanto da decidere così del suo futuro. Aveva anche minacciato il fratello, se l'avesse impedita, di cercare lavoro in città come dama di compagnia in qualche nobile casata, ma in paese no, non sarebbe mai più tornata.

Zù Pippino da quel racconto ne fu trambustato. Stefano aveva mostrato una Silvia a lui sconosciuta ma volle credergli, preferendo scartare l'ipotesi di una recita inscenata a beneficio dei presenti. Conosceva bene don Ettore e sapeva che la generosità e onestà della sua offerta non erano da mettere in dubbio. Ciò che invece lo incuriosiva e lo preoccupava era quella mossa avventata di Stefano che aveva lasciato il prestigioso studio Sclafani per intraprendere in paese una professione tutta in salita, in un foro assai più ristretto e feroce di quello del capoluogo. Certo, lui lo avrebbe accolto nel suo studio, ma la carriera che avrebbe svolto a Sarraca non avrebbe mai eguagliato quell'altra troppo presto abbandonata a Palermo.

Il pranzo fu uno dei migliori di Brigida, anche se lei continuava a scusarsi che ormai le sue capacità non erano più quelle di una volta, ci vedeva poco e raramente assaggiava mentre in cucina andare a occhio è come in mare navigare senza bussola. Invece fu tutta una sfilata di perfette pitanze girgentine. Stefano a ogni portata chiudeva gli occhi e girava la forchetta per aria in un'estasi palatale. Nel tiano d'Aragona, i maccheroni sposati a un ragù erano diventati sacrileghi preferendo il burro francese al siciliano olio d'oliva e, arriminati in un'orgia di parmigiano, uova e tuma di pecora, invece di stroncare ogni appetito aprirono ai due masculi presenti una gran fame.

Lo zù Pippino in quell'agape dimenticò le sue ubbie e fu d'accordo con Stefano nel beatificare Brigida e le sue polpette di sarde. Gli involtini di carne alla palermitana, omaggio improvvisato all'ospite ritrovato, furono accolti da tutti i commensali con strepitosi complimenti e di quei pacchetti ripieni di pangrattato, caciocavallo, passoline e pinoli tutti chiesero il bis.

La fine del pranzo sembrava segnata da mostarda di fichi d'India accompagnata da biscotti quaresimali e morbidi dolcetti di ricotta, ma tradizione voleva che la conclusione spettasse alla minestra di San Giuseppe e così fave, lenticchie, fagioli e ceci, cotti sino allo sfinimento, decretarono l'inizio di una laboriosissima digestione.

Concluso dunque quel pranzo barocco, in mano due caliceddi di sottilissimo vetro colmi di marsala Florio, Stefano e lo zù Pippino si avviarono nello studio. L'intenzione era quella di fare il chilo placidamente, ma subito tra i due si era avviata una contesa storica che vedeva l'avvocato vecchio schierato a favore dell'inglese Woodhouse nella produzione del miglior vino marsala e l'avvocato giovane convinto sostenitore dei Florio, che non solo erano stati capaci di comprarsi le cantine i vigneti dell'inglese ma pure erano diventati i più grandi imprenditori che la Sicilia avesse mai conosciuto.

Per un po' si beccarono come galli, poi lo zù Pippino, zittita la passionalità, con calma osservò: "Certo, hai ragione figlio mio. Così ci stanno convincendo da Roma: la romanità, l'italianità, noi siamo i migliori, chiudete le importazioni che ci facciamo tutto noi, viva gli italiani e abbasso gli inglesi... però la sterlina continua a essere forte, la lira un poco scende a precipizio e un poco sale tra mille sudori, mah! Ormai è tardi: tu sei con loro, io contro di loro!".

"Don Peppino, appunto! Che li facciamo a fare questi discorsi? Io non voglio sapere cosa vi passa per la testa quando parliamo del governo del Duce e voi niente mi dovete chiedere delle mie passioni politiche."

"Miih! Passioni! Mi devo spaventare? Magari domani mi trovo i gerarchetti che mi vengono ad arrestare?"

Lo zù Pippino sapeva di esagerare e, se si spingeva tanto avanti con un'ironia che a Stefano faceva serrare i denti per la rabbia trattenuta, era perché lo conosceva bene e sapeva che solo provocandolo sarebbe venuta fuori la verità sul suo improvviso ritorno a Sarraca.

Ma Stefano si nascose e andò all'attacco smuovendo le corde dell'affetto del vecchio amico di famiglia.

"Non diciamo sciocchezze, don Peppino! Lo sapete che a voi voglio bene come un padre e se sono tornato è perché so che su di voi posso contare. Il fatto è che con Sclafani non c'intendevamo più! Troppo antico è il suo modo di vedere la professione, non considera mai vie traverse e scappatoie che a volte è necessario percorrere se si vuole ottenere un risultato. Niente di illegale, s'intende! Piccole scaltrezze che aiutano a fuorviare il collega antagonista, tecnicismi procedurali che si possono manovrare con disinvoltura..."

Don Peppino lo ascoltava con attenzione, lo guardava mentre, la posa distesa, le braccia abbandonate sui braccioli della poltrona, si mostrava innocuo e affidabile.

"Stefano, tu lo sai che questo studio è tuo, ti ha sempre aspettato anche se ormai credevo non ti interessasse più. Ma io non sono differente da Sclafani, l'etica professionale è sacra e se vuoi lavorare con me te lo devi ricordare!"

"Ma certo! Certissimo! Io con le cose serie non babbìo, da voi ho tanto ancora da imparare e di questo foro non conosco nulla, consuetudini, colleghi, magistrati. Per forza vi devo seguire come una pecora! E poi non vi voglio dar fastidio. Anzi, pensavo di aprire uno studio tutto mio. Casa e putìa nelle quattro stanzedde di palazzo Damelio."

Don Peppino intanto si era persuaso che nulla di ciò che aveva ascoltato dalla bocca di Stefano fosse verità. Ma se donna Caterina glielo aveva mandato, era segno che ora toccava a lui occuparsi di quel picciotto. Gli disse che il suo studio da domani avrebbe avuto due avvocati e non c'era da discuterne.

Intanto era entrata Nardina con il caffè. Riempitene le tazze di trasparente porcellana cinese, come per suggestione materica le offrì agli ospiti con eleganza orientale. Lo stupore traspariva dagli occhi di Stefano. La grazia di lei troppo strideva con la grossolanità di maniere di Bastiana.

Poi ancora qualche minuto di chiacchiere e risate e Nardina di nuovo li lasciò soli.

Don Peppino informò Stefano che anche lei lavorava in studio ed era una vera risorsa. Attenta e intelligente, intuitiva e predisposta a una sintesi dei fatti efficace e illuminante per la loro comprensione. Stava per raccontargli di un episodio che le rendeva onore quando Stefano lo interruppe.

"E si fece pure una gran bedda fimmina, don Peppì!"

“Barunè, questa non è una delle signorine che ti abituasti a frequentare a Palermo! E poi non c’è gara con un’anima morta e beatificata come quella di tuo cugino Carlo: Nardina vive nel ricordo di lui.”

Silenzio. Zù Pippino si finse distratto mentre raccoglieva con il cucchiaino lo zucchero rimasto al fondo della sua tazzina: negli occhi di Stefano si era accesa e raccolta una sfida e lui si morse le labbra.

Conclusero quella giornata dandosi appuntamento per la mattina appresso sotto il portone di palazzo Cangialosi.

33

Mancava solo un giorno di calendario all'arrivo della primavera ma già i primi fiori la vestivano, l'aria finalmente l'annunziava, il sole l'accompagnava. Stefano e don Peppino, il bavero dei paltò ancora alzato, salivano le scale di palazzo Cangialosi percorse dagli ultimi refoli freddi. Puntuali entrambi all'appuntamento, discorrevano dell'imminente futuro.

Della neonata associazione tra il vecchio e il nuovo avvocato bisognava mettere a parte la padrona di casa e don Peppino informò il socio, per ora solo di fatto, che si sarebbe incaricato lui di quella delicata incombenza. Stefano si oppose con veemenza. Disse che Nardina era una sua parente, che si conoscevano da ragazzi, che sarebbe stato capace, eccome, di toccare le corde giuste della vedova perché si sentisse anche lei coinvolta in quel progetto in cui era riposto il bene di tutti.

A ogni parola di lui a don Peppino il sangue voleva traboccare dalle vene come un torrente gonfiato dalla pioggia e il cuore sorpreso pompava a casaccio. Lo infastidiva l'aria di agnello nascosta dal lupo affamato, ma si rassegnò a non intervenire fin quando tutto si fosse mantenuto nei disegni dichiarati.

Stefano quella mattina mise in piedi una scena da teatro. Volle che presenziasse al colloquio anche Bastiana alla quale rivolse subito parole di stima e riconoscenza perenne per quello che aveva fatto per i Damelio. Giustificò la sua necessità di profittare della proposta di associazione di don Peppino proprio per potere al più presto cancellare l'ipoteca sul suo palazzo e sdebitarsi con lei. Ora, spiegava, lo studio di gran prestigio avviato a palazzo Cangialosi sarebbe stato per lui il miglior biglietto da visita nelle aule del tribunale ma se la cugina e la zia, la chiamò proprio così inviando un gran sorriso all'indirizzo di Bastiana, non fossero state d'accordo, Stefano si sarebbe limitato a una collaborazione esterna con don Peppino, arrangiando casa e putìa nelle sue quattro stanze.

La currera si mostrò subito favorevolissima, che c'entrava quella sistemazione da puvirazzi a palazzo Damelio invaso da quel gazzosaro di Arturo Imbornone! Nardina accondiscese con garbo e senza spiegazioni, Stefano la ringraziò sfiorandole la mano con un bacio rispettoso.

Subito si presentò la prima difficoltà: lo spazio a disposizione appariva assai ridotto per le nuove esigenze. Era necessario reperire un'altra stanza per farne il posto di lavoro di Nardina e insieme l'archivio delle pratiche. Stefano, che ben conosceva la casa, disse che aveva un'idea e, pregando la cugina di fidarsi di lui, le chiese di chiamare Carlotta. Don Peppino osservava e ascoltava, quel diavolo del suo pupillo procedeva con lucidità di mente e velocità di azione.

Quando seppe che Stefano voleva parlare proprio con lei, Carlotta non mostrò agitazione o curiosità. Era abituata a essere il centro della casa. Tuttavia volle cambiarsi d'abito e raccogliere i ricci in un nastro azzurro. Al suo ingresso nello studio, Stefano stupito si coprì gli occhi con entrambe le mani.

"Ma quanto è bedda 'sta signorina!" E prendendola sottobraccio l'accompagnò a una sedia. "Ieri non mi ero accorto di quanto ti sei fatta grande! Quanti anni hai?"

"Sette, zio Stefano! A dicembre ne faccio otto!"

"Be', be', nicuzza sei! Immagino che ancora ti piace assai giocare: pupidde da vestire e pettinare, tazzine e piattini, la cucinedda..."

Carlotta alzò gli occhi al cielo sbuffando: "Ma quando mai! Mi piace il cerchio, il gioco dell'oca, ho anche una macchinina come quella che aveva il mio papà Carlo! E poi mi piace di più giocare quando vado alla villa!".

"Eh sì, sei grande! Sei proprio grande! Allora la stanza dei giocattoli come quella che aveva il tuo papà non ce l'hai più, vero?"

"No, cioè sì. Ma non ci vado mai!"

"Quindi me la presteresti se non sai che farne? Ne faremmo una bella stanza nella quale la tua mamma potrebbe lavorare con me e lo zù Pippino. Oggi le femmine non si occupano più solo della casa e la tua mamma è proprio una donna moderna!"

Carlotta sorrise amaro come chi è stato messo nel sacco senza accorgersene. La stanza era ancora piena di giocattoli e con Sabedda ci passava le giornate piovose d'inverno. Abbassò gli occhi, si lisciò le pieghe della gonna cercando una risposta che la salvasse dalla perdita, ma non gliene vennero.

Nardina intervenne: "Carlotta non devi acconsentire se ti dispiace, sei ancora piccola per disfarti di tutti i giochi di cui è piena la stanza! Troveremo un'altra soluzione!".

Carlotta stizzita finalmente rispose: "No, no e no! Non sono piccola e poi di più di tutto mi piace disegnare e fare la maestra a Sabedda, pure io sono moderna!".

Stefano l'abbracciò con trasporto, si vedeva che era affascinato davvero da quella piccola donna. La ringraziò e le fece un baciamano magistrale, con l'inchino.

La stanza ceduta da Carlotta si trovava tra lo studio di don Peppino e quello che sarebbe stato di Stefano, perfetta perché Nardina, che l'avrebbe abitata per le sue funzioni di segreteria, si spostasse agevolmente verso entrambi.

Nessuno, in quel teatro, si era accorto che Sabedda, seduta nel corridoio, doveva aver sentito ogni cosa. Il viso di lei tradiva una rabbia cattiva, le labbra cucite a punti stretti, le mani che tormentavano un piccolo buco nella tasca del grembiale. Entrò nella stanza come avesse fretta, chiese se poteva portar via la bambina perché era ormai ora di pranzo. Don Peppino non ricordava di averla mai vista così siddiata ma si astenne da ogni considerazione con sé stesso e come uno struzzo nascose la testa sotto la sabbia.

Poi però testardi riaffioravano i ricordi della passioncella tra Stefano e Sabedda adolescenti. E se nell'aria si fossero accese fiammelle di gelosia? E se la pace a palazzo Cangialosi fosse finita? Ma ormai non era possibile che uno dei due se ne andasse. Quindi meglio non sapere, dimenticare, cancellare e, se la storia fosse stata scritta, rasarne presto la scrittura dalla pergamena.

Poi fu il tempo dell'iscrizione di Stefano al ruolo degli avvocati di Sarraca, del trasloco di tutti i suoi libri e le rassegne giurisprudenziali, della scrivania appartenuta a don Rosario che non si sapeva come sistemare tanto era grande, assai più di quella di don Peppino. E tutto il trambusto dell'occasione.

Sul portone d'ingresso fu avvitata un'altra targa di ottone lucido dove, sotto il disegno di una bilancia in perfetto equilibrio, a lettere nere, si leggeva

STUDIO ASSOCIATO AVVOCATI
GIUSEPPE CALASCIBETTA & STEFANO DAMELIO

Gli abitanti della casa capirono che principiava una nuova era.

Facile era però prevedere che una sola avrebbe potuto essere la conseguenza qualora una giovane vedova e un avvenente avvocato avessero impersonato la paglia e il fuoco. E zù Pippino fu profeta come, a Sarraca, altri cento.

Lo studio, nella nuova composizione, andava assai bene. Stefano aveva una bella testa, fresca ed elastica, e zompava tra gli articoli dei quattro codici come un atleta del diritto. Nardina non ne approvava però i rapporti con la clientela, che si svolgevano in un clima di fiducia e cortesia solo se l'incarico era affidato da chi nella scala sociale sarracese si trovasse nei gradini più alti. Allora era tutto un profondersi in eleganza di modi e rassicurazioni sull'esito favorevole dei procedimenti, e davvero Stefano vi s'impegnava con passione. Altrimenti era tutto un andare di fretta e raffazzonare carte.

"Vedi," spiegava Stefano a Nardina, "io i clienti li scelgo all'odore. Se appena entrano lo studio s'impuzza di stalla e galline m'innervosisco, lo stomaco si disturba, mi spendo quel tanto che loro son disposti a pagare: perché c'è anche questo, sai? Mercanteggiano come se la merce non fosse il prodotto della mia mente e della mia cultura giuridica. E allora per forza devo dare quel poco che loro sono disposti a pagare!"

Nardina si vendicava appellandosi al codice deontologico non scritto di don Peppino. Lui aiutava tutti, anche quelli che un avvocato non avrebbero potuto permetterselo. L'unica cosa che esigeva era un rapporto di reciproca fiducia. E la stima di cui godeva presso tutti i sarracesi era il suo attestato di vera nobiltà. Nardina, però, che teneva i suoi libri contabili, conosceva anche la lunga lista di sofferenze creditorie di don Peppino e non aveva mai osato ammetterlo ma se ne preoccupava. Lui però le aveva sempre detto che non c'era da preoccuparsi, ché spesso le parcelle dei ricchi coprivano pure quelle dei poveri. Lei ebbe più volte la leggerezza di ripetere a Stefano le parole dello zio, e a quel confronto lui replicò piccato che i paragoni non sono mai eleganti. Sempre più spesso i due avevano occasioni per beccarsi, e più Stefano faceva il gallo più la gallina sdegnata si allontanava.

Ormai l'estate era avanti e l'attività del tribunale si sarebbe fermata per l'intero mese di agosto.

Don Peppino, dopo una mattinata di incombenze urgenti prima delle ferie, saliva lo scalone di palazzo Cangialosi trascinando i piedi gonfi dal caldo e, per quanto tra alte volte e spaziosi pianerottoli echeggiassero voci alterate, non volle affrettarsi. Ormai si era abituato alle divergenze di opinioni tra Stefano e Nardina e non ci credeva del tutto, anzi. Gli sembrava che quei picciotti giocassero a una guerra che nessuno voleva perdere ma di cui aspettavano entrambi con impazienza un armistizio.

Quel giorno la materia del contendere era una povera donna che, la sera innanzi, si era presentata allo studio cercando con somma prescia un avvocato. Voleva far causa nientemeno che al conte Giulio Tripodo, un riccone fimminaro con una magnifica dimora che dall'alto della vicina Caltabellotta guardava Sarraca e il suo mare. Lì lui, già quarantino da un bel po', viveva circondato da una corte di coloni, massari e mezzadri che lo riverivano come un principe orientale.

Era successo che la puvirazza, vedova di nome Orsolina e colona anch'essa di don Giulio, si teneva accanto come un gioiello senza prezzo la sua unica figlia Lucetta di tredici anni, bella che né a Caltabellotta né a Sarraca se ne era mai vista uguale. Se la portava appresso qualunque cosa facesse, se andava a raccogliere, a mietere o vendemmiare, se andava a lavare o stendere il bucato.

Una mattina, però, non la trovò più nel suo letto. Tutti nel baglio comune dissero di non saperne niente, ma lei ormai da tempo aveva notato l'interesse del conte. Fu una cammarera di don Giulio, che ebbe pena di lei disperata, a confessarle, facendole giurare che mai l'avrebbe tradita, che la picciotta nella notte era stata portata alla villa. Don Giulio l'aveva adescata grazie a una sua cumpagnedda che si era prestata a fare la mezzana e Lucetta, che a stento mangiava una volta al giorno, non ci aveva messo molto a persuadersi di cosa fosse meglio per lei. Ora però don Giulio, pur ammettendo alla madre per quietarla che la figlia avrebbe vissuto alla villa come una contessa, non voleva più fargliela vedere. Troppo ne era innamorato e geloso e temeva che Orsolina di nuovo gliela portasse via. Le aveva anche proposto, per chiudere la questione, una somma talmente alta che avrebbe dovuto convincerla non a piangere con un solo occhio ma a rimanere con entrambi gli occhi asciutti per sempre. Orsolina, sdegnata, gli aveva girato le spalle e sputando per terra si era allontanata.

Ora voleva giustizia e Stefano, cui Orsolina si era rivolta per sporgere denunzia al conte, aveva subito individuato nel codice penale gli estremi del reato da lui commesso: "Articolo 573, gna Orsolina! Sottrazione consensuale di minorenne. La reclusione è fino a due anni".

"Allora amuninni, avvocato, procediamo, i pìccioli pure ci sono che me li misi da parte per fare sposare Lucetta a un bravo giovine come a voi. A quel vecchio porco l'accirissi cu li me' mani se poi la piccilidda nun rimanissi sula, senza patri e senza matri!"

Stefano però l'aveva dissuasa: "Nooo! Tu vuoi babbìare! Il conte Tripodo la causa vinta in partenza l'avi! Testimoni quanti ne vuole, magistrati amici di caccia e di feste, avvocati a palate che se li fa venire pure da Palermo!".

“Ma allora aiu torto jò e quel vecchio porco ca si teni come amanti una piccilidda, no?”

“Nonsi, Orsolì, torti non ce ne sono, è la ragione di iddu che sarà sempre più grande della tua!”

“E allora? Che avemu a fare?”

“Un consiglio, Orsolì? E mettiti d’accordo con Giulio Tripodo! Ci guadagni tu e ancora di più tò figghia!”

Orsolina si avviò alla porta ma prima di aprirla lanciò a Stefano uno guardo bieco e anche questa volta sputò a terra.

Quando don Peppino arrivò in cima allo scalone ed entrò nello studio, Stefano e Nardina si fronteggiavano a distanza ravvicinata. Nardina con toni concitati gli faceva notare la sua pochezza d’animo, l’insensibilità del cinico che non tiene in conto il dolore di una madre che si vede strappare l’unica figlia, lo accusava di viltà, di essere un servo del potere. Poi, esasperata di sentirsi guardare da lui con occhi quasi divertiti, gli lanciò quella che a lei sembrava una offensiva provocazione: di certo anche Stefano avrebbe voluto far parte dell’allegra combriccola di don Giulio!

Lui in quel mentre le si avvicinò e le strinse i polsi pregandola di smetterla, ché lei nulla sapeva della vita di fuori, dei compromessi, delle inevitabili omertà che bisogna accettare per poter non vivere ma sopravvivere. Che ne sapeva della cattiveria del mondo? Dei delitti che tutti, tutti prima o poi sono chiamati a commettere? Madri che abbandonano i figli, per esempio, se ne sarebbero potute contare a centinaia solo nella storia di Sarraca e nessuno se ne era mai scandalizzato, eppure era peccato assai più grave di quello commesso dal conte Tripodo.

Davanti la porta aperta dello studio intanto si erano radunati tutti quanti gli abitanti della casa, Bastiana e Brigida, Sabedda e Carlotta.

Quando Stefano e Nardina si accorsero di quel pubblico, all'istante si chiesero scusa e a vicenda si dichiararono dispiaciutissimi di essere andati tanto oltre. E davvero apparivano dispiaciuti di aver dato a tutti e in specie a Carlotta uno spettacolo tanto poco edificante.

Sabedda intanto aveva preso per mano la bambina e, nonostante fosse quasi ora di pranzo, la portò fuori con la scusa di una granita bella fresca.

Più tardi, sospesa nell'aria, fluttuava una calma irreale. Più volte don Peppino si accorse che Stefano e Nardina di nascosto si osservavano.

34

Le parole pronunziate da Stefano durante la lite con Nardina avevano agitato l'animo di Sabedda che ormai leggeva dovunque la sua colpa. Sui muri di casa e su quelli di tutto il paese, negli stormi che disegnavano il cielo e nelle onde che scrivevano il mare, sulle basole di strade e di piazze lei era "una di quelle madri"...

I fantasmi della notte in cui la figlia le era stata strappata dalle braccia la perseguitavano nel sonno rendendola durante il giorno agitata e nervosa. Gli occhi, sempre bassi a cercare in terra riparo, temevano di denunziare pensieri inconfessabili.

Era un gatto impaurito Sabedda, che diventava minaccioso se in casa le capitava d'incontrare Stefano. Volentieri allora si faceva sopraffare dal sentimento di odio che le si era radicato fin dentro le viscere e poco le importava che il suo sguardo tradisse desideri di vendetta. Si esaltava quando, stretti nel passaggio di un corridoio, Stefano perdeva la sua sfrontatezza e arretrava per la sua insolenza di non lasciargli il passo. Andarono avanti schivandosi fino a estate inoltrata quando, finita la scuola e sospese le udienze in tribunale, Nardina decise di portare Carlotta il più spesso possibile al mare, al lido Salus.

Doveva essere stato un imprenditore arabo, nostalgico della sua terra, colui che aveva avuto l'idea di dotare di uno stabilimento balneare l'interminabile lingua di sabbia grigia che dal paese arrivava fino alla tonnara: un corpo centrale ad archi moreschi che raccordava a est e a ovest due file di cabine decorate a disegni geometrici. I sarracesi, contrariamente al loro carattere conservatore e diffidente, avevano accolto con piacere quella novità ed era venuta di moda tra le famiglie della buona borghesia portare i picciliddi "a li bagni" ora che, attrezzata la spiaggia di quei comodi spogliatoi, anche i signori e le signore si potevano arrifriscare con ogni comodo.

E vi si intrecciavano amicizie e amori, inimicizie e rivalità, pettegolezzi veri e falsi.

Carlotta non stava in sé dalla gioia, ma Stefano fu irremovibile: sarebbero andate solo se lui le avesse accompagnate, da sole sarebbe stato disdicevole. Della comitiva di bagnanti fu gioco forza facesse parte anche Sabedda che, in qualità di governante, seguiva a ruota la bambina. Toccò a lei, in quella spiaggia assolata, di avvedersi degli sforzi vani della troppo giovane vedova di star lontana dal cugino e delle insistenti cure di lui che mai la perdeva di vista. Del sentimento che nasceva tra i due si cibavano anche le bagnanti romantiche che conoscevano le loro storie passate: in paese la vita di ognuno è vita di tutti. Lui senza madre in tenera età e un padre che gli aveva lasciato solo i suoi debiti, lei vedova a vent'anni e con una figlia. Quell'amore abbagliante, sempre meno disposto a essere ignorato, illuminava Stefano e Nardina ma rendeva ombrosa Sabedda. Odiava le mosse furbe di lui per conquistare Carlotta con l'intento di fare breccia finalmente nel cuore di Nardina.

Ma là dove tutti vedevano solo una bella possibilità per due giovani per bene, Sabedda scorgeva per sé rinnovato dolore. Di nuovo, per colpa di lui, Carlotta le sarebbe stata strappata. Stefano le contendeva la piccola in ogni occasione e Sabedda si sentiva morire quando lui, giocando a fare il padre, mostrava l'orgoglio di averla vicina. E purtroppo Carlotta lo ricambiava. Stanca di essere orfana e, mentendo nella speranza che fosse presto verità, spesso lo indicava alle compagne già come padre.

Ma l'angustia più insopportabile era il mutar d'animo di Nardina. Fin quando i rapporti di lei con Stefano erano rimasti burrascosi e inconciliabili, Sabedda si era sentita al sicuro. Tra le due madri, nel tempo prima di Stefano, era affiorato un sentimento discreto ma ricco di sfumature. La diffidenza era stata sepolta dalla fiducia, la distanza tra padrona e servente era svanita lasciando il posto a un affetto muto e tenace perché sostenuto da un progetto comune: la felicità di Carlotta.

A Sabedda piaceva la determinazione di Nardina che, memore delle sue scelte passate e dei suoi sogni rimasti incompiuti, raccontava alla bambina quale futuro lei stessa avrebbe dovuto prepararsi: prima che moglie e madre bisognava cercare il proprio posto nel mondo, studiare ma non solo, studiare per diventare qualcuno era il fine. Doveva imparare a vivere senza alcun ricatto economico, libera di disporre di sé stessa come più le garbasse, anche e soprattutto in affari di cuore.

E Sabedda sognava con Nardina e voleva per Carlotta le medesime cose che l'altra ogni giorno propinava alla figlia insieme al cucchiaio colmo di Proton ricostituente. Muta ringraziava il cielo e tutti i suoi santi per quella sua scelta iniziale, che se da un lato aveva offeso il suo cuore di madre, dall'altra aveva messo al riparo la figlia da tutte le miserie e le incertezze che altrimenti le sarebbero toccate.

Sabedda, nel tempo, aveva sentito scolorire i sensi di colpa e approvava ogni decisione di Nardina con dedizione e rispetto perché lei non avrebbe né saputo né potuto fare di meglio.

Di Nardina ammirava la donna completa, non solo di vestiti e gioielli ma ricca anche del tempo che aveva tutto impiegato a leggere e studiare. Le invidiava le ore seduta in poltrona con in mano un romanzo, la mano veloce che con bella scrittura vergava le carte utili allo zù Pippino. E mille volte la ringraziava quando sommessamente correggeva il suo italiano stentato. Se a suo tempo anche lei... ma forse anche adesso, al fianco di Carlotta, qualcosa poteva imparare!

Invece di nuovo Stefano a mischiare le carte, a rubare quello che non meritava, a interrompere un perfetto idillio femminino che nel tempo avrebbe portato i suoi frutti.

E Nardina, la pelle felice sotto il sole caldo, il cuore inebriato dall'odore eccitante della salsedine, le orecchie solleticate dalle risate di Carlotta, che in quella maledetta spiaggia mostrava di cedere ai sussurri di Stefano.

Sabedda immaginava le mille parole trovate da Stefano e bisbigliate a Nardina che da tempo ne era immemore. Inquieta ne misurava la dolcezza dalle labbra di lei sempre atteggiate al sorriso, e di nuovo tornava selvaggia. Il sangue infuocato le suggeriva di aggranfare il picciotto e, accecatigli gli occhi, scippargli per sempre Nardina e Carlotta, pronta pure a ucciderlo se gliele avesse contese. Ma che Stefano le strammiasse un'altra volta la vita non sarebbe successo.

Fu in uno di quei pomeriggi irrespirabili, molli di sonno e di cibo dopo mattinate ubriache di scirocco, che Sabedda si vide ancora sfidata. La casa, inabissata nel silenzio, difendeva con le sue grandi mura una frescura effimera. Carlotta si era addormentata accanto alla madre, Bastiana e Brigida chiuse nelle loro stanze riposavano libere dall'ingombro di ogni vestito. Stefano, semisdraiato su un sofà in quello che era stato lo studio di Carlo, leggeva e scriveva ma la testa era altrove. Il demone della controra era tornato a squietarlo e lui a piedi scalzi e un paio di brache corte al ginocchio si alzò a cercare Sabedda.

I ricci lucidi di sudore, la picciotta in cucina si arrifriscava con un muscaloru affumato da troppi fuochi sventolati. Le membra intorpidite, gli occhi chiusi in cerca di sonno, il corpo tutto era abbandonato su un vecchio lenzuolo steso a terra davanti la porta aperta su lu jardineddu dietro il palazzo. Stefano cauto le si avvicinò e, gambe aperte e braccia incrociate, dall'alto prese a guardarla. Tutto di lei lo chiamava, la bocca piccola e rotonda socchiusa nel sonno, l'areola bruna dei seni intuiti sotto la veste, le cosce scoperte dalla sottana scomposta che invitavano al luogo tra loro nascosto. Lei, avvertitane la presenza, aprì gli occhi e in uno scatto fu in piedi ricomponendosi la veste.

"Che c'è? S'addisìa qualche cosa? L'acqua è nella quartara, lu ghiaccio sutta la cuperta."

Veloce Sabedda si stava avviando verso il piccolo giardino dove le finestre di tutti, spalancate nella controra, avrebbero impedito a Stefano di andare oltre, quando lui le si pose davanti a fermarla.

"Per addisìare, addìsio tante cose, ma né acqua né ghiaccio."

"Vi scordaste che saccio sputare?"

"Io sono buono e dimentico tutto! Di te ricordo solo il piacere che ci siamo presi."

"Se fate un altro passo mi metto a vuciare."

"Provaci! Dirò che sei stata tu a provocarmi, mezza nuda come sei. E poi ti farò buttare fuori. Non sono più 'u picciliddo che si appaurava del padre, Sabedda mia, e non c'è uomo che non desideri la serva di casa se questa è giovane e bella!"

Poi Stefano cambiò tono, addolcì gli occhi e la voce e carezzandole piano il viso, le braccia, i capelli, la ammaliava di complimenti: “E tu sei ancora più bella di quella volta… Ricordi? Hai carni sode e lisce, ti muovi come fossi l'unica donna sulla terra, regina di tutti gli uomini, e anche se tu non lo vuoi la tua bocca chiede da sola di essere baciata”.

Nel silenzio seguito a quelle parole Sabedda accennò un sorriso pudico, un passo verso di lui, quasi una resa. Poi fu un attimo: i suoi piedi negli zoccoli pestarono con forza quelli nudi di lui lasciandolo senza fiato per il dolore e senza parole per tanta prontezza di azione. Quando Stefano ritrovò il respiro, di Sabedda non c'era più neanche l'ombra.

A settembre, quando ripresero le usuali occupazioni e lo studio fu di nuovo in piena attività, il cambio di rotta tra Nardina e Stefano era ormai ufficiale.

La casa si mostrò felice, sembrando a tutti che quel soffio di vita nuova avrebbe finalmente spazzato via ogni tristezza, retaggio dei tempi bui che erano stati vissuti. E poiché in casa erano tutte donne, subito cominciò la contraddanza dei preparativi. Si tirò fuori dai cascioni il corredo di Nardina per la lunga opera di lavaggio, sbiancaggio e asciugatura al sole. Si cominciò a pensare alla chiesa e ai confetti, ai vestiti e alla nuova càmmara da letto ché la vecchia no, non si poteva tenere.

Da quest'aria di riforme domestiche Sabedda si teneva ben lontana. Più volte era stata sollecitata da Bastiana e da Brigida a dare una mano anche lei, ma non la si riusciva mai ad acchiappare. Doveva far la spesa, c'era da andare al cimitero a mettere in ordine la tomba di Carlo oppure bisognava aspettare al porto le vele delle paranze con il pesce freschissimo. Ogni occasione per star fuori era buona. Dentro la casa Sabedda si sentiva soffocare.

Riconosceva Stefano che entrava dall'uscio dal sentore di barba rasata di fresco, dal tono di voce che riempiva la casa a riaffermarne ogni giorno la conquista. E Stefano apposta passandole accanto la sfiorava, la guardava rapito come ai tempi di San Marco e se, per un caso assai raro, gli riusciva di trovarla da sola, le sussurrava: "Prima o poi ti acchiappo, statti sicura, Sabbè!", la minaccia nascosta nell'ironia della voce.

Troppo scaltro era diventato. Quel pomeriggio d'estate, preso dalla furia, si era slanciato nel giardinetto per inseguirla ma nel farlo si era reso conto dello stato in cui era, scalzo e con i calzoni da casa, ridicolo anche ai propri stessi occhi. Mai avrebbe lasciato a quella serva impudente anche la vittoria di metterlo alla berlina. Del resto la vendetta, si sa, è pietanza da gustarsi fridda. Fremendo di rabbia e di desiderio frustrato Stefano s'era rinchiuso nella sua stanza, promettendo a sé stesso di fare giustizia non appena il momento propizio fosse venuto.

Nel frattempo, più la casa ferveva di preparativi e più a Sabedda nello stomaco saliva il disgusto. Se anche riusciva a tenersi fuori dalla vista di lui, con il corpo ne percepiva l'incombente presenza, come il soldato che dalla trincea avverte il nemico oltre la linea del fronte. E quest'attesa del pericolo la sfiancava. Sognava talvolta che davvero accadesse, che lui riuscisse nel suo intento e toccando il fido coltello a scatto, sempre ammucciato nella tasca del suo falare, supplicava il Signore di darle la forza giusta a conficcarlo per sempre nella sua gola. Era pronta pure per l'inferno, non temendo nemmeno la giustizia umana.

Soffriva spesso di crampi allo stomaco che si risvegliavano feroci quando vedeva Stefano e Nardina in un amoroso dialogo tutto sottovoce e imbarazzato. Allora a sangue si mordeva le labbra perché esse non parlassero, non mettessero in guardia Nardina del pozzo buio e nero in cui lui la stava conducendo. Pensava a come salvarla, a come sottrarre lei e Carlotta a quell'uomo che senza cuore era nato e viveva.

Carlotta invece si deliziava a chiamare Stefano "papà" e si mutriava quando, sapendolo nello studio, Sabedda le impediva di raggiungerlo con la scusa che c'erano i clienti. Lui continuava a proclamarsi vinto e soggiogato da quella bambina capace di dargli forti emozioni e c'era da credergli perché troppo spontanee erano le cure che le dedicava.

Sabedda se ne moriva a poco a poco.

Venne un nuovo pomeriggio, non più rovente come quelli estivi ma quieto perché lo zù Pippino non riceveva clienti essendo a letto, vittima di un'infreddatura. Le abitanti della casa erano tutte incantate a guardare un insolito diluvio che aveva spento ogni luce nelle strade e acceso lampi accecanti, ogni rumore zittito da tuoni assordanti. Sabedda, accortasi che quella prima pioggia violenta aveva invaso la cucina da una finestra incautamente lasciata aperta, era corsa nel suppenno a cercare vecchi stracci. Ma Stefano, non visto, l'aveva seguita e non le aveva lasciato il tempo di dar seguito ai suoi sogni vendicativi. Vittorioso, con il suo fiato caldo e pesante, mentre la prendeva le sussurrava che lei era meglio di tutte le altre buttane e mai più se la sarebbe fatta scappare. Alla fine, mentre si ricomponeva, le disse che se solo lei avesse voluto l'avrebbe riempita di soldi, regali e dolcezze. Proprio come una seconda moglie. Sabedda in silenzio si rassettò le vesti e scese di furia, le braccia piene di pezze e l'animo di vendette non più differibili.

Nardina alternava giorni di euforia ad altri di profonda incertezza di cui non metteva a parte nessuno ma che trasparivano dal suo mutar d'umore. Allora si faceva triste e tutti si dicevano che doveva essere il ricordo di Carlo morto che, stridendo con la sua serenità ritrovata, la macerava in estenuanti rimorsi.

Solo lo zù Pippino avrebbe potuto tirar le somme di tutti i malesseri che la giovane vedova aveva fino ad allora affrontato, come camminasse in un fiume controcorrente. Lui sapeva di tutte le catene che lei aveva dovuto trascinarsi nella sua piccola vita, la madre che l'aveva sempre osteggiata nei desideri, un marito che sembrava un padre, una gravidanza che mai si annunciava. Ora la conquistata libertà, di cui lui stesso era stato provvidenziale artefice, di nuovo veniva minacciata dagli amorevoli legacci approntati da Stefano, seducente contrappeso di giorni e giorni vuoti di amore e carezze.

Del resto l'età ancora giovane reclamava quel che era suo.

Lo zù Pippino non si sentiva l'animo di mettere in guardia Nardina da quelle nozze. Sperava che 'u baruneddu almeno nel sentimento d'amore mitigasse il suo cinismo e, in memoria della bontà di donna Caterina sua madre, si ostinava a scacciare il tormentoso sospetto che la proposta di matrimonio di Stefano fosse il risultato di un calcolo assai fino: sposare Nardina e tutti i soldi che la madre di lei di certo teneva nascosti.

Così, poiché a fare lo struzzo lo zù Pippino aveva imparato, alla fine che Nardina, Stefano e Carlotta diventassero una nuova famiglia parve anche a lui la miglior soluzione possibile. E finalmente Sabedda si sarebbe messa il cuore in pace.

35

Il primo giorno di dicembre era allegro di sole e l'avvocato Stefano Damelio all'uscita del tribunale era in pace con il mondo intero. In pochi mesi si ritrovava socio dello studio dello zù Pippino e prossimo marito della cugina Nardina.

Una sola spina nel fianco, meglio a dire nella tasca della giacca: dove ancora aspettava paziente la lettera del Duce che, orgoglioso della sua fede fascista e dei suoi anni palermitani di militanza coraggiosa, lo rimandava a Sarraca in segretissima missione. Raccomandandogli di eliminare il loglio nascosto in mezzo al grano e tacendo dei metodi a usarsi, Mussolini lo autorizzava a sgombrare il fascio locale da figure opache. Sotto la mano di Stefano, la carta della missiva, risvegliata da un lungo sonno, si mise a crocchiare come se le parole lì dentro scritte e dimenticate si ribellassero.

Era così tranquilla la vita in paese che l'impegno profuso a Palermo nella lotta in difesa del fascismo al baruneddu appariva ora lontano e inutile. A Sarraca il fascismo era una festa. Nelle manifestazioni, nei circoli culturali e popolari, nelle occasioni religiose, il paese metteva in mostra i suoi rappresentanti di qualunque taglia etica essi fossero. La gioventù poi, soggiogata dalla voce poderosa e perentoria del Duce che la definiva "aurora della vita, speranza della Patria e soprattutto l'esercito di domani", accorreva innocente a ogni adunanza che richiedesse canti patriottici o proponesse agoni sportivi, e sfilava ordinata nelle belle divise fasciste. Era sparito anche l'ineffabile onorevole Tabisso che, nominato senatore del Regno, si era trasferito a Roma e aveva abbandonato senza rimpianti il suo feudo politico, divenuto nel frattempo ventre caldo di sentimenti a lui avversi. Avendo egli, per abitudine, in tanti anni scontentato molti per contentare pochi, non gli fu dedicato nessun addio celebrativo.

La mafia, o almeno ciò che le somigliava, sembrava essere stata decimata dalla furia giustiziera di Mori, il Prefetto di ferro. Ma lui proprio, smesso l'incarico, ammetteva in piena coscienza nelle sue memorie siciliane appena date alle stampe di aver dato la caccia solo a un comune brigantaggio. Assai rammaricandosi di non poter continuare l'opera, denunziò la sua impossibilità a stanare la mafia camuffata, quella che indisturbata avrebbe continuato a sedere nelle poltrone delle prefetture delle questure e di qualche ministero.

Con l'esercito gravemente sfoltito per i caduti e gli arrestati, la mafia d'azione e delle teste pensanti si era invece rifugiata all'America, tranne quella troppo sentimentalmente siciliana che aveva preferito restare in attesa di tempi migliori e sorvegliava nascosta le sue prede, muovendo qualche passo solo per seguirne l'usta.

Nei circoli, nei caffè, Stefano manteneva un comportamento misurato evitando di farsi coinvolgere in discorsi politici che a forza imponevano una scelta di campo. Era piacevole nelle serate invernali davanti a un buon marsala o in quelle estive davanti uno spongato al caffè parlare di caccia e raccolti con i gentiluomini che con lui si accompagnavano o anche disquisire con loro, nel foyer del teatro Rossi, delle brillanti esecuzioni di soprani e ballerine.

Una vita quieta, un paese torpido dove tutto il resto del mondo arrivava in ritardo e per via della più calda latitudine entusiasmi, ansie e paure, che pure già si addensavano sul resto della nazione, si squagliavano. La gente di Sarraca non sarebbe mai cambiata: schiticchi, femmine e glorie passate restavano gli argomenti preferiti. Un antifascismo che cercasse la lotta, l'aggregazione di uomini e forze non c'era, e non ce ne sarebbe stato bisogno.

Il tempo delle strategie, delle spie, delle delazioni o delle denunzie che Stefano aveva immaginato arrivando a Sarraca, lì non c'era mai stato e così ora, libero da impegni e inutili scrupoli di disobbedienza, avrebbe avuto tempo e forze per inseguire altro: un matrimonio che era un investimento, il successo sociale garantito da una nobiltà che aveva ancora il suo peso, i fasti di una carriera che volava alta grazie a un parterre di clientela di tutto rispetto che era già a suo corredo grazie al suo stesso nome e a quello di Calascibetta. L'unica sua ansia era stata l'obbligata convivenza con la gna Bastiana, ma poi si convinse che la vecchia suocera, confinata nelle sue stanze, fosse un fastidio inesistente a fronte del più reale piacere dei denari di lei depositati in banca e del cui ammontare un amico bancario, alla notizia del matrimonio, lo aveva messo a parte "zitto tu e zitto io".

Quella mattina Stefano entrò a palazzo Cangialosi che ancora lo accompagnavano quei corroboranti pensieri. Nardina lo accolse con un bacio eloquente e subito lui fu tutto per il loro matrimonio che era stato fissato per la primavera del prossimo anno. C'era solo una faccenda che all'inizio lo aveva impensierito e ora molto lo tormentava: Sabedda doveva andar via da quella casa e al più presto. La rivincita su quello sputo lontano quasi un decennio se l'era presa, ma sapendo irruente la picciotta Stefano temeva reazioni a calcio di mulo e anche peggio.

Eppure di lei aveva già tastato l'orgoglio e il silenzio.

Lo disturbava che Nardina e Sabedda, pur nel rispetto dei ruoli, fossero riuscite nel tempo a costruire tra loro un inconsueto rapporto amicale, una fortunata reazione di cui Carlotta era stata il reagente. Una tensione di troppo, un pericolo esterno e il trittico di donne si sarebbe richiuso in solidale difesa e in tale quadro la situazione per lui sarebbe stata difficile e di squilibrate forze.

Temeva un ricatto da parte di Sabedda per quell'incursione rapida e violenta nel suppenno, ma riandando al piacere goduto piangeva lacrime di coccodrillo, sempre pronto a ripetere il sopruso, a violarla e costringerla, perché da sempre e per sempre quel gioco lo avrebbe eccitato. La desiderava così tanto che al solo incrociarsi dei loro sguardi, quello nero di lei fermo e superbo gli rimescolava il sangue e lo accendeva di fiamme infernali obbligandolo a meditare astuzie satisfattorie. Ma la ragazza era troppo indomita, troppo selvatica. Nardina era altra cosa, era un progetto e una sistemazione, un desiderio che arrivava opportuno e legittimo eppure che mai lo avrebbe sorpreso e squietato come invece quello dell'altra faceva.

Basta, era deciso, oggi era il giorno in cui avrebbe parlato con Nardina. Sarebbe stato più facile eliminare la causa della tentazione piuttosto che sottrarvisi. Quei pensieri erano così carichi di tensione che, entrando nello studio sottobraccio alla zita, l'aria gli sembrò odorare di zolfo pronto ad accendersi alla scintilla di uno screzio. Subito furono argomenti di conversazione tra i due le prossime feste di Natale e il compleanno di Carlotta, e Stefano propose ricevimenti e gente in casa. C'era da festeggiare il prossimo matrimonio e far contenta Carlotta, un'alleata da preservare qualora se ne fossa presentata l'opportunità.

I due promessi cominciarono dalla lista degli invitati, si trovarono d'accordo su tutto. C'era da riallacciare amicizie e cercare nuovi rapporti. Da troppo Stefano Damelio era fuori dai giri sociali, altrettanto era il tempo che la baronessa Cangialosi non era più oggetto di pettegolezzi fastidiosi ma necessari per sopravvivere nella memoria di coloro che in paese contavano. C'era anche da sistemare la casa, rinfrescarla dall'aria stantia e dall'odore di mele marcescenti che la pelle degli anziani si porta dietro insieme al carico di una vita alla fine. Per adesso si sarebbe provveduto allo stretto necessario ma all'approssimarsi delle nozze si sarebbe fatto ancora di più.

Per gna Bastiana Stefano progettava un piccolo appartamento all'interno della grande casa ma che godesse di una sua indipendenza. 'U baruneddu divideva spazi e marcava territori nella certezza che a saldare ogni conto sarebbe poi stata la suocera, che dei suoi soldi tra un po' non avrebbe avuto che farsene.

"Vedrai, ho tante belle idee: dobbiamo parlarne anche con tua madre! Faremo addirittura delle stanze per le nostre femmine di casa. A Brigida non faremo mai mancare la nostra assistenza ma bisogna pensare anche alle altre che verranno."

"Certo, e c'è Sabedda che è un po' costretta in quella cammaredda in cui dorme..." Nardina a quei progetti cominciava a riscaldarsi, ma appena un po', come fosse tutto troppo entusiasmante per non nascondere una crepa, un intoppo pronto a far crollare un castello per ora solo di carte.

"Ecco, appunto!" Stefano era pronto all'attacco. "Dovremmo riflettere sulla permanenza di Sabedda accanto a Carlotta. Niente, non riesco a vederne un utile, piuttosto cento svantaggi."

L'elenco fu facile: non aveva modi, parlava quasi sempre in dialetto, incitava la piccilidda in giochi sfrenati, non sapeva cucire né ricamare, un pasto completo non lo aveva mai preparato, non sapeva conzare la tavola per nessuna occasione...

"Basta! L'elenco magari io lo conosco! E non è un problema. Prenderemo un'altra, più istruita e qualificata, che stia vicino alla bambina e Sabedda rimarrà in casa a fare ciò che ormai Brigida non può più sostenere: ma di mandarla via non se ne parli!" Nardina era contrariata.

Lui, testardo e compìto, la invitò a riflettere e a dar peso alla sua proposta, riferì dell'offerta di un suo vecchio collega ormai in pensione, l'avvocato Di Paola. Anziani e privi di prole e parenti, lui e la moglie cercavano una buona picciotta disposta a trasferirsi nella loro casa per accudirli. L'avrebbero trattata come una figlia, la misata assicurata e un buon lascito alla loro morte. Stefano aveva magnificato le doti di Sabedda e il suo buon carattere e i due coniugi volevano conoscerla.

"Una fortuna insperata, che te ne pare? Io non escludo che quel lascito finale potrebbe mutarsi in qualcosa di più. Se Sabedda ci sa fare potrebbe sistemarsi per sempre."

"Quindi tu con Di Paola già ci hai parlato." Il tono di Nardina era secco.

"Non potevo presentarti il problema senza dartene subito la soluzione."

Nardina inquieta prese a girare per lo studio toccando ogni cosa, un po' sistemando un po' mescolando a casaccio carte e cartelle. L'idea di allontanare Sabedda la gettava nello sconforto. Temeva di non potere da sola bastare a Carlotta, che il suo amore fosse l'esatta metà di quello di cui la figlia aveva bisogno e che così squilibrata negli affetti avrebbe ripreso a far la gelosa e a starle attaccata alla gonna pretendendola tutta per sé. E Nardina invece voleva essere libera di amare Stefano con tutta sé stessa, sognava nuove gioie, aspettava impaziente un risarcimento per tutti gli anni lunghi e monotoni che la solitudine le aveva imposto, ma non osava tradurre in parole un pensiero così scandaloso. Aveva subìto ogni stato della sua vita, orfana di padre, figlia obbediente di madre padrona, moglie di uomo che ignorava caparbio la smania di lei di essergli pari e il suo desiderio di condividere ogni scelta. Per obbligo era stata anche madre per finta e a quell'anima innocente che le era stata messa a forza tra le braccia poteva offrire solo un affetto zoppo, silenziosamente rancoroso per via delle ali sue che sentiva tarpate per sempre.

"Devo parlare con Carlotta," decise Nardina.

"L'ho già fatto io," la rimbeccò Stefano. "È d'accordo, purché le promettiamo che potrà vederla quando ne avrà voglia."

Il limite era superato, la voce a Nardina tremò in gola, i nervi cedevano nello sforzo di riaffermare sé stessa e la propria volontà. Avrebbe voluto urlare e invece sibilò: non erano ancora sposati e già Stefano aveva messo in atto il potere di fare e disfare! Quella era casa sua e per decisioni così importanti avrebbe dovuto essere lei la prima a essere consultata!

Stefano cominciò a rinculare, non era tempo d'inutili guerre a ridosso del matrimonio. Ammise che sì, forse aveva sbagliato.

Nardina ora guardava fuori, le braccia conserte, e dandogli le spalle disse: "Se queste sono le premesse è meglio riflettere! Di me e di mia figlia voglio decidere io e da sola".

Stefano tacque, rabbioso, poi s'avviò a prendere cappello e paltò comunicandole che non sarebbe tornato fin quando lei non lo avesse messo a parte delle sue decisioni. In quell'agitazione non gli riuscì di muoversi con dignitosa flemma e, aperta di furia la porta dello studio, lo scontro con Sabedda lo colse di sorpresa. Lei, che a sua volta era sul piede di uscire, di traverso lo aveva impedito.

Si riebbero entrambi e si avviarono all'ingresso come due sconosciuti. In strada Sabedda si affrettò a precederlo.

Una divisa blu elegante e severa, il colletto bianco, la vita sottolineata da una cintura chiusa in un fiocco sulla schiena: Stefano fu distratto dal ritmato annacarsi dei fianchi morbidi di Sabedda. Una giovenca pronta per essere fecondata, sicura fattrice di prole sana e robusta. A Stefano si gelò il sangue e, a sua volta, la superò nel cammino. Il diavolo non avrebbe mai avuto tanto timore dell'acquasanta come adesso lui di Sabedda.

L'ipotesi che la sua intemperanza di uomo potesse tradirlo regalandogli anche un figlio lo fece rabbrividire, come giocarsi tutto un patrimonio al tavolo della roulette. Gli tremavano le gambe mentre nella testa si ripeteva, martellante, il proposito "se ne deve andare, fora, fora, luntano".

Al sedici di dicembre, l'inizio della novena di Natale, nulla sembrava cambiato; la targa di ottone che indicava lo studio legale Calascibetta-Damelio era ancora avvitata al portone di palazzo Cangialosi. Le stanze dei due soci avvocati erano intatte, le pratiche sulle scrivanie, le comparse dattiloscritte e in fila per data di presentazione. Nardina, responsabile, aveva proseguito il suo lavoro ma Stefano, ostinato, non era più salito in casa Cangialosi. Lo zù Pippino si era adattato a fare il corriere tra il loro studio e l'altro improvvisato dal socio in quel che restava di palazzo Damelio, dove, secondo le sue intenzioni, sarebbe rimasto fino alla decisione definitiva della zita.

Nardina visse i giorni più duri. Lo zù Pippino le raccomandò di valutare con serietà le sue inclinazioni ma in casa tutti le diedero addosso e lei si trovò ad affrontare mille domande sulla scomparsa di Stefano. Si nascose dietro la scusa di un ripensamento, di un disagio insuperabile all'idea di tradire il suo stato di vedova. Carlo le era ancora vicino e di cambiare di nuovo vita non era capace.

Temeva di dire le ragioni vere, la paura e la rabbia di passare di nuovo sotto la potestà di un marito, di subire decisioni che raramente sarebbero state anche sue. Stefano le appariva ora inaffidabile. Era determinato ed egoista come lo era stato il padre di lui don Rosario, nascondeva, dietro la nobiltà dell'apparenza, un animo insensibile e dotato di pochi scrupoli, era insincero. Ripensava all'estate, alla gioia che i suoi complimenti le avevano dato e ora la memoria del grande amore provato per Carlo degradava a gioco quello che adesso c'era tra lei e Stefano, le riusciva intollerabile la sua prepotenza al ricordo della delicata premura con cui suo marito sempre le si era rivolto.

Nonostante la pressione muta di tutti quelli che le erano vicini, Nardina tenne fede al suo orgoglio e ignorò le allusioni cattive della madre Bastiana, che pur ormai anziana pregustava il trionfo di vederla baronessa due volte, e i bronci di Carlotta, mutriata per quella inattesa e nuova solitudine.

Di giorno tutto sembrava più facile e la mente trovava fondamento alle sue ragioni, ma al buio della sua stanza la solitudine si faceva insopportabile. Nardina a uno a uno ripassava i momenti vissuti, un esercizio serale, un appello di emozioni che chiedevano di vivere ancora. Le scendeva addosso una malinconia pesante che le ingobbiva l'anima, le tornava alla mente e sulla pelle la dolcezza di alcuni momenti, specie quelli trascorsi in studio, china insieme a Stefano sulle carte, vicine le mani, vicini i respiri.

Ora quei giorni prossimi al Natale sembravano di vetro. Li mandavano in schegge il suono a festa delle campane, le grida degli ambulanti, lo scoppio improvviso dei motori giù nella strada.

In casa il silenzio forzato e carico di malessere esplodeva in litigi pretestuosi, tra Nardina e Carlotta, tra Brigida e Bastiana, lo zù Pippino inutile paciere. Sabedda in quest'aria irrespirabile era cambiata. Si moveva per casa laboriosa e muta. Sorvegliava che Carlotta studiasse, mangiasse, si lavasse ma non la sollecitava e neanche la distraeva se per troppo tempo la spiava immobile e pensierosa. Aveva anche evitato di portarla con sé alla funzione serale della novena che in quei giorni alla Matrice, tra il presepe, i canti e le luci, era una festa per i bambini. E Carlotta non le aveva mai chiesto di accompagnarla.

Fu al ritorno da una di quelle sere che Sabedda, tuppuliando alla porta dello studio, chiese alla baronessa di poterle parlare "a solo a solo". Nardina, scusandosi con lo zù Pippino per l'interruzione del lavoro, raggiunse Sabedda nella sua cammaredda. Le parole della picciotta non ebbero argini e, andando un po' avanti e un po' indietro nel racconto dei fatti, si composero alla fine in una sola frase: "Jò questa casa la devo lasciare!".

Nardina prese tempo, troppo l'aveva turbata la rivelazione di Sabedda di aver ascoltato l'ultimo litigio di lei e Stefano a causa sua. Finalmente si trovò spiegazione del suo cambio di carattere, dei suoi silenzi, dei sorrisi spenti che mai prima erano appartenuti a Sabedda.

"Io e 'u baruneddo mai amu iutu d'accordo! Iddu ragiuni avi, niente sacciu fare se non volere bene a Carlotta. Alla casa dell'avvocato Di Paola me ne devo andare, ché stamu megghiu tutti! Minni vaiu il giorno appresso che voi vi maritate."

Nardina, negandole ogni consenso a quella pazzia, piangeva, la supplicava di scusare tutti, le chiedeva di restare con l'ardore di una richiesta di grazia. Sabedda scuoteva la testa, diceva che no, non era più possibile. Ormai in quella casa ci si sentiva malata. E poi, aggiunse, per Carlotta meglio era acquistare un padre che perdere una serva.

Nardina abbracciandola, baciandola, assai vergognandosi si sentì sollevata. Stefano sarebbe tornato.

Sabedda respirò anch'essa di sollievo, compiacendosi di aver posato a terra il basto con tutto il carico del baruneddu. Il cuore rallentava i battiti, la forza di vivere la rianimava, riprendeva fiato dopo giorni in subbuglio. Ma intanto, come una lima sorda, il pensiero che Carlotta sarebbe rimasta con Stefano riduceva in polvere il suo cuore di cartapesta. La vita ancora una volta la tradiva sottraendole quella figlia che solo lei aveva voluto. La consegnava a un padre che non avrebbe mai saputo di esserlo davvero e di cui non poteva saggiare quanto e come l'avrebbe davvero amata. A lei sarebbe rimasto solo il dolore di averla perduta un'altra volta.

Ma se per colpa sua lei lasciava Carlotta, anche Stefano un prezzo avrebbe dovuto pagare.

Dopo una notte insonne, la picciotta si alzò, rassegnata agli eventi ma ferma nel suo proposito di vendetta, ignoto solo il come e quando. Aveva deciso di tenere Carlotta all'oscuro della sua decisione di abbandonare la casa e pregò Nardina di fare altrettanto. Non temeva che la figlia soffrisse del suo allontanamento e si difendeva dallo strazio della sua noncuranza.

Informati delle novità, tutti a palazzo Cangialosi si misero subito in fermento e Carlotta di malavoglia andò a scuola sapendo che lo zio Stefano era di nuovo atteso.

Lui, perseguendo con metodo la sua strategia, non aveva mai chiesto allo zù Pippino di Nardina e Carlotta, né di un saluto il vecchio avvocato fu mai corriere. Le donne bisognava lasciarle cuocere nel brodo delle loro mestizie.

Era in tribunale quando il suo socio, sbracciandosi dall'altro capo del corridoio dove si trovava, gli fece intendere di raggiungerlo. Fendendo la folla come due barche il mare, si incontrarono: nessuna parola fu spesa, bastarono una domanda negli occhi di lui e un ammiccamento in quelli dello zù Pippino.

Quando Stefano si avviò all'uscita sfoggiava un'aria trionfante, eppure la vittoria non gli dava il gusto che si sarebbe aspettato. Troppo fiera la perseveranza di Nardina nel suo proposito, troppo lungo il tempo da lei impiegato per capire se davvero fosse insuperabile l'ostacolo che tra loro si era frapposto. Quella determinazione della promessa sposa lo aveva messo in allarme. Temeva che ogni divergenza tra loro da ora in avanti sarebbe stata causa di scontro o peggio competizione. Era necessario mettere in chiaro la sua posizione di preminenza e, stabilita la regola, pretendere che essa fosse rispettata in nome dell'ordine familiare. Ma non era ancora tempo di recriminare. La cugina avrebbe dovuto essere prima ammansita con una gratificante intimità e la soddisfazione di ogni suo desiderio.

Si presentò da Nardina quello stesso pomeriggio. Un ritardo avrebbe potuto esacerbarla di nuovo. Fu accolto da tutti come non fosse mai andato via e Nardina stava per piangere quando lui le porse un mazzolino di rose rosse.

Lo zù Pippino fece cenno a tutte le donne di ritirarsi perché i due restassero soli, Carlotta sbuffando si mostrò contrariata ma Peppino la consolò permettendole di giocare con la preziosa stilografica, l'inchiostro e il grande tampone a mezzaluna che, sulla scrivania dello studio, sempre l'affascinavano.

"Scusami," esordì Stefano suo malgrado, "sono stato lontano da te non per volontà mia ma per il rispetto che ho della tua. Desideravo più di ogni altra cosa che fossi davvero convinta di volermi accanto a te."

"Se davvero ci amiamo supereremo tutto, ma dovremo tenere a bada entrambi l'orgoglio. Me lo prometti?" La voce di lei era un soffio.

"Ti prometto tutto, ora e per sempre."

"Devo dirti però che Sabedda lascerà questa casa non per mia ma per sua volontà. Ha capito da sola che questa è la scelta migliore per il bene di tutti. Continuerà a seguire Carlotta... ma andrà via non appena saremo sposati."

Stefano si sentì sconfitto da entrambe. Nardina non si era arresa ma le era stata fortunosamente evitata la scelta e Sabedda, lasciando la casa di propria iniziativa, gli faceva sapere che era lei, ancora una volta, a schifiarlo.

36

La composizione della sciarra tra Nardina e Stefano si era conclusa come spesso accade nella cucina, che d'inverno era il luogo più caldo e accogliente della casa, con quel profumo nell'aria di cannella e vaniglia che deciso sostava nell'aria. I fidanzati, la gna Bastiana, Brigida, Carlotta e lo zù Pippino sorbirono caffè e cioccolata e spizzicando buccellati natalizi e pastarelle con l'amarena, nuovamente impegnati nei preparativi per la festa di compleanno prevista per la vigilia come se nemmeno per un istante si fossero interrotti.

Non una parola fu detta sul diverbio composto, ma Stefano fu oggetto di attenzioni e complimenti come lo si dovesse risarcire di un danno. Anche lo zù Pippino si unì al coro, ma limitandosi ad annuire o a fare da eco agli incensamenti rivolti al genero dalla gna Bastiana. Fu quando Stefano si offrì di accompagnare Carlotta all'adunanza delle Piccole italiane che il suo spirito mordace non riuscì a trattenersi e lo squietò su un campo minato.

"Eh, già! Ora tutti Balilla siamo! Pure l'automobile con la quale lo zio Stefano ti accompagnerà è Balilla! Lo sapevi, Caruledda?"

Carlotta battendo le mani per la gioia cominciò a ballare.

"Ah, zù Pippino! Mi bruciaste la sorpresa!" Stefano si finse contrariato.

"Che trionfo, che trionfo il nostro Duce! Questo decennale della Marcia su Roma sarà per lui indimenticabile celebrazione! Successi italiani in ogni campo, calcio, olimpiadi e la vittoriosa bonifica delle paludi pontine poi... un capolavoro."

"Tutto vero, avvocà!" Stefano drizzò le spalle, aveva accettato la sfida e rimbeccava. "E non vi saranno sfuggite neanche strade, navi, aerei, tutto nuovo fiammante, tutte cosuzze da primato!"

"Sì, barunè! Ma tutto a Roma si ferma. In Sicilia...!" Pollice e indice alzati lo zù Pippino in un gesto eloquente ruotava la mano da destra a sinistra a significare che nell'isola ancora niente si vedeva.

"E dateci il tempo, sant'uomo! Intanto, magari Churchill disse che iddu è il più grande legislatore vivente."

"Magari Churchill si pò sbagliari!" lo spense lo zù Pippino.

L'aria si stava trubbuliando e Stefano alzandosi disse che era ora di lavorare un po'. Nardina lo seguì. Lo zù Pippino disse che li avrebbe raggiunti, ma intanto si attardava a pizzuliare biscotti e a bere caffè.

Alla spicciolata tutti ritornarono alle loro occupazioni, tranne Sabedda che, muta come era stata per tutto il tempo della festuzza, continuava a darsi da fare in cucina.

"Così tinni vai." C'era dispiacere nella voce dello zù Pippino.

"Avvocato, ora è il momento."

"Ma sì, giusto è che pure tu ti guardi attorno, ancora sei picciotta e una vita te la puoi rifare!"

Un momento di esitazione e poi aggiunse: "Sabbè, lo sai a chi ho incontrato?".

Sabedda incuriosita con lo sguardo lo interrogava.

"Don Calogero Licata, Sabbè! Lui non mi vide, io però lo riconobbi. Tutto pulito e azzizzato! Chissà il tabarro dove lo andò a bruciare. Però camminava muro muro... Il lupo perde il pelo..."

Sabedda a quella notizia non ebbe più pace. Da quel momento, accampando scuse, entrava e usciva da casa Cangialosi come un'ape pronta a sciamare dall'alveare. La notizia che don Calogero fosse a Sarraca era stata per lei una scupittata. Lo aveva pensato morto, fatto a pezzi e le ossa sepolte in chissà quale pertugio, oppure carcerato in un paese del continente. Una volta se l'era sognato mentre la salvava da un incendio, però la faccia era tutta nera di fumo; Sabedda non era sicura che fosse proprio lui ma le piaceva crederlo.

Che di lei si fosse dimenticato era pensiero che non poteva sfiorarla. Il senso di appartenenza che li aveva legati, senza che mai il linguaggio dei corpi avesse parlato, la confortava. Se era tornato, era per rivederla. Ciò che lei provava per lui non aveva nome. Gli anni trascorsi dalla sua scomparsa non erano mai stati senza speranza, ma quale sentimento l'attesa nascondesse Sabedda non riusciva a dirselo. Di lui aveva conosciuto la generosità, la volontà di sottrarla al disonore, la protezione amorevole. Confusa, in lei sopravviveva un'attrazione testarda e involontaria che, a darle retta, sarebbe stata pazzia.

L'ultimo ricordo che aveva di lui era quello delle sue mani grandi e tremanti che le prendevano dalle braccia la piccilidda, e i suoi occhi, quegli occhi d'inchiostro che tutti appauravano ma che a lei si sarebbero sottomessi se solo avesse avuto il coraggio di chiederlo. Nei giorni a seguire il parto, il cuore oppresso dall'imperdonabile gesto, il seno pesante di latte che le bagnava le vesti, aveva sperato che tornasse almeno lui a confortarla. Poi vergognandosi ne scacciava l'immagine come fosse una demoniaca tentazione. Ora la prendeva l'eccitazione d'incontrarlo, l'urgenza di scaldarsi ancora a un fuoco d'amore, di trovare riparo tra le sue braccia.

Voleva dimenticare il disgusto patito quando Stefano nel suppenno con gesti violenti e veloci, sollevandole la gonna, sfrenato le aveva aperte le cosce e l'aveva costretta a subire, subire, subire. Forte, al pensiero di lui che la violava come una bestia, le era ritornata la smania di vendicarsi, ma questa volta uno sputo non sarebbe bastato. C'era da ripagarla per quella figlia che lei di nuovo avrebbe lasciato e che lui si prendeva, per quel suo farsi padre amorevole che lo avrebbe gratificato pure dell'ammirazione del paese. Lui, lui proprio, che in altri tempi quella figlia sua non avrebbe avuto scrupolo a ucciderla in un aborto cruento.

E don Calogero le tornava vicino: braccio armato della sua personale giustizia e alleato sicuro perché rancori e affronti da pareggiare con la famiglia Damelio ne aveva patiti anche lui. Per tutto questo era necessario che lei e don Calogero riprendessero là dove si erano interrotti. Quando usciva dal palazzo, Sabedda si guardava intorno in cerca di lui e al tempo stesso era persa nei suoi pensieri, guardava ogni faccia senza vederne alcuna, la mente in un'allerta frustrata dall'ansia.

Fu dopo la funzione della novena, la sera invernale aveva già spazzato via tutta la luce del suo crepuscolo e Sabedda percorreva il vicoletto deserto e buio di Ognissanti, dietro la chiesa Matrice. La brace rossa di una sigaretta, un uomo le veniva incontro e lei per un istante esitò. Poi il cuore le disse che era lui. Don Calogero le si accostò e la guardò dritta negli occhi. Poi invertì la sua marcia e proseguirono l'uno vicino all'altra come in un muto appuntamento.

"Ti cercavo." Senza guardarlo, Sabedda fu la prima a parlare, rivolta a lui con un "tu" che da solo diceva ogni cosa.

"Ti aspettavo," rispose don Calogero.

“Dove sei stato?”
“Meno sai e meglio è.”
“Mi hai lasciata nell’inferno e ancora jò ci vivo.”
“So tutto.”

Le confessò che in tutti quegli anni qualcuno di sua fiducia l’aveva seguita e protetta e sue notizie gli giungevano puntualmente nelle arse campagne di Agrigento, dove, latitante, era comunque diventato capo mandamento di tutto rispetto. Poi la notizia del rientro di Stefano da Palermo lo aveva inquietato e da allora non aveva avuto altro pensiero che ritornare. Nessun calcolo aveva fatto dell’essere ancora appeso in fotografia alla caserma dei carabinieri, ricercato e con una somma di denaro promessa a chi avesse dato sue notizie. Pure se fosse stata già decisa e pronta la sua pena di morte, sarebbe tornato. Che ’u baruneddu fosse di nuovo vicino a Sabedda non lo faceva più ragionare.

“… il sangue mi vùgghi, la testa è strammiata, pazzu mi sentu.”

“Lui si sposa con Nardina…”

“Sì, e intanto nel letto a te ci vorrebbe. L’omini come a iddu gli affronti non li dimenticano e arriva il giorno che te li fanno pagare”: un sussulto di Sabedda lasciò capire a Calogero che forse il giorno già era arrivato, in cui quello schifoso del barone aveva voluto riaffermare la propria prepotenza.

“Calò,” disse lei con l’emozione e l’ardimento di pronunciare il suo nome senza la deferenza del *don*, “io e iddu in questa terra insèmmula non ci possiamo stare.”

“Apposta venni. Peccati tanti n’aiu, con il Signore che sta nei cieli poi facemu tutto un conto. E tu?”

“Io in quella casa non ci posso restare. L’occhi di mia figghia non li putissi taliari. Me ne vado in un’altra casa, dall’avvocato Di Paola.”

"No. Tu con me devi venire, il peccato io lo faccio per te."

Erano così vicini che i loro fiati si confondevano. Sabedda lasciò che lui l'abbracciasse. Quell'uomo che la stringeva a sé non era lo stesso di quando bambina a lui si nascondeva, non c'erano più delitti che glielo facessero respingere né patti scellerati che insieme avevano concluso e di cui entrambi si erano pentiti.

Don Calogero, il viso nascosto nel collo di lei, chiedeva perdono della sua lontananza obbligata e la implorava di scappare con lui. Sabedda ignorò la sua supplica, temette fosse una contropartita, uno scambio tacito, cosa contro cosa, mancata l'una non ci sarebbe stata l'altra. Ma lo mise a parte di tutti i movimenti di Stefano, non era più tempo di contrattare per guizzi di orgoglio.

Lo informò che puntuale alle dieci di ogni sera lasciava palazzo Cangialosi per ritirarsi a palazzo Damelio. Aggiunse decine di particolari che gli rendessero sicuro il progetto, le mani del suo nemico sempre impedite da borsa e bastone, la strada percorsa sempre la stessa, talvolta una sosta dal tabaccaio che volentieri si attardava a chiudere per aspettarlo e fare due chiacchiere. In paese non c'era abitudine di un sarracese che gli altri ignorassero.

Ma anche di questo don Calogero era informato: "Sabbè, non te ne incaricare, ormai è cosa mia".

Quando si salutarono lei si alzò in punta di piedi e gli lasciò un bacio come una piuma sulla guancia. Don Calogero vi tenne sopra la sua mano per tutto il percorso fino al rifugio dove si nascondeva.

37

Il ventitré di dicembre, don Calogero decise che era il tempo di agire. Ogni cosa era stata studiata, ogni intoppo previsto, ogni ostacolo superato e il biglietto per il piroscafo che lo avrebbe portato per sempre in America era già nelle sue tasche. Ma accanto ce n'era un secondo, con scritto in grandi lettere "Messina Elisabetta Donata": che l'avrebbe portata con sé alla Merica a Sabedda non l'aveva ancora detto perché l'idea di un suo rifiuto lo avrebbe avvilito.

Esatti otto anni prima era stata la nascita di Carlotta, la tragedia del *Dixmude*, la morte di don Carlo e la sua scomparsa da Sarraca. Ma, a ragionare, un giorno che è stato nefasto una volta, non lo è poi per sempre e don Calogero ignorò l'anima sua turbata e il sangue memore che dentro gli si agitava.

Nei giorni precedenti si era preparato perché l'assassinio di Stefano non avesse impirugghi, restasse anonimo per sempre e seguisse tutte le norme di rito che un delitto d'onore esigeva. Norme non codificate ma non per questo meno cogenti e il rispetto di tutte avrebbe potuto essere una tacita rivendicazione di quel delitto. Il rischio accettato prevedeva l'esclusione di ogni agire da sicario, di nascosto e codardamente. Perché Stefano vedesse tutto l'odio che gli viveva dentro gli occhi, don Calogero lo avrebbe affrontato a volto scoperto. Così, eccitato dal suo terrore di vittima, gli avrebbe assestato più forti e mortali i suoi colpi. Niente armi da sparo, solo l'affilato coltello che lo seguiva fedele nelle tasche dai tempi in cui faceva il campiere e che ora avrebbe visto la vita di Stefano che se ne usciva piano, fluendo dentro il sangue rosso della vena recisa sul collo. Un taglio che era una firma.

Che Stefano poi potesse difendersi era cosa che avrebbe gradito perché la soddisfazione sarebbe stata maggiore. Di contro, il fallimento del piano avrebbe comportato lo stravolgimento della sua vita: insieme alla vendetta avrebbe perduto Sabedda, e la nuova vita con lei nella Merica.

Prima che tutto si compiesse, volle rivederla. Al termine della novena si fece trovare all'uscita dalla chiesa Matrice. Lei lo avvertì che Stefano di sicuro sarebbe andato via più tardi del solito da casa Cangialosi dove si stava festeggiando il compleanno di Carlotta. All'udire quella parola innocente, *compleanno*, don Calogero ancora una volta vide nitidamente la notte che li aveva uniti per sempre, i lamenti di lei che partoriva, l'istante in cui lui le aveva tolto dalle braccia la creatura, poi la fuga nel bosco sotto il diluvio mentre giurava a sé stesso che un giorno sarebbe tornato.

Sabedda aveva prescia di rientrare a palazzo, le poche parole ulteriori furono per concordare la loro partenza segreta la sera di Natale, per trovarsi al porto di Palermo il giorno di Santo Stefano. Alla Merica, Sabedda disse di sì.

Don Calogero non scorse una sola lacrima negli occhi di lei. Un bacio dissolse la nebbia che fin qui gli aveva offuscata la mente. Non era stato il suggello di un patto assassino, ma la prima vera dichiarazione d'amore di lei, come si fosse finalmente liberata dell'ansia di un'attesa infinita, come se gli sversasse nel cuore tutto il sentimento trattenuto per anni, come gli affidasse per sempre l'anima sua. Don Calogero, anche a esser certo di un nefasto esito dell'impresa, l'arresto immediato o la morte sua piuttosto che quella del rivale, ormai non si sarebbe più tirato indietro.

Al decimo rintocco delle campane del Collegio, fedele al suo piano, don Calogero percorse il vicolo Kassar, tanto stretto da consentire il passaggio di una sola persona, e si ritrovò alla piazza del Purgatorio. Si nascose dietro il cantone laterale della chiesa che dava il nome alla piazza e si dispose ad aspettare. Assorto nel tempo presente e in ciò che stava per accadere, teneva la mano nella tasca stringendo il coltello.

Ed ecco risuonare nella notte dei passi alternati a un rintocco. Stefano attraversava la piazza, lento, e non aveva la borsa con le carte ma solo il bastone da passeggio di don Rosario, la bella testa d'argento di cane cirneco sull'impugnatura. Don Calogero lo raggiunse e gli si fermò davanti, il viso scoperto e gli occhi bui.

"Voscenza binirica, baruneddu!"

Stefano indietreggiò spaventato, poi lo riconobbe: "Voi?".

La sorpresa giocò la sua parte e il tempo per pensare e reagire fu davvero troppo poco perché Stefano potesse fare ammenda dei suoi peccati. Sollevò il cane d'argento che nell'aria brillò come una risibile minaccia. Stefano sentì lo scatto del coltello a serramanico, il luccichio della sua lama fu l'ultima cosa che vide. Mentre la mano sinistra del mafioso afferrava il bavero del suo cappotto, la destra di rovescio gli fendeva la gola. Stefano si accasciò senza un lamento, a terra il sangue nero di tutte le sue colpe.

Il *Saturnia* partì al tramonto del giorno onomastico del baruneddo. L'aria era tiepida nonostante fosse pieno inverno e tutti i passeggeri indugiarono sul ponte del piroscafo fin quando le coste siciliane si dissolsero nell'acqua.

Sabedda si teneva stretta al braccio di Calogero, l'altezza del piroscafo e il mare nero e profondo che in schiuma bianchissima si apriva sotto lo scafo le davano una sconosciuta vertigine. La vita di prima sembrava irreale, ingannevole il ricordo dei delitti che entrambi avevano sepolto a Sarraca. Il vestituccio nero e lo scialle le erano causa di un disagio sconosciuto. Viaggiavano in prima classe e gli sguardi eloquenti delle signore che accanto le passavano avvolte nelle pellicce o fasciate in paltò lunghi e stretti dai colli di volpe la riempivano di vergogna. Non osava neanche chiedere a lui di andar via, di nasconderla fino all'arrivo, di sottrarla agli sguardi ironici che l'avvampavano.

Non ricordava più quel che aveva lasciato, temeva quello che l'aspettava.

Don Calogero scambiò due parole con un viaggiatore americano. I suoni nuovi di una lingua sconosciuta si attorcigliavano nel cervello di Sabedda in gran confusione. Calogero comprese e per svagarla le disse che non appena fosse stato giorno avrebbero comprato qualcosa di più adatto nei negozi che sulla nave offrivano capi alla moda. Lei annuì e le venne in mente Carlotta che la perdeva per strada pur di non stare accanto a lei vestita di pezze. Le offrì in silenzio tutto il suo dolore e le chiese di perdonarla perché proprio per quello l'aveva lasciata, perché non dovesse mai vergognarsi di una madre imbarazzante. Non era bastato nemmeno che la facesse oggetto di un amore incondizionato e le sacrificasse la sua stessa vita: troppo poco per fare di lei una donna felice, ricca e istruita. Calogero le cingeva le spalle ma neanche questo serviva a rassicurarla di aver compiuto la scelta migliore. Sabedda nella vita aveva sempre subito e la capacità di scegliere le era rimasta sconosciuta perché mai sperimentata.

Tenendo strette le palpebre si chiese quanto mare ci fosse davanti e sotto di lei, se avrebbe avuto una fine e se i piedi suoi sarebbero riusciti a toccare la Merica. Sparire o no tra le onde… Quella le sembrò potesse essere la sua unica scelta.

Il suono allegro della campanella che annunziava la cena la distrasse, e quello che per la prima volta quella sera bevve e mangiò le regalò un sonno profondo senza sogni né incubi.

Al risveglio chiese a Calogero quale fosse il suo nome nella lingua mericana.

"Liz, si dice Liz o Lizabeth," rispose lui.

"Ora così voglio che tu mi chiami: Liz, io Liz sono. Capisti? Sabedda murìu."

Come avesse superato un confine, lasciandosi dietro un deserto e trovando davanti giardini dell'Eden, così si sentiva Sabedda, forte tanto da affrontare l'ignoto ma decisa a tornare un giorno in Sicilia, la sua terra.

Basta soffrire, basta nascondersi.

Giurò a sé stessa che un giorno sarebbe tornata e che Carlotta avrebbe saputo ogni cosa. Dell'arancio amaro, dell'innesto che sempre comporta tagli profondi, del tarocco dolcissimo che ne era cresciuto. Una sola meritava un silenzio più profondo del mare: il ramo spinoso per il quale si era resa necessaria la potatura.

PARTE VIII

Sarraca, 1960
Senza famiglia

Le due del pomeriggio raggiungere la corriera in partenza da Agrigento per Sarraca è un'impresa, l'asfalto rammollito dal sole lugliesco intrappola i tacchi dei miei sandali ma, anche strisciando come una biscia, io sarò puntuale all'appuntamento con Calogero Licata, il siciliano degli States marito di Sabedda e ultima carta per spirugghiare l'intrecciato filo della mia nascita.

Trafelata, i capelli umidi di sudore, salgo sul predellino. Lancio un'occhiata su tutte le fila dei sedili fino all'ultima, lui non c'è. Poggiate alla spalliera di plastica del sedile le mie spalle vanno a fuoco, mi manca il respiro. Fuori del finestrino, da un enorme cartellone pubblicitario mi guarda una bionda con i capelli al vento e in mano due gelati Mottarelli alla crema di latte, in bocca si fa strada un sapore dolce e fresco, avverto il caldo ancora più caldo. Infilzati su uno stecco, i gelati sono rivestiti di cioccolato bianco uno e nero l'altro. Ai miei tempi di bambina c'era solo quello scuro e si chiamava Ascaretto. Da allora devono essere passati un milione di anni se oggi mi sento così... un rudere, una miserabile senza passato, il futuro ipotecato dall'inesistenza di un padre. Lo cerco come un molo dopo giorni di mare aperto, per attraccarmi e prendere fiato. Lo cerco per sapere chi sono stata io per mia madre, se il ricordo doloroso di uno sbaglio, il rimorso di un amore impossibile o l'orrore di una violenza subita. Accetto ogni appiglio che mi soccorra a scagionarla dall'accusa più assurda, dalle sue freddezze e lontananze, dai suoi baci distratti. Sono sola e immersa nel passato in un giorno d'estate che chiederebbe solo leggerezza e abbandono.

Pensieri di sopravvivenza, mentre il ritardo dell'americano comincia a innervosirmi. Temo voglia disertare il nostro appuntamento. In ufficio tutto di lui esprimeva disagio e imbarazzo, l'urgenza di ripartire già all'arrivo da una traversata oceanica, il mazzo di dollari stretto nel pugno quale offerta spropositata e sbrigativa perché io lo liberassi dall'impegno preso con la moglie, e poi quella frase ambigua e inspiegabile: "A Sarraca non ci posso tornare, Agrigento è buono". Ma Dio santo! È una promessa che hai fatto a tua moglie morente e ti comporti come un corriere, un postino, uno spicciafacenni, uno che ha fretta di concludere! Quest'uomo m'inquieta e mi popola la mente di fantasie, supposizioni, dubbi... se nascondesse di sé qualcosa che qui ha lasciato e che teme non sia stato dimenticato? Un grosso debito, un intrallazzo mal riuscito, magari anche una famiglia abbandonata per andare in America? Tante sono le storie come questa.

Ma ecco che un panama bianco e un paio di occhiali fanno capolino da dietro il cartellone dei gelati. È lui! Ma che fa? Si ferma? Il guidatore della corriera ha messo in moto, il disgraziato si accende una sigaretta! Vigliacco, cornuto, allèstiti a salire, ora scendo e vengo ad acchiappare te e quel cappiddazzu sotto il quale ti ammucci! Troppo fragile, mi rendo conto che sono lacrime quelle che mi offuscano la vista, le asciugo e lui non c'è più, mi sporgo dal finestrino: niente, è fuggito.

Quando torno a sedermi, il panama bianco avanza sul corridoio tra le due file, sgrano gli occhi sorpresa. Gli faccio cenno di sedersi accanto a me. Ora sono d'improvviso lucida, determinata: ho intenzione di cominciare a cuocerlo a fuoco lento già durante il viaggio. Domande innocenti, risposte facili che non lo mettano in difficoltà. Ma in un finto affanno per il ritardo lui si scusa: "Mrs Cangialosi, I am sorry, ora mi vado ad assittari vicino al driver, sapete, patisco assai le curve e solo così non mi trubbulìo!".

Indispettita, sorrido compiacendolo. Penso a quando saremo a casa dello zù Pippino, al testamento di Sabedda che dovremo aprire e lei risalirà dai sotterranei della nostra memoria e lui si commuoverà... si deve commuovere! Troppo aspetto quel moto, un tremore di lui involontario, sussulti nei quali infilarmi. Sarò il vermuzzo nell'amo, lo adescherò liberandogli il cuore e lui mi dirà tutto ciò che lei gli avrà raccontato di me. Chissà poi da dove diavolo traggo questa certezza di sapere da lui ciò che cerco.

Se Sabedda aveva preferito voltare pagina, lasciarsi alle spalle Sarraca, l'isola, il continente, tutto a suo tempo sarà stato per lei più importante di me. Ma anche a pensare così qualcosa non torna. Sabedda da casa Cangialosi non è soltanto andata via, è scappata, fuiuta, sparita. Non una spiegazione, un biglietto, un bacio: lei sapeva e voleva che restasse di sé un mistero.

Abbandono il capo sullo schienale, provo a riposare ma implacabile la lingua batte dove la memoria più duole. È utile che io chieda e mi chieda, che tenti di ammugghiare in ordinato gomitolo un'indipanabile matassa? Feroce in me si agita ancora la speranza che Sabedda possa essere stata depositaria di un segreto che tutto acclari, a forza io voglio credere il marito ultimo testimone a conoscenza dei fatti.

Povera Sabedda, ti tormentavo prima e continuo adesso, tre mesi appena che sei morta e mentre il tuo Calogero, dopo averti sepolto una volta in America, di nuovo vuol farlo ora nella tua terra, io invece per mie personali e testarde esigenze dalla bara voglio trarti fuori.

Inghiotto lacrime di coccodrillo dopo averti mangiata, ma io e questo Licata di sicuro, Sabedda mia, non ti abbiamo meritata.

Fu "una girata e una vutata", il tempo tra il tuono e il suo lampo e nel Natale del millenovecentotrentadue la mia vita fu stravolta e la casa mi apparve inaspettatamente vuota: il ventitré di dicembre, nel giorno del mio compleanno, fu ucciso lo zio Stefano. Il ventisei successivo tu sei scomparsa. Al posto dello stomaco un vuoto, la pancia risucchiata tutta insieme, un rosso d'uovo crudo ingoiato da due buchi nel guscio, e neanche un po' di marsala di accompagno.

La notizia della morte violenta di Stefano ce la diede lo zù Pippino.

"Cu fu?" si chiedeva la casa.

"Nenti si sapi! Delinquenti, latri, fascisti o tutt'insèmmula, sapiddu!"

A me non usciva una che fosse una lacrima. Zù Pippino continuava a ripetere "Povera piccilidda, oh! Povera piccilidda!" ma io non ero tanto addolorata per aver perduto un padre che non ero abituata ad avere quanto per lo strazio che ancora una volta rendeva lontana mia madre, schiantata dall'orrore che come rintocco di un pendolo tornava a segnare per lei l'ora della gioia.

Poi tu, Sabedda: dissolta in un'evanescenza, lasciandomi sola senza un saluto. La tua assenza improvvisa tra le mura di casa, l'aria, le nostre vesti, i nostri cuori, tutto sembrava impregnato di un umido freddo e troppo pesante di acqua.

Che la tua scomparsa, proprio nel santo tempo del Natale, fosse dovuta a una disgrazia a noi ignota per me non era credibile. Te ne eri andata e basta, come aveva fatto mia madre che aveva voluto perdermi per strada o mio padre che non era più tornato a casa.

Ti cercai. Non mi era mai sembrata così grande la casa mentre entravo e uscivo da ogni stanza, ogni cammarino, ogni pertugio dove solo tu e io ci ammucciavamo. Non c'eri. Addosso per la prima volta il peso della solitudine, mi sentii ancora più orfana e furtiva infilai la porta di casa. Per strada pensai che, se non ti avessi trovata, sarei scomparsa anche io. Mamà, che imploravo, non sapeva darmi quello che da te ottenevo senza mai chiedere.

Scesi giù alla Marina, il mare era grosso e senza barche. Quando lo zù Pippino mi trovò seduta sulla spiaggia, il vento freddo mi aveva arrossato gli occhi e graffiato di viola le guance. Vedendomi, quel vecchio prese a piangere di contentezza, mi tese la mano e io muta mi alzai e lo seguii, ricca delle lacrime sue che solo a me appartenevano. Gli chiesi chi altri a casa fosse in pena per me e quando lo zio rispose "tutti", mi aggrappai con fede alla sua risposta.

Ma a casa non riuscivo a respirare l'aria ferma di quelle mura senza di te e di nuovo ripresi a cercarti. Non c'era più nulla nella tua stanza, le ante dell'armadio erano ancora aperte, due braccia inermi e sconsolate. Spalancai i tiretti, toccai ogni superficie, ogni chiave, ogni pomello come se avessero il potere di restituirti a me in qualche modo. Abbandonate sotto il letto le tue vecchie scarpe da uomo, ci ficcai dentro il naso e ne aspirai l'odore acre e conosciuto. Solo qualche giorno più tardi mi accorsi che era sparito anche il mio sussidiario. Sapevo che eri stata tu, mi commuoveva l'idea che avessi voluto portare con te un po' di me. Dissi di averlo perso, me ne fu comprato un altro.

A modo mio ti avevo voluto bene e allora provavo un dolore rabbioso che non voleva guarire. A voltare pagina neanche mi riusciva, per giorni tornai sempre indietro a cercare ciò che mi mancava e mai mi ero preparata a perdere.

L'americano ha detto che è partito per l'America quasi trenta anni fa. Il tempo coincide, quindi fu lui a portarti via da me. E a cosa è servito? Sei mai stata felice?

Lo ammetto, di te avevo fatto il mio trastullo ma nemmeno questo "pidocchio arrinisciuto" coi suoi dollari d'argento che luccicano appesi sui vestiti, sul cappello e gli occhiali sarà stato capace di amarti come tu muta a me chiedevi.

Inseguendoti e cercandoti nella vita di prima, il tempo di ora si è appiattito sotto le ruote della corriera che corrono sull'asfalto rinovato di fresco, l'arsura dalla mia bocca è scomparsa come davvero avessi mangiato l'Ascaretto del cartellone e ormai siamo a Sarraca. Pochi minuti alla fermata, mi alzo per sollecitare l'americano.

"Signor Licata, arrivammo, mio zio ci aspetta."

"Sure!"

Lungo la strada siamo silenziosi. Lui ogni tanto esita, si perde tra vicoli e scale. In aiuto alla sua memoria intervengono vecchi appigli, un albero, l'edicola di Sant'Anna, la targa smangiata dalla salsedine della fabbrica di gazzosine Imbornone. La famiglia, ormai milanese di adozione, ha un'industria al Nord di bevande gasate di ogni tipo.

Sui muri lo attraggono i manifesti mortuari, ogni tanto si ferma e ne legge qualcuno. Va avanti senza commenti. Non guarda i paesani ma molti notano lui e ancor di più la falda del panama gli cala sugli occhi.

Azzardo la domanda: "Signor Licata, Sabedda vi ha parlato di me?".

Cerca le parole nel mare quieto che ci sta davanti, indugia.

"Io, signora Carlotta, vi sapevo. Di persona non vi conoscetti perché da Sarraca me ne andai il giorno che vossia nascìu… me ne andai a travagghiare a Girgenti, ma per tant'anni sono stato campiere nelle terre di sua nonna e del figlio don Carlo…"

"Allora voi avete conosciuto mio padre! E sapete cosa accadde la notte della sua morte?"

"Quale padre?"

Lo sguardo suo allarmato mi colpisce come una lama. Questo siciliano che fa lo straniero svagato sfugge a ogni mio tentativo di metterlo alle corde. Poi si riprende.

"Sì... don Carlo! No, niente sacciu, lessi sul giornale la notizia che era morto."

Intanto siamo arrivati. Un libbìci impregnato di mare ha incollato i nostri vestiti alla pelle, la porta di casa dello zù Pippino è spalancata e dietro, inutile schermo per occhi indiscreti, svolazza una tenda sfacciata come gonnella di ballerina.

"È permesso?"

"Arrivasti finalmente!" Cursidda a piedi scalzi, gli occhi a pampinedda per la siesta interrotta, mi viene incontro a passetti spalancando le braccia.

Stretta a lei, per la prima volta faccio caso ai suoi calcagni di cuoio crepato, come erano quelli di Sabedda che nonostante i divieti di mamà andava in giro per casa senza tappine. Le teneva infilate una per ognuna delle due tasche del falare, pronte all'uso se fosse stata rimproverata. Anche questa sua abitudine selvaggia avevo fatta mia, accettando di conseguenza, pur di imitarla, il castigo serale del bagno con strigliatura. E più mamà biasimava certi comportamenti campagnoli che Sabedda si ostinava a seguire, più io ne calcavo le orme, trovando divertenti sguaiatezze e intemperanze, come il pepe nel naso per starnutire a ganasce spalancate.

Cursidda non smette con baci e abbracci e dimentica il signor Licata che ancora fuori la porta attende di entrare. Quando se ne adduna, la mano a visiera sugli occhi ciechi di sole, sbianca.

"Ma... il tuo ospite! Cu è? Iddu?"

"Sissi, Cursidda, iddu è Calogero Licata!" Zù Pippino raggiunge l'ingresso mentre pronuncio queste parole e allocuto sembra riconoscere l'americano. Sguardi increduli s'incrociano tra lui e Cursidda mentre Licata entra, togliendosi gli occhiali neri e il panama. Il caldo gli ha allentato la grossa cravatta, la giacca di lino, guastata da pieghe sudate, ora è tenuta sul braccio, la camicia ha collo e polsini aperti.

Se lo sguardo dello zù Pippino è incredulo, quello di don Calogero ha ora un'arditezza che prima non aveva mai mostrato. Cursidda sorveglia le mosse di entrambi.

"Trasìti, trasìti, chi faciti annanz' 'a porta?" Per opera sua questo quadro inquietante si smonta, io invece non capisco e taccio.

Il bianco delle mura, le correnti favorite dalle finestre spalancate, l'ombra della casa rinfrescano i miei pensieri torridi, intanto ci sediamo attorno al tavolo.

"E dove le luciàrono l'occhi in tutti questi anni?" Lo zù Pippino rompe il silenzio.

"Alla Merica, avvocà! Ma non venni a darvi fastidio, di passaggio sono."

"Sì, comu l'ancileddi! E Sabedda è con voi?"

La voce dello zù Pippino è un colpo secco sparato in aria a sorpresa.

"Nonsi... Sabedda murìu, la primavera passata."

Ora è affranto don Calogero, le spalle si curvano finalmente arrese a una realtà che in lui sembrava già dimenticata. Gli appare sul viso una vecchiaia impietosa che lo rende smarrito, gli occhi persi nel vuoto, le guance incavate di chi è assai malato.

Cursidda si porta la mano alla bocca, lo zù Pippino è scosso.

"Era tanto chiù assai picciotta di mia!"

In questo cordoglio generale io non riesco a trattenere il pianto e mi vergogno di aver pensato a lei come un grimaldello buono a scardinare la mia esistenza e i suoi misteri. Invece è un morbo silente la mia Sabedda, nascosto nei miei nervi, nelle ghiandole, nel cuore, e ora rivive infiammandomi come una febbre.

Improvviso sorge il ricordo della morte di mia madre.

Quando mamà mi ha lasciata, benché ancor giovane era da tempo malata. L'avevo curata per mesi, sbattuta tra casa e il policlinico palermitano, assentandomi dall'ufficio e tri-

bolando per la necessità di nasconderle un male incurabile che aveva tappezzato il suo corpo di bubboni. Un'operazione inopportuna aveva seminato il male dappertutto, gli ultimi giorni incoscienti, la morfina quale unico cibo. Qualche ora prima che se ne andasse per sempre sembrò stare meglio, apparve più vigile, lo sguardo mi tratteneva perché non mi allontanassi un minuto. Radunando dentro di sé ogni stilla di forza sembrava principiare a parlarmi, ma aperta la bocca, già spossata solo per questo, la richiudeva. Una lacrima le rigava il viso. Le carezzavo i capelli, la baciavo, le asciugavo l'umido filo viscoso tra le labbra socchiuse. Per la prima volta l'avevo tutta per me, senza i gesti di lei a schermirsi dal mio affetto come non lo meritasse.

Fu muto anche il suo ultimo dono. Indicandomi il cassetto del comodino accanto al suo letto, fece segno che io lo aprissi. Dentro, appesa a un cordoncino, una cartula rivestita di tela con il ricamo di un fiore di nèroli e di un melangolo, di quelle che si mettono al collo dei neonati. Più volte mi domandai che cosa avrebbe detto se avesse potuto.

Spirò poco dopo. Quando le chiusi gli occhi per sempre, me ne sentii consolata.

L'ultimo tempo vissuto accanto a Sabedda invece era stato giovane, pazzo, scandito da balli di corpi agili, da corse e canzoni cantate a squarciagola. È una giovane donna resuscitata dal miracolo di una busta con il sigillo dorato quella che la morte pochi mesi fa mi ha strappato.

"Zù Pippino, perché non mi dicesti che Sabedda se ne era andata in America?" gli chiedo ingoiando per pudore le lacrime.

"Nemmeno io ne ero certo. Domanda a trabocchetto fu quella che feci a don Calogero. Tutti sospettavamo che lui era perso dietro a Sabedda. Così lo pigliai di lingua e lui ci cadde! Vero, signor don Calogero?" Nonostante si compiaccia della sua furbizia, lo zio è livido e stanco. "E poi…

tu a me mai lo chiedesti!" La risposta che mi chiude la bocca è del genere omertoso praticato da tutti gli avvocati siciliani.

Al silenzio della controra si aggiunge per sovraccarico quello di noi tutti. Il ronzio delle mosche e lo sciabordio ritmato delle onde giù alla spiaggia lo alleviano. Una canzone alla radio lo squarcia, per quest'anno non cambiare, stessa spiaggia stesso mareee...

Nel cuore luoghi e tempi mi si confondono, mi prende una nausea leggera, la stessa dalla quale mi lasciavo sopraffare quando bambina indiavolata girando su me stessa cadevo a terra. È forte la voglia di sottrarmi a questo teatro che io stessa ho voluto. Cancellarmi e di nuovo disegnarmi in un altro luogo è quello che ora vorrei.

La voce di Calogero Licata scuote i pensieri nascosti dietro le nostre facce: "Non vi tramutate, avvocato! Venni solo per consegnarvi questa e poi me ne devo scappare".

"Come sempre!" dice lo zù Pippino a mezza bocca, ma intanto l'altro gli consegna la busta con il sigillo e sul verso lo scritto:

Testamento spirituale e non solo
di Elisabetta Messina intesa Sabedda

"No, no, no! Signor Licata, non potete andare subito via, dobbiamo parlare! Voglio, devo sapere della mia Sabedda! Le avrà certo parlato di me, del tempo in cui ha vissuto nella mia casa. Tutto il tempo 'nsèmmula stavamo, mi curò ben più Sabedda che la mia mamma vera! Se ne andò perché si era stancata? O perché voleva venire in America con lei? Sembrava ci stesse così bene con me... a volte ero una gran maleducata, quando m'incapricciavo l'abbuscavo pure... ma così, per finta, come fanno i picciliddi, e lei mi lasciava fare e intanto rideva!"

Parlo tutto di un fiato, uso le parole come cento mani a trattenere il signor Licata. Lui impallidisce e io non capisco. Racconto allo zù Pippino dello stravagante destino che ha messo il signor Licata sulla mia strada: l'ufficio, il testamento, il nome sulla busta e lui che ha fretta di consegnare l'atto e ripartire.

"Quante coincidenze, vero, zù Pippino? Ho pensato che potresti portare tu il testamento dal notaio Sottile per pubblicarlo. Ti accompagno io, con lui ci sentiamo spesso per questioni di lavoro, alla nostra Sabedda farebbe piacere che ci occupassimo di lei. Sei d'accordo, zù Pippino, che ce ne occuperemo?"

"Don Calogero, che dite?" risponde lo zio, "forse non è opportuno che questa carta la portiamo da un notaio, è vero? I notai per mestiere fanno troppe domande!"

Adesso non capisco neanche zù Pippino. Ma che sta succedendo? Che sono questi silenzi, quest'aria antica e misteriosa tra loro? Nessuno alza lo sguardo su di me, sono tutti assorti a contemplare il tavolo, le mura, la finestra.

Cursidda si tiene strette le mani, le gambe avvitate una dietro l'altra, è immobile, sembra un moccolo di stearica: "'Na tazza di café! Vaiu a fari 'na tazza di café!".

"No, aspetta! Don Calogero ci deve ancora dire se il testamento lo portiamo dal notaio o lo apriamo qui o se lo riporta indietro. Lui sa che cosa c'è scritto, ora si gràpuno casce e si scummogghianu tavùti!"

Don Calogero finalmente parla: "Va bene, avvocà! Apriamo. È il desiderio di Liz, la volontà sua, la devo rispettare!".

"Tieni, Carlotta, apri e leggi!" La voce dello zù Pippino ha un tono di sfida, come se avesse calato sul tavolo la briscola finale, quella che chiude ogni partita.

È stanco lo zio, la faccia bianca e smunta è di chi assai sta soffrendo, gli occhi non hanno colore, un velo umido e spesso ne nasconde la vita. Cursidda tormenta un angolo del suo falare.

Non so più se voglio leggere, le loro facce e i loro discorsi dicono che in questa carta c'è più di quello che voglio sapere: non sarà come aprire un volume e scoprire una cosa curiosa, sarà una certezza.

Ma è solo un momento e l'anima di nuovo muta pensiero: fantasmi, venite, fantasmi, vi ucciderò fantasmi, vi voglio vedere con questi miei occhi!

Il sigillo dorato fa resistenza, come se dentro Sabedda vi avesse impresso tutta la sua forza. Le mie mani non si arrendono, la busta si lacera ma è intatto il foglio all'interno:

San Diego, 20 marzo 1960

Io sottoscritta Elisabetta Messina fu Bartolomeo, nata a Sarraca in Sicilia il dieci di marzo millenovecento e otto, sana di mente ma non di corpo che un male brutto a nome cancer mi sta portando alla morte, riconosco, e voglio che tutti lo hanno a sapere, che Carlotta Cangialosi, nata nella campagna di San Marco il ventitré dicembre millenovecento e ventiquattro, è mia figlia.

La nomino erede universale di quanto si troverà che a me appartiene qui nell'America. Ci tengo però a dire che il vivaio a nome *Lizzie's Garden* che ho qui a San Diego, quando lo venderà che lei magari non ci può venire a badare, i soldi che ci guadagna se ne deve prendere quelli che ci servono, se ci servono, ma il resto è mio desiderio che li mette in una foundation, o come altro si chiama che lei la legge italiana la conosce bene, per aiutare le picciotte siciliane che vivono ignoranti e sottomesse a padri, fratelli, mariti o a maschi padroni.

Al signor Calogero Licata, mio marito, ci lascio come legato, che così preciso la legge lo chiama, la casa e la terra, che si trovano alla Chiana di Sarraca.

Di nome quelle proprietà sono mie ma di fatto è lui che se le merita che pure lui a mia figlia Carlotta la salvò. Vede il detto mio marito quello che ne vuole fare, anche se spesso insieme pensammo che ci si può costruire una bella scuola per quelle picciotte che dissi prima.

In fede,

Elisabetta Donata Messina

Non ci credo, muta rileggo, poi il foglio mi scivola dalle mani, mi tremano le labbra, sento lo zù Pippino che sollecita Cursidda perché mi porti un bicchierino di cognac. Cursidda arriva e mi aiuta a bere a piccoli sorsi, sento un grano di fuoco che mi attraversa la gola e arde perdendosi nel mio stomaco. Lei disapprova quell'alcol che viaggia carico di follia dentro di me digiuna di cibo.

Riprendo il foglio, la carta scotta tra le mie mani e le parole ora sono formiche ubriache.

"Ma... lui, mio padre... chi era?"

"Chiedi a chi sa tutto. Don Calogero è ansioso di risponderti." Lo zù Pippino si sfila così da una domanda che sembra affacciarsi su un terreno infestato di ortica. Anche nella sua voce sento un soffio di commozione, ma la mia attenzione è tutta per don Calogero.

"Sissi, donna Carlotta, vero è che jò sacciu tutto. Vostro zio Stefano vi fu padre, ma Sabedda mai glielo volle dire. Quell'uomo era un verme schifoso e sempre avesse negato. A quelli come a isso e come il padre suo don Rosario, le picciotte della campagna ci servivano solo per addivertirisi e poi le schifiavano. Sabedda mai lo perdonò a vostro padre, ché lui se la prese di forza, e pure voi, se siete fimmina vera come a vostra madre, andate al cimitero e sputate sulla tomba di lui. Questo solo gli dovete."

L'americano tace, pare sconvolto per le parole che ha pronunciato, si strofina gli occhi che rossi denunciano la commozione trattenuta, ma la voce ha i toni feroci di chi vuole vendette. È seduto in punta di sedia come pronto a scappare da un luogo di pena.

Chiedo allo zù Pippino se lui ha mai saputo. Lui nega, dice che, squietato dai dubbi, il suo cervello ha ragionato d'intuito, ma la certezza fu dal cuore che gli giunse infallibile. Io ero la miscela, nell'esatta misura di una metà per ciascuna, di donna Caterina, la nonna mia quella vera, e di mia madre Sabedda.

Asciugo lacrime che bruciano il viso infuocato dall'alcol, un bastone impietoso mi assilla di colpi la testa, la schiena e le gambe che non mi reggono.

Cursidda, soffiando forte dentro un fazzoletto grande come una mappina, strapazza il suo naso a paracqua e va in cucina a nascondersi.

Alle sei del pomeriggio di questo sabato senza fine, so finalmente chi sono. Lo zù Pippino dietro di me mi accarezza i capelli e continua a ripetere "Piccilidda... Piccilidda mia!".

È roca la sua voce, come giungesse da un antro profondo, e le sue parole sono rivolte a me ma sembrano aver dentro un pianto trattenuto da una vita intera. Mi viene vicino, mi abbraccia. È rumoroso il suo respiro, gli gratta i polmoni e gli fugge veloce dalla bocca, dal naso. Le mani sue sulla mia testa pesano come pietre e io sento il sangue nelle vene invertire il percorso, mi assale un disgusto profondo, tutto dentro di me si frantuma e in bocca ne mastico i cocci, avverto che non posso più controllarmi: il mio mormorio di suoni indistinti diviene un grido che offende le orecchie, cammino alla cieca spingendo a terra e con forza ogni cosa che mi si para davanti, l'alcol che mi ha ubriacata ora è un incendio, le mani sbarazzano carte e bisquit, libri e piatti, giornali e quadri, sentenze e padelle, soprammobili e cuscini, niente risparmiano. Una polvere antica si alza e attraversata una sfera di sole si fa densa come nebbia, le lacrime mi accecano, inciampo e cado, mi rialzo e continuo, il vetro di un vaso andato in frantumi mi ferisce la mano.

Cursidda accorre, zù Pippino la ferma. Nessuno mi tocchi. Le mie braccia nel suo abbraccio legate, continua a ripetermi: "Chianci, chianci, vucìa, ma non ti fare male, piccilidda mia". La voce è spezzata, dolorosa.

L'abbraccio si scioglie, addosso sento pesante il suo corpo abbandonato dalle forze, finalmente l'istinto mi soccorre e sono io a sostenerlo con una dolcezza nuova mentre emette un lamento interminabile, il suo respiro si ferma per un tempo che non so misurare, poi ancora un soffio, un ansimo breve e zù Pippino scivola lontano. Cursidda interviene e, mentre io e lei ci guardiamo impotenti, lui mi muore.

Nella confusione del momento Don Calogero raggiunge la porta e scompare.

In un lampo la casa si affolla di tutti vicini allarmati dalle mie grida; il corpo dello zio, a terra, vuoto di vita, zittisce ogni domanda.

Cursidda, impietrita, lo sguardo perso forse nel mondo di dopo, viene soccorsa. Qualcuno le avvicina un bicchiere di acqua, ma lei non può bere, non può deglutire, la bocca aperta nello stupore che segue una beffa crudele.

Nel contraccolpo di quell'inferno la mia mente si snebbia, riprendo il controllo. Gli uomini si offrono di sistemare lo zio sul suo letto.

"Donna Carlotta, i vestiti della morte, presto prima che si fa friddo e non lo possiamo muovere più..."

Cursidda, come al suono di un comando, si sveglia dal suo torpore: "I vestiti, la cascia...".

PARTE IX

Sarraca, 1960
Senza famiglia

Com'è grande e imponente e sontuoso il corpo dello zù Pippino avvolto in un telo di lino candido e pronto per il cielo! Sono stata io, in questo interminabile pomeriggio di bugie e verità, a impedire a Cursidda di vestirlo. Voglio essere io a occuparmene.

Per anni lei ha tenuto, riposti in una cassa alloggiata nella sua stanza, gli abiti preparati per il trapasso di lui all'altra vita. Ogni tanto li tirava fuori rinfrescandoli e spazzolandoli e lui, vedendola intenta in quelle incombenze, gli occhi al cielo, le mani giunte urlava furioso: "Nudo, nudo mi devi seppellire, lo capisti? Un lenzuolo per le pudende e basta!".

"Già! Perciò! Che c'entra? Cristiano vattiato siete, col lenzuolo vi ci volete presentare al Signuruzzo?"

"E la Sindone secondo te che sei fimmina pia e timorata che è? Un frac?" Noncurante Cursidda alzava le spalle mentre lui ribadiva: "Guai a te se mi vesti da sposo!".

Ho trovato il telo di lino in quella stessa cassa, sopra il vestito, le calze, le scarpe e la cravatta da cerimonia. Mi piace pensare che l'ha avuta vinta lo zio. Tirandolo fuori, dalle pieghe ne scende una busta di posta aerea già aperta, le righe rosse e blu sui bordi, sul verso l'indirizzo americano di Liz Messina, sulla facciata principale quello dello zio a Sarraca. Poi, in rosso, un ordine con la grafia di lui: "Da consegnare a Carlotta dopo la mia morte".

Ancora una volta il cuore si ferma, poi riparte al galoppo. Leggo:

Carlotta mia, figlia mia, ti sognai.
Eravamo in un jardineddu, dove filere di alberi di arancio amaro crescevano forti all'aria di mare. Tu fimmina fatta, io vecchia come ora sono ché arrivai all'ultimo jorno di quelli che il cielo mi volle dare e la pena è che pochi furono quelli che ci videro insieme.
Carlotta mia, figlia mia, lo so che questa carta di sicuro ti viene a squietare la vita, ma altra strada non ne ebbi.
Tant'anni passarono quando, sul piroscafo che mi portava alla Merica, gli occhi persi nel funno dell'oceano, promisi alla Madonna del Soccorso che un giorno di nuovo e all'indietro avrei fatto quel viaggio, perché era dalla bocca mia che tu dovevi sapere che mi sei figlia.
Poi la forza mi andò scomparendo e pure l'anima perse fermezza. E alla Madonna ora ci chiedo che pure per questa minzogna, insieme a tutti i peccati, mi deve perdonare.
E macari a te, gioia lontana della mia vita, chiedo perdono se mentre mi leggi hai il cuore in subbuglio, ma lo devi sapere che una mamma non la lascia una figlia se non è disperata e pure il futuro suo sente fallito. Ma lo feci per te, tutta la vita mia vissi per te, per salvarti.
Però sempre ti pensai, pure la notte quando spesso mi svegliavo improvvisa per la paura che qualcosa di brutto, a te lontana, ti poteva succedere. Quando mi sentivo lo stomaco come uno straccio stretto da una mano potente e mi scendevano lacrime che mai si fermavano, a forza dovevo uscire per incontrare qualche picciotta che ti assomigliasse e il cuore smettesse di correre come un cavallo.
Allora abitavo a Little Italy, in una street di italiani che per destino aveva nome come adesso tutti mi chiamano qui nella Merica, Elizabeth, mentre prima quando di te divenni

madre ero Sabedda. Per la via spiavo le figliole dei putiari, Tanino il verdumaro, Joe il trovarrobbe e Ciro il pizzaiolo, tutte belle, gli occhi scuri come la notte, i capelli neri, biondi o mischiati colore di castagna, la bocca come un bacio, sembravano... ma non eri tu.

Allora più forte ti pensavo, perché ero sicura che solo così ti potevo raggiungere e poi dentro di te mi sarei nascosta, per proteggerti e non lasciarti mai. Come a me che nel canto più buio del mio cuore sento la mamma mia Angioletta, pure lei disgraziata e infelice, che mi guarda e prega per me. Ma a te no, non doveva succedere che ti toccasse lo stesso nostro destino.

Ti fui madre due volte, al parto e partendo per sempre, lontano che più non potevo. Per questo sono morta in Sicilia e rinata dall'altra parte del mare. Per due volte ho pagato con la mia vita il prezzo della tua libertà. Ma tu non dovevi saperlo.

Qui nella Merica, tutto sempre io seppi di te. Se adesso sei donna istruita, che lavora e tutti rispettano, fu perché ti lasciai alla signora Nardina. Se ero rimasta al paese tenendoti con me, saremmo state io una malafimmina puvirazza e tu figlia sua senza altro destino.

Prego solo che tu non hai pensieri infelici o tristi come quelli che tuo padre Stefano Damelio mi piantò nel cervello per tutta la vita con chiodi aggrumati di ruggine velenosa. È per quelli che ora me ne scivolo piano nel sonno che mi porta alla pace.

Lui ormai è morto e Dio lo abbia in gloria, ma mai deve avere il mio perdono ché mi arrubbò la gioventù, i sogni e la vita.

Carlotta mia, figlia mia, non c'è amore di uomo che possa essere più importante di te stessa. Tùppati le orecchie se le campane ti suonano dentro al cuore ma il naso sente puzza di carne bruciata. Quella carne è la tua. Solo questo ti

dico e ti lascio che te lo devi ricordare per sempre: non c'è sentimento senza rispetto e se tu per paura ti fai pecora si scancella pure la tua dignità. Abbi coraggio tutta la vita.
Questo me lo imparai qui nella Merica dove le donne ormai fanno tutto quello che prima solo gli uomini potevano fare. E pure io, testarda come una mula, mi presi il diploma di gardener per fare quello che più di tutto volevo. Non cercavo i dollari del bisiness ma la parte migliore di me, per lasciartela, perché mai più tu dovessi avere vergogna di avermi vicino come quando insieme camminavamo per strada a Sarraca.
Mi manca a dirti un'altra cosuzza, ma proprio da niente. Quel giardino dove, io vecchia e tu fimmina fatta, c'incontrammo nel sogno, esiste per davvero. Io stessa lo volli e cambiai pure città ché a New York dove abitavo troppo era il freddo e gli uccelli d'inverno cadevano dai rami degli alberi morti stecchiti. Neanche gli aranci amari, forti e nodosi, che mai si spezzano, lì potevano vivere.
Qui a San Diego invece c'è un sole che pare fratello di quello che ogni giorno dell'anno si accende in Sicilia e io tanto feci, tanto trafficai, che quasi non ci credevo più quando gli alberuzzi di melangolo cominciarono a crescere. Ora lo sai, Carlotta mia, io dell'arancio amaro conosco solo le spine e ormai non mi fanno più male. Ma il profumo del suo fiore bianco è il tuo, ed è quello della libertà.
Prega per me, figlia mia, e fatti albero di arancio amaro, con le spine e coi fiori.

PARTE X

Sarraca, 1965
Fioritura

Fu un tempo di fuoco e trambusto quel pomeriggio di cinque anni fa e non ci fu vicenda che ancora oggi non mi subbugli l'anima. Fogli di carta su cui, inaspettati, esplosero certi e immutabili i nomi dei miei genitori, la fuga vigliacca di don Calogero, zù Pippino che muore portandosi dentro sé tutto il male e tutto il bene custoditi senza lamento per una vita, il cuore di Cursidda addolorato e vedovo, io ferita e ubriaca di alcol e di verità...

E poi quella lettera... che lessi con l'anima scomposta e le lacrime pronte, ma in fuga: c'era la mia Sabedda in quelle parole amare e tardive, ma non riuscivo tra di esse a trovare mia madre.

Nelle ore e nei giorni successivi fui estranea a me stessa, evitai gli specchi e il mio fantasma riflesso, trascorsi notti intere a occhi sbarrati per evitare risvegli stranianti. In quella terra di mezzo in cui mi ero ritrovata non potevo vivere, odiai Sabedda plebea e Nardina dalla falsa nobiltà. L'una non c'era più tempo di amarla come una figlia, l'altra non riuscivo a perdonarla per avermi derubata di una quantità esagerata di affetto che non le apparteneva e che neanche si era sforzata di meritare. A maggiore disgusto mi sentivo tradita da quei due padri ignoranti, ai quali ero comunque giunta comoda per loro personali ambizioni.

Il funerale dello zù Pippino prosciugò in me e in Cursidda le poche forze che la violenza dei fatti non aveva ancora consumato. Quando tutto fu finito, finalmente a casa, accompagnate dalle lacrime l'una dell'altra, lei si abbandonò sulla vecchia poltrona dello zio dietro la scrivania, io trascorsi la notte nella camera da letto seduta sulla sua bergère.

Che non appartenessi a nessuna famiglia fu disgrazia che subii e che mi avrebbe distrutta se alla fine, si era già in settembre di quel sorprendente millenovecentosessanta, non avessi preso la decisione.

Fu una mattina, appena rientrata all'Archivio. Mi ero ferita sul bordo tagliente di un foglio, una cosa da niente, il dito come solcato da uno struscio di spina, eppure il sangue principiò a sgorgare inarrestabile copioso e rosso. Era il mio sangue, mio soltanto. Era un male per finta ma, in spontaneo rimedio, mi succhiai il dito e per la prima volta dopo un tempo infinito mi parve di riconoscermi, di ritrovare un sapore. Non ebbi più una sola esitazione: mi alzai, salutai impassibile Marx, Concetta e l'usciere e uscii.

Scesi dalla corriera che mi aveva riportata a Sarraca, tutto era immobile e immerso nel caldo liquido della controra nel quale anche il tempo sembra annegare.

Non c'era anima viva e immaginai di veder comparire da un canto in un'impossibile comitiva la giovane Nardina con Carlo e il cugino Stefano, la serva Sabedda, la gretta Bastiana, la diafana Caterina... Volti e sentimenti divennero angoscianti incubi diurni e, presa da grande nausea, nell'angolo di via dove un tempo sorgeva palazzo Damelio, assecondando i conati che salivano, sentii il mio corpo svuotarsi di ogni eredità familiare.

Niente più notti insonni, niente ansiolitici e niente caffettiere in continuo svaporare sul fuoco a risvegliarmi da letarghi farmacologici. Mi sarebbero bastati l'amore, le at-

tenzioni, i palpiti, gli affanni, i consigli, le raccomandazioni, le lacrime e i sorrisi che lo zù Pippino per tutta la vita mi aveva dedicato: lui il mio solo padre, la mia sola madre, lui morto abbracciandomi ancora a proteggermi.

Non avrei più lasciato la sua casa, non ne avrei riconosciuta altra come mia, avrei tollerato un cognome che di me non avrebbe mai detto nulla.

Cursidda, felice della mia epifania, trovò un nuovo scopo alla sua esistenza e cominciò a nutrirmi come dovessi di nuovo affrontare tutte le età della vita.

Impegnammo ciò che restava di quell'anno sovversivo nella metodica raccolta di tutte le carte dello zù Pippino, quelle conservate e quelle ammucciate. La fatica ci restituì Giuseppe Calascibetta, quello noto a tutti e quello sconosciuto ai più. Lessi avidamente i fascicoli dei suoi processi più importanti, trovai le sue poesie dedicate a Caterina – che adesso era per me nonna – e quelle di Giacomo Leopardi da lei copiate e raccolte in un quaderno a lui dedicato. Tra le pagine disegni di fiori e di frutti, e secchi petali di rosa fragili e commoventi più che parole d'amore.

Fu scarrafuniando in una cassa piena di oggetti da scrivania, vecchie penne e calamai d'argento istoriato, orologi e portasigari, che trovammo la targa di ottone che ai tempi dello studio associato Damelio e Calascibetta aveva straluciùto inchiodata al muro di palazzo Cangialosi.

Ne fui turbata, la ricordavo ma la credevo dispersa o distrutta e rivederla mi fece l'effetto di un rimprovero, di una raccomandazione, di un suggerimento, comunque di cosa che non potevo ignorare.

Avevo deciso: avrei chiesto al caro Ministero le dimissioni dall'impiego all'Archivio che mi soffocava e finalmente avrei conseguito l'abilitazione all'avvocatura alla quale io e lo zù Pippino avevamo dovuto rinunciare perché i tempi non lo consigliavano.

Ripresi a studiare, superai l'esame di Stato con il massimo dei voti e finalmente ottenni di vedere il mio nome iscritto al Registro dell'ordine.

Portai la targa dall'orefice perché i nomi di mio padre e dello zio Peppino fossero abrasi e chiesi che fossero sostituiti con il mio preceduto dalla stessa qualifica:

AVV.SSA CARLOTTA CANGIALOSI

Mi sembrò allora che dentro di me ogni cosa tornasse al suo posto.

Cursidda quella sera mi preparò un biancomangiare che mi diede l'eccitazione di uno svezzamento.

Oggi, cinque anni dopo quel pomeriggio di fuoco e trambusto, si è concluso al Tribunale di Sarraca il processo che mi ha visto parte in causa come difensore della signora Nellina Mezzoiuso.

Nellina è parte lesa in un procedimento iniziato come "delitto d'onore" e concluso con diversa e più grave imputazione per il marito. Esco al suo fianco dall'aula Rocchetti: "Abbiamo vinto, ti hanno dato ragione," le ripeto con slancio ma lei per inveterata abitudine non esibisce emozioni, e anche se avessimo perso la causa non sarebbe stato diverso. Ho assicurato a Nellina un risarcimento milionario garantito dal sequestro dei beni del coniuge: ma chi esce più ricca da questo processo sono io. Io oggi sono Cesare che, lanciato il dado e traversato il Rubicone, cambiò le sorti di Roma.

Perciò mi sento autorizzata a freddare i ghigni degli invidiosi, colleghi avvocati o curiosi sfaccendati, che scommettono sul numero dei giorni prima che la mia Fiat seicento verde acqua con gli schienali ribaltabili, le gomme bianche e il tettuccio apribile vada a fuoco per fatalità di marca mafiosa. Per loro, che ad ala accompagnano me e Nellina all'uscita del Tribunale, sfoggio con calma ascetica un sorriso vincitorio, *siciliana sintesi di* vincente *e* insolente.

Fino a ora avevo istruito e condotto a termine tre o quattro cause, cosette così... regolamento di confini, incidenti automobilistici, una scazzottata finita all'ospedale. Quando vidi arrivare per la prima volta Nellina al mio studio, aveva il volto livido di chi è stata riempita di botte ed era piegata dal dolore per una ferita di coltello allo stomaco appena ricucita. Mi disse subito di non avere una lira ma che si sarebbe impegnata macari gli occhi pur di vedere suo marito "jettatu in un fùnnaco di galera".

Suo marito è don Gasparino Granfagna, capomafia di Sarraca, e l'aveva ridotta in quello stato quasi uccidendola perché lei aveva minacciato di lasciarlo portandosi via il figlio di otto anni che il padre stava già addestrando a sparare ai colombi con la scopetta.

Perché la mafia in Sicilia non è mai scomparsa. Dopo Mussolini e le sue guerre si è trasformata e ora non la si trova più in campagna, vive in città mimetizzandosi tra borghesia e imprenditoria ma ha conservato metodi e viltà. E se, ai suoi inizi, i sarracesi la ignoravano a parole e in silenzio la rispettavano, ora la cercano, la incensano e la sostengono vantandosene.

"Transeat!" diceva lo zù Pippino in perenne attesa di tempi migliori. Ma io ho imparato che questi tempi non si può aspettare che accadano: vanno preparati con impegno, perché il domani sia oggi.

Accettai di assistere Nellina, che nel processo sarebbe stata parte lesa, nonostante il collega avvocato difensore di don Gasparino mi sconsigliasse "come un fratello" di imbarcarmi "io donna, poi" in quella impresa. Io alzai le spalle indispettita ma di aver avuto paura non posso negarlo.

Temevo che a rendermi pavida fosse la mia condizione di donna senza protezione alcuna se non di me stessa, ma quando Nellina mi confessò che buona parte dei miei colleghi maschi da lei interpellati, sbiancando, l'avevano accompagnata all'uscio dicendo che avevano già troppo lavoro, volli ignorare che l'avvocatura da sempre era stata coniugata al maschile e mi preoccupai solo del grande lavoro che mi aspettava.

Mi convinsi che la stessa vicenda giudiziaria, le condizioni in cui si sarebbe svolta e i prevedibili ostacoli chiedessero essi stessi di essere collocati sotto una luce diversa, perché importante non era chi li avrebbe trattati ma come sarebbero stati interpretati.

Da allora cominciarono i messaggi indiretti.

Qualche giorno dopo la visita di Nellina, Cursidda trovò davanti la porta una gallina con il collo tirato che penzolava giù da una cesta. Senza scomporsi, lei la spennò e cucinò. La mangiammo. Al primo boccone mi disse: "Nun fari mai a vedere che ti scanti. Capisti?".

Don Gasparino naturalmente diede dei fatti una versione diversa, parlò di un tradimento di Nellina gravissimo e offensivo, accusandola di atti osceni commessi con il suo amante davanti il figlio e via inventando e infiorando.

Ma il soggetto era noto al Pubblico Ministero dottor Aldo Gallipoli e così con opera persuasiva lui e io convincemmo Nellina a raccontare tutto quanto sapesse sui delitti del marito.

Siamo stati una squadra per mesi, il PM *Gallipoli e io. Decidemmo subito di darci del tu, e durante una nottata di lavoro alle carte mi ritrovai a raccontargli del mistero familiare non meno intricato in cui mi ero trovata mio malgrado a far luce. Lui ne fu affascinato, e con mia sorpresa udito il nome di Calogero Licata mi mostrò una carta che lo indicava tra i ricercati ai tempi del prefetto Mori, le cui gesta lui ben conosceva. Gli parlai del vivaio di aranci amari di Liz, a San Diego, di cui ero l'erede. Poi riprendemmo il lavoro.*

Furono i nostri sforzi congiunti a convincere Nellina Mezzoiuso che la mala pianta va sradicata se si vuole che i germogli crescano sani. Più spronavamo Nellina a raccontare e più lei diveniva spigliata, ricordava particolari, nomi, luoghi. Di tutto ciò che nella sua casa l'accolita mafiosa decideva, lei aveva memoria precisa. Segregata in cucina ascoltava, preparava pranzi e cene, caffè e limoncelli e muta serviva.

In fase d'indagine, con abilità inaspettata, Nellina fornì prove e riscontri delle attività mafiose del marito. Le accumulava da anni.

Giornata memorabile per me questo venti di marzo: cinque anni dopo la morte della mia vera madre e la mia rinascita, il giudice ha rinviato don Gasparino a giudizio e il delitto d'onore ha lasciato il posto a tentato omicidio e associazione a delinquere.

Quando apro la porta della torretta, la stanchezza mi rapina di ogni energia, la casa è in penombra.

È il pomeriggio tiepido di una primavera anticipata, in Sicilia le stagioni fanno quel che vogliono. Cursidda riposa, da qualche giorno lamenta "duluri di ossa" e io le impedisco di alzarsi.

Mi lascio cadere sulla poltrona dello zù Pippino, mi è tanto vivo nella mente che potrei pittarlo preciso anche se non so tenere in mano un pennello. Con lui, oggi, vorrei festeggiare. Mi chiedo se in questo frangente che ho attraversato ancora e ancora mi avrebbe dissuasa, impedita, convinta di dovermi a oltranza proteggere da ogni male della vita precludendomi, così, anche ogni bene.

Non so se per merito mio e con quali possibilità di far franare il muro: oggi però una crepa nella normalità di un'omertà centenaria si è prodotta. E nelle crepe nascono i fiori.

Dovevo farlo, così come dovevo sapere chi è stato mio padre, perché mia madre non mi ha amato e perché ho respinto e, a un tempo, voluto vicina Sabedda.

Mi raggiunge nell'aria un penetrante sentore. Mi accorgo che sul tavolo c'è un mazzolino di fiori, e tra di essi un biglietto.

Sei stata bravissima. Aldo

Alzo gli occhi sulle piccole rose che ha scelto, ma non sono sole, s'intrecciano ai rami spinosi e ai petali bianchi da cui proviene il profumo di nèroli che mi ha stordita. I fiori dell'arancio amaro hanno un'essenza rara e preziosa che la zàgara, loro sorella nobile, ignora. E io sento, finalmente, che la vita è ora.

Nota

Come l'arancio amaro non è un romanzo storico bensì una storia scritta con piena libertà narrativa: i riferimenti a eventi reali che fanno da sfondo alle vite dei protagonisti sono stati a volte lievemente piegati alle esigenze della trama.

La licenza più significativa rispetto alla cronologia dei fatti è quella relativa alla tragedia del dirigibile *Dixmude*, avvenuta nel dicembre del 1923, che nel romanzo è spostata all'anno successivo: a voi lettori, di giudicare se ne è valsa la pena.

Il nome del paese di Sarraca, dei luoghi, dei personaggi è frutto di fantasia e ogni riferimento a persone e fatti reali è puramente casuale.

Più che mai reali, invece, sono i sentimenti che in queste pagine prendono vita e per i quali ho scelto la sola lingua che potesse dar loro voce autentica: il dialetto. In Sicilia non ogni provincia ma addirittura ogni paese ha il "suo" siciliano, influenzato dalla parlata di chi, tra gli antichi invasori, più a lungo ha dominato quelle terre. Per fare solo un esempio: picciriddu, piccilíddu, picciutteddu, addevo (da "allevare"), carusu, criatura sono solo alcune delle varianti usate per riferirsi ai bambini, con sfumature di significato strettamente legate ai luoghi d'uso di queste parole. Il dialetto che ascoltate in bocca a Sabedda,

Nardina e Carlotta è quello agrigentino, della città e delle campagne dove io stessa ho trascorso la mia infanzia e la prima giovinezza: per facilitare la lettura, qui di seguito trovate un glossario, ma il mio auspicio è che la musica di queste parole abbia la forza di spiegarsi senza bisogno di consultarlo.

Al suono di queste parole si accompagna in tutto il romanzo un profumo: quello della zàgara, il delicato fiore dell'arancio, il cui nome viene dal sostantivo arabo *zahr*, fioritura, e dal verbo *zahara*, risplendere. Ma qui è una zàgara in particolare, quella dell'arancio amaro. A questo arbusto così speciale, che al romanzo presta il suo nome, vorrei dedicare ancora qualche parola.

Alto, a volte anche altissimo, la chioma rotonda e raccolta come parrucca riccia di clown, l'albero di arancio amaro ha foglie verdissime e morbide al tatto come cuoio conciato. Tra esse occhieggiano frutti aranciati e rugosi che, a immaginarne il gusto, la lingua si raggriccia un po' inorridita. La polpa è acida, è vero, ma cotta e sposata allo zucchero diventa marmellata famosa fino in Inghilterra.

I suoi fiori sono bianchi e si fanno raccogliere solo da mani femminili che, aggraziate staccandoli, ne preservano intatto il profumo. È magia degli dèi quando, aspirandone l'essenza, da noi si allontanano malinconia, pene d'amore e ansie dell'anima.

L'olio essenziale che se ne ricava si chiama "nèroli" e deve il suo nome alla principessa di Neroli (oggi Nerola, piccolo comune vicino Roma), moglie di Flavio Orsini, che alla fine del XVII secolo ne era talmente attratta da profumarsene anche i guanti.

Sui rami spinosi e sul tronco, gli alberi di arancio amaro si fanno generosamente ferire con tagli a croce o a corona, per accogliere, in un incastro perfetto, l'innesto a cuneo di una marza staccata da un altro albero di agrumi meno resistente e destinato a crescere malato. È un lavoro certosino, ci vuole attenzione nel ripulire la pianta dai germogli, rametti e succhioni che, togliendole linfa preziosa, le impedirebbero di nutrire il fragile innesto.

Nessun albero come l'arancio amaro merita il nome di "pianta madre": impavida, resiste a tutte le intemperie per compiere la sua missione, rendere forte e rigogliosa la nuova pianta che è altra da lei eppure da lei germoglia.

m.p.

Glossario

A vanedda (porta) imposta socchiusa
Abbuscare dare busse, battere qualcuno
Acchianare salire
Accovare nascondere, nascondersi
Accucchiare ammassare, ma anche mettere insieme parole per raggirare
Accura a attento a, bada a
Aceddu uccello
Addumare accendere
Addummisciuto addormentato
Addunarisi accorgersi
All'intrasatta azione furtiva, nascosta, malandrina, "res inter alios acta"
Allicchittata agghindata
Allistire far presto
Ammaraggiarisi patire il mal di mare, ma anche affliggersi, angustiarsi
Ammargiato gonfio d'acqua
Ammuccare abboccare, credere ciecamente
Ammucciare nascondere
Ammugghiare avvolgere
Ammuino confusione
Annacare cullare, dondolare ma anche muoversi ancheggiando (nella forma riflessiva "annacarsi")
Anticchia un poco (anche nelle forma "tanticchia" e "n'anticchia")
Antinzione intenzione
Aricchi orecchie
Armuzza animuccia
Arrinisciuto nella locuzione "pidocchio a.", individuo dalle umili origini che ha raggiunto la vetta della scala sociale con mezzi dubbi
Arruspigghiare svegliare
Astutare spegnere
Attisare rendere o divenire teso, dritto

Attuppato tappato
Atturrare tostare, abbrustolire
Avutra altra
Azzizzarisi mettersi in ghingheri
Babbo sciocco
Babbiare burlare qualcuno, prenderlo in giro
Battarìa frastuono, chiasso
Buatta lattina
Burnìa barattolo
Canigghia crusca
Cannaruto goloso
Cannolo tubo, tunnel
Capuzzeddo capetto
Cascia cassa da morto
Catavidduttisi abitanti di Caltabellotta
Càvuru caldo
Ciancianedda campanellino, sonaglino
Ciàuro odore
Cirneco razza di cane proveniente dalla zona dell'Etna
Conzare condire
Corra collera
Criata servente di casa
Cucuzza zucchina o zucca
Cudduredda ciambella dolce
Cufulare focolare
Cutturiare cuocere a fuoco lento
Curtigghio pettegolezzo
Cutugno magone
Falare grembiule da cucina
Firriare girare
Freve febbre
Gabelloto affittuario di un latifondo
Gebbia grande vasca quadrata che serve in campagna a raccogliere acqua
Giurana rana
Gnuri cocchiere
Gràpere aprire
Grasta vaso di coccio per piante
Imbuttunatu ripieno, farcito
Impirugghio impaccio, impiglio
Incrozzarisi incaponirsi
Ingarrare indovinare
Intruppicare inciampare, urtare
Inturciuniare attorcigliare
Inzerto innesto
Jaddina gallina
Jaddinaru gallinaio
Jamma gamba
Libbìci vento di libeccio
Macari pure, finanche
Macaseno magazzino
Maciddaro macellaio
Mànnara razza di cane (pastore siciliano) che guida le greggi
Mascariare tingere

Mennulara raccoglitrice di mandorle
Minzigghio moina
Miremma pure, parimenti
Mischinu poveretto
Mugghiere moglie
Muscaloru ventaglio
Mutriarsi imbronciarsi
Nassarolo colui che lavora le nasse
Nica piccola
Nutrico bambino molto piccolo, da nutrire
Pacienzioso paziente
Parrino prete
Perciare forare
Picciliddo bambino
Picciuttedda ragazzetta
Pìccioli soldi
Pillicuso pignolo
Pìnnola pillola
Pititto appetito
Pitrudda pietruzza
Prescia fretta
Priato contento
Puddicino pulcino
Purpiaturo pescatore di polpi
Putìa negozio, bottega
Quarara grande tinozza
Quartara recipiente di coccio con grossi manici nella parte superiore, simile nella forma a un'anfora. Serve per l'acqua, era anche un'unità di misura.
Riminata rimescolata
Rummuliare borbottare
Runca roncola
Rustuta arrostita
Sabbinirica forma contratta di "Vossignoria mi benedica"
Salinaro colui che mette il pesce sotto sale per inscatolarlo
Santiare bestemmiare, chiamare tutti i santi
Scantare spaventare, anche nella forma riflessiva "scantarsi"
Scarrafuniare cercare con urgenza
Schiattigghia stizza
Schiticchio grande pranzo in compagnia organizzato in campagna
Scialo lusso, spreco, scialacquo
Sciamannare andare a zonzo, bighellonare
Sciarra zuffa
Scummogghiare scoprire
Scuncicare scocciare
Scopetta fucile da caccia
Sdirrubbare precipitare
Sfardare stracciare
Sfasolato squattrinato
Sfirriata può significare "fuori di testa" ma anche un grosso rimprovero
Sfrazzo lusso, scialacquo

Sfrocoliare stuzzicare
Siddiarisi essere disturbati, seccati
Sparagnoso parsimonioso
Spicciafacenni faccendiere
Spirtusare bucare, pertugiare
Spirugghiare sbrogliare
Spizzuliare sbocconcellare, spizzicare
Stidda stella
Stracchiola donna volgare, di poco conto
Strafalaria irresponsabile, disordinata, inesperta
Strammiare stravolgere
Strantuliato scosso con violenza
Strittizza ristrettezza
Strummula trottola
Stuppagghio tappo
Suppenno sottotetto
Tabbarè vassoio per le paste, guantiera
Taliare guardare
Tavùto bara
Timpuliare prendere a ceffoni
Tischi toschi parlare come un continentale del Nord
Trasire entrare
Travagghiare lavorare
Trazzera tratturo, antica strada adibita alla transumanza
Trubbuliare intorbidare
Truscia fagotto di stoffa
Tuppuliare bussare con le nocche
Vattiare battezzare
Vìriri vedere
Virrina strumento per forare che ha la punta a spire, si dice anche di persona insistente
Vìviri bere
Vugghire bollire
Zammù anice
Zito ragazzo, fidanzato
Zotta frusta per i cavalli

INDICE

Parte I

Sarraca, 1960 – Senza famiglia 7

Sarraca, 1924 – La storia quella vera 23

Parte II

Sarraca, 1960 – Senza famiglia 91

Sarraca, 1924 – La storia quella vera 107

Parte III

Sarraca, 1960 – Senza famiglia 157

Sarraca, 1924 – La storia quella vera 167

Parte IV

Agrigento, 1960 – Senza famiglia 247

Sarraca, 1924 – La storia quella vera 257

Parte V

Sarraca, 1960 – Senza famiglia 267

Parte VI

Agrigento, 1960 – Senza famiglia 275

Sarraca, 1924 – La storia quella vera 291

Parte VII

Sarraca, 1960 – Senza famiglia 305

Sarraca, 1927 – La storia quella vera 315

Palermo, 1932 – La storia quella vera 337

Sarraca, 1932 – La storia quella vera 347

Parte VIII
Sarraca, 1960 – Senza famiglia 401

Parte IX
Sarraca, 1960 – Senza famiglia 419

Parte X
Sarraca, 1965 – Fioritura 425

Nota 437

Glossario 441

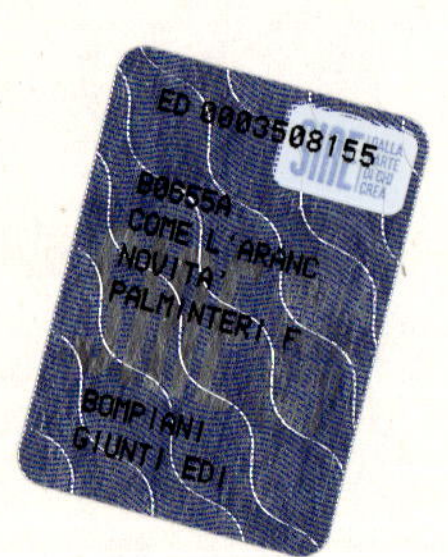

MISTO
Carta da fonti gestite in maniera responsabile
FSC® C005461

Stampato presso Rotolito S.p.A.
Seggiano di Pioltello (MI)

Printed in Italy